Andrea Mauad | Mari Feller | Melquises de Campos Lopes | Pedro Mauricio

ALIENS EM CORPOS HUMANOS

Histórias reais que revelam as técnicas de humanização

ENTREIRO, NATIMORTO, TRANSMIGRADA, HOSPEDEIRA, HECATOMBE E OS EXILADOS DA FEDERAÇÃO.

Copyright© 2022 by Editora Aquantarium.
Todos os direitos desta edição são reservados à Editora Aquantarium.

Presidente:
Mauricio Sita

Vice-presidente:
Alessandra Ksenhuck

Diretora executiva:
Julyana Rosa

Diretora de projetos:
Gleide Santos

Relacionamento com o cliente:
Claudia Pires

Capa e ilustrações:
Yumi Yunagumi 由美

Organizador do livro 2:
Oscar Mauad

Projeto gráfico e diagramação:
Gabriel Uchima

Revisão:
Ivani Rezende

Impressão:
Gráfica Paym

Dados Internacionais de Catalogação na Publicação (CIP)
(eDOC BRASIL, Belo Horizonte/MG)

A398 Aliens em corpos humanos: histórias reais que revelam as técnicas de humanização / Andrea Mauad... [et al.]. – São Paulo, SP: Literare Books International, 2022.
424 p.; 16 x 23 cm

ISBN 978-65-5922-379-4

1. Ovnis. 2. Cosmologia. 3. Ufologia. 4. Abdução 5. Extraterrestres 6. Chips 7. Implantes 8. Magnetismo Terrestre I. Mauad, Andrea. II. Feller, Mari. III. Lopes, Melquises de Campos. IV. Mauricio, Pedro.

CDD 001.942

Elaborado por Maurício Amormino Júnior – CRB6/2422

Literare Books International.
Rua Antônio Augusto Covello, 472 – Vila Mariana – São Paulo, SP.
CEP 01550-060
Fone: +55 (0**11) 2659-0968
site: www.literarebooks.com.br
e-mail: literare@literarebooks.com.br

SUMÁRIO

ALIENS EM CORPOS HUMANOS: INTRODUÇÃO 11

LIVRO 1 - O ENTREIRO

PREFÁCIO 15

CAPÍTULO 1
PRIMEIROS CONTATOS COM O MUNDO 19

CAPÍTULO 2
TRAUMA DE BONECOS: O NOVO DESPERTAR 23

CAPÍTULO 3
VENCENDO AS DIMENSÕES 26

CAPÍTULO 4
AS PRIMEIRAS EXPERIÊNCIAS NA NOVA CASA 28

CAPÍTULO 5
UM URSO OU UM GRANDE ÍNDIO NO ESCURO 33

CAPÍTULO 6
MONTANHA DE GELO 36

CAPÍTULO 7
PERDA DO LIVRE-ARBÍTRIO (PELO PRÓPRIO HQ) 47

CAPÍTULO 8
A BARREIRA 2000.. 50

INÍCIO DA ADOLESCÊNCIA:
EXPERIÊNCIA DA ALMA GÊMEA.............................. 54

PERÍODO DE OBSERVAÇÕES E PREPAROS...................... 64

E O JOGO COMEÇOU:
ATACAM AS PEÇAS ALIENÍGENAS............................ 79

OS HUMANOS QUE SOFREM
COM O MAGNETISMO E COM ESPÍRITOS....................... 93

APRESENTANDO O ENTREIRO
AOS ETS ENCARNADOS "IN NATURA"........................ 119

SEGUINDO MUTRILO (POR DJIROTO)........................ 139

HISTÓRIAS DE MARTE.................................... 153

SOBRE O LIVRO
DO HOMO QUADRIENS..................................... 169

GLOSSÁRIO... 205

ENTREVISTA DO ENTREIRO................................ 232

LIVRO 2 - TYENNE, UM ANJO CAÍDO E O NATIMORTO

PREFÁCIO DE DJIROTO
(EXTRATERRESTRE ANTARIANO, DIRIGENTE DA BASE
E DA ORDEM SECRETA DE ANTARES NA TERRA)............ 235

PREFÁCIO DE PEDRO MAURICIO 236

PREFÁCIO DE TYENNE DE ESTRAPE 237

MEU NASCIMENTO 238

MEU PAI 240

MEUS PRIMEIROS AVISTAMENTOS 241

TACITURNO 243

ANOS CINQUENTA 245

MEU PRIMEIRO ENCONTRO COM TYENNE 246

ELZA 248

QUANDO TYENNE POR FIM
SE FEZ CONHECER PARA MIM 250

DE OUTRO PLANETA 252

A DOR 254

MEUS ACOMPANHANTES ANÔNIMOS 259

MANIFESTAÇÃO (QUASE) ESPONTÂNEA DE TYENNE 261

O ÓVNI SOBRE MIM 262

MEU GESTO DESATINADO E O PERDÃO DE TYENNE 264

MINHA LUTA HERCÚLEA — PARTICIPAÇÃO DE TYENNE? 266

PROFECIA DE TYENNE: O HOMEM NA LUA 270

EU E MEUS "FANTASMAS" 271

MEU PAI, SUA DOENÇA E MINHAS SURRAS 272

TYENNE NA PRAIA 274

MEU "CLONE" CIBERNÉTICO(?!) EM ESTRAPE 275

O QUE SOU? QUEM SOU? QUAL ESSE PROPÓSITO? 276

O "OUTRO" MELQUISES EM SONHOS 277

O ANJO AO MEU LADO (!?) 279

A NEGOCIAÇÃO DO PEIXE 283

UM "PUXÃO DE ORELHA" DO QUINTO CÉU(?!) 285

O CANTO DAS SEREIAS (?!) 288

SOBRE A VERDADEIRA IMAGEM DE TYENNE 290

MINHAS ANDANÇAS EM BUSCA DA VERDADE 291

SEM TYENNE.. 294

MEU ÚLTIMO CONTATO: ELZA OU TYENNE?................. 295

ANÁLISE DE DJIROTO... 297

MINHA VIDA ATUALMENTE..................................... 301

MEU DEUS ÚNICO SEMPRE ME OUVIU...................... 302

PARTICIPAÇÃO DO QUINTO E
SEXTO CÉUS EM UMA FAZENDA............................. 303

AS REVELAÇÕES INCRÍVEIS
DO SR. PEDRO MAURICIO COM RELAÇÃO A MINHA PESSOA... 305

AQUANTARIUM SÃO VICENTE.................................. 307

CONSIDERAÇÕES... 308

AGRADECIMENTOS (MELQUISES DE CAMPOS LOPES)........... 309

TYENNE NAS ALTAS RODAS
SOCIAIS INTERNACIONAIS!.................................... 313

TYENNE, EU E O EXÉRCITO.................................... 314

INTERFERÊNCIA MAGNÉTICA CONTRÁRIA..................... 315

CAÇADOR.. 316

O DIA A DIA COM TYENNE: DA RIQUEZA À POBREZA 317

CANÇÃO DE TYENNE..................................... 319

TYENNE E OS INCAS.................................... 321

QUESTIONAMENTOS
DE MELQUISES... 322

TYENNE, O (MEU) ANJO CAÍDO 326

DEUS E O DIABO....................................... 327

COMBATES... 329

CIDADE DE SÃO PEDRO.................................. 331

CONSIDERAÇÕES FINAIS................................. 334

ENTREVISTA DO NATIMORTO..............................336

CARTOONS... 339

LIVRO 3 - SEGREDOS DE UMA TRANSMIGRADA

INTRODUÇÃO... 347

COMO CONHECI O AQUANTARIUM?.......................... 348

ALIENS, ABDUZIDOS E EU (07/07/2020)
PARTE 1 - ALMAS ALIENÍGENAS EM CORPOS HUMANOS 350

ALIENS, ABDUZIDOS E EU (28/07/2020) / PARTE 2 355

UFOLOGIA ANTOLÓGICA AQUANTARISTA (08/SET/2020)
PARTE 3.. 363

UFOLOGIA ANTOLÓGICA AQUANTARISTA (20/OUT/2020)
PARTE 4.. 367

UFOLOGIA ANTOLÓGICA AQUANTARISTA
3ª TEMPORADA/TRANSMIGRAÇÃO E SEUS
EFEITOS MAGNÉTICOS (25/MAIO/2021)
MARAU, RIO GRANDE DO SUL/ 13 E 14 DE
MAIO DE 2021 / PARTE 5............................ 373

UFOLOGIA ANTOLÓGICA AQUANTARISTA/ 3ª TEMPORADA/
A MENINA GAÚCHA QUE MORREU NO RIO E FOI TRANSMIGRADA /
UM NOVO CORPO, UMA NOVA EQUIPE (25/MAIO/2021)/
MARAU, RIO GRANDE DO SUL/ 13 E 14 DE MAIO DE 2021/
PARTE 6... 380

AQUANTARIUM DO BRASIL
UFOLOGIA ANTOLÓGICA AQUANTARISTA (7/JAN/2022) 383

UFOLOGIA
ALIENS, ABDUZIDOS E EU/
ENTREVISTA COM A TRANSMIGRADA
ALIENÍGENA (31/08/2021) 402

UFOLOGIA/ ALIENS, ABDUZIDOS E EU/
ENTREVISTA COM A TRANSMIGRADA ALIENÍGENA
(31/08/2021) 403

A MENINA GAÚCHA QUE MORREU
NO RIO E FOI TRANSMIGRADA/
O CARRO ASSUMIU O B.O. (26/ABR/2022) 420

ENTREVISTA DA TRANSMIGRADA......................... 423

CONCLUSÃO... 424

ALIENS EM CORPOS HUMANOS: INTRODUÇÃO

Nesta edição especial, reunimos três livros e um *cartoon*.

O primeiro livro, *O Entreiro*, é a reimpressão dos originais.

Conta como é possível, de forma natural, uma alma alienígena, encarnar em um corpo humano, mas tendo que enfrentar o magnetismo terrestre.

O segundo livro, *Tyenne, um anjo caído e o Natimorto*, é um documento que nos ilustra como um Natimorto inconsciente, ainda criança, foi contatado por uma hospedeira (100% humana), que lhe permitia o contato com os exilados da Federação e o ser Hecatombe.

O Natimorto é o resultado de uma experiência em que a alma alienígena assume o corpo de um recém-nascido humano que acabou de morrer, dando-lhe nova vida. Nosso herói Natimorto, Melquises, faleceu em 07/set/2021, nos deixando um grande exemplo com suas memórias.

Já a Hospedeira é uma pessoa com alma humana, mas que divide seu corpo com outras almas de alienígenas mortos, como também de alienígenas vivos (o corpo sutil deles pode se valer do corpo da hospedeira, mesmo que eles estejam vivos em local distante).

Quem são os Exilados da Federação? É um casal, cujo amor é proibido por leis multiversas, posto que são de dimensões e universos totalmente diferentes. Mas "comeram a maçã" e foram expulsos da Federação.

Hecatombe: o ser gerado por eles, Tyenne, que só pode viver mais ou menos três meses no nosso planeta; depois desse tempo, o Magnético Terrestre a reconhece como intrusa e a fere gravemente; depois, pelo mesmo período e razões, três meses no mundo do Pai e mais três meses no mundo da mãe.

O terceiro livro, *Memórias de uma Transmigrada*, conta a história de Mari Feller. Ela nos diz como foi seu processo de transmigração, ou seja, como teve sua alma humana trocada por uma alienígena num processo de morte, aliás, a mais linda das mortes que eu, como cientista e pesquisador de Antares, já vi na Terra. E a história ainda está se desenvolvendo com revelações surpreendentes.

INTRODUÇÃO

Por isso que eu, Pedro Maurício, O Entreiro, com autorização das autoridades alienígenas para as quais faço pesquisas aqui na Terra, reuni estas preciosidades para que os humanos estudiosos de *aliens* possam se deleitar e, ao mesmo tempo, compreender melhor os mistérios deste nosso universo, ou como quiserem, poliverso, pluriverso, multiverso...

LIVRO 1

O ENTREIRO

PREFÁCIO

Ler o *O Entreiro* é empenhar-se em uma viagem ao novo, ao complexo mundo dos seres extraterrestres, muitos dos quais já estão entre nós, trabalhando com grandes potências do Planeta.

O conhecimento trazido por Djiroto e Cômer – extraterrestres desgenetizados – e por Mutrilo – ultraterrestre genetizado, nesta série que começa com *O Entreiro*, contribuirá muito com novos dados para o leitor pesquisador nesta área de "ufologia" e fenômenos paranormais.

O trabalho empreendido nesta publicação é de muita seriedade e, por isso, constitui parte complementar aos que buscam ir além dos textos já lidos sobre o tema, adquirindo informações para entender melhor "o outro mundo" e o nosso, o *Homo Sapiens* e o *Homo Quadriens*, o inconsciente coletivo/magnetismo terrestre, os paranormais intergalácticos e outros, num glossário utilitário.

A leitura desta obra nos arranca das preocupações do dia a dia, e nos faz direcionar para nós mesmos, levando-nos a refletir sobre as questões não respondidas: "Quem sou? De onde eu vim? Como vou? Por que vim para cá? O que devo fazer para voltar para as minhas origens?..."

Prof. Dr. Eli Nazareth Bechara

PARTE 1

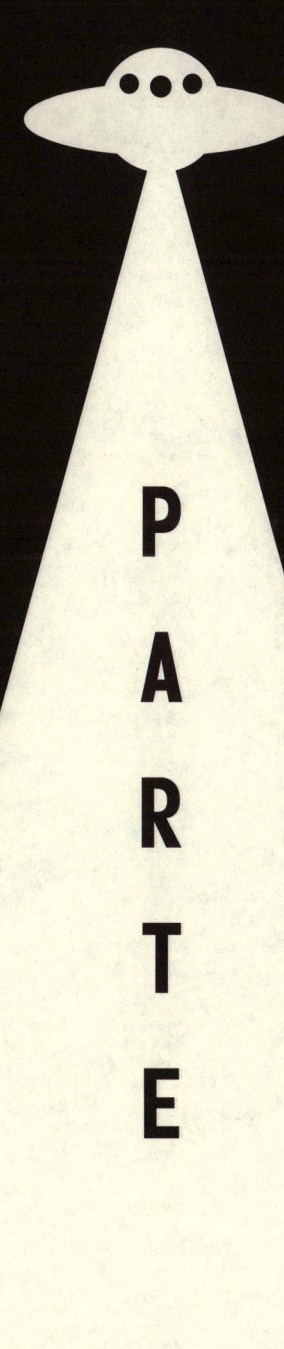

CAPÍTULO I
PRIMEIROS CONTATOS COM O MUNDO

Era 12 de novembro de 1967, início da tarde, em Catanduva, pequena cidade do interior paulista, quando minha mãe começou a sentir que eu iria nascer. Correram para o hospital, e, como naquele domingo o médico obstetra não se encontrava no município (tendo ido à cidade de São José do Rio Preto para assistir a um jogo de futebol entre Corinthians e América), quem lhe deu assistência foi o plantonista residente.

Ele tentou forçar o parto normal, mas logo percebeu que eu estava com o "rosto virado" e seria necessária a cesariana.

O tempo ia passando e minha mãe ficando cada vez mais pálida, sofrendo. Corríamos perigo de vida; o médico plantonista recusava-se a fazer sua obrigação, alegando princípios religiosos em desfavor da cesariana, insistindo em esperar pelo retorno do outro médico. Quando meu pai, agindo com firmeza, ameaçou-o, e este teve que realizar sua primeira cesariana, fazendo eu vir ao mundo por volta das dezoito horas, no exato momento em que a maioria das atenções estava centrada no juiz, apitando o final do jogo em que a equipe de São Jorge (ou do "coringa") vencia mais uma, dessa vez, a do "diabo". Nascer no país do futebol tem lá suas vantagens e desvantagens... E eu estava definitivamente vinculado ao Brasil rumo ao sonho do tri, em setenta.

Logo nos primeiros meses de vida, ainda no período pré-fala, começou a se desenvolver, naturalmente, em meu cérebro, minha parte de Entreiro, aquela que está nos demais noventa por cento que não são utilizados pelo *Homo Sapiens*, o homem atual que domina nosso planeta. Essa parte a mais, que eu tinha desenvolvida em meu cérebro, me garantia o acesso à quarta dimensão e, totalmente desprotegido, eu "engatinhava" diante dela, ficando horas e horas, por detrás das grades de meu berço de madeira, a olhar apenas para aquele mundo tão misterioso e desconhecido.

Naquela fase, eu ainda não conseguia diferenciar, ver nítidas as fronteiras entre terceira e quarta dimensões; até mesmo, enxergava os objetos misturados de ambos os pontos de vista.

O tempo foi passando, e minha primeira percepção, minha primeira distinção, foi que na terceira dimensão eu não me sentia sozinho, tendo a companhia e o estímulo das pessoas: do meu pai, da minha mãe..., enquanto da quarta dimensão eu não recebia nada, não tendo ninguém para brincar comigo ou me ensinar alguma coisa. Somente enxergava estruturas inertes, aparentemente sombrias, dando a ideia de um mundo despovoado e não civilizado aquele da quarta dimensão, ao mesmo tempo contrastando com a terceira, civilizada, dinâmica, superpovoada.

Depois dos meus primeiros contatos visuais com a quarta dimensão, meus vinte por cento de aproveitamento do cérebro, minha estrutura cerebral quadrimensional deixou de engatinhar, passando a desenvolver-se mais rápido que a tridimensional, a qual é restrita somente aos dez por cento.

Comecei, então, a ter uma noção do uso do espaço da quarta dimensão, fazendo minha primeira exploração ali mesmo, no interior de meu berço.

Como minha educação era puramente tridimensional, eu só recebia estímulos tridimensionais das pessoas, explorei aquele pequeno pedaço de quarta dimensão como se fosse terceira, esperando encontrar naquele os mesmos efeitos que eu já conhecia deste; porém, logo percebi que não era a mesma coisa. Meu avanço era espantoso, já estava aprendendo a "dar os meus primeiros passos", praticamente "raciocinando" na nova dimensão, e tal prática foi percebida por minha mãe. Foi um grande susto que ela levou, quando, certa manhã, estando na cozinha, escutou um assobio vindo do quarto de onde eu dormia. "Parece que tem um homem dentro do quarto", pensou, "pode ser um ladrão...". Pé ante pé, espiou pela porta e, para sua surpresa, constatou que quem estava assobiando solos melódicos era eu, ainda bebê.

A música, ainda que na forma de assobio, acelerava meu processo de desenvolvimento e era como a tentativa materializada na terceira dimensão que eu fazia para comunicar-me, quadrimensionalmente, com o mundo que me circundava. Eu aprendi a assobiar, antes mesmo de falar.

A PRIMEIRA REAÇÃO INIBIDORA DO INCONSCIENTE COLETIVO (I.C.) OU MAGNETISMO TERRESTRE

Era de manhã, eu estava no interior de meu berço, brincando sozinho, utilizando minhas faculdades *quadriens*, fazendo meus primeiros "raciocínios" em quarta dimensão, assobiando meus primeiros solos, quando avistei um pequeno ser, criado pelo incrível poder reativo do inconsciente coletivo.

Parecia um boneco de bochechas grandes e vermelhas, olhos arregaladíssimos, esbugalhados, um corpo menor que a cabeça, com dois braços e duas pernas quase imperceptíveis e um pequeno par de asas brancas que lhe saíam das costas, sendo estas também menores que a cabeça.

Hoje (época em que escrevo), eu sei que aquele ser não pertencia nem à terceira e nem à quarta dimensões, era, pura e simplesmente, uma manifestação reativa e inibidora do I.C., mas, naquele instante, eu fiquei contente com a ideia de ter avistado alguém naquele mundo despovoado, e, sorridente, eu quis brincar com aquele "amiguinho".

Ele foi se aproximando, eu ficando alegre; chegou bem perto de mim e, num movimento rápido, brusco, agrediu violentamente minha estrutura cerebral quadrimensional. Foi uma dor terrível, e um grito de criança ecoou pela casa. Meus pais me acudiram prontamente.

A estrutura cerebral que dava acesso à quarta dimensão fora gravemente ferida, ficando, se não morta, seriamente atrofiada.

Meus raciocínios em quarta dimensão foram interrompidos, e eu parei de assobiar. Dos vinte por cento de aproveitamento cerebral, regredi aos dez.

Essa experiência desagradável teve sequelas: uma infecção nos ouvidos, seguida de uma conjuntivite alérgica, se manifestaram, além de eu ter sofrido uma micromutação intraocular, praticamente imperceptível.

Tornei-me uma criança manhosa e não conseguia dormir sozinho, de jeito nenhum. Só dormia quando cantavam canções de ninar, ou no colo das pessoas. Acordava sempre gritando e chorando.

PRIMEIRA CONSIDERAÇÃO SOBRE O INCONSCIENTE COLETIVO

Esse meu primeiro contato traumatizante com o inconsciente coletivo, que domina nosso planeta atualmente, tem explicação.

Rusticamente falando, o inconsciente coletivo é a soma de todos os inconscientes individuais do nosso planeta.

O l.C. sempre foi extremamente conservador, banindo toda forma e estrutura de pensamento estranha ao padrão do ser dominante do planeta, agindo em sua defesa, dificultando, consequentemente, a evolução deste próprio ser, por esse excesso de conservadorismo.

O autolimite do I.C. é a terceira dimensão, por isso ele sempre banirá uma forma de pensamento em quarta dimensão, pois, tal prática vai para além de seus limites, portanto representa uma possível ameaça ao seu conservadorismo tridimensional.

Naquele momento em que eu sofri a reação inibidora do I.C., estava fora dos padrões de raciocínio *Homo Sapiens* do século vinte. Nada mais lógico que o l.C. julgar errada minha forma e estrutura de pensamento como alienígena, e querer atrofiar essa peculiaridade *quadriens* de meu cérebro, esse pequeno aproveitamento de dez por cento a mais do total da capacidade cerebral humana. Para tornar-me de acordo com as formas e estruturas de pensamentos da época em que vivo e fazer com que eu pense e aja como um *Homo Sapiens*, o I.C. atrofiou o que eu tinha de *Homo Quadriens*, pela reação inibidora descrita anteriormente.

COMENTÁRIO DE CÔMER

Seu processo de encarnação seguiu rigorosamente as regras terrestres, nascendo como todos os homens, completamente inconsciente, para, aos poucos, seguir o normal desenvolvimento, logicamente monitorado. Também tomaram cuidado com o fato de o I.C., naquela época, permitir que somente um paranormal vivesse por família, a fim de deixá-lo isolado. Se, por exemplo, numa casa, pai e filho fossem paranormais, um deles teria que morrer, o que não aconteceu com o Entreiro.

CAPÍTULO 2
TRAUMA DE BONECOS:
O NOVO DESPERTAR

Com aproximadamente quatro anos de idade, eu gostava de brincar de carrinhos com meus amiguinhos, de fazer bolhas de sabão, andar de minibicicleta; e, quando sozinho, encher as mãos de caixas de fósforos vazias e tocos de talões de cheques, andando em volta da casa.

Estávamos às vésperas do aniversário de uma menina, filha de uma colega da família. Para comprar o presente, uma boneca, minha mãe tinha me levado consigo até uma loja tradicional da cidade. Ao chegarmos ao estabelecimento, eu fui correndo olhar os carrinhos em exposição, adentrando por aquele corredor formado pelas estantes cheias de brinquedos; quando percebi, estava no meio da seção das bonecas.

Ao ver-me ali, sozinho, diante daqueles seres de rosto avermelhado, pequenos, olhando para mim, algo estranho começou a acontecer comigo. Fiquei apavorado; não sabia o que era. Entrei em pânico, dando gritos, saindo correndo pela loja afora, dando um verdadeiro *show*, quase matando minha mãe de vexame.

Ninguém entendia por que eu tinha tanto medo de bonecas. Eu não queria ver nem de longe tais brinquedos e, com muito custo, me aproximava, mesmo quando minha mãe segurava uma delas com as mãos.

Aquela experiência no corredor de brinquedos, de certo modo, fez com que a estrutura quadrimensional de meu cérebro fosse reativada. De alguma maneira, o meu subconsciente (inconsciente pessoal) rechaçou a primeira tentativa inibidora do inconsciente coletivo, que tivera atrofiado, até então, parcialmente, minhas faculdades *quadriens*, ligando a imagem do ser representante do I.C., que me agredira, com a imagem de uma boneca.

Eu comecei novamente a ter uma visão quadrimensional do mundo, a "raciocinar em quarta dimensão" e, aos poucos, fui começando a distinguir o que existia e o que não existia na terceira e na quarta dimensões.

Fui redescobrindo o espaço quadrimensional, lentamente, procedendo como ainda nos tempos do berço, pesquisando tal espaço, como se fosse igual ao da terceira dimensão. Por isso, meu avanço era lento, praticamente imperceptível, nessa fase.

Uma curiosidade que merece ser ressaltada é que, ainda nessa fase, eu tive que superar, sozinho e naturalmente, um problema: em determinadas situações ou horas do dia, eu me confundia, não distinguindo as duas dimensões, misturando-as, criando uma realidade não virtual, ou seja, no sentido de não pertencer a nenhuma das dimensões, uma espécie de confusão interdimensional.

Um exemplo prático foi o ocorrido quando meu pai bateu o carro. O acidente foi sério; ele conduzia o veículo sozinho quando um ciclista atravessou a rua com displicência. Muitos carros se chocaram, porque tiveram que se desviar da bicicleta, evitando um atropelamento. Após vários choques, o carro de meu pai acabou em um poste. Foi quase perda total do veículo, a lataria toda amassada.

Lembro-me bem quando cheguei com minha mãe para ver o veículo, já no pátio; o carro estava todo amassado, porém eu estava naquele momento com "dimensionite" (confusão de dimensões).

Eu me lembro perfeitamente de que o que avistei não corresponde ao veículo batido que consta na fotografia. Eu avistei um carro "dimensioniticamente" amassado, sendo até possível representar em desenho, ao que a fotografia tanto me chamou a atenção anos mais tarde, me revelou o ponto de vista tridimensional e virtual do acidente, conscientizando-me do real problema pelo qual eu passara naquela época, sem saber, e que, naturalmente, com o passar do tempo, superei.

O que eu avistei não pertencia à terceira dimensão, muito menos à quarta, sendo, exclusivamente, um fruto do problema da mistura dimensional.

O tempo passou e esses problemas desapareceram, foram totalmente superados, podendo eu ter uma real distinção entre as duas dimensões, sem que uma interferisse na outra.

O marco da cura foi a experiência descrita no terceiro capítulo.

COMENTÁRIO DE CÔMER: CONSCIÊNCIA REFRATÁRIA

A cura da dimensionite foi uma monitoração de correção feita pelos ultradesgenetizados sem a ciência do Entreiro. Um pensamento que ele teve nessa época, e que o mesmo deu pouco valor, nem o transcrevendo, foi o da passagem dos bois.

Na exposição agropecuária de Catanduva, ele viu, no recinto, vários bois, uns brancos e uns negros. Olhou para a palha de arroz que ficava no chão, ao redor dos animais, e pensou: "O certo seria que dos bois brancos saísse arroz e dos bois escuros, feijão; carne, não". Também, nessa época, viu seu irmão com um curativo no pé, devido a uma transfusão de sangue que sofrera e imaginou que por detrás daquele curativo, não existiria carne, mas, sim, uma infinita luz. Tais infantilidades refletiam para nós, ETs, que o Entreiro, inconscientemente, ainda intuía algo de seu passado intergaláctico, negando-se a encontrar-se no meio da carne, tentando não se apegar ao seu corpo físico, afirmando para si mesmo a existência de algo mais. Tais pensamentos secretos também ajudaram na sua recuperação. Futuramente, a consciência refratária, que é a lembrança de outras vidas, o ajudaria definitivamente na compreensão melhor do que passava. Só têm consciência refratária as pessoas que já encarnaram em orbes superiores, que têm um passado mais evoluído que o presente da Terra.

CAPÍTULO 3
VENCENDO AS DIMENSÕES

Minha mãe estava de férias e uma amiga viera nos visitar, trazendo consigo sua filha, uma menina da mesma idade que a minha. Conversaram, tomaram café e eu fiquei assistindo à televisão, na sala, com a menina, enquanto meu irmão mais novo dormia no berço. Minha avó materna, que sempre morou com a gente, estava em casa e, também, participava da conversa. Não ficaram por muito tempo; depois que elas foram embora, brinquei com alguns amiguinhos no fundo do quintal, à sombra do pé de mexerica, fazendo estradinhas na terra para nossos carrinhos.

Às cinco horas da tarde eram o meu horário de banho; depois, assistir a desenhos na televisão. Quando entrei na sala para ligar a TV, me detive, assim que avistei algo no chão da sala que se contrapunha entre mim e o aparelho. A menina tinha esquecido sua boneca. Fiquei de longe observando aquele brinquedo e não sabia ao certo o que fazer. Aquilo era apenas um brinquedo inerte. Resolvi subitamente encarar o problema, inspirado no pensamento de que aquela menina que a esquecera não tinha medo dela e que, portanto, eu também não poderia ter.

Fui me aproximando vagarosamente de tal brinquedo, meio agachado, meio pronto para correr. Cheguei bem perto, ensaiei rodear, mas preferi ficar naquela posição em que a boneca me dava as costas. O coração batia forte e eu respirava fundo, puxado. Quando resolvi tocá-la nas costas com o dedo, meu coração disparou. Diante da inércia da mesma, ele foi se acalmando, voltando ao ritmo normal, baixando as pulsações e a respiração já quase natural. Mais um pouco e eu tomei a boneca nas mãos, olhei bem na face dela, nos olhos, senti uma espécie de arrepio seguido de um alívio. Atirei-a à média distância e fui assistir a meus desenhos.

Depois disso, nunca mais misturei terceira e quarta dimensões, desaparecendo, de vez, meus problemas de "dimensionite", como ocorrera quando eu fora com minha mãe ver o carro de meu pai todo amassado.

DE NOVO "HOMO QUADRIENS"

Passei, então, a ter um desenvolvimento prodigioso, conhecendo, ainda mais, os segredos do espaço da nova dimensão.

Lembro que achei muito estranho quando, sem querer, descobri que minha estrutura cerebral quadrimensional, dentro de um mesmo ambiente, podia aproveitar o espaço da quarta dimensão, independente do meu corpo físico, consequentemente ampliando meu campo de visão, podendo eu enxergar num raio superior a quinhentos graus, sendo que o raio de ação da visão dos primatas é de cento e oitenta graus.

Era como ter outro olho, uma espécie de câmara que transmite informações para seu cérebro, estando fora do corpo. Fiquei muito espantado, eu podia até mesmo ver-me, como se estivesse diante de um espelho.

Mas as minhas novas descobertas me conduziram para um novo problema.

LUZ NO ESCURO

Uma noite, minha mãe me pôs para dormir, me deu um beijo, pediu bênção para minha avó, apagou as luzes, fechou a porta e, para minha surpresa, eu continuava enxergando tudo, normalmente, no escuro do interior do meu quarto.

Lembro que saí pelo corredor da casa, olhei pela janela da cozinha, fui ao banheiro, e enxergava tudo nitidamente. No princípio, fiquei maravilhado, mas, quando já estava cansado e queria dormir, mesmo fechando os olhos, de nada adiantava, eu, da mesma forma, enxergava. Enfiei a cabeça no travesseiro e fiquei vendo um clarão branco que incomodava. Então compreendi que a quarta dimensão não era sombria, tinha uma espécie de luz própria, natural, contrariando minha primeira impressão, ainda dos tempos do berço de madeira, quando a julguei sombria. Foram muitas noites maldormidas. Até eu conseguir dominar tal faculdade, não mais voltando a enxergar no escuro.

Depois dessas prévias noções do novo espaço, eu comecei a perceber que existia algo mais, um tempo próprio dessa nova dimensão, muito diferente do tempo tridimensional que conhecemos. Essa foi uma descoberta muito difícil e delicada para mim.

Sempre, baseando-me na minha educação tridimensional, levei anos para compreender que, para um cérebro quadrimensional, o tempo da quarta dimensão é dinâmico, aproveitável, enquanto, para aqueles que só se utilizam de dez por cento do cérebro, ele é estático, imperceptível.

Naquela época, eu ainda não sabia o que fazer, nem via a mínima utilidade para meus indícios de descobertas. Não dizia nada a ninguém, guardava tudo para mim, sendo impulsionado, apenas, pela minha curiosidade, nada mais.

CAPÍTULO 4
AS PRIMEIRAS EXPERIÊNCIAS NA NOVA CASA

A rua onde morávamos, em Catanduva, era paralela a uma quadra do Rio São Domingos, que cortava o centro da nossa cidade. Quando chegava o verão, as enchentes eram inevitáveis e as casas viviam inundadas. Para os adultos, uma tragédia, para a criançada, uma festa. As muretas das casas eram usadas como verdadeiras rampas para os saltos, em pé, naquele meio metro de água corrente. Eu me deliciava com meus amiguinhos, aos gritos dos mais velhos que, enquanto erguiam os móveis dentro das casas, nos intimidavam com histórias de cobras venenosas que nadavam pelas águas das enchentes. Para nos livrarmos dessa situação, meu pai alugou uma casa num bairro alto da cidade, chamado São Francisco. Gostei da nova casa, dos novos amiguinhos e comecei a frequentar o pré-primário, pois já era o início do ano de 1974, eu tinha seis anos de idade, fazendo aniversário no final do ano.

Nessa época, eu fazia silenciosamente minhas pesquisas e começava a me achar muito estranho.

TESTANDO UM SER HUMANO (HOMO SAPIENS)

Um dia, resolvi fazer um teste prático em outro ser humano. Era muito simples. Eu constatei sozinho, como que ouvindo "meu próprio eco", que meu cérebro podia enviar estímulos de ordem telepática numa espécie de som quadrimensional. O que eu faria era enviar esses estímulos para uma pessoa qualquer, de fora da minha família, mas que eu julgasse ser experiente.

Baseado nos pensamentos de meu pai e de meus avós, de que os velhos são as pessoas mais experientes, resolvi escolher alguém nessas condições para ser feita a experiência. Saí andando pela calçada, tomando a direção da casa de minha avó paterna, que era distante uma quadra de casa, na rua de cima, na mesma posição que nossa casa.

Subindo a rua Natal, no meio do quarteirão, do lado direito da calçada, avistei uma velha de cabelos brancos, que segurava um cachorro pequinês, pela corrente.

De uma distância de mais ou menos seis metros, lhe enviei um estímulo, o mais forte que eu pude. Tive uma grande surpresa! A mulher não esboçara nenhuma reação, mas o cachorro, sim. Resolvi, então, fazer nova experiência com aquele animal, porém de outro modo.

Naquela noite, eu me deitei e me concentrei para projetar minha consciência para procurar o pequinês. Poucos segundos depois, deslizei minha consciência sobre meu corpo, enxergando-o deitado na cama. Atravessei a parede do quarto, passando para o dos meus pais, onde os vi deitados, quase dormino. Segui, flutuando, e cheguei à rua.

Eu, agora, enxergava tudo pela iluminação natural da quarta dimensão, conforme já descrito na experiência LUZ NO ESCURO. Procurava pelo animal: "Será que ele me enxerga?" – pensei.

De longe, avistei o simpático cachorrinho, olhando para a rua, entre as grades do portão do corredor. Mal me aproximei, o bichinho me avançou! Fiquei assustado, saindo rapidamente dali, passando em frente da casa de uma menina, a qual eu conhecera na escola. Resolvi visitá-la: "Será que ela também me enxerga" – pensei. Avistei-a em seu quarto, dormindo, deitada de lado e coberta até o pescoço. Tentei acordá-la, de todas as maneiras. Depois de várias tentativas, consegui materializar minha mão direita bem próxima ao seu rosto. Comecei a puxar lentamente sua coberta. Ela despertou; abriu lentamente os olhos; já ia fechá-los quando puxei mais bruscamente a coberta, na tentativa de chamar a atenção dela, talvez para brincar. O grito que ela deu me assustou muito, fazendo com que eu voltasse ao meu corpo.

No outro dia, na escola, ela me disse: — Ontem eu estava sonhando... de repente acordei... já ia dormir de novo, quando parece que uma coisa puxou minha coberta. Fiquei assustada, dei um grito, mas não sei por quê, depois você apareceu no meu sonho!

— Eu? Por quê? perguntei. — Não sei! – ela me respondeu.– Era sonho bom ou ruim? – insisti.

— Bom, mas muito atrapalhado, meio louco, parecia que você se balançava em um portão sem parar..., ela continuou.

— Esse teu sonho é muito louco, mesmo! – concluí.

PENSANDO EM ME MATAR

Tais experiências foram muito difíceis, pois não compreendia perfeitamente o que estava se passando.

Hoje eu sei que, na primeira experiência, quando testei a velha e o animal, era um simples teste de telepatia (transmissão de pensamentos), e que o segundo teste era uma projeção de consciência, ou paranormalidade de transporte. As duas coisas, telepatia e projecionismo, não podem ser confundidas. A materialização da minha mão, que mexeu na coberta, está muito bem explicada em diversos livros espíritas, pois o que eu fiz foi simplesmente aproveitar-me de fluidos (hectoplasma) de alguma pessoa, mais exatamente um paranormal, que morava na própria casa, ou por perto, na vizinhança.

Naquele tempo, tais fatores pesaram muito, achava-me agora, um superestranho, e tudo me indicava uma única solução: a morte.

A SORTE ME SALVOU

Sorte que, naquela noite, eu assisti a um programa diferente na televisão, na Rede Tupi. Era uma reportagem sobre as descobertas e os pensamentos de Sigmund Freud e outros pensadores famosos. Falaram um monte de coisas, e o que mais me chamou atenção foi o assunto "trauma". Em síntese, naquela época eu entendi que disseram que, segundo Freud, todo trauma tinha uma explicação que estava no inconsciente do indivíduo (subconsciente); que, em algum acontecimento passado ou fato ocorrido na vida dessa pessoa, estava a sua origem. Achei aquilo muito interessante e, após confirmar com meus pais os reais significados das palavras "trauma" e "inconsciente", fiquei pensando se tinha algum trauma no meu inconsciente.

Após uma longa reflexão, cheguei à conclusão de que eu tinha um trauma, sim; o meu problema com as bonecas! Embora eu já não tivesse mais medo de bonecas, tinha ainda certo receio de encará-las, a sós. Finalmente, eu havia encontrado alguma utilidade para meu cérebro *quadriens*, mais especificamente quanto à parte do projecionismo: descobrir o porquê do meu trauma de bonecas.

Inspirado no pensamento freudiano, resolvi repassar todo meu pequeno passado, assistindo por meio do projecionismo da consciência, do ponto de vista da quarta dimensão, desde o meu nascimento até a origem do meu suposto trauma. Sem querer, este foi o primeiro estímulo que meu cérebro *quadriens* recebeu durante toda sua existência, um estímulo freudiano.

Em poucos dias, eu revi todo meu passado. O meu trauma de bonecas foi causado pela primeira reação abstrata do inconsciente coletivo, ou um ataque de um ser elemental (espírito da natureza). Ocorre, como já disse, que eu associei tal manifestação do I.C. à imagem de uma boneca, e, posteriormente, superando o medo pelas mesmas, eu também superei os efeitos inibidores do I.C., fazendo reviver, em parte, meu cérebro ferido.

Fiquei indignado com minha descoberta, pois, para mim, eu tinha sido agredido sem ter feito nada. O que mais me chamou a atenção foi o fato de que, antes de ser agredido, eu assobiava, sozinho, no interior do meu quarto.

— "Você aprendeu a assobiar antes de falar" – contou-me minha mãe.

— "Levei um grande susto!" – ela continuou – "eu estava na cozinha e escutei um assobio no quarto! Tem um homem no quarto" – pensei; "fui até a porta, espiei e era você que assobiava..."

Reparei, também, que minha agressão por aquele boneco tinha sido muito mais grave do que eu tinha consciência, até então; ela foi, também, a nível tridimensional. Dessa vez, eu vi, claramente, que o ser, realmente, arrancou meus olhos, ficando com os mesmos em suas mãos, quando apareceu um gigantesco ser marmorizado, tomou-o das mãos, espantou-o e recolocou os olhos de volta em minha face. Daí a herança da conjuntivite.

Resolvi ir bem mais fundo; pesquisar tudo o que eu pudesse, sempre sozinho, só parando quando eu soubesse o porquê de eu ter sido agredido, sem ter feito nada, e daquela forma, por aquele boneco; ao final, saber quem era aquele ser marmorizado que me ajudou.

ALGUÉM IGUAL A MIM

A escola pública em que estudava fazia divisa com o viveiro da Prefeitura. Na hora do recreio, sentávamo-nos no longo banco, de costas para a mesa, ficando de frente para o viveiro, o qual era separado do corredor de cimento da escola, por uma cerca de arame liso. Depois que acabávamos de comer nosso lanche, sempre começávamos alguma brincadeira de correr.

Lembro que naquele dia estávamos comendo nossos lanches quando alguém disse:

— Olha, tem uma coisa se mexendo lá no meio das árvores! – apontando para as mudas do viveiro; local famoso nas redondezas por ser mal-assombrado. Talvez os adultos tivessem inventado tais histórias para evitar que as crianças brincassem por lá. Mas havia quem dizia que os comentários tinham procedência.

Meus amigos, então, começaram uma verdadeira farra.

— É um Lobisomem!

— Não, é a Mula Sem Cabeça!

— É o Saci! – etc.

Até que o menino que havia levantado a suspeita esclareceu:

— Não, seus bobos, é uma capa vermelha, não tem ninguém dentro, tá vindo pra cá, tá chegando perto...

— É isso mesmo! – eu concordei, meio com medo.

— Éééééé? – ele gritou apavorado, saindo correndo; indo toda molecada atrás, inclusive eu.

Finalmente, eu havia conhecido alguém com características semelhantes às minhas.

— Será que ele também tem algum trauma no seu passado? – pensei.

Logo ele saiu da escola; nem deu tempo para podermos conversar nada a respeito do assunto e nunca mais nos vimos.

COMENTÁRIO DE CÔMER

O ser marmorizado é a representação de um ultradesgenetizado. A recolocação dos olhos foi complicada, embora rápida. O que o Entreiro não reparou foi na colocação de um aparato de proteção, o qual se materializou em forma de fosseta (terceiro ouvido – tipo de réptil) em uma de suas orelhas, a qual é bem visível lateralmente.

A experiência telepática foi muito forte. Teve que ser feita toda uma monitoração especial para evitar o suicídio do Entreiro.

PESSOA-ESPELHO

O encontro com um paranormal terrestre foi providencial para acalmá-lo de uma vez por todas, acabando com o sentimento de solidão, para que soubesse que outros, em outras escalas, sofrem experiências semelhantes. Muitas vezes na vida a providência nos faz deparar com pessoas-espelho, as quais vivem problemas semelhantes aos nossos, a fim de nos enxergarmos nelas. Geralmente encontramos tais pessoas em curto período da vida, em fases passageiras, nas quais as trocas e aprendizados mútuos são significativos; depois, naturalmente, os espelhos são afastados. Durante toda sua vida, o Entreiro encontrará pessoas-espelho.

CAPÍTULO 5
UM URSO OU UM GRANDE ÍNDIO NO ESCURO

Perguntei para meus pais se eles se lembravam de uma viagem que fizemos para Pirangi-SP; especulando sobre os detalhes, obtive os primeiros resultados positivos.

Bastaram mais algumas confirmações de detalhes dessa viagem e de outros acontecimentos para eu ficar contente comigo mesmo e começar a crer que estava certo tudo o que eu assistira da quarta dimensão.

A cada dia que passava, meu desenvolvimento ia ficando cada vez mais prodigioso e eu descobria uma novidade.

Comecei, então, a analisar todos meus problemas do ponto de vista de ambas dimensões. Porém meu nível de consciência era o mesmo: quando eu estava no meu corpo, ou quando eu estava projetado para fora dele, eu me sentia o mesmo, ou seja, com o mesmo nível de consciência. A única diferença é que, quando não estava projetado, sentia-me preso na carne e, quando projetado, livre diante da quarta dimensão. Praticamente as análises de meus problemas eram as mesmas, tanto do nível tridimensional quanto do quadrimensional. Faltava, ainda, despertar minha consciência quadrimensional. Eu tinha acesso à quarta dimensão, podia usufruir dela, mas não tinha a consciência (o saber) quadrimensional, tendo somente a consciência tridimensional em ambas dimensões.

Embalado pelo contentamento das confirmações, e com a certeza de que eu estava realmente descobrindo coisas verdadeiras, tive a ideia de voltar, o quanto eu pudesse, ao passado, pois acreditava estar nele a explicação do fato de eu ter sido agredido sem ter feito nada, ou seja, quando sofri o primeiro efeito reativo do I.C.

Eu descobria coisas e armazenava meus conhecimentos, certo de que, com o tempo, acabaria compreendendo melhor o que, naquela época, eu mal entendia. E assim fui procedendo, para, mais tarde, juntar todas as minhas informações, e chegar ao meu objetivo.

Querendo saber qual era o limite temporal que eu poderia voltar, estando bem perto dele, sofri mais uma reação do I.C; dessa vez, uma simbiose entre espírito da natureza e espírito de homem.

A SEGUNDA REAÇÃO INIBIDORA DO I.C.

Eu estava com sete anos, e quase chegando ao limite do tempo passado a que eu podia retroceder, quando começou a segunda reação do I.C., na verdade, uma série de reações de natureza psíquica, inibidora.

Em casa, eu dividia o quarto com minha avó materna, enquanto no outro dormiam meus pais e meu irmãozinho. Minha avó tinha o costume de se levantar às cinco horas da manhã para fazer o café, lavar a roupa e cuidar dos demais afazeres domésticos. Depois que meus pais saíam para o trabalho, ela esperava um pouco e ia nos acordar, às oito horas, para fazer tarefas de escola. Nas férias escolares, agia da mesma maneira comigo e meu irmão, pois, para ela, ninguém poderia dormir depois daquele horário, sendo tal prática costume de vagabundo.

Lembro que naquele dia ela fez barulho no quarto ao se trocar, o que me despertou. E, ao sair, deixou a porta entreaberta, me possibilitando avistar o outro cômodo, que ficava parcialmente iluminado pelos reflexos da luz da cozinha.

Eu tinha muita facilidade para projetar minha consciência e ativar meu cérebro *quadriens*, bastava eu ficar só que automaticamente tudo se ativava. Mas eu estava com preguiça e queria dormir, dormir profundamente.

De repente, próximo ao guarda-roupa, começou a ocorrer algo estranho – o I.C. mais uma vez estava reagindo contra mim. Surgiram, a partir do nada, pontos escuros que foram crescendo, virando bolas e se juntando, formando, ao final, uma imagem que lembrava um urso negro gigantesco ou um enorme índio.

Fiquei calmo, frio, esperando para ver o que acontecia.

Esse ser colossal começou a deslocar-se entre a cômoda, um móvel antigo da minha avó, e o guarda-roupa, dando pequenos saltos, indo e vindo, de lá para cá, em movimento periódico, lembrando, talvez, uma dança ritual indígena.

Comecei a pensar: "Isso aí tá parecendo um fantasma! Mas fantasmas não existem! Logo ele vai desaparecer, é só minha imaginação. Meu pai diz que fantasmas não existem".

Minha projeção de consciência, por puro instinto e despreparo talvez, recolheu-se, desativou-se, mesmo assim o I.C. desencadeava sua reação inibidora.

Sentei-me na cama com as mãos apoiadas no colchão, para ajudar num possível arranque; meus pés estavam calçados nos chinelos, quando houve uma aceleração no movimento periódico do ser representante do I.C., que, ainda por cima, começava a se aproximar de mim.

Mesmo assim eu ainda esperei alguns instantes para ver se aquilo desaparecia, repetindo meus pensamentos, mas não dava para esperar mais, calculei que sairia correndo assim que ele se dirigisse para a cômoda, deixando livre a passagem para a porta à minha frente e ao lado do guarda-roupa.

Quando saí correndo, para minha surpresa, ele sustou seu movimento periódico, voltando-se e parando à minha frente. Embalado como eu estava e já dominado pelo medo, por nada deste mundo eu suspenderia meu arranque naquele momento. Abaixei a cabeça e atravessei por dentro dele, tendo o cuidado de fechar os olhos durante a travessia. Cheguei, gritando, na cozinha, que tinha visto um fantasma, e lembro que quase acabei apanhando, naquele dia.

Senti-me desacreditado, humilhado perante os mais velhos, revoltado com minha condição.

Eu mal podia imaginar que aquela figura de urso era apenas a ponta de um *iceberg*, pois, por trás dele, havia todo um emaranhado psíquico que começava a me envolver e a fazer com que eu parasse com minhas pesquisas, tornando muito mais confusa minha cabeça infantil, que, embora com certo desenvolvimento *quadriens*, não tinha nenhum apoio, sentindo-se sempre só.

Embora eu, particularmente, começasse a me sentir humilhado por ter saído correndo, dizendo que tinha visto um fantasma e ninguém acreditado em mim, não desanimei, continuando a usar minha estrutura *quadriens*. Porém, a partir dali, comecei a ter a noção do preço que pagaria por minha ousadia.

Na verdade, agora era a hora de eu conhecer os espíritos dos homens. Aquele urso-índio era o elo entre os espíritos da natureza e os espíritos dos homens. Seu lado urso revelava sua primeira origem e o lado índio, o segundo. Apresentava-se sob tal forma por ser um espírito que tinha encarnado poucas vezes como humano, talvez uma só, e muitas como animal (na última, um urso). Segundo o Espiritismo, tal manifestação era de uma entidade ovoide, um ser muito atrasado. Mas isso era só o começo; eu teria que superar essa segunda reação do Inconsciente Coletivo para alcançar meu objetivo, e o *iceberg*, então, foi me revelando, pouco a pouco, o que estava por debaixo de sua ponta.

CAPÍTULO 6
MONTANHA DE GELO

Vamos ver se você consegue tocar sozinho. Ninguém vai te ensinar. Quem é bom já nasce feito, o filho do Chico aprendeu a tocar violão sozinho. Quando eu era pequeno, ninguém me ensinou a desenhar, eu já nasci sabendo. Dom é dom e não se ensina. É por isso que eu fui pintor, e até hoje consigo desenhar, perfeitamente, o que eu quiser.

Gostei das palavras de meu pai, embora parecessem um pouco rudes. Na verdade, elas foram, sem querer, um estímulo para eu procurar em mim mesmo a fonte do meu conhecimento. Foram, sem dúvida, o segundo estímulo que meu cérebro *quadriens* recebeu, lembrando que o primeiro foi a reportagem freudiana.

Inspirado nos pensamentos de meu pai, eu enfrentava o segundo efeito reativo do I.C., começando a achar ridícula e infantil a experiência com o urso índio, considerando-me vitorioso. Mesmo após surgirem novas aparições, verdadeiros monstros, eu não me intimidava, não me deixava abalar, sempre calado. Tocando minha flauta, continuava as pesquisas, tentando ir até o limite onde meu cérebro quadrimensional poderia voltar ao passado. Mas eu não me dava conta de que a música, naquela fase, era muito perigosa. Ela era um grande estímulo para o meu desenvolvimento cerebral proibido.

Embalado, levado pelos sons, constatei que, quando surgiram os primeiros *Homo Sapiens* (HS), eles encontraram um mundo dominado pelo I.C. (magnetismo) de seu antecessor. A forma de raciocínio do *Homo Sapiens*, por ser mais avançada, foi julgada como sendo ameaçadora, pois ultrapassava o limite padrão da época. Hoje, por sua vez, e da mesma maneira, os *Homo Quadriens* assim sofrem. Mas devo ressaltar a grande diferença existente entre a reação do magnetismo do antecessor do *Homo Sapiens* para com este, e deste para com o *Homo Quadriens*, (HQ).

A primeira reação ocorreu entre duas formas de inteligências puramente tridimensionais, sendo que a do antecessor tinha resquícios de animalidade, da parte irracional terrestre, de quando o mundo era dominado por animais e plantas. Por isso, tal forma inteligente era algo mais como um instinto semirracional. A reação ocorrida, portanto, foi do tipo físico: verdadeiros monstros se materializavam, vindos diretamente do inconsciente para a tridimensionalidade, matando, dilacerando os primeiros *Homo Sapiens*. Podemos considerar hoje como grandes registros desse período, a Literatura Universal afora: em Odisseia, de Homero, obra fictícia, Ulisses enfrenta verdadeiros monstros que, simultaneamente, povoam o mundo tridimensional e o imaginário – o Ciclope é o exemplo clássico. Temos também a lenda de São Jorge, que matou o dragão que comia gente. Na verdade, São Jorge ilustra o ponto final desse período, que continuou atuante durante milênios, mesmo após a extinção, ou como dizem, mutação evolutiva da espécie do antecessor do homem atual, fazendo com que tais reações ocorridas no passado, registradas apenas como ficção, caíssem hoje no ridículo e no total esquecimento, o que é ótimo para o próprio bem do homem atual. Gosto de chamar de turbilhão psíquico esta verdadeira tempestade magnética que surgiu entre esta etapa evolutiva, na qual o racional tridimensional suplantou o semirracional animal. Também classifico esta diferença intelectiva como sendo de ORDEM DE GRAU (dentro da mesma dimensão, apenas diferenciando-se em grau de aproveitamento da inteligência).

Já o que ocorre hoje entre HQ e HS costumo chamar de diferença de ORDEM DE ESCALA, posto ser entre uma inteligência puramente tridimensional e uma inteligência quadrimensional; daí as reações do I.C., do magnetismo, serem mais psíquicas, imateriais.

Porém, ao deparar-me com a reação entre o *Homo Sapiens* e seu antecessor, fiquei perdido no meio de uma tempestade magnética. Eu não conseguia escapar daquele lugar, via tudo confuso diante de mim. Cenas horríveis, monstros, homens lutando contra seres imaginários que se materializavam... e eu ali, sem poder sair.

Já estava desesperado quando algo começou a acontecer dentro de mim, muito interiormente. Meu jeito de ser foi mudando, deixei de ser criancinha, passando a ter consciência maior, mais velha; sentia-me um ser com bilhões de anos. Com aquela consciência, soube como sair fácil dali. Agora eu via tudo mais claro, sem me apavorar e, imediatamente, voltei ao tempo presente.

De volta ao meu tempo atual, ainda fora do corpo, vivi a experiência de ter duas consciências quadrimensionais ao mesmo tempo (ao menos no meu entender naquela época). Uma velha, com a qual eu não me identificava, e a outra, jovem, praticamente eu mesmo.

E sendo eu mesmo, quis projetar-me para o futuro, com toda minha inconsequência infantil. E, mais uma vez, o I.C. atuou na minha parte jovem, não me deixando ver livremente o futuro.

Sorte que minha parte velha, percebendo as reações e o que estava por trás do I.C., agiu a tempo, salvando a parte jovem, trancando-a dentro de meu corpo, sem deixar sair.

Desde então, meu problema passou a ser o seguinte. Tinha dois níveis de consciência, completamente diferentes: quando dentro de meu corpo, uma criança terrestre, totalmente normal, com seus respectivos valores; quando fora dele, um ser muito velho, extremamente consciente, uma consciência plena de tudo que se passava e com seus respectivos valores. Mas minha consciência criança achava chata minha consciência velha, por esta não sentir prazer nas mesmas coisas, deixando tudo muito simples e sem graça.

EMANAÇÕES, SEGUNDO CÔMER

Emanações são as diversas representações do mesmo ser em todas as dimensões inferiores a que este tenha acesso, a fim de interferir nas mesmas. No caso da Terra, o exemplo clássico que poderemos dar, são das Emanações regionais. A figura máxima desse tipo de emanação é a bíblica Santa Maria, mãe de Deus, que se emana por todo este planeta, assumindo traços regionais, daí termos: Nossa Senhora das Graças, Maria de Lourdes, de Guadalupe, do Sagrado Coração, Aparecida etc. Até mesmo fora da religião católica, mas cristãs, a Virgem tem suas emanações, tipo Iemanjá, Mamãe Oxum etc. Pelas suas diversas emanações, ela presta grandes trabalhos para a humanidade, se regionalizando e se atualizando, conforme a época, renovando e despertando a fé cristã, interferindo na tridimensionalidade.

No texto narrado, o que aconteceu, em escala infinitamente menor, foi que Mutrilo (Eu-Intermediário) emanou-se diretamente para a quarta dimensão, com o próprio Eu-Sou (Eu-Superior), a fim de salvarem a projeção quadrimensional local. Houve o transporte da sua emanação intermediária (aquela que se situa em Antares, abaixo do Eu-Superior, porém em conjunto com este – mas sem a percepção deste) para auxiliar sua projeção local, faculdade esta permitida somente para os Entreiros, posto que os demais ETs não dominam a técnica da emanação, apenas a da projeção.

Não podemos confundir emanação com expansão quadrimensional. Embora a diferença seja muito sutil, ela existe. A expansão é faculdade de seres de corpo material que permite o estudo de uma só situação, pelo ponto de vista de várias dimensões, ou seja, o mesmo ser sente-se, dentro de um mesmo ambiente, em vários lugares ao mesmo tempo, porém em dimensões diferentes. A expansão ocorre ao redor do corpo físico do ser, em sentido espiral.

A emanação, ao contrário, somente ocorre no sentido vertical, de cima para baixo, ou seja, quando a parte superior do ser incorpóreo, que vive em dimensão superior, desloca-se para uma dimensão inferior a sua, interferindo na mesma, para, em seguida, retornar a sua origem. Seria como, em outros termos, se você, adulto, pudesse voltar à sua infância para ajudar-se em determinada situação, voltando, em seguida, para o seu tempo atual de adulto, deixando sua parte criança seguir seu trajeto. É o contrário da viagem astral.

OUTRA REAÇÃO DO I.C.: VISÃO DA AURA COM PROJEÇÃO ASTRAL

Minha nova condição despertou a atenção do I.C., que passou a atuar na minha consciência criança: passei a enxergar a aura das pessoas, sabendo, pelas cores, coisas que não deveria saber. Tentei, de várias formas, com minha consciência infantil, livrar-me daquilo, mas, cada vez mais, tudo ia se complicando. A consciência velha, eu não entendia por que, mesmo sabendo como me livrar daquilo e de outras coisas que minha infantilidade não percebia, nada fazia. Mas "por que eu não me ajudo?"– era minha pergunta infantil.

A experiência máxima desse período foi a que mesclou duas faculdades ao mesmo tempo: a visão da aura com projeção astral.

Naquele dia, com minha consciência criança, eu estava olhando para um homem que estava conversando com meu pai. Vislumbrava em sua aura a combinação de cores ali existentes, e, por ser diferente das outras, tentava entender seu significado. O homem acendeu um cigarro, levantou-se da cadeira, por educação, para ir fumar na porta do estabelecimento. Eu me divertia com a visão da fumaça no interior do seu organismo, combinando-se, dando um tom esfumaçado às cores de sua aura, principalmente no peito.

Lembro que, após uma tragada, ele soltou, lentamente, a fumaça pelo nariz. A visão que eu tive foi uma das mais incríveis: a fumaça que ainda estava no interior do seu pulmão contrastou-se com a mesma que saía do nariz, sob os efeitos dos raios solares que adentravam a porta, formando um jogo de imagens belíssimo, a princípio, uma verdadeira obra de arte pós-moderna. De repente, tal espetáculo foi ficando feio, escuro, cinzento; a carne do homem foi se desfazendo virtualmente nas cores da aura e eu enxerguei, no espaço de uma faixa inclinada, o esqueleto do peito, como que arrebentado no meio da fumaça. Imediatamente, meu cérebro quadrimensional ativou outra faculdade: a projeção astral. Parte da minha consciência criança projetou-se para o futuro, comecei a vislumbrar um acidente de carro. Não quis continuar com a experiência; saí, discretamente, ao banheiro para lavar o rosto. "Esse homem vai morrer."– pensei.

Naquela noite, as imagens que eu tinha visto não me saíam da cabeça e eu me recusava a acreditar no que tinha visto. Dias depois, o acidente ocorreu, sendo o peito do homem esmagado por um caminhão, o qual passara por cima de seu veículo, na autopista.

Fiquei muito tempo agoniado, com medo de projetar-me, novamente, para o futuro, e daquele jeito, e assistir, mais uma vez, a algo desagradável. Estava com medo de olhar para as pessoas e ver coisas que não queria. E minha consciência velha nada fazia.

Resumindo: talvez, a fim de driblar a consciência velha, minha infantilidade desenvolvera, inconscientemente, a capacidade para projetar-se para o futuro da forma descrita anteriormente. Tal fator me causou muitos prejuízos, posto que o I.C. passou a comandar a trajetória nas projeções astrais. Agora, parte de minha consciência se deslocava para o futuro, mesmo estando diante de pessoas durante o dia, numa simples conversa. Lembro que eu olhava para a pessoa, via-lhe a aura, e, ainda por cima, seu futuro.

Essa nova reação inibidora do I.C. me revelou a incrível montanha de gelo que estava escondida por baixo da ponta do *iceberg*.

Foi muito forte, naquela época, e fez com que eu interrompesse, por um período indeterminado, minhas pesquisas, principalmente porque minha consciência velha não fazia tais experimentos tão interessantes para minha consciência infantil.

Ao contar meus problemas para minha família, todos ficaram chocados. Só sei que minha história chegou aos ouvidos de uma vizinha nossa na época, uma paranormal da Umbanda.

A VIZINHA MÍSTICA - PARANORMAL DA UMBANDA

Levaram-me para uma consulta com ela, que, ao final dos meus relatos, chegou à conclusão de que eu tinha vidência e que eu era muito novo para sofrer daquele jeito. A solução, segundo a mesma, seria tirar de mim a paranormalidade, por meio de uma consulta com uma entidade (espírito).

Para tirar-me tais faculdades, me conduziu, com minha mãe, para seu quarto conjugal. Sentou-se na cama, fez algumas rezas e pedidos. Instantes depois, incorporou uma entidade "baiana", a qual iria me examinar.

Eram mais ou menos três horas da tarde; meio de semana, e, sentados em duas cadeiras, começamos a conversar com a entidade, narrando-lhe tudo, envoltos na penumbra provocada pelas janelas e portas fechadas. Após me examinar, a entidade diagnosticou, falando em português rudimentar:

— Ucê tá fazendu coisa qui num pódi, fio. Fica saindu du corpu por aí. É mucho perigoso, fío! Ucê arrumô com isso, um inimigu muito forte. Pricisa falá cum Santu Aguchim!

Depois olhou para minha mãe e falou:

— Us spíritu vão levá, esta noite, ele e o inimigo dele acorrentados para a iscola de Santu Aguchim.

Os paranormais da Umbanda são poderosíssimos e têm contato com os mais autênticos espíritos terrestres, que, por sua vez, são representantes do I.C., do magnetismo terrestre. Embora vivendo no mundo espiritual terrestre, a maioria possui uma consciência puramente tridimensional, não possuindo a verdadeira consciência quadrimensional. Pode-se dizer que tais consciências são intermediárias entre as duas citadas, como se fossem homens que, mesmo desencarnados, possuem sentimentos e pensamentos de carne e osso. Consequentemente, conhecem profundamente o I.C., suas regras, rituais e, principalmente, como resolver tais tipos de problemas pelos quais eu estava passando, já que a causa era o próprio I.C.

Na verdade, o que o I.C. queria comigo era o mesmo que cobra de todos os paranormais terrestres (paranormais, místicos, magos etc.), que eu reconhecesse um de seus rituais, suas leis e, principalmente, que parasse de ultrapassar seus limites, contentando-me em viver neste mundo intermediário que ele cria, para deixar-me em paz. Por isso é que tais entidades não conhecem a quarta dimensão como ela realmente é, acabam vivendo e estudando somente o I.C., o magnetismo terrestre. O I.C. permite que os paranormais e entidades vivam dessa maneira, pois torna-se mais forte com isso.

As grandes exceções são os santos (ultradesgenetizados que encarnaram a serviço do ESPÍRITO SANTO), ou entidades superiores que deixam, após desencarnar, o orbe terrestre e aqui não mais retornam.

CONHECENDO UM SANTO TERRESTRE

Saí da consulta confuso, tentando imaginar como seria "Santu Aguchim": "Aguchim" lembra "espadachim" (personagens que eu via em filmes na televisão) – "deve ser um santo que usa espada, que tem uma espada grande para lutar. E que inimigo é esse que ela falou?"– pensava eu.

Naquela noite, quando já estava quase dormindo, vieram dois espíritos e me arrancaram do corpo. Eles me davam a sensação de que eu estivesse materializado em carne e osso, pois cada um me segurava por um braço. Eu, com a consciência infantil, tentava escapar e não conseguia.

Levaram-me para um lugar gigantesco, um salão enorme, com muita neblina; suas paredes pareciam feitas de nuvens. Puseram-me sentado numa poltrona de mármore branco (ao menos me parecia tal material), rústica, de superfície irregular, toda entalhada. Notei a inexistência de temperatura, nem frio, nem calor. Era a Escola de Santo Agostinho. Percebi que, enquanto me colocavam na poltrona, outros dois espíritos de luz levaram outro ser (pequenino), da mesma maneira, preso, para outro ambiente, um compartimento bem ao fundo, do qual saíam outras vozes. Era meu inimigo. Quando me dei conta, estava com os dois pulsos presos aos braços da poltrona, totalmente imóvel. Os dois espíritos saíram, então fiquei só naquele ambiente. Olhei para baixo procurando o solo e vi que o mesmo era o infinito.

Então, finalmente, chegou o Santo, gigante de barbas longas, que veio levitando em sua túnica etérea até bem próximo de mim. Com seu olhar severo, mas calmo, olhou-me nos olhos (para mim, aqueles olhos eram a personificação da verdade), não pronunciou palavra e fez com que viesse, da mesma maneira até mim, um gigantesco livro. Aquele livro flutuante tinha, fisicamente, quase o triplo do meu tamanho e, parecendo ter vida própria, começou, sozinho, a abrir-se para eu lê-lo.

Assim que avistei a primeira página aberta, tudo foi se apagando. Eu perdi a consciência, não me lembrando de mais nada.

Na semana seguinte, quando voltamos para conversar com a entidade "baiana", esta nos esclareceu: — Seu inimigu vai ficá presu na iscola de Santu Aguchim. Quandu ucê fizé dizoito anos, ele vai sê sorto, pois assim tem que ser. Seus problemas se acabaram. Mais pra frente, quando tivé maduru, ucê vai si lembrá de tudo direitinho.

SIMPATIA PARA ELIMINAÇÃO DE VÍRUS

Falando um pouco mais da minha vizinha paranormal, ela, por outra ocasião, viria a me ajudar muito com seus conhecimentos do Inconsciente Coletivo, de suas leis e seu funcionamento. O magnetismo, como já dito, tem seu lado bom e o seu lado mau. Se você está em paz com ele, conhecendo e aceitando seus códigos, poderá usufruir de seu lado bom; caso contrário, sofrerá com o mau.

Eu estava, dias depois, muito ruim, com hepatite B, com alguns vizinhos. Era uma epidemia.

Para curar, a vizinha paranormal fazia uma simpatia num gramado, falando algumas palavras mágicas, cortando o contorno da grama em volta da pessoa, e, depois, arrancando-a toda, revirando-a para deixar secar ao sol. Com os dias, a grama ficava amarela, "arrancando a doença da pessoa", transferindo todos os vírus do corpo, para os vegetais. A pessoa que sofreu a simpatia não poderia tocar na grama, senão os vírus voltariam ao seu corpo. Depois, uma terceira pessoa queimaria a grama, matando todos os vírus. Como ela conhecia muito o I.C., principalmente seu lado bom, este a ajudava, aceitando aquele código que era a simpatia, e suas curas ficavam famosas pelo bairro.

O que eu sei é que minhas visões de auras e de tragédias cessaram após o primeiro ritual, como da mesma maneira, na simpatia, sarei da hepatite, tendo o meu corpo livre daqueles vírus.

Porém eu não me sentia satisfeito comigo mesmo em viver naquelas condições, sem poder usufruir, como antes, da quarta dimensão e fui pensando num jeito de voltar a ser *Homo Quadriens*, mesmo tendo que quebrar aquela nova trégua conseguida.

COMENTÁRIO DE CÔMER

Nosso universo é um jogo de poderes, abrangendo competências e influências. No caso narrado, quando da dupla consciência (Emanação e Projeção, juntas), o Entreiro, ao ver-se em perigo, com sua consciência infantil (projeção quadrimensional) no meio da grande tempestade magnética, só pôde escapar dela despertando sua consciência plena (Emanação de ser ultradesgenetizado). Tal prática é legal, pois os Entreiros podem entrar e sair de qualquer mundo ou lugar. É uma lei prima. Após despertar, na emergência, tal consciência (emanação) sofreu restrições por parte da artificialidade *quadriens* (projeção), o que gerou problemas.

O inimigo narrado é o espírito de um extraterrestre, Salo, que morreu na Terra, e que, agora, estava manipulando o I.C., para atacar o Entreiro, como será explicitado nos conhecimentos deixados pelo ET seguinte. Tal inimigo agiu denunciando as manobras do Entreiro ao I.C., pelo poder de manipulação que tem e, da mesma maneira, influenciou o contágio pela doença.

Para retirar a consciência plena, os ultradesgenetizados que o manipulavam não podiam burlar leis terrestres, por isso, tudo teve que ser feito de acordo com o protocolo e o tempo devidos, em que o mesmo foi conduzido até a presença do Santo, o qual resolveu a situação da seguinte maneira:

a. Tira a consciência plena do Entreiro, até aproximadamente seus trinta anos, vivendo nesse período com sua consciência quadrimensional;

b. Prende seu inimigo, até que o Entreiro completasse dezoito anos, aproximadamente;

c. Afastá-lo da música que lhe estimulava a mente;

d. Tutelá-lo até a recuperação da consciência plena;

e. Finalmente fazê-lo perder o livre-arbítrio para agir na terceira dimensão, para melhor manipulação dos Ultras que o acompanham.

Santo Agostinho, na escala do poder terrestre, é o ultradesgenetizado a serviço do ESPÍRITO SANTO (daí receber, inconscientemente, o nome de santo pelos humanos); é quem teria condições de retirar a consciência plena do Entreiro, agindo em conjunto com ultradesgenetizados neutros que o acompanham, estando estes sob a forma de espíritos de Luz. Para tanto, foi feita uma grande manipulação com o uso de entidades terrestres, inclusive.

PARTE 2

Parte 2:
LIVRO DO HOMO QUADRIENS

CAPÍTULO 7
PERDA DO LIVRE-ARBÍTRIO
(PELO PRÓPRIO HQ)

Passados mais de três anos, ainda criança, com aproximadamente onze anos de idade, eu estava, durante o recreio, jogando Betia. É um jogo com uma bola de tênis, com dois rebatedores, de frente um para o outro, tendo um taco cada, os quais têm a missão de defender a base (lata de óleo, no chão), não deixando que os outros dois adversários, arremessadores, a derrubem. Ao derrubarem as latas, trocam-se as posições, e os arremessadores assumem os tacos; e vice-versa. Rebatendo-se a bola e, a cada troca de posição entre os rebatedores, ganha-se dois pontos etc.

Arremessei a bola, a qual foi rebatida para não muito longe. Enquanto corria de volta com a bola, os rebatedores tentaram a segunda troca; então, arremessei-a, acertando um deles, sem que este estivesse com seu taco tocando o solo dentro do espaço desenhado perto da base. Tal situação nos daria direito a assumir os tacos. Acabei me desentendendo com o rebatedor. Ele ficou nervoso e jogou seu taco, que veio voando feito um bumerangue, acertando, em cheio, minha cabeça. Fiquei alguns instantes agachado, esperando a dor passar, passei a mão no centro da cabeça e senti um galo. Agora eu queria a desforra. Peguei o taco e parti para cima dele. Todos os outros atiçavam, queriam ver briga, ação. Fui em sua direção e ele me olhava com ar desafiador; mirei em sua cabeça; quando ia dar-lhe uma paulada, aconteceu algo incrível: o tempo parou; todos ali presentes ficaram paralisados, a cena parecia uma fotografia, e um ser gigantesco, que parecia feito de mármore e que pairava no ar, me disse:

— Ah, coitado! Você não vai bater nele!

Eu não sabia com quem estava falando, mas respondi:

— Eu tenho que bater nele, o que vão falar de mim? Que eu levo uma paulada na cabeça e fico quieto! Vão dizer que eu não sou de nada!

Mas o ser me retrucou:

— Não, você não vai bater nele!

E eu ali discutindo com o ser, tendo meu corpo material também paralisado – não conseguia me mover, até que acabei concordando:

— Tá bem, não vou bater nele!

Na hora em que as ações foram liberadas, para atender ao ser e, ao mesmo tempo não passar por um frouxo, joguei o taco (galho de árvore), de forma agressiva, como se tivesse errado o golpe que passou resvalando a orelha esquerda do meu agressor. Imediatamente todos, que instantes atrás estavam atiçando, passaram a separar a briga. Pediram para olhar minha cabeça, para ver o galo, pois a pancada tinha sido forte. Não havia galo algum. Ao final, concluíram:

— Esse cara tem a cabeça dura mesmo.

E o jogo continuou. A partir daí, já com quase treze anos de idade, eu não tinha mais livre-arbítrio. Qualquer ação minha que aqueles seres marmorizados, às vezes luminosos, não gostassem, prontamente me repreenderiam.

COMENTÁRIO DE CÔMER

Tal situação descrita será mais bem explicada quando for contada, mais adiante, sua segunda ocorrência. Os seres marmorizados são os ultradesgenetizados que o acompanham.

FUGINDO DO POLICIAMENTO DO I.C.

OS PRIMEIROS ESPÍRITOS HUMANOS – O I.C. DE NOVO, SEGUNDO O ENTREIRO

Antes de perder o livre-arbítrio, já tendo vivido a experiência com Santo Agostinho, decidi pesquisar o futuro, para descobrir o que ocorria, pois estava contente em saber o limite até onde eu poderia retornar. Já estava quase conseguindo projetar-me para o futuro quando o I.C. começou a reagir de outra forma, revelando o que estava por baixo da ponta do *iceberg*, tentando me ridicularizar e confundir, acima de tudo.

Quando eu ia dormir, coisas estranhas começavam a ocorrer, barulhos de objetos, seguidos de um incessável bater e ranger de dentes. As batidas de dentes eram extremamente altas, não me deixavam dormir. Cheguei, por diversas vezes, a pedir para minha avó materna, que dormia comigo, para acender a luz e me ajudar a procurar o que estava fazendo barulho e, mesmo com a luz acesa, o barulho não parava.

Eu abria o guarda-roupa, procurava embaixo da cama, não conseguia achar a origem do barulho, o qual parecia que mudava sempre para o lado oposto ao que eu estava; fiquei desesperado, chegando a mexer em cima da cômoda, aquele móvel antigo de minha avó, sobre o qual eu deixava minha flauta; sem querer, derrubei-a e ela rachou.

Minha avó rezou e mandou eu rezar para espantar o barulho e, finalmente, eu me acalmei e dormi. Foram muitos "PAIS-NOSSOS" e "AVES-MARIAS", rezas estas que me foram ensinadas pela minha avó e pela minha mãe, de religião católica; e eu carrego este costume de rezar até hoje. Descobri que a reza é e faz parte do I.C. e que ele a respeita, quando rezada com fé, nos dando a Paz.

Hoje eu compreendo muito melhor os poderes das rezas, pelas confirmações em estudos espíritas, em que tal fundamento está muito bem explicado.

Rezando, a gente entra em outra faixa de vibração, saindo do alcance das entidades que nos perturbam.

Porém eu não queria ficar parado no meu avanço quadrimensional e insisti em ver o futuro, quebrando o tácito pacto de paz que eu havia feito com o I.C., sofrendo, com isso, sérias consequências, conhecendo, ainda mais, o que viria daquela "montanha de gelo" e que eu já começava a ter uma pequena ideia naquela época.

Refleti por muito tempo, fiz mais algumas tentativas frustradas de conseguir burlar o policiamento do I.C. até ter a ideia de usar o que eu já conhecia, como um possível impulso para o futuro, para poder estudá-lo livremente e encontrar nele a explicação real para minha ideia inicial de encontrar a verdade e saber por que fui agredido quando criança sem ter feito nada.

Usando a projeção da consciência, voltei um pouco ao passado e resolvi pular dali para o futuro, breve futuro.

A experiência deu certo, finalmente havia conseguido driblar o I.C. mais uma vez e sem o efeito colateral de ficar vendo a aura das pessoas! Das vezes em que eu assisti às tragédias, eu havia partido diretamente do tempo presente e, agora, ao contrário, voltava ao passado para buscar o futuro.

E assim eu fui procedendo para continuar meus estudos quadrimensionais, dessa vez mais livre do que nunca, para, ao final, saber qual seria o segundo limite no tempo, no futuro, até aonde eu poderia chegar, lembrando que no tempo passado eu poderia retroceder até o surgimento do *Homo Sapiens* perante seu antecessor.

Foi assim, tempos depois, que eu me deparei com o efeito 2000, o imaginário fim do mundo pelos homens.

CAPÍTULO 8
A BARREIRA 2000

Chamei de "Barreira 2000" o limite do tempo futuro que eu poderia projetar meu cérebro *quadriens*. Naquela época, já saindo da infância, eu não poderia entender a razão desse limite; eu só sabia que não conseguiria ultrapassá-lo na condição de *Homo Quadriens*. Então resolvi estudar a faixa de tempo à qual eu teria acesso dentro da quarta dimensão, procurando alguma forma de inteligência quadrimensional na Terra. Mais tarde é que eu fui entender a razão desse fator, que é relativamente simples.

O início da faixa temporal a qual eu tinha acesso consta da época do surgimento do *Homo Sapiens* perante seu antecessor, o que criou um verdadeiro turbilhão psíquico dentro do I.C. da época, e o seu final (ano 2000), também é limitado por um turbilhão psíquico, porém diferente, não significando o surgimento do *Homo Quadriens*, pelo contrário, sendo um problema interno do próprio *Homo Sapiens*.

É que o Inconsciente Coletivo do nosso mundo, planeta Terra, é dominado pelos pensamentos de seu ser dominante, o qual já sabemos. E esse mesmo I.C. tem muita herança dos tempos medievais da nossa História, vivendo, ainda hoje, em nosso planeta, uma maioria de pessoas com pensamentos medievais, que conservam o medievalismo dentro do I.C.

Resumindo, o Inconsciente Coletivo do planeta está atrasado em relação à evolução tecnológica do *Homo Sapiens*, prejudicando o mesmo e todos os fatores, até mesmo científicos.

Por incrível que pareça, a maior preocupação atual do Inconsciente Coletivo da Terra é com o fim do mundo no ano 2000. Com tal preocupação, o I.C. do planeta está em parafuso, e, quanto mais próximo o ano 2000, maior vai se tornando o turbilhão psíquico que envolve essa passagem.

A título de ilustração, constatei por diversas vezes que até mesmo pessoas cultas ficam admiradas com documentos com validade para além deste milênio, soltando frases exclamativas, mesmo estando às portas do ano 2000, dando a entender que é praticamente impossível poder usufruir daquele documento, tipo carta de motorista com validade até 2007, representando aquele título um verdadeiro milagre, ou uma verdadeira blasfêmia.

Isso tudo foi gerado por más interpretações das Escrituras Sagradas, passadas de geração em geração, calculando sempre o fim do mundo pela passagem do ano 2000.

Graças a essa preocupação com o fim do mundo no ano 2000, o Inconsciente Coletivo, principalmente o regional brasileiro, esqueceu um pouco os *Homo Quadriens*, sobrando uma brecha para eu viver um período de plenitude, em plena fase ultraconservadora tridimensional dos *Homo Sapiens*, diante de uma grande espécie de xenofobia mundial a possíveis seres ou maneiras de inteligências alienígenas, não aceitando nada além do limite tridimensional.

O Inconsciente Coletivo Regional Brasileiro, por influência de seu povo e cultura, não tem preconceitos contra estrangeiros; pelo contrário, tem um grande carinho com eles, pois somos nós, brasileiros, descendentes de todos os povos do mundo. Indiretamente, pelo menos por enquanto (que a preocupação maior da coletividade é outra), eu, *Homo Quadriens*, sou bem-vindo por aqui, mesmo tendo que driblar o I.C. Acredito que não teria a mesma chance se tivesse nascido em um país preconceituoso, racista, ultraconservador ou xenófobo.

Ainda é muito cedo para uma transição *Homo Sapiens – Homo Quadriens*, pois vai demorar muito para o I.C. do nosso planeta dar uma única chance de vida para um HQ e reconhecer algo além de seu autolimite tridimensional. Eu mesmo acredito que, passado o turbilhão psíquico do ano 2000, não mais terei a mínima chance de viver como hoje vivo, diante das reações do I.C., podendo até mesmo ser fulminado.

Por isso, dedico meu tempo em estudar a quarta dimensão, o que me faz entender melhor a cada dia como será difícil e lenta essa transição, assistindo, enquanto isso, a verdadeiros massacres patrocinados pelo efeito reativo de execução do I.C., para aqueles HQs que ousam utilizar a quarta dimensão, ou que não querem filiar-se a ele (I.C.), tornando-se uma espécie de místico ou afim, obedecendo a suas regras e leis.

Porém algo me deixa esperançoso quanto ao futuro dos *Homo Quadriens* no planeta Terra. Hoje, as pessoas não ousam projetar para muito longe no tempo seus pensamentos, ninguém ousa pensar muito distante no futuro. Vivemos um progresso dinâmico em um prazo curto, até mesmo de um ano, a ciência vai mudando o estilo de vida das pessoas.

Ao contrário do que ocorria no período medieval, no qual a vida de gerações em gerações era sempre igual, sem, praticamente, nenhuma mudança no seu estilo, o que incentivava as pessoas daquele período a projetarem seus pensamentos conservadores para séculos adiante, acreditando que a vida seria daquela forma para sempre, com algumas exceções, é claro.

Essa nova visão do futuro que o *Homo Sapiens* está adquirindo é muito benéfica para si próprio, pois a não projeção de pensamentos conservadores para o futuro, aos poucos, está acabando com o conservadorismo do I.C., o que permitirá mudanças e evoluções dentro da própria espécie, de uma maneira mais fácil e menos dolorosa.

Hoje já surge a questão se o Homem será dominado pelas máquinas, inteligências artificiais, computadores. O Homem fica confuso diante de tudo isso, sentindo-se, até mesmo, impotente, e tal problemática é largamente explorada pelos meios de comunicação comercial.

Não vejo nada negativo nisso tudo; pelo contrário, vejo uma brecha para se encaixar a evolução *Homo Quadriens* como resposta.

Agora, voltando à minha biografia: depois de descobrir a barreira 2000, reestudar a faixa de quarta dimensão a que eu tinha acesso em nosso planeta, resolvi explorar o espaço sideral, quadrimensionalmente, para ver se achava alguma forma de vida ou inteligência quadrimensional.

COMENTÁRIO DE CÔMER

O pensamento de que poderá ser fulminado depois do ano 2000, indica, ainda, uma falta de entendimento do Entreiro, que levará tempo para ser corrigido, por isso ainda não pronto para os ETs.

Nessa fase, praticamente já houve a conclusão das experiências iniciais do HQ. Ele não tinha a mínima consciência de nossa existência, muito menos da existência de ultradesgenetizados. Tudo tinha que ser feito no seu devido tempo.

Para fazê-lo repensar o assunto e, ao mesmo tempo, para medir os limites e viver todas as experiências paranormais possíveis na Terra, a fim de dar base de sustentação para a escritura da enciclopédia nos moldes do Espírito Santo, chegou a hora do encontro com seu Complemento Energético, popularmente conhecido como alma gêmea.

Ultradesgenetizados não possuem alma-gêmea, posto que estão no nível superior do universo, em que se realizam e se complementam somente no Deus único; mas Mutrilo, mesmo sendo um deles, teve que obedecer às leis dos níveis médio e inferior, tendo, portanto, que viver tal experiência.

O ENTREIRO

Os Ultras que o monitoraram se aproveitaram do fato para dar mais esclarecimentos ao *Homo Quadriens*, sobre ele mesmo, do seu Eu-Intermediário (Mutrilo), do qual, aqui na Terra, ainda era apenas uma ínfima parte.

O trecho escrito pelo próprio HQ foi por volta dos seus 26 anos da vida terrena, um exercício de memória. Nessa época, com apenas a consciência de Entreiro, ele quis escrever o trecho seguinte, o qual intitulou "12 de julho, em novembro", mas tal prática era impossível, pois ainda era vedado o significado daquilo tudo. Seu Eu-Intermediário (Mutrilo), por ser de origem ultradesgenetizada, tem, por política, não falar em alma gêmea. Por isso, quem transcreve, nos devidos moldes, baseados na biografia, somos nós, Djiroto e Côrner, extraterrestres, que, de maneira neutra, podemos tratar do assunto.

INÍCIO DA ADOLESCÊNCIA: EXPERIÊNCIA DA ALMA GÊMEA

12 DE JULHO, EM NOVEMBRO, SEGUNDO DJIROTO E CÔMER

Ele resolveu pesquisar se havia inteligência *quadriens* fora da Terra.

Após algumas tentativas frustradas, resolveu desistir momentaneamente, posto haver pegado catapora. Com febre, e o corpo coberto por bexigas, meio avermelhado, deitou-se, para dormir. Assim que amanheceu, estava deitado de frente para a parede, sentiu umas leves mãos acariciar seu rosto, sua cabeça, seu cabelo, e refrescava as bexigas quentes que incomodavam a face. A fim de deixar que sua mãe não parasse com as carícias, fingiu dormir, continuando na posição em que estava. Quando as carícias terminaram, voltou-se para trás, queria sorrir para sua mãe, mas para sua surpresa não havia ninguém no quarto. Naqueles dias, ele passou a sentir carícias estranhas em seu corpo, até passar o ciclo natural do vírus, e, com ele, a doença.

Recuperadas as forças, nem deu bola para o que estava acontecendo, e se preparava para descobertas espaciais; queria sair dos limites terrestres, galgar estrelas, planetas desconhecidos.

De repente, para sua surpresa, bem ali na sua frente estava uma forma de inteligência *quadriens*, a qual foi monitorada para o procurar. E a sua imagem era também de uma criança, da mesma idade; visualizando-a melhor – uma menina! Pensou: "Será que é ela que me acaricia?". A resposta até hoje ele não sabe ao certo, posto que nunca lhe perguntou.

Foi indescritível a sensação que sentiu; finalmente alguém que falava a sua língua.

A descoberta um do outro os fez companheiros de exploração daquela realidade quadrimensional.

Porém suas ideias não batiam; enquanto ela queria somente divertir-se, ele queria levar tudo a sério, fazer pesquisas.

Estavam separados pelo tempo tridimensional por um período de, aproximadamente, cem anos, sendo que o presente, século XX, era o futuro dela.

No princípio, ficou confuso: "será que estou saindo com uma fantasma? Será que para ela eu também sou um fantasma?".

Mas logo ele foi se acostumando com a ideia ("não; ela não é uma fantasma, é uma projeção quadrimensional de uma menina que viveu no passado") deixando as pesquisas de lado, começando a divertir-se na quarta dimensão, fazendo viagens turísticas por meio dos tempos. Chegou mesmo a ir contra seus próprios princípios, que sempre foi o de respeitar o "mistério" alheio, uma boa política para evitar conflitos com o I.C. – quando a acompanhou para o interior de uma pirâmide, no tempo tridimensional, milhares de anos atrás. Ficou confuso com o que viu: pessoas em uma cerimônia, tomando vinho em taças de ouro, e ela (sua amiga) ainda teve a capacidade de oferecer-lhe vinho – "e eu bebi e senti o gosto do mesmo!", disse depois a ela.

"Mas como isso?", pensou no final do passeio – "como ela consegue voltar nos tempos, tocar em objetos tridimensionais, fazer com que eu também os toque e, ainda por cima, sentir o gosto?".

Ela o surpreendia cada vez mais.

"Será mesmo que existia vinho nas Pirâmides? Mas, lá não é deserto?" eram suas dúvidas secretas, que foram tiradas quando mais tarde estudou História Antiga e Medieval, e o professor falou das culturas vegetais às margens do Nilo.

— "Ah, então está explicado aquele vinho" – pensou.

Um dia ela o convidou para conhecer seu tempo de vida, de quando estava encarnada na Terra, para aparecer com o corpo tridimensional, tendo planos de apresentá-lo a seus parentes e posteriormente vir visitá-lo, da mesma maneira, em sua época, conhecendo seus parentes e amigos.

— Mas como, se para os outros nós somos como fantasmas? – perguntou-lhe.

— Confie em mim! - ela respondeu. – você vai aparecer no meio de uma festa, daí eu te apresento quem eu quiser e depois você vai embora!

— Tudo bem. - ele falou.

A pretensão que ela tinha de aparecer para as pessoas em seu real tempo de vida lhe causava espanto; ele considerava aquilo tudo um desafio muito grande.

— E como você quer que eu apareça no seu tempo? – ela perguntou a ele.

Ele não deixou por menos, pensou em algo muito difícil, uma situação praticamente impossível para sua época, ele procurava um empecilho intransponível.

— Bom, para eu ter certeza de que você é você mesmo, eu quero que apareça montada em um cavalo; fale comigo, minha família e quem mais estiver por perto.

— Está combinado! – ela disse.

A situação para aparecer a cavalo era bem difícil, posto que ele morava na cidade, embora sendo pequena e do interior, somente veículos trafegavam pela mesma. Muito difícil alguém a cavalo; isso só no campo. A área agrícola de sua cidade era dedicada ao cultivo do café e da cana-de-açúcar, portanto somente havia trabalhadores braçais e máquinas no campo. A presença de cavalos, bois, era muito mais difícil, consideradas até mesmo raras.

Até aqui constatam os Ultras que o Entreiro está muito imaturo, sentindo muito os efeitos da encarnação, o peso do corpo e não tem a mínima consciência de que é um ser energético preso a um corpo. O que compensa tais fatores é a sua persistência pela busca do saber. Ela, de certa forma, tem mais o domínio da quarta dimensão, mas não vive em tempo, nem em lugar propício.

Dias depois, sem saber explicar como, ele estava visitando o tempo real a que ela pertencia, com a sua forma de carne e osso lá materializada, em uma bonita festa, num povoado antigo, perdido na Península Ibérica.

Depois que ele se despediu das pessoas, falando, sem ter consciência aquele dialeto, próximo ao português e ao espanhol, preparando-se para voltar ao seu tempo, fizeram-lhe o que tinha que ser feito.

REVENDO SUA ÚLTIMA ENCARNAÇÃO NA TERRA

Fizeram com que ele visse a si mesmo na encarnação passada, quando da primeira experiência alienígena em que veio à Terra. Foi apenas uma encarnação para treino e preparo – aprender a pensar na terceira dimensão, dominar um corpo humano e medir a contenção da Terra (contenção é a resistência do magnetismo terrestre à paranormalidade). Reviu seus últimos dias de vida. Naquela época, ele vivia uma situação insustentável, reconhecendo-se em um jovem de aparência hispânica, 21 anos, olhos negros, magro, de cabelos lisos e pretos, na companhia de um padre, com quem se confessava de suas experiências paranormais. Percebeu que, naquela época, não teve as menores chances de desenvolver a inteligência quadrimensional como pretendia. O padre, muito amigo seu, tentando protegê-lo das perturbações, aconselhou-o a não dizer nada a ninguém, arranjando-lhe um emprego num navio mercante.

— Quem sabe novos horizontes lhe mudem a cabeça!

A sua tese, na época, era que o homem, ao morrer, não iria diretamente ao céu, tendo que nascer de novo; ao que o padre lhe contestava: "eu não, eu sou padre, assim que eu morrer, vou direto para o céu." – e ele replicava: "o fato de o senhor ser padre não significa que tenha um lugar garantido no céu, assim, diretamente".

O padre ria dele, com jeito paternal, como quem diz: "não filho, não é assim!!!". Antes de chegarem ao porto, passaram por uma fazenda, onde o padre apresentou-lhe sua sobrinha com suas amigas.

A cena que mais marcou foram aquelas meninas que moíam uvas com os pés. A sobrinha do padre, chamou-a de Aen, a qual futuramente lhe daria grandes provas espíritas. Também reencontrou sua amiga da quarta dimensão, Ícia, que, com a outra, se divertiam nas uvas. Ícia, outro Entreiro, tinha maior desenvolvimento que ele, mas não tinha como aproveitá-lo, apenas divertia-se com seus poderes, não levando nada a sério, o que lhe poupava inconscientemente a vida.

Cumprimentou as meninas, que lhe aparentavam cerca de quatorze anos e saiu em seguida com o padre. No dia seguinte, despediu-se do padre e já, de dentro do navio, via a terra sumir, naquela sua primeira viagem de marinheiro.

Alguns dias depois, chegou a tempestade; foi uma cena horrível: era noite e os relâmpagos eram intensos, com muita frequência. O navio era um joguete das águas, indo para lá e para cá, em movimentos truncados. O convés parecia uma piscina e todos os marinheiros se agarravam como podiam, em qualquer parte da nave para não serem lançados ao mar. No meio das trevas, eles se enxergavam por *"flashes"* patrocinados pelos relâmpagos. A cada sequência de *"flashes"*, as posições iam mudando no convés. Ao final, já não sabiam definir o que era mar e o que era navio, pois viam pouca madeira do convés, cerca de quatro ou cinco metros somente; depois, tudo água.

REVIVENDO UMA MORTE

Finalmente, caiu ao mar e a vida do seu corpo de carne e osso chegou ao fim.

Foi agonizante: fizeram com que ele, o Entreiro, sentisse a mesma morte pela segunda vez.

Agora sim, os Ultras já podiam apresentar-se a ele e mostrar, ao mesmo tempo, quem ele mesmo era.

O fator de reviver a morte foi um disfarce Magnético utilizado pelos Ultras para levarem o Entreiro de volta ao seu meio de origem.

Explicando melhor: disfarce Magnético é fazer uma ação que o magnetismo aceita, que, aos olhos do magnetismo tem um efeito, mas que, por outro lado, pode-se obter outro.

No caso narrado, o disfarce Magnético (morte) é aceito pelo magnetismo, para a liberação da alma do indivíduo para ir ao céu. Aproveitando essa permissão, os Ultras usaram desse caminho para levar o Entreiro até a realidade superior, sem nenhum problema. O magnetismo não se deu conta de que era pela segunda vez que a morte estava ocorrendo. Para o I.C., tudo era apenas lembrança. Daí, a necessidade da primeira encarnação e morte – além de aprender a lidar com o corpo tridimensional, criar, pela morte do mesmo, uma passagem legal e permitida para outras dimensões.

Depois de reviver a morte, ainda somente com a consciência de Entreiro, ficou surpreso ao se ver acordando entremeio a seres alienígenas de pura energia, sentindo-se e sendo, na verdade, um deles, comentando alegremente resultados da experiência vivida.

SÃO ELES, OS ULTRADESGENETIZADOS

Muito conhecimento alienígena voltou à sua memória, ficando tudo muito claro para ele.

Ampliaram sensivelmente sua inteligência quadrimensional e sua memória: agora ele tinha mais consciência de quem era e do que estava fazendo. Lembrou que era um ser que já havia superado várias escalas evolutivas. Lembrou-se de que era, acima de tudo, um Entreiro.

Os Entreiros são os únicos seres artificiais (ultradisfarçados) capazes de entrar e sair de todos os mundos, planetas e dimensões, retornando, em seguida, ao seu lugar de origem, com todas as garantias. Nós, os extraterrestres, que estamos narrando esta passagem, embora compreendamos tal fator, não temos como dominar tal tecnologia, posto ser muito avançada para nós. Podemos até nascer como humanos, mas nosso retorno é cem por cento incerto. Ficamos sempre presos aos mundos que estamos estudando, às vezes, dezenas de encarnações sem ter como voltar à forma original, por isso, precisamos dos Entreiros para nos levar de volta.

Todas as espécies alienígenas existentes pelo universo são objeto do estudo dos Ultras em forma de Entreiros, dentre eles o próprio homem vivente no planeta Terra.

Somente os Ultras classificam os seres inteligentes, examinam mais profundamente suas diferentes constituições genéticas e dominam as energias criadoras e ligadoras dos genes, autorizam experiências e pesquisas entre espécies alienígenas diferentes, incluindo e excluindo planetas e mundos da civilização interestelar.

Basicamente existem três grandes grupos de seres viventes no universo:

1. Os que têm corpo genético, com centro de massa e são mortais. Ex. Homem e certos ETs;

2. Os que possuem corpos formados por matéria mais sutil; ETs de corpo gasoso, plasmático etc.;

3. Os que possuem corpos desgenetizados, em forma de energia, sendo imortais.

Os Ultras possuem um corpo constituído de energia pura, ocupando, dentre os seres desgenetizados, o grau máximo. Estão, no momento, estudando as possibilidades de convivência entre seres humanos da Terra, com extraterrestres genetizados.

Por fim, apenas enfatizando, as experiências nossas de ETs são, basicamente, a nível genético, enquanto as deles (Ultras) a nível energético, das energias que criam os genes.

Os Ultras pesquisam de maneira mais sutil, se encarnam com a forma dos seres dos mundos a serem pesquisados, vivendo, literalmente, sua realidade, nascendo e morrendo como um deles, posto que, como já exposto, dominam as energias que formam os genes, enquanto os outros ETs dominam a manipulação genética e seus efeitos por si só.

A Terra está em fase de transição, praticamente entrando para a segunda escala e os Ultras têm que vigiar bem de perto o comportamento das comunidades já integradas com os novos integrantes, a fim de evitar possíveis abusos.

Mais alguns anos já poderão nascer e se desenvolver normalmente na Terra qualquer espécie alienígena de segunda escala.

Por enquanto, só chegam aqui ETs adultos ou velhos, pois ainda é cedo para tais crianças chegarem aqui sem sofrerem danos cerebrais.

Para disciplinar tal relação, impondo leis para todos os ETs cumprirem, os Ultras, por meio do seu Entreiro, estão libertando os paranormais intergalácticos.

AINDA 12 DE JULHO EM NOVEMBRO

Durante esse período, houve sua mudança para São José do Rio Preto-SP. Assim que começaram as aulas, ele reconheceu, no colégio, a reencarnação de Aen, aquela menina que vira amassando uvas com Ícia. Quando olhou para ela, teve a certeza de quem era. No seu entender, era praticamente a mesma pessoa, reencarnada em um corpo idêntico ao anterior, algo como sósia de si mesma. Tudo se confirmou, ainda mais, ao ouvir a chamada do professor e ela responder ao mesmo nome.

Nós, ETs, pensamos que os Ultras agiram assim para que ele não revivesse a mesma história da última entrada na Terra, quando defendia, perante seus íntimos, a tese da reencarnação, posto que tal assunto, tão elementar, desperdiçaria tempo, desviando-o dos objetivos específicos de estudo.

O resultado foi que ele não deu muita importância ao assunto "reencarnação", tomando aquela menina apenas como um referencial de que suas antigas teorias reencarnacionistas estavam corretas, nada mais – guardando aquela certeza para si, preocupando-se, apenas, em seguir em suas pesquisas.

O seu dia a dia era estudar pela manhã, à tarde fazer as tarefas, depois jogar futebol e, à noite, estudos e pesquisas dimensionais.

Mas já era tempo de seguir o que lhe fora traçado.

O ÚLTIMO PASSEIO

O aniversário de seu irmão era no dia 11 de julho e costumavam comemorar a data fazendo uma feijoada em Termas de Ibirá, uma estância hidromineral próxima, muito conhecida por suas águas medicinais radiativas ricas em Vanadium.

No dia seguinte, domingo, 12 de julho de 1981, chegaram bem cedo, ainda com o sol por nascer, para pegar um bom lugar no bosque. Mais tarde, já pelas nove horas, todos os parentes e amigos já estavam presentes. Aproximadamente uma hora mais tarde, enquanto os mais jovens conversavam em uma roda, um pouco afastados dos adultos, ouviram um grito:

— Socorro!

Ao ver quem estava pedindo ajuda, quem ficou intimamente precisando de socorro foi ele.

Ícia estava ali montada num cavalo de aluguel. A sensação que ele teve foi que o horizonte estava se fechando, a luz solar se apagando rapidamente, as pessoas ficando paralisadas (era a segunda vez que tal sensação ocorria), ficando somente claro o rosto dela, num foco de luz, olhando fixamente para ele. Durante a suposta paralisação temporal e das pessoas, trocaram impressões telepáticas indescritíveis. Instantes depois, o foco foi aumentando, tudo foi voltando ao normal, as pessoas a se movimentarem e seus pensamentos voltarem a ser condizentes com a realidade terrestre, aparecendo clara toda a cena.

— É ela! Ela veio! – pensou secretamente, posto que a telepatia já havia sido quebrada, ficando ele por alguns instantes imóvel, apenas olhando e pensando nas consequências de sua presença ali. "Será que vamos explodir?" – pensou, na verdade, ilustrando seu íntimo desespero.

Então começou a observá-la melhor, estava usando tênis branco, calças jeans, camisa de manga longa de gola e botão – para ele, ela estava bem moderninha, diferente daquele traje secular em que a via. Ao lado dela estava Arla, montada em um burro que não queria obedecer ao seu comando, sendo suas rédeas puxadas pela cavaleira.

Por ser o mais velho, foi ajudar Arla a descer do animal. Ao segurá-la na descida do burro, teve a sensação de que seu peso era ligeiramente leve, parecia, no máximo, uns quinze quilos (o peso não condizia com o tamanho do corpo na sua concepção).

— Eu te conheço – lhe disse Ícia – você não se lembra de mim?

E ela cumpriu o prometido, ficou por uns quinze minutos na festa, conversou com seu irmão, seus primos, sua mãe e quem mais estivesse presente.

Durante sua estada, ele ficou com medo de tocar-lhe o corpo e fez pensamento positivo para que ninguém tivesse a ideia de tirar uma foto, acreditando que ela pudesse aparecer como realmente era, e não como estava.

Ao final, atendendo o chamado de Ícia, montou no burro e também não conseguiu dominá-lo. Passou as rédeas do seu animal para Ícia, que, estava montada no cavalo, tendo Arla na garupa. Na entrega, teve todo o cuidado para não lhe tocar as mãos.

Então Ícia conduziu para um último passeio, que durou mais alguns minutos.

A posição dele em cima daquele burro, sendo puxado, era, de certa maneira, ridícula – até um menino brincou: — Olha pai, aquele cara não sabe andar de burro! Tempos depois, ele nos perguntou se tal situação não seria uma parábola que ilustrasse sua situação de vida naquele período.

Ao final, foram devolver os animais alugados. A porteira se abriu, Ícia entrou dando uma dura no locador, reclamando do burro.

Ele aproveitou a deixa e lhes disse adeus, voltando, a pé, para a festa.

De longe, olhou para trás e viu quando a porteira se fechou. Para ele, aqueles foram os minutos mais confusos de toda esta sua entrada na Terra. O portal havia se fechado e tinha ficado muito claro que tudo o que ele e os participantes da festa viram era extremamente real.

COMENTÁRIOS DE CÔMER E DJIROTO

Tal situação retrata um encontro entre dois Entreiros, disfarçados, magneticamente, sob forma de almas gêmeas. Tal alma gêmea é falsa, embora os sentimentos pelo Entreiro sejam verdadeiros. Ela serviu para fazer cumprir a regra de afastamento de almas gêmeas aqui na Terra, interposta pelo magnetismo, a fim de dar mais tempo e folga para pesquisas por parte do Entreiro.

Ambos participam das pesquisas cada um na sua especialidade. Ambos, na condição de Entreiros, foram enviados à Terra duas vezes, contemporânea e conterraneamente. Na primeira vez, quando entrados, um século atrás, conheceram-se no plano físico, apenas de passagem, pois tal experiência foi apenas para a abertura da passagem pela morte, a fim de ser aproveitada na segunda entrada para evitar conflitos com o I.C., sendo um artifício, disfarce Magnético. Depois, na segunda entrada, ambos se conheceram, primeiramente de forma extratemporal; enquanto ele estava no presente, ela no passado, sendo ambos monitorados para a condução ao portal. Por fim, conheceram-se, pessoalmente, no tempo presente. Fizemos com que os mesmos se encontrassem em carne e osso para comprovarmos suas telepatias, além das reações. O fato de não tocar o corpo dela foi uma monitoração instintiva feita pelos Ultras, obedecendo às leis terrestres quanto ao perigo entre almas gêmeas.

A paralisação temporal narrada não é fruto dos Ultras. Houve a sensação de o tempo ter paralisado porque se estabeleceu uma comunicação telepática ultrarrápida entre eles.

Quando tal fator se dá na presença de humanos, há a impressão de que estes estejam paralisados, mas não estão. Para aqueles que estão se comunicando acima da velocidade da luz, aqueles que se comunicam na velocidade do som, parecem estar parados. Para darmos um referencial da situação, suponhamos que fosse possível medirmos linearmente tais tipos de comunicações, transformarmos em velocidade linear tais pensamentos: enquanto os humanos, que se comunicam na velocidade do som, tendo como suporte do seu pensamento a fala, poderiam em um segundo obter as informações constantes em trezentos e quarenta metros lineares (quase quatro quarteirões), os Ultras, no mesmo segundo, poderiam obter as informações constantes em mais de oito voltas ao redor do planeta Terra. Por isso, na cena descrita, houve tal sensação por parte do *Homo Quadriens*. Não foi o tempo, nem as pessoas que ficaram paralisadas, eles que foram muito mais rápidos que tudo isso, que o tempo, que a luz...

O escurecimento do horizonte tem tudo a ver com tal fator. Se está acima da velocidade da luz, a luz solar fica escura, você enxerga também mais rápido que a luz. Somente a luz quadrimensional é que pode ser vista desse foco. Daí, a sensação de escuridão ser a fase de adaptação da mente à nova dimensão.

Muitos erros foram cometidos no passado por outros Entreiros que deixaram narradas passagens nas quais o tempo, tipo duração do dia, teria sido aumentado com determinado fim específico. Mas não é culpa dos mesmos, posto que naqueles tempos não havia tanta possibilidade de monitoração como hoje é permitida na Terra.

Enfatizando: fizeram o Entreiro viver tais provas para evitar a repetição do que ocorreu na sua primeira passagem pela Terra, em que seu principal dilema era a reencarnação.

Ao fazê-lo deparar-se com a reencarnação de Aen, deram-lhe a certeza de que aquele passado que acabara de ver com Ícia era real, que sua teoria era real e que, portanto, não precisaria mais perder tempo em tais pesquisas, os resultados já estavam claros diante dele.

A primeira passagem do Entreiro pela Terra foi preparatória, aprender a viver preso a um corpo tridimensional e, acima de tudo, para a abertura da passagem dimensional.

O Entreiro reencarnou, pela segunda vez, obedecendo às regras reencarnacionistas, pois sua condição social, cultural etc. estão intimamente ligadas ao seu passado na Terra.

O maior objetivo era, a partir daquele momento, prepará-lo para o contato direto com os ETs desgenetizados e genetizados, por isso não lhe deixaram, por enquanto, interessar-se por assuntos reencarnacionistas nem com os Espíritos Terrestres, pois tudo tem que ser no tempo certo, uma coisa de cada vez.

PERÍODO DE OBSERVAÇÕES E PREPAROS

Agora, o próprio Entreiro assume a narrativa.

`COMENTÁRIO DE CÔMER`

Depois da experiência com a alma gêmea, o Entreiro ficou muito confuso, sem rumo a seguir. Veio um longo período de repouso, no qual realizou aleatoriamente algumas experiências com humanos e espíritos terrestres desencarnados. Sua alma gêmea saía de sua cabeça. Mas o que ele não sabia é que estava sendo preparado para a apresentação aos ETs de primeira escala.

Primeiramente lhe apresentariam os ETs desencarnados; depois, os encarnados. Mas, como perceberemos, houve um imprevisto, invertendo-se as ordens.

A apresentação aos desencarnados foi muito comemorada por algumas entidades, mas, para outras, gerou tumulto, posto que as mesmas sentiram-se ameaçadas – nada mais natural – e, de certa maneira, não aceitaram pacificamente o Entreiro, pois sabiam o significado do ocorrido e das consequentes mudanças que seriam acarretadas a seu reino, podendo-se dizer que várias migrações – encarnações forçadas para resgates de dívidas com a Terra se iniciariam com a chegada (retorno) do mesmo.

Como podemos expor: entre as inteligências escalares há uma realidade, espaço e tempo escalares.

No reino da primeira escala, a reação foi uma, mas os efeitos foram sentidos pelo Entreiro na realidade terrestre, ou seja, o significado traduziu-se na seguinte passagem narrada a seguir.

`PERÍODO CONFUSO: EXPERIÊNCIAS ALEATÓRIAS (REPREENSÃO HUMANA)`

Levei muitos anos tentando entender e superar os efeitos daquele encontro com Ícia.

Passado o choque inicial dos dois primeiros anos, nos quais todas as pesquisas foram paralisadas, voltei a fazê-las, já quase com dezessete anos de idade. Nessa fase, eu intercalava várias experiências aleatórias com espíritos terrestres e com pessoas do meu convívio.

A experiência telepática de maior interesse nessa época chamei-a de "Segredo de mim mesmo", pois nunca pensei em dizê-la a alguém.

Naquele dia, íamos fazer prova de Inglês.

Meu objetivo era provar para mim mesmo que conseguia ler os pensamentos das pessoas, não importando o lugar ou a distância.

Sentei-me na última carteira da última fileira e resolvi fazer a prova igual a quem estava sentado na primeira fileira, primeira carteira. Não que eu precisasse colar, pois sempre fui aluno estudioso, mas por uma necessidade de autoafirmação.

Fiz a prova exatamente igual à do meu colega, com os mesmos tipos de erro, tudo idêntico. Minha premiação veio com uma redução na nota, seguida de um sermão do professor, advertindo a mim e a meu colega por havermos colado, dizendo que, da próxima vez, iríamos para a diretoria.

MORREU E NÃO SABIA (PELO ENTREIRO)

Esse castigo da escola foi muito bom para mim, refleti melhor sobre minha condição humana e passei a enxergar diferentemente os espíritos humanos, reaproximando-me deles. Eu me mantinha relativamente afastado dos mesmos desde que comprovei o estranho comportamento deles assim que desencarnam. Tudo começou quando em um velório de uma pessoa velha reparei que ao lado do caixão, já fora do corpo, o espírito da falecida tentava falar com todas as pessoas encarnadas que iam dar seu adeus, postando-se ao lado delas, reclamando que estava sentindo muito frio e, ao final, perguntando por que todos aqueles visitantes estavam ali presentes, sem obter resposta alguma. Como ainda era criança, mas tendo consciência da situação, fiquei a observar-lhe de longe, quieto no meu canto, pensando no porquê de ela não ter consciência de que estava desencarnada.

De repente, vi o espírito aproximar-se de uma pessoa já adulta que tinha muita paranormalidade. Como a pessoa não era uma paranormal cuidadosa, acabou deixando o espírito tomar-lhe o corpo, incorporar-lhe.

Então, incorporada na paranormal, a falecida começou a reclamar de frio, e a cambalear. Os parentes próximos puseram a paranormal sentada e começaram a abaná-la, pois acreditavam que a mesma estava naquela situação devido à pressão baixa ou à falta de ar causada pela comoção. Fiquei vendo aquela cena por alguns minutos, até ver no que dava. Chegou um adulto vidente e percebeu o ocorrido. Não disse nada a ninguém e pediu que levasse a mulher para um quarto onde fariam uma oração. Minutos depois, a paranormal, já refeita, saía do quarto.

Fiquei pensando na situação daquele espírito e achei muito desagradável a situação de alguém morrer e não ter a consciência disso.

Esta foi uma de minhas primeiras impressões sobre os espíritos humanos: totalmente inconscientes quanto à quarta dimensão. Verdadeiros inocentes. Verdadeiras criancinhas.

O que reforçava tal tese era constatar que, ao conversar com os mesmos, eles se comportavam como se estivessem encarnados, tendo que obedecer às regras dos viventes. Alguns tinham fome; outros, frio; outros, doenças.

Mas, para felicidade, havia os de Luz, muito cultos, que eram minoria e que doutrinavam tais entidades menos conhecedoras do mundo em que viviam.

MUITO PERTO DOS ETS - "UM CONTATO INESPERADO"

O episódio da morte inconsciente da velha mulher foi logo esquecido diante do cotidiano que me esperava, principalmente na escola e pelo contato com os amigos.

Já em meados do segundo semestre de 1985, iniciando a despedida do colegial, juntamos um grupo de amigos para passar um fim de semana em um sítio em Neves Paulista (SP), onde faríamos um grande churrasco. Também influenciados pelos Rodeios de Barretos-SP e pelo próprio anfitrião, queríamos demonstrar nossa coragem montando em garrotes numa arena que seria improvisada, um rodeio fantástico.

Descemos do ônibus bem em frente à igreja matriz da cidade e meu amigo, cuja família era a dona do sítio teve a ideia de procurar pelo seu primo, a fim de que o mesmo participasse da festa e nos levasse de charrete.

Já na charrete, ao ver-nos com os petrechos, Chico, amigo do primo, também quis ir, e foi muito bem-vindo.

Agora, definitivamente, naquele começo de tarde, nos dirigíamos ao sítio, que embora situado bem próximo à cidade, não tinha eletricidade, o que tornava mais autêntica nossa aventura de peões de rodeio.

Passando pelos diversos pastos separados pelas cercas e diferentes espécies de gramas plantadas, ainda deu tempo para vermos, no curral, alguns peões, estes de verdade, marcando duas vacas a ferro.

Eu nunca tinha visto tal prática e fiquei impressionado ao ver que o primeiro animal, com as patas amarradas, se contorcia todo, quando lhe encostaram o ferro incandescente no pelo, provocando o barulho característico da calefação (som de água em chapa quente), e que o segundo nem se mexeu, não esboçando reação alguma.

O peão explicou:

— É que esta aqui já está acostumada, já é a terceira vez, porque já recebeu a marca de três donos, mas, para a mais nova, é a primeira vez.

Quando os peões nos perguntaram para onde iríamos, Chico respondeu que pousaríamos na casa, para bem cedinho montarmos garrotes e andar a cavalo. Então o peão nos mostrou alguns garrotes que estavam ali mesmo no curral, perguntando se algum de nós já queria montar naquela hora, mesmo.

O próprio Chico, que era acostumado com tal prática, se habilitou, escolhendo o maior dos garrotes.

Os peões prepararam a rês, levando-a à arena improvisada, na verdade, um pequeno cercado de madeira e arame farpado.

Chico montou no animal, ainda preso, e pediu para que o soltassem.

Eu nunca tinha visto um bicho tão furioso; parecia louco, pulando freneticamente, derrubando-o em menos de dois segundos. Mesmo já sem o peão no lombo, aquele macho manteve o mesmo ritmo dos saltos até jogar-se contra a cerca, arrebentando-a e saindo em disparada pelo pasto afora.

Depois daquela cena, mudei de ideia, dizendo que não queria mais montar e, enquanto os peões tentavam laçar o garrote fujão, seguimos nosso caminho.

Agora o sol já estava se pondo, num bonito fim de tarde; de cima da charrete, avistamos a porteira a uns duzentos metros, tendo, em segundo plano, uma fileira de eucaliptos cortada pela estrada e, finalmente, mais ao fundo, a casa, na distância total de aproximadamente quatrocentos metros do nosso ponto.

Ao olhar para a construção, vi algo muito estranho, uma luz fortíssima em cima do telhado, localizada exatamente bem na ponta, no vértice da cumeeira. Fiquei quieto, esperando alguém se manifestar, quando percebi que a espingarda, até então esquecida, foi empunhada, ouvindo-se, em seguida, uma pergunta:

— Vocês estão vendo uma luz em cima da casa? – "Eu tô", respondemos em coro.

— Estranho, continuou – agora testando a mira, lá não tem eletricidade, também não parece lampião, nem lanterna, o sol já nem está mais quase aparecendo e se põe do outro lado, parece uma bola, um holofote...

— Deve ser ladrão, disse outro. Vamos mandar bala nele – disse olhando para Chico que estava segurando a espingarda de pressão – acho que não está vendo a gente, vamos cercá-lo!

— Mas esse ladrão é esquisito, devia estar dentro da casa e não em cima do telhado – observou mais alguém.

Tivemos a ideia de parar a carroça antes da porteira, para pegarmos o suposto ladrão de surpresa.

Estávamos todos armados, Chico com a espingarda de chumbinho e nós com pedaços de galhos pegos no chão, preparando uma emboscada.

— Vamos por trás dos eucaliptos que ele ainda não viu a gente!

Já atrás das árvores, como chegaríamos até a casa se dali para frente era quase cem metros de campo aberto e limpo? Tivemos a ideia de sairmos correndo em direção à construção; alguns cercariam os fundos e outros, a frente.

Ao sairmos dos eucaliptos, a luz se apagou, sumindo. Cercamos toda a casa e não vimos ninguém, pensamos que ele estivesse lá dentro, mas no interior não havia ninguém.

Depois demos rápidas batidas nas casas velhas e abandonadas que existiam a mais de duzentos metros do local, mas também não encontramos nada.

Ficamos a noite toda falando naquela luz, holofote, estrela... O churrasco foi até altas horas. Chico, já bêbado, quis dormir numa rede da varanda, bem ao lado do lampião a gás e com a espingarda ao alcance.

— Vou ficar esperando pelo lobisomem – ele disse.

Todos os outros iam dormir trancados na casa. Para não deixá-lo sozinho, resolvi dormir na outra rede, esticada contiguamente, em ângulo de noventa graus, à dele, presa ao pilar de sustentação do canto e na parede.

OS SERES ALIENÍGENAS DA NOITE

Lá pelas quatro horas da manhã, fui acordado pelo movimento de seres estranhos que se aproximavam das nossas redes. Fiquei de olhos abertos para ver se conseguia enxergá-los, pois somente os ouvia. Senti que tocaram na minha rede e vi o repuxo na rede do meu amigo. Então eu me dirigi a eles, mentalmente.

— Saiam daqui e nos deixem dormir em paz, seus fantasmas! Vocês não sabem que estão mortos? Ao ouvirem tais palavras, todos eles vieram em minha direção e passaram a forçar a rede, batendo no tecido, um palmo abaixo de meus pés, tipo brincando comigo.

Insisti para que os mesmos fossem embora e comecei a rezar até sentir que se afastaram. Voltei a dormir imediatamente.

COMENTÁRIOS DE DJIROTO E CÔMER

A luz que foi narrada era um aparato usado por extraterrestres *"in natura"*, ou seja, por aqueles que descem na superfície terrestre com o corpo físico tridimensional. Tal aparato tem a função de alertar os alienígenas da aproximação de humanos, fazendo com que retornem imediatamente para a nave metálica, sempre próxima. Geralmente, eles deixam quatro aparelhos desses ao redor da área onde estão fazendo seus estudos, num raio máximo de duzentos metros. Uma das finalidades do aparelho, também, é chamar a atenção dos humanos para si, enquanto os ETs, despercebidos, se retiram do local. Tudo isso porque é muito perigoso para os ETs "*in natura*" terem contatos com um grupo de seres humanos, pois não há como dominar-lhes a mente, quando coletivos, principalmente se os ETs são pegos de surpresa. Se os ETs não estiverem armados, espantando os homens, geralmente sofrem agressão física e, por terem um corpo material muito inferior ao do homem, sempre acabam aprisionados ou agredidos. Se, por acaso, tal fato se realizar, então, é necessário todo um trabalho de resgate para a libertação dos ETs, pela abdução do humano que os cativou e da limpeza (lavagem) de sua memória, apagando-se todo o ocorrido.

Os seres que ele sentiu, na verdade, eram as projeções dodedimensionais dos ETs que lá estavam. O Entreiro, naquela época, nem imaginou estar na presença de tais projeções, pensando tratar-se de fantasmas (espíritos de homens mortos). Somente não ocorreu a abdução dos dois, ali na rede, porque os alienígenas reconheceram o Entreiro. Se tentassem a abdução, certamente haveria um salto de contenção e o Entreiro adquiriria forçadamente a consciência plena como forma natural de autodefesa. Veremos tal situação concretizar-se futuramente. Também não a praticaram pelo fato do qual nem mesmo o Entreiro sabia, somente tendo ciência do ocorrido após os trinta anos de idade, em sua perna direita havia um implante que foi colocado no dia 26 de maio de 1972, às 23:35, por Brunt e Salo (amigo), dois ETs antarianos "*in natura*", de forma legal e consentida pelos dois Ultras que perpetuamente lhe guarnecem, a fim de que os antarianos pudessem estudar pelo corpo dele os efeitos do aparato de defesa (de tecnologia ultradesgenetizada do planetário Patrusa) que alterou os genes, criando uma fosseta. Foi uma abdução legal e consentida, a fim de que os antarianos, que dominam a tecnologia dodedimensional, pudessem estudar a tecnologia megadimensional; ambas em funcionamento no interior de um corpo humano de Entreiro, e com todas as vantagens de uma abdução legal.

ADOLESCÊNCIA: MUITO TRABALHO PARA OS ULTRAS

Passada a aventura do sítio, fomos convidados para uma festa de aniversário da irmã de um amigo, que seria no dia 23 de novembro daquele ano de 1985.

Já, quase na hora de ir embora, fui chamado pelo irmão mais velho de uma colega de classe, para levar um amigo seu, da faculdade, para conhecer a vida noturna da cidade. Disse-lhe que não podia, pois tinha um jogo pelo campeonato zonal de xadrez pela manhã, mas acabei cedendo às suas insistências.

Deixamos as suas irmãs em casa e saímos num grupo de seis adolescentes, nos dirigindo a um barzinho.

No meio daquelas altas conversas, alguém teve a ideia de dar uma volta "lá para cima".

Para dar unanimidade à opinião geral, concordei.

Sentei-me ao lado de meu amigo, que dirigia o carro, e começamos a dar uma volta pela zona do meretrício, seguidos pelo outro carro com os três.

Era a primeira vez que eu via aquelas cenas, mas não queria demonstrar ser um "marinheiro de primeira viagem", imitando o jeito deles de olhar, fingindo que nada daquilo era novidade para mim. Até que o amigo da faculdade, que estava sentado no banco de trás, pediu para pararmos em uma das casas, queria conversar com uma menina...

Paramos os dois carros na casa e eu tratei de ficar bem escondido por trás deles a fim de nem ser notado. Era uma prostituta muito bonita, bem-vestida e que gostava de brincar com os jovens. No fim, eles pediram para que a mesma escolhesse um para levar para o quarto. Ela disse que faria a escolha depois de olhar bem para nós todos. Por fim, disse:

— Aquele ali que está quietinho, escondido atrás do outro – me apontando com o dedo.

Então fui empurrado por meus amigos, numa saraivada de risos e não tive como não ir, mesmo sendo advertido pelos Ultras de que não poderia relacionar-me com ela.

Já no quarto, fiquei pensando em como eles (os Ultras) agiriam para tirar-me daquela situação, sem me envergonhar diante de meus colegas.

Ela tirou sua roupa, a minha e começou a beijar o meu corpo. De repente, ela se assusta: — O que é isso? Ela me perguntou apontando para o meu órgão genital. Ao olhar para esta parte do meu corpo, também fiquei confuso... — Ele está fosforescente, cor de cereja! Que é isso? Ela perguntou novamente.

Vi que eles (os Ultras) conseguiram fazer-me ser rejeitado pela prostituta: — Isso é normal, eu lhe disse, é de família, sou descendente de....

— Não, ela me disse, desses eu já vi muitos e nenhum é assim...

Por fim, ela achou melhor que eu fosse embora, para eu ficar tranquilo que ela não diria nada a ninguém.

Eu entendia as razões dos dois Ultras terem agido assim comigo, e não dava importância ao fato de sempre controlarem minha vida, não me deixando fazer nada que, do ponto de vista de ambos, fosse mau, de forma alguma ou que pudesse me gerar algum carma. Naquele dia, seduzido, eu quis ficar com a menina, mas não fiquei com raiva de os Ultras terem me impedido, posto ser para meu próprio bem. Confesso que às vezes me metia em situações complicadas para ver como eles as resolveriam; como de outra vez, em que não usaram da metamorfose, mas criaram um *poltergeist* com objetos sendo jogados por todo o ambiente ao som de rugidos – um verdadeiro terror – quando estava em situação íntima com outra, fazendo-a entrar em desespero de tanto medo e nunca mais sair comigo. Eu não me revoltava porque a simples lembrança de Ícia, que me cegava, fazia eu ofuscar a imagem de tais meninas e esquecê-las rapidamente. Aqueles que já tiveram contato com sua alma gêmea sabem disso, parece que tudo o mais é superficial, de momento, e logo perde a graça e que nenhuma perda é maior do que o afastamento da sua verdadeira metade. As outras são as outras.

Demos mais algumas voltas até que o turista resolveu parar em outra casa e ficar com uma menina até às seis horas da manhã, enquanto todos ali tivemos que esperá-lo. Só tive tempo de chegar em casa, dar uma pequena cochilada, conferir que meu órgão não estava mais cor de cereja-fosforescente e sair para o jogo de xadrez.

COMENTÁRIO DE DJIROTO

É que naqueles dias o Entreiro não poderia praticar sexo, porque este o tornaria lento na necessidade de liberar sua consciência e forma de ultra diante do ET inimigo, que seria liberado para atacá-lo quando completasse dezoito anos. E ele já estava com dezoito anos! Em outras palavras, a razão para não praticar o ato é que, se o praticasse, causaria desarmonia energética em seu corpo. A harmonia era necessária para vivenciar as experiências seguintes, às quais seriam necessárias transformações para além da décima segunda dimensão em seu corpo, como veremos adiante. Nesse período, ele deu muito trabalho aos dois Ultras que o monitoram (influenciado pela própria juventude) que tinham que livrá-lo de várias situações para manter o equilíbrio energético. Não que o sexo seja algo mau. O fato é que o sexo prende a energia ao corpo, sublimando mais a matéria (corpo) do que o espírito, não permitindo que se realize experiências além da décima segunda dimensão. Devemos reconhecer que existem experiências incríveis vividas com a sexualidade, de prazeres indizíveis, mas todos esses prazeres, na verdade, não conduzem ao Eu-Superior, permitem atingir somente até a mencionada dimensão, o que seria muito pouco para o Entreiro. Os prazeres da carne os Entreiros podem ter, sim, mas nunca sob tais condições.

O JOGO DAS INTELIGÊNCIAS: HOMO QUADRIENS X HOMO SAPIENS (A REPREENSÃO DOS ULTRAS)

Cansado pela noite anterior, decidi dar mais trabalho aos Ultras, fazendo outra experiência com humanos. Dessa vez tive a ideia de jogar xadrez usando de minhas faculdades quadrimensionais contra as tridimensionais de um *Homo Sapiens*.

O resultado foi altamente surpreendente: em vez de jogar o xadrez exuberante, maravilhoso, que pensava, a batalha foi somente extratabuleiro, onde eu passei a controlar a mente e os movimentos do meu adversário, fazendo-o jogar pessimamente, nas casas onde eu queria. Na próxima partida, para me repreender, os dois Ultras fizeram com que eu pagasse na mesma moeda: então, forçadamente eu tive minha mente controlada pelo humano, que fazia eu jogar lances horríveis, nas casas onde ele queria.

Só sei que, pouco mais tarde, eu me depararia com o mesmo jogo, mas agora, em situação bem diferente: EXTRATERRESTRE X HOMO QUADRIENS, em que o tabuleiro seria a vida real (tridimensional) e o tempo de jogo: o tempo do magnetismo misturado ao tridimensional (parábolas), finalmente as peças: pessoas, espíritos de homens, seres elementares, energias diversas, sendo o Rei das peças brancas (um ser extraterrestre) no ataque e o Rei das Negras (eu, um Entreiro) na defesa.

EU E OS ETS DE PRIMEIRA ESCALA

Finalmente, agora um pouco mais livre das influências e das lembranças de Ícia, eu já podia seguir meu antigo projeto de projetar-me ao espaço sideral. Os primeiros passeios pelo sistema solar foram maravilhosos, visitava planetas de grandes planícies despovoadas, vislumbrava paisagens inesquecíveis, passando entre montanhas avermelhadas. De repente, eu comecei a me lembrar da minha última encarnação, como um ET, a minha estada anterior nessa descida ao centro do Psiquismo (Terra), em que reencontrei velhos amigos e alguns inimigos.

PREPARATIVOS PARA O INÍCIO DA BATALHA: REVIVENDO MAIS UMA MORTE

Mais uma vez revivia uma morte.

O portal se abriu.

Agora eu me reconhecia num corpo verde, pequeno, fazendo parte de um grupo de reconhecimento que exploraria uma região ímpar no universo: um lugar onde as leis de órbitas dos planetas não seguiam a harmonia universal – me veio na cabeça um nome: espaço difuso.

Pelos testes, teorias e experimentos anteriores, formulados pelos maiores cientistas de nosso povo, chegou-se à conclusão de que poderíamos penetrar naquele sistema sem nenhum problema.

Mas algo deu errado, nossa nave começou a se desintegrar. Numa última tentativa alucinada, tentaram nos transportar para nossa base pelo teletransporte.

Para ficar claro ao entendimento do leitor: o teletransporte é o transporte do corpo de um lugar ao outro. Para quem vê, ele desaparece de um lugar para aparecer novamente em outro, por meio de um complicado sistema operacional, tudo com base científica.

Vi que o meu corpo chegou a ser teletransportado, mas quando cheguei à base, dei apenas o último suspiro, ficando meu cadáver alienígena ali mesmo onde havia acabado de chegar, esticado numa espécie de divã negro.

ESCLARECIMENTO DE DJIROTO

O acontecimento até aqui foi narrado exclusivamente pela consciência do Entreiro. Na verdade, o que ocorreu foi o seguinte.

Ele também nasceu como Entreiro em meu planeta, inclusive viveu ao meu lado, como meu conterrâneo. Viemos de Antares para a base de Marte, a fim de realizarmos explorações pelo sistema solar. A morte ocorreu da seguinte maneira. Nós, antarianos, dominamos a tecnologia tetradimensional. Naquela exploração, usamos da técnica que consiste em deixar o corpo tridimensional em repouso, liberando completamente o corpo dodedimensional, tipo de projecionismo da consciência humana. Nós três liberamos nossas consciências energéticas (corpos tetra), estas são envolvidas por uma camada energética que dá a impressão de estar "dentro do interior" de uma nave. Tal nave virtual move-se por portais dimensionais para o tempo e o espaço que quiserem. Assim, deixando nosso corpo em repouso na base, saímos espaço afora, dirigindo-nos ao planeta Saturno. Lá as nossas projeções foram interceptadas pelos cinzas, que também dominam tal tecnologia. O Entreiro morreu, posto que não conseguiu voltar a tempo, fugir deles, enquanto eu, Djiroto, e Salo (o bom) conseguimos voltar à base. O Entreiro morreu como já estava previsto, como forma de voltar a ser Mutrilo, nascendo em seguida, novamente (como Entreiro) na Terra.

CONHECENDO AINDA MAIS AS REGRAS DA LUTA: DIFERENÇA ENTRE PORTAL E PASSAGEM DIMENSIONAL

- **PORTAL DIMENSIONAL:** é feito para passagem de naves ou de seres etéreos de dimensões mais densas para menos densas e vice-versa. É a passagem entre dimensões diferentes. Somente pode ficar aberto por um curto período de tempo.

- **PASSAGEM DIMENSIONAL:** é feita para que uma nave de matéria tridimensional se desloque dentro de uma mesma dimensão, desaparecendo em um ponto para aparecer em outro qualquer, mas dentro da mesma dimensão, sendo obedecidos o tempo e o espaço em relação à hora em que atravessou a passagem. Podem ficar abertos por longos períodos e fixos no espaço.

A INFÂNCIA ALIENÍGENA

Lembrar a minha infância alienígena foi uma grande emoção.

No meu período infantil também sofri algumas reações do I.C. de segunda escala (extraterrestre), que não aceitou minha inteligência ultradesgenetizada (de primeira escala). A dodedimensão puniu-me por tentar desenvolver uma inteligência megadimensional dentro da sua jurisdição.

Minha condição de Entreiro foi percebida pelos ETs e tive um tratamento especial. Tive que fazer um tratamento específico muito sério, até mesmo arcaico para os tempos em que eu vivia. Só para se ter uma ideia, para eu me comunicar telepaticamente com meus pais, eu tinha que usar de um artifício: "o cumprimento dos ETs". Na verdade, o cumprimento dos ETs era uma espécie de ajuda com as mãos para facilitar a telepatia; formando-se com elas uma posição, temos uma espécie de antena para facilitar o processo.

Tal procedimento foi usado na pré-história telepática de nosso povo, e eu tive que ser submetido a ele.

Consistia na seguinte prática, adaptando-se ao corpo do *Homo Sapiens*: devemos colocar a ponta do dedo polegar de encontro com a ponta do dedo maior, mediano. Os dedos não podem ser dobrados, devem ser esticados ao máximo, estando os demais dedos todos esticados e paralelos ao dedo médio (o maior), sem se encostarem uns aos outros.

O cumprimento deve ser feito partindo-se da altura do quadril, e as mãos devem ir subindo lentamente até pararem paralelas, à distância de mais ou menos um palmo de cada orelha, na mesma altura destas, ficando as costas das mãos para trás e o polegar bem à vista de quem está em comunicação conosco.

Muito mais para frente, nessa minha atual entrada em forma humana, tive a oportunidade de fazer tal cumprimento com meu corpo humano para ETs de primeira escala. Senti meus dedos colarem, sendo impossível desgrudá-los.

Tal procedimento, se corretamente usado por humanos, pode evitar que esses seres alienígenas dominem a mente; é uma proteção natural.

FESTA DOS ETS AMIGOS

Os ETs desencarnados, além dos que já haviam se reencarnado lá e que ficaram meus amigos, me faziam surpresas incríveis. Conduziram-me a um lugar cheio de obras de arte em quarta dimensão, verdadeiras maravilhas. Mostraram-me obras referentes à Terra, de alguns artistas deles que já haviam encarnado em nosso planeta.

Dentro dessa galeria, ou mundo das artes, ampliaram meus sentidos, podendo eu "trirracionalizar", observar as obras por ângulos inimagináveis para meu cérebro tridimensional.

No princípio, ainda com a consciência relativamente tridimensional, olhei para aquela obra de arte e não consegui identificar nada mais do que um simples pedaço de rocha. Mas com a ajuda dos meus amigos, minha percepção foi ampliada e, então, pude ver a gravação telepática impregnada na pedra. Passei, assim, a visualizar um belo pássaro de asas em forma de brasa; na verdade, todo seu corpo era uma brasa. O mais incrível era que tal ser em brasas estava preso dentro de uma gota de água ou, ao que me parecia, dentro de uma bolha de água em forma de gota. Depois, essa gota caía de uma altura vertiginosa, se espatifava no solo e seus respingos viravam outras figuras idênticas à anterior, com vários pássaros presos dentro de diversas gotas. Depois, ouvia-se uma música incrível, seguida de uma poesia. Sim, o artista havia resgatado a origem poética da música. Um perfume raro impregnava o ambiente, senti meu corpo multiplicar-se: agora eu estava em três lugares ao mesmo tempo, vendo toda aquela ópera de três ângulos, inferior, médio e superior, em posição triangular de visão. O mais engraçado era que os pássaros não tinham costas, mesmo que eu olhasse somente um deles dos três ângulos que me eram possíveis. Ao fundo, uma mensagem telepática impregnada, que dizia mais ou menos assim:

Tenho asas, mas para onde voar se elas são brasas
Que o homem quer apagar
Se eu canto
É para não chorar
Silêncio é o pranto de quem não sabe amar
Ser livre
É como sonhar
Só sobrevive
Quem luta para matar!

Dizia outros poemas indizíveis, fazia jogo de luzes, as gotas voltavam a cair, um espetáculo vivo.

Também me lembro de uma obra de arte relacionada à Terra, a qual mostrava um mestre-cuca louco, que dava uma receita de felicidade ainda mais louca.

Pegava uma pequena maquete da Terra, jogava-a dentro de uma gigantesca panela e a gente entendia telepaticamente:

"Pegue o mundo, jogue-o dentro de uma panela, mexa bem fundo, e pinte uma aquarela."

Pena eu não me lembrar mais do resto do poema, mas depois dessas visitas culturais, fiquei muito mais interessado em artes: foi reacendida em mim a vontade pela música. Mais tarde, compraria outra flauta doce.

Fynl

Explicaram-me que nas pedras se gravam, telepaticamente, obras de arte do tipo da descrita anteriormente, enquanto no metal (barras metálicas com inscrições – na verdade, assinaturas) gravam-se conhecimentos tecnológicos. Deram-me duas barras, verdadeiras enciclopédias tecnológicas para estudar, nas quais adquiri conhecimentos tecnológicos incríveis. Disseram-me que havia algumas barras dessas perdidas pela Terra, mas que o homem ainda não sabia lê-las telepaticamente.

COMENTÁRIO DE DJIROTO: O EMPRÉSTIMO DE PODER

Só foi possível a leitura da gravação telepática, porque houve um empréstimo de poder ao Entreiro. Os ETs podem emprestar tais poderes às pessoas. Devido a esse fator, os paranormais intergalácticos, quando em contato com ETs, podem ler tais informações. O empréstimo de poder de um paranormal a pessoas normais já é possível na Terra, por diversas vias, pessoalmente, por rádio, televisão etc. O próprio Mutrilo, após seus trinta anos, poderá emprestar poderes, entre eles os de cura, a várias pessoas ao mesmo tempo, pela técnica do mergulho na aura.

PARTE 3

E O JOGO COMEÇOU:
ATACAM AS PEÇAS ALIENÍGENAS

UM MITO DA TERRA:
A ÁRVORE DO DIABO TERROR E MORTES

Enquanto eu me deliciava com novos conhecimentos, um fator muito estranho se passava pelo bairro onde eu morava.

Tempos atrás, quando nos mudamos de cidade, eu havia plantado no jardim de nossa casa a muda de uma árvore ornamental muito bela, com folhas finas e compridas, de coloração mesclada de vermelho, amarelo e verde.

Pela vizinhança, havia muitas daquelas árvores, algumas grandes, já quase chegando ao topo das casas, uma maravilha.

A minha, nessa época, já estava do meu tamanho, e crescia que era uma beleza.

Naquela época, eu estava prestes a tirar minha carta de habilitação para carro e moto, contando nos dedos os meses que faltavam para os dezoito anos. Foi quando a antiga lenda da árvore do diabo (uma prática do 1.C.) retomou vida, sem que ninguém se desse conta. Em poucos meses, morreram três pessoas numa casa próxima, na vizinhança, justamente onde havia a árvore maior, uma tragédia, todas de moto – corpos estilhaçados, crânios rachados, muito sangue. E eu ficava impressionado, cada vez que via os familiares dos mortos chorando dentro dos carros fúnebres, ao lado dos caixões, deixando as casas, dirigindo-se para os cemitérios (obs. naquele tempo, os velórios eram feitos nas casas, não em locais específicos). Pelas redondezas, mais mortes, todas de moto. O pânico provocado pela onda de mortes já tomava conta de todos, e os mais velhos resolveram jogar a culpa em cima das motos, veículos extremamente perigosos. Mais uma vez, a umbanda interferiu positivamente na vida do Entreiro. Um pai de santo, que foi visitar um morador vizinho, ficou estarrecido.

— Mas o que é isso que você tem plantado em seu jardim? Você precisa cortar essa árvore agora mesmo! É a árvore do diabo! Cada galho dela que passa do telhado da casa, é uma pessoa que morre na família!

Realmente, constataram que, nas casas onde houvera acidentes fatais, havia tantos galhos acima do telhado, quantos mortos. O vizinho cortou imediatamente a árvore, e o boato se espalhou por todo o bairro. É lógico que ninguém acreditou em tais crendices, mas, ao final, todas as famílias – das mais variadas religiões – arranjaram desculpas para cortá-las; uns, porque passaram a achá-las feias; outros, porque elas atrapalhavam. Uma verdadeira erradicação da espécie, o que me fez lembrar de um velho ditado espanhol: "No creo em brujas, pero que las hay, las hay". Desde então, não houve nenhuma morte acidental ou por moto, pelas redondezas.

Os pais de santo, por serem paranormais, são profundos conhecedores dos segredos que imperam no Inconsciente Coletivo, no magnetismo terrestre. Ele estava ciente do acordo firmado dentro do mundo do Inconsciente Coletivo Terrestre, da convenção entre os espíritos maus que são dominados pelo I.C., quanto à atuação da árvore do diabo. Na minha casa, a árvore não foi cortada; imagina acreditarmos numa crendice dessas! Mas minha mãe passou a podá-la, controlando sua altura, não deixando que a mesma passasse de metro e meio.

Mas, em compensação, implicou que eu não deveria tirar carta de moto, mas eu insisti e, afinal, comecei a fazer minhas aulas práticas na autoescola. E segui no meu ritmo normal, estudando para os vestibulares, também com os alienígenas.

Aliás era tudo o que eu mais queria: sempre continuar meus estudos alienígenas, ver obras feitas em material telepático, relembrar conhecimentos que eu já tinha antes de encarnar, e resolvi pedir para meu pai outra flauta doce.

A VOLTA DO INIMIGO DA CASA DOS DEZOITO

A segunda flauta foi comprada em Catanduva, semanas depois do meu aniversário, em dezembro de 1985, assim como a primeira.

Experimentei o som: muito bonito! Tive a ideia de tocar também a outra, a rachada. Coloquei ambas na boca, tocando-as de maneira sincrônica, um solo de poucas notas – uma tentativa de autodueto, um solo que me saiu de improviso, que nunca mais esqueci.

Tal solo foi o sinal de que Santo Agostinho precisava. Tínhamos que cumprir o que estava escrito, por isso, para atender às regras dos Inconscientes Coletivos terrestre e intergaláctico, Salo não foi doutrinado, apenas detido, enquanto lá estava. Por tais motivos, este foi o único caso de permanência isolada, sem doutrinação na Escola de Santo Agostinho. Então o inimigo da casa dos dezoito anos foi solto para me atacar.

CONHECENDO O RIVAL: A HISTÓRIA DE SALO (MAL). ESTRUTURAS CEREBRAIS E O MAIOR TEMOR DE UM EXTRATERRESTRE, A QUEBRA DA ENDOPATIA, SEGUNDO MUTRILO E DJIROTO

Salo nasceu no segundo planeta da órbita de Antares, equivalente ao ano terrestre de 1858. Veio para a base de Plutão em 1931, transferindo-se para a base terrestre no Afeganistão em 1939.

Em 1940, foi abatido bem próximo de sua base pelos *Grays*. Cumpre ressaltar que, embora Salo também venha de Antares, sua origem é bem diferente de Djiroto, que nasceu no sexto planeta. A espécie verde, depois de expandir-se muito pelo espaço, se subdividiu em zurquianos e antarianos, apenas conservando, entre si, respeito por terem a mesma origem, o mesmo corpo pequeno, por serem da mesma estrela. Cada planeta tem suas leis, seu código de ética, são independentes e possuem tecnologia parelha. Embora possuam relações amistosas, cada lado não partilha de experiências comuns com o outro. A única coisa que têm em comum é a inimizade com os cinzas.

Os zurquianos, aqui no sistema solar, além da base em Plutão, possuem outra em Vênus, enquanto os antarianos, apenas em Marte.

Salo, um zurquiano nato, era atrevido, rebelde e não prezava por fazer tudo de acordo com as leis estabelecidas pela própria natureza e pelos ultradesgenetizados. Aqui na Terra fazia abduções ilegais, retirando humanos de um lugar para, depois, deixá-los alguns quilômetros distantes, às vezes muito longe. Outras vezes até mesmo deixava provas físicas, tipo marcas nos corpos de suas vítimas, pequenos ferimentos. Tal prática é condenada pelos ultradesgenetizados, que consideram tal tipo de abdução ilegal. Segundo estes, só é legal a abdução que segue as leis cármicas do humano a ser abduzido e que nem provoca o conhecimento do mesmo (abdução inconsciente), por via de regra, deixando-o exatamente no seu lugar de origem, sem nenhuma marca visível, sem nenhuma prova.

Os humanos que conheceram Salo garantem que nós não temos emoções, sentimentos, somos frios e os tratamos como animais, provocando pânico. Tal regra não pode ser aplicada de forma geral a todos os extraterrestres. Realmente, têm os que são assim, mas nós, antarianos, não somos, e não gostamos de ser confundidos com os zurquianos, muito menos com os *Grays*.

Depois de sua morte aqui na Terra, mesmo aprisionado, Salo constituiu-se num espírito muito perigoso; dominando a dodedimensão, tinha condições de fazer pequenas manipulações no magnetismo terrestre, no inconsciente coletivo, provocando pequenas tragédias à margem da consciência até mesmo dos espíritos humanos, dos quais a maioria ele pode, inclusive, manipular, sem o conhecimento por parte da entidade. Mas a punição existe e ela vai ser contada passo a passo.

Salo pretendia dificultar, em muito, nossa missão de cumprir pena aqui na Terra, deixando nossos conhecimentos. Foram muitos os paranormais que, tentando nos auxiliar, sucumbiram por causa dele.

Passo a narrar os fatos a seguir pela leitura da aura de Mutrilo. Salo e Mutrilo.

Com Mutrilo, Salo agiu do mesmo modo. Na infância, chegou criando problemas, tentando criar traumas, fazendo com que o magnetismo terrestre reagisse aos seus desenvolvimentos cerebrais, como comentado por Côrner. Nesse período houve a intervenção de ultraterrestres para afastá-lo, como já narrado.

Porém, já próximo dos dezoito anos, ele foi solto, passando a influenciar na vida de Mutrilo.

A CHEGADA DE SALO

Ao reencontrar o Entreiro, Salo viu como arma mais eficaz a ser usada a contida e mantida neutralizada: a lenda do diabo da árvore.

COMENTÁRIO DE DJIROTO

Quando Cristo encarnou na Terra, o rei Herodes mandou matar todas as crianças, os primogênitos, do seu reino até determinada idade, na esperança de que o Messias sucumbisse entre eles, como consta nas Escrituras Sagradas. Na prática, vários inocentes pagaram com a vida pela chegada do Rei dos Reis. É claro que o Rei Herodes foi manipulado pelo magnetismo daquele tempo, e que os "inocentes" mortos também não eram, nem nunca são tão "inocentes" assim. São pessoas que têm essa dívida cármica e que já encarnam com o fim específico de resgatá-la. A prática matança é mantida até hoje pelo magnetismo, mas a sua eficácia continua a mesma. Lógico que, nos moldes atuais, ela não pode ser tão explícita quanto no tempo de Cristo, nem tão violenta como nos tempos de São Jorge, em que materializava dragões para comerem pessoas. Com o tempo, ele vai se tornando cada vez mais discreto e inteligente. Contra Mutrilo, que tem por missão principal vingar todos os humanos perante os ETs, foi também usada a técnica do diabo da árvore, com várias vidas "inocentes" sendo tiradas por esse método.

É claro que Salo teve influência no retorno dessa lenda, e até mesmo no comportamento controvertido do Entreiro quando passou a dar muito trabalho para os Ultras que o monitoram (a fim de enfraquecê-lo), o que o Entreiro, quando está somente com sua consciência humana, tenta negar.

CONTINUAÇÃO DA NARRATIVA

Ao ver sua tentativa magnética (influência na volta do diabo da árvore) falhada, não se deu por vencido. Resolveu usar de um recurso possível dentro do magnetismo terrestre. Trabalhar em sonhos triplos, ou seja, fazer tais sonhos virarem realidade.

A força que ele deu a esses sonhos, praticamente, foi o que restava ao mito da árvore, caso ela tivesse ultrapassado o telhado da casa; era uma espécie de complemento energético para fazer o magnetismo acreditar que tal altura (da árvore) havia sido alcançada, portanto, poder executar mais um. Naquela noite, Mutrilo, até então Entreiro, teve um sonho horrível: duas meninas que conhecia de vista se acidentariam de moto e ficariam feridas. Ele, a princípio, ficou impressionado com o sonho, censurou-se, acreditando ser apenas um sonho.

Na noite seguinte, a cena apresentada foi de uma menina, que ele nunca tinha visto, beijando-lhe o rosto.

O Entreiro acreditou que aquilo não era nada, mesmo sabendo que não se tratava de sonho e, sim, de visão. Da terceira vez, ele viu o próprio Salo, que o conduziu até duas pessoas caídas de bruços ao lado de uma moto. Salo aproximou se do primeiro corpo, virando-lhe o rosto para que fosse possível ver quem era. O Entreiro ficou muito assustado, era o seu próprio rosto: agora se via morto, depois de um acidente de moto.

Agora a coisa era feia, ficou apavorado, chegou a socar ininterruptamente a parede de seu quarto, fazendo todos virem em seu socorro.

Devemos ressaltar que, na época, ele estava com dezoito anos e não tinha praticamente consciência de nada, não tinha a menor ideia sobre acontecimentos dessa espécie.

Naquele tempo, quando se deparava com a menina do acidente, quinze dias depois, ficava arrepiado. Devo falar-lhe? "Não, não devo expor-me ao ridículo" – pensava. Anos mais tarde, quando foi consultar-se com um padre que estuda fenômenos paranormais, ao contar-lhe a situação, este disse que sofria do mesmo problema e que não devemos dizer nada a ninguém, posto que não é nossa culpa, é vontade divina (em outras palavras carma), ao que Mutrilo contestou.

O tempo passava rapidamente; o outro sábado chegou e o acidente ocorreu do jeito que ele tinha visto. Foi visitá-la no hospital com um amigo em comum e constatou que se tratava apenas de pequenas escoriações, nada grave.

Então ele começou a pensar na menina do beijo: "Quanto tempo será que eu tenho? Será que eu consigo evitar?".

Mas não teve jeito. Ele já até havia esquecido da história, quando a cena aconteceu de verdade. Prestando vestibular para ingressar na Universidade, em Ribeirão Preto, uma menina, que ele nunca tinha visto, chega e lhe dá um beijo no rosto.

— É para dar sorte na prova! – ela disse.
— "Agora eu estou perdido" – pensou.

COMENTÁRIO DE DJIROTO

Aparentemente, o beijo não tem nenhuma ligação lógica com o que vai acontecer, mas o significado dele é muito profundo. Os seres mais traiçoeiros do universo têm, por prática, dar um beijo nas suas vítimas, antes de matá-las. É uma forma de enganar o lado bom do Inconsciente Coletivo, de eficácia comprovada. Nas Escrituras Sagradas podem ser encontrados exemplos.

A DEFESA DO ENTREIRO AO ATAQUE ALIENÍGENA CONTINUAÇÃO DA NARRATIVA

Aquela era a primeira vez que ele enfrentava um espírito alienígena em campo aberto. Era tudo muito diferente dos espíritos terrestres que, às vezes, lhe tentavam fazer alguma obsessão, os quais ele repelia com sua fé. Tal espírito sabia trabalhar muito bem com as energias, lidar com o magnetismo, manipulando entidades terrestres.

Os dias iam passando, ele ficando aflito e os dois ultradesgenetizados em estado de energia pura que o acompanham, apenas ficavam assistindo, sem em nada interferir. Na verdade, para eles tal fato era uma experiência aproveitável e nunca respondiam a suas perguntas: prática que conservam até hoje, apenas dão pistas para o encontro das respostas possíveis.

O Entreiro tanto insistiu que um deles acabou fazendo um gesto. Pôs a mão na sua fronte, desaparecendo em seguida.

— O que é isso? – pensou. Mas teve uma intuição.

Sim, de repente tudo ficou muito claro: era só não andar de moto! "Se eu não andar de moto, não morro de moto! Não vou mais tirar carta de moto!"

E o dia de ele morrer chegou e ele não andou de moto. Finalmente, o diabo da árvore havia sido vencido.

COMENTÁRIO DE DJIROTO

Esta é a primeira maneira de livrar-se de um espírito da natureza, deixando de praticar o ato fatal. A segunda é atingindo-o, gritando um nome inexistente, como veremos mais adiante.

O diabo da árvore faz parte de um rol dos espíritos da Natureza (não podem ser confundidos com espíritos de homens desencarnados ou ovoides), passando-se por humanos animalizados e meio vegetais ao mesmo tempo, mas, para todos os efeitos, também são considerados humanos pelos próprios espíritos humanos (o que revela a ignorância desses em relação à quarta dimensão e ao poder que o l.C. exerce sobre eles mesmos), que desconhecem a real natureza.

São maus, do ponto de vista humano, porque gostam de matar suas vítimas, por meio de acidentes, para saborearem o sangue delas. A forma como eles atuam é ajustada pelas convenções realizadas por espíritos dominados pelo magnetismo, adequando-se sempre o modo de execução ao desenvolvimento tecnológico e atual do planeta. Isso quer dizer que a mesma árvore que hoje é tida como sendo a do diabo amanhã já pode não ser, podendo ser outra árvore a cumprir tal função. E sempre os pais de santo ou outros tipos de paranormais ou paranormais que têm contato direto com o mundo convencional saberão identificar esses códigos e convenções. Hoje tais vegetais estão em processo de extinção, com a evolução natural do planeta Terra. A natureza (sua parte magnética) não tem essa visão de bem e mal como o homem a conceitua. Tais seres, diabos, fazem parte do equilíbrio da natureza. Eles agem utilizando energia plasmática dos habitantes da casa, e sua ação limita-se somente às pessoas da casa, nunca fora dela. Há que se lembrar que somente matam os seres com dívidas cármicas, que têm que resgatá-las e que, aparentemente, são "inocentes" do ponto de vista dos homens. No fundo, eles agem como predadores diante da caça, cumprindo uma lei de equilíbrio da natureza.

Contra o próprio diabo da árvore, o Entreiro não pode agir, apenas defender-se, pois aquele faz parte do magnetismo terrestre. Atacá-lo é agredir a natureza, é transgredir leis universais impostas pelo Deus Único, é desequilibrar a Natureza.

ÚLTIMO ATAQUE DE SALO

Mas Salo não se deu por vencido. Ele queria matar, custasse o que custasse. Resolveu dar um jeito de lhe atacar diretamente, usando da materialização. Ele poderia usar de tal artifício, porque um espírito da Natureza, quando é vencido, pode ser vingado por outro. Salo, para o magnetismo, passou-se por um deles. O Entreiro acordou no meio da noite, com vontade de ir ao banheiro. Na volta, ao adentrar o quarto, viu uma luminosidade dodedimensional reconhecendo seu inimigo extraterrestre – um pequeno extraterrestre verde, pairando sobre a cama.

Os dois Ultras que o acompanhavam, em nada interferiram, assim como o próprio diabo da árvore, já vencido e ao lado de Salo (seu vingador), nada fez. A luta seria justa. Estavam, naquele momento, em igualdade de condições: era um extraterrestre em forma materializada, contra um ultradesgenetizado preso dentro de um corpo humano.

Não havia outra alternativa, ou um ou outro. Mutrilo, agindo por instinto, libertou sua projeção dodedimensional; na verdade, foi mais longe do que isso, liberou sua forma de ultradesgenetizado, tornando-se energia pura com perfil humano, agredindo-o de forma indescritível, fazendo o mesmo fugir com sua endopatia danificada.

A rapidez salvou Mutrilo, sendo a cena um grotesco duelo. E tal rapidez foi garantida pela correta monitoração feita pelos dois Ultras que o acompanhavam, impedindo-o de praticar atos que atrapalhassem seu desempenho (como o ocorrido há pouco tempo, quando produziram um efeito no seu órgão genital). De uma vez por todas, estava resolvido seu problema com espíritos alienígenas, mas, antes de ser punido e fugir, Salo ainda teve tempo de gritar o nome do Entreiro, deixando uma brecha para o magnetismo.

Apenas recordando, a endopatia é o princípio da telepatia, é ela que garante a comunicação entre as duas partes da mente, a primeira presa ao cérebro material e a segunda, livre, que se desloca no tempo e no espaço, se comunicando com outra mente. Os ETs possuem endopatia e os humanos ainda não, tendo acesso apenas à primeira parte da mente.

Ter a endopatia danificada é a maior humilhação a que pode ser submetido um extraterrestre, pois é ter quebrada sua inteligência, é um retrocesso na sua escala evolutiva, agora ele poderia nascer homem, ateu, sem ter direito a acreditar na vida após a morte – é como ser jogado no escuro. Tal punição somente pode ser aplicada por ultradesgenetizados em missão específica para tal fim.

Salo foi o primeiro dos extraterrestres maus a ser condenado. Foi-lhe tirada a inteligência dodedimensional ao ser quebrada sua "endopatia", convertida em puramente tridimensional. Ele não tinha mais poder de manipulação do Inconsciente Coletivo, estava nas mesmas condições dos espíritos humanos que ele influenciava. Agora, ele poderia encarnar como homem. Sofrer, normalmente, os efeitos magnéticos, tendo, embora na dodedimensão, apenas consciência tridimensional, o que ocorre com a maioria dos espíritos humanos que desencarna e fica presa na Terra.

Depois do ocorrido, de ter se transformado no ultradesgenetizado, Mutrilo voltou à sua forma humana de Entreiro, deitou-se e dormiu, sem ter a exata consciência do que ocorrera. O que Salo fez agindo de má-fé? Foi passar-se por um espírito da Natureza, um elemental que vinga o outro vencido, ainda por cima, gritando o nome verdadeiro do Entreiro (imitando a voz deste) para o Inconsciente Coletivo, na pessoa de seu representante, o demônio da árvore.

Alguém ter o nome verdadeiro gritado para o magnetismo terrestre é muito perigoso, principalmente depois de ter se envolvido com um de seus representantes.

No caso em questão, embora o Entreiro tenha apenas se defendido do diabo da árvore, de certa maneira, deu ao Magnetismo mais uma chance, a de "vingar o demônio derrotado" e de seu "vingador derrotado", podendo executar diretamente o Entreiro.

MAS A LUTA CONTINUA COM NOVO INIMIGO A VINGANÇA DO DEMÔNIO, SEGUNDO O ENTREIRO INCONSCIENTE

Da primeira vez, sofri um ataque de um duende; da segunda, de um urso-índio (ovoide), depois, do diabo da árvore; agora, de um grande elemental brasileiro: o saci.

Não acreditei quando acordei pela manhã e comecei a vislumbrar o mesmo fenômeno de quando surgiu o urso-índio.

Uma grande bola negra apareceu no meu quarto, foi aumentando seu tamanho e se formando um ser, ao lado do guarda-roupa, encostado na antiga cômoda, aos pés da minha cama. Olhando-o melhor, reconheci o lendário e folclórico saci: um jovem negro, de uma perna só, muito fina, pé descalço, um pano vermelho tapando-lhe o sexo, deixando sua enorme barriga exposta, lembrando alguém com esquistossomose. Sua cabeça enorme e redonda, com um rudimentar cachimbo na boca, sorrindo para mim, com um olhar cansado e sua famosa touca vermelha. Era muito feio, ao contrário das ilustrações dos livros e personagens das histórias de Monteiro Lobato, gravadas na televisão, onde ele é bom, simpático e prestativo.

Olhei para aquele ser elemental que invadira o meu quarto, aparentando simpatia. Veio-me a lembrança de uma situação semelhante, do duende que também era simpático e que, ao final, queria arrancar meus olhos. Mas eu me recusava a acreditar no que estava vendo, então comecei a pensar: "não é possível, o I.C. só pode estar brincando comigo: Saci-pererê! Bom, dizem que quem pegar sua touca se tornará seu senhor: por que não?".

Em carne e osso, me levantei da cama para apanhar-lhe a touca. Ele fez um movimento com uma das mãos e, sem me tocar, apenas com sua energia, jogou-me, violentamente, de volta para a cama. Então ele começou a me matar! De sua mão direita saiu uma espécie de parede de cristal, com a largura e altura de todo o quarto, a qual ele começou a empurrar, da seguinte forma: conforme desdobrava seu braço, a parede avançava em direção ao meu corpo estendido na cama, em progressão geométrica.

Sentia-me totalmente imobilizado na cama, não conseguia mexer nenhum músculo do meu corpo, nada podendo fazer, enquanto já tinham sido ultrapassados pela parede de cristal os meus pés e as minhas canelas. Eu enxergava estes meus membros inferiores do outro lado da parede e não os sentia, pois já estavam sem vida. "Se eu deixar ele avançar mais, morro de vez"– concluí.

No desespero, projetei minha consciência para fora do corpo, a fim de atacá-lo quadrimensionalmente. Então, ele, com a mão esquerda, deu conta da minha projeção, imobilizando-a. Vi que a parede já estava chegando próximo ao pescoço, do meu corpo deitado na cama. Ele me revelou que a morte seria por parada cardíaca. Tentei, desesperadamente, algo inédito: de minha projeção, ordenei que meu corpo abrisse os olhos, a fim de aproveitar-me de meus fluídos de Entreiro. Quando meu corpo abriu os olhos, tive uma visão magnífica: pela fluição, tive a sensação de estar em dois lugares ao mesmo tempo. Da minha projeção, eu enxergava o meu corpo e o Saci; do meu corpo, eu enxergava o saci e minha projeção.

MAIS UM XEQUE-MATE!

Uma energia azul saiu dos meus olhos e foi empurrando a parede de volta. Agora era o Saci que se desesperava, quase deixando cair o cachimbo da boca.

A vida foi voltando ao meu corpo e, quando a parede já estava para atingi-lo, percebi que ia fugir, gritei-lhe da quarta dimensão: "O que você está pensando, seu demônio: você nunca vai matar Peter Black River, aquele que pode estar em dois lugares ao mesmo tempo!". Tal prática de gritar um falso nome para um representante do I.C. aprendi pela observação e estudo do surgimento do *Homo Sapiens*, perante seu antecessor. Comprovei, anos mais tarde na universidade, que existem diversos registros dessas passagens que foram aproveitadas pela ficção: em Odisseia, de Homero, Ulisses, em situação semelhante, grita seu nome para o monstro Ciclope, alegando chamar-se Nemo (Ninguém), a fim de evitar perseguições dos aliados do monstro lendário, os quais procurariam pelo nome indicado.

Essa foi minha primeira conquista no I.C., o respeito dos espíritos da Natureza, dos elementais.

COMENTÁRIO DE DJIROTO

Ao gritar o nome falso para o representante do I.C., o Entreiro livrou-se de sucessivas e infinitas vinganças. Foi, sem querer, uma prova de sabedoria, diante do I.C.

Agora, finalmente, o Entreiro havia conseguido o respeito do Inconsciente Coletivo Terrestre, superando todas as fases de suas reações:

- DUENDE: os duendes são um dos seres elementais que representam as energias da Terra. No período da infância, aquele ser que o agrediu no berço. Nesse caso, é a energia pelo mineral;

- DIABO DA ÁRVORE: um dos elementais que representam a energia pelo vegetal;

- URSO-ÍNDIO: um dos representantes da energia pelo animal irracional;

- SACI-PERERÊ: um dos elementais que representam a energia pelo animal racional. Tem a forma de homem, mas é puramente criado pelas energias do I.C.;

- ESPÍRITO AGRESSOR: representante da energia do Homem. Dentro da enorme subdivisão de espíritos humanos, este é um dos mais atrasados;

- ET DESENCARNADO: representante da energia consciente, quase livre.

PARTE 4

Parte 4:
PASSAGEM PELA UNIVERSIDADE.
NOVA LUTA: HOMO SAPIENS +
HOMO QUADRIENS X ETs
VERSUS MAGNETISMO

OS HUMANOS QUE SOFREM COM O MAGNETISMO E COM ESPÍRITOS

ALIENÍGENAS MAUS PELO PRÓPRIO ENTREIRO

Agora, com 21 anos de idade, encontro uma pessoa como eu *Homo Quadriens*, a qual tem seu cérebro quadrimensional ativado, porém com mau desenvolvimento da endopatia.

Tal pessoa, uma adolescente, está em sérios apuros, já começando a sofrer a reação de execução (morte) proporcionada pelo Inconsciente Coletivo (Magnetismo Terrestre).

Para não ficar passivamente assistindo a uma grande tragédia (talvez agindo impulsivamente), resolvi interferir neste processo natural tirando minha expansão mental *quadriens* das vantagens da quarta dimensão para penetrar no "mundo" do I.C., entrando em um verdadeiro labirinto psíquico e, consequentemente, expondo minha própria vida a um grande perigo.

Apenas ressaltando, agora vamos conhecer, na prática, como funciona o efeito executivo do Inconsciente Coletivo.

Devo advertir que o que será narrado, em grande parte, não pertence à quarta dimensão, mas sim ao "mundo intermediário" entre esta e a terceira dimensão; mundo este que é criado pelo próprio I.C. Tal fator é que confere ao Inconsciente Coletivo sua maior arma, garantindo-lhe o domínio e o total controle sobre todos os místicos ou paranormais do nosso planeta.

Essa parte terá descrições mais detalhadas de situações, pois é de interesse geral, principalmente para aqueles que possuem uma mente com potencial *quadriens*, em nosso planeta, e que vivem constantemente na mira do magnetismo.

COMENTÁRIOS DE DJIROTO E CÔMER

O Entreiro considera a paranormal humana em igualdade na condição de *Homo Quadriens*. Devemos lembrar que a inteligência do HQ é artificial. Houve momentos, sim, em que as inteligências natural (da humana) e artificial do Entreiro se equipararam.

Também o Entreiro confundia, nessa época, os termos viagem astral, projecionismo dodedimensional (o qual ele dominava e não sabia) e expansão *quadriens*, mas não foram feitas as correções, para manter-se o original.

VIDA UNIVERSITÁRIA

Tive o apoio de meus pais quando optei por estudar áreas de ciências humanas.

Formei-me em Direito e Letras, respectivamente, num curso noturno na Faculdade e em outro integral na Universidade.

Em Direito, as matérias de que mais gostei foram Direito Civil e Medicina Legal e, em Letras, Teoria da Literatura e História da Arte.

E assim era o meu dia a dia, estudando Leis, perícias médico-legais, analisando grandes obras universais e aprendendo o valor literário de cada uma, um pouco de sua época, seu autor. Deliciei-me com "Odisseia", de Homero; "O Processo", de Kafka; "Madame Bovary", de Flaubert; "O Corvo", de Alan Poe; "Dom Quixote", de Cervantes; "Missa do Galo", de Machado de Assis, entre outras inumeráveis obras grandiosas. Também em História da Arte aprendi conceitos importantes como "o belo por si só e o belo comparativo", as diferenças entre as escolas de pintura, tendo uma noção da interpretação do ponto de vista crítico, o qual revela o real valor das obras.

Vários colegas mantinham o mesmo ritmo de estudo que o meu, e constantemente nos ajudávamos em pesquisas e trabalhos.

Naquela época, depois de ter pesquisado "quadrimensionalmente" o Espaço Sideral e ter adquirido vários conceitos novos, inclusive tendo bem nítidas as diferenças entre terceira dimensão, quarta dimensão e da existência de um mundo intermediário entre elas, criado pelo magnetismo, também me havia dado conta de que existe um efeito *quadriens* no corpo tridimensional vivo, o qual é muito perigoso, pois pode causar mutações no organismo daqueles que se utilizam da quarta dimensão, tendo eu, consequentemente, de me adaptar, tomar cuidado com este novo fator, passando, então, a usufruir muito pouco de tais faculdades cerebrais.

Porém, acima de tudo, havia meu lado universitário que se questionava, sendo meu principal dilema o valor e a utilidade de meus estudos quadrimensionais, o que, às vezes, me angustiava.

Angústia também me dava quando eu via crianças que nasciam com a estrutura mental *quadriens* ativada, tendo esta atrofiada pelo magnetismo ou, quando não, transformadas em joguetes do próprio I.C., vivendo presas em verdadeiros labirintos psíquicos.

Aquela colega era assim, uma pessoa que tinha seu cérebro com a área de desenvolvimento quadrimensional parcialmente ativada, e, por falta de autoconhecimento, vivia sérios problemas.

Mas ela sabia disfarçar, conviver com o magnetismo adverso, tanto que a princípio eu nada percebi, pois sempre a via alegre nas festas promovidas pelo Diretório Acadêmico.

A nossa universidade era um local de divulgação dos conjuntos novos da cidade e região. Nunca conjunto algum cobrou do Diretório Acadêmico para tocar lá, o que não ocorria nas outras faculdades, por isso as festas serem constantes, tendo a fama de serem as melhores.

Lembro que naquela noite o conjunto musical que animava a festa tinha em sua formação dois ex-integrantes do antigo "Cuca Livre", com quem eu andei ensaiando uns solos de guitarra quando tinha uns dezoito anos de idade. Apresentei a todo o pessoal meu primo, do contrabaixo, e o baterista.

O "Cuca Livre" fazia parte do meu passado...

Comecei a ensaiar com aquele conjunto a convite de meu primo, que um dia chegou em minha casa e, sem querer, ouviu uns solos que eu tocava em meu violão, instrumento que eu acabara de ganhar de meu pai após ter comprado outra flauta doce.

Também me lembro que fiquei surpreso quando, antes de um ensaio, o Roger me mostrou o esboço da camiseta com o nome do conjunto, o qual eu ainda nem conhecia. Havia o desenho de um bebê chupando chupeta com a inscrição acima: "CUCA LIVRE".

A princípio, não gostei da novidade, mas ao final acabei concordando com a maioria, posto não ter como argumentar contra a análise do meu primo: "Esse bebê parece idiota; mas é assim mesmo, no rock estas coisas dão certo!".

Intimamente, eu havia ficado confuso: "CUCA LIVRE" parecia um paradoxo ao meu secreto cérebro quadrimensional", mas me convenci de que não era nada a ver com o I.C., apenas uma coincidência.

Tal coincidência me inspirou a fazer uma experiência com aquele grupo.

Aqueles solos que meu primo ouvira, e queria encaixá-los em suas músicas, eram criados somente com a utilização da estrutura *quadriens*, ou somente "transrracionalizando", eram uma espécie de protesto, um "tapa de pelica" que eu tentava dar no I.C., mostrando-lhe ao mesmo tempo a suavidade de uma mente *quadriens*. Ao executá-los ou ouvi-los gravados, eu tinha minhas faculdades altamente ampliadas. Funcionava como o assobio no tempo do berço.

A partir de então, eu levei tais solos para o "CUCA LIVRE" e encaixei um deles em uma música de meu primo que, na época, tocava guitarra solo, enquanto eu pegava a base para ver no que é que dava.

A princípio, tudo bem; mas o sonho acabou (se por coincidência, alguma reação do I.C., ou não) quando ele começou a reclamar que sentia dores nas mãos ao tocá-los: "Assim você quer me matar, este solo está machucando o meu dedinho, arrebentando minha mão, disse mostrando o dedo mínimo. O que é isso?".

— Sei lá, primo – respondi.

Ao final, achamos tudo aquilo uma esquisitice, pois era um solo muito simples, tão simples que não poderíamos sequer compará-lo com outros bem mais difíceis, de conjuntos de renome internacional que ele executava com maestria.

CONVITE INESPERADO

Para minha surpresa, ela me convidou para ir até sua casa no final de semana e me pediu para que eu levasse meu irmão, o qual ela achava simpático.

Era um sábado de verão quando estacionamos o carro defronte sua casa, por volta das 14:30 horas, conforme havíamos combinado.

Tocamos a campainha, percebemos que ela olhou pelo olho mágico e, em seguida, abriu a porta.

Passamos pela sala de entrada, sempre escura, tendo os vitrôs fechados e tampados por grandes e espessas cortinas. Ao chegarmos na sala de TV, mais ao fundo, encontramos seus pais de pé, lado a lado, o homem à esquerda da mulher, perto da porta que levava ao corredor da cozinha, ambos de frente para nós.

A mulher trajava um vestido verde-claro, mostrava alegria e simpatia. Era descendente de poloneses e muito parecida, fisicamente, com a filha.

O pai, lusitano sério, imperativo, de bermuda, chinelo e camiseta branca, o que ressaltava sua barriga. Após as apresentações, ele disse:

— Ué, vocês são irmãos? Nem se parecem um com o outro? A mãe não nos deu tempo para responder: — Eles são tão bonzinhos, eles não têm carinha de anjo?

A resposta do pai foi uma surpresa, principalmente pelo tom nada amistoso, meio bravio:

— Cara de anjo eles têm! O que a gente precisa saber é se eles não estão querendo nos enganar!

Por alguns instantes, ficamos mudos. Eu e meu irmão nem nos olhamos naquele momento; de cabeça erguida, olhei somente para a mãe, ignorando o pai. Então compreendi por que sua filha, sempre que possível, evitava que seus colegas universitários fossem até sua casa.

Para nos livrar da presença do pai, ela nos tirou rapidamente dali, nos conduzindo até a varanda dos fundos da casa.

Lá, ela nos apresentou seu irmão com a namorada, duas primas, sua irmã caçula e um amigo, um afro-brasileiro muito simpático e alegre, violonista famoso pelas redondezas, além de hábil em instrumento de percussão.

Só sei que, ao avistarmos alguém de fora da família, sentimos um alívio incrível, radiante.

ENQUANTO A LUTA ERA SOMENTE HS + ETS X MAGNETISMO. ASSISTINDO A MAIS UM SHOW DO I.C.

Conversa vai, conversa vem, com todo aquele entra e sai que as meninas faziam da varanda para a cozinha, o irmão dela pediu para que o jovem músico tocasse "MPB – Música Popular Brasileira".

Enquanto as anfitriãs providenciavam aperitivos, ele afinou o violão, tocou umas notas, e, após ouvir uma denúncia de que eu também sabia tocar, passou-me o instrumento insistindo para eu tocar alguma coisa para ele poder confirmar a afinação. Dedilhei, então, uma música sertaneja; na verdade, a única música que eu sabia tocar no violão, sem ser as composições do "CUCA LIVRE". Quando terminei e devolvi o violão, as primas dela despediram-se da gente, pois já tinham outro compromisso; dali a pouco, todos nós, os jovens, estávamos sentados formando uma grande roda, um círculo semiaberto, na varanda, num total de sete pessoas, partindo da porta da cozinha com minha colega, depois o músico, seu irmão e a namorada, sua irmã, meu irmão e finalmente eu, na outra ponta.

Uma bela série de MPB foi executada pelo cantor, quando, de repente (talvez influenciado pela música), eu me peguei "birracionalizando" sem querer.

Por tal prática ser muito perigosa, tentei de todas as maneiras parar com aquilo, mas não conseguia. Passei, então, a estar em dois lugares ao mesmo tempo e, consequentemente, enxergar aquela cena e dois pontos de vista, tri e quadrimensional, tendo, além de outros fatores, inclusive, uma visão muito acima de quinhentos graus. Minha expansão mental quadrimensional trabalhava num ritmo muito rápido e a tridimensional, embora tendo perfeita compreensão, graças ao processo de endopatia, tentava frear e disfarçar o que ocorria.

Para minha surpresa, percebi que não estava sozinho, pois, minha colega também estava com sua estrutura mental quadrimensional ativada! A maior diferença entre nós é que eu tinha consciência do que ocorria, ao passo que ela agia assim, inconscientemente, tal qual eu, nos tempos de bebê, ainda por cima toda atrapalhada por não ter desenvolvido, de maneira correta, a endopatia.

A endopatia não desenvolvida corretamente pode, grosso modo, ser comparada a um rádio que não está sintonizado perfeitamente em uma estação; há o predomínio dos ruídos e, quando se consegue ouvir alguma coisa, rápidos lampejos de som, nos dá somente a ideia vaga do que está sendo transmitido, conseguindo-se somente diferenciar a música da fala (locução), e não mais que isso, sendo tudo ininteligível.

De repente, comecei a assistir a uma reação do I.C., o que é algo inesperado, praticamente indescritível, e, acima de tudo, muito perigoso. Eu estava literalmente assistindo, porque tal reação não tinha nada a ver comigo, mas somente com minha colega. Tudo o que eu tinha a fazer era ficar observando, conservando uma posição de neutralidade científica para aprender um pouco mais e não arranjar encrencas com o I.C.

Para cada tipo de pessoa, o I.C. tem um jeito de manifestar-se, porém os fins são sempre os mesmos. Reparei que naquele caso o I.C. estava reagindo de um modo que me lembrava muito a segunda reação abstrata que eu sofri quando ainda criança.

Utilizando-se de sua força que se situa entre as duas dimensões, numa espécie de barreira, fez-se representar por pequenos seres flutuantes e transparentes, os quais colocavam um tipo de energia estranha em torno da cabeça dela. "Talvez esteja criando uma espécie de labirinto psíquico para ela", concluí.

Naquele instante, cansado de tocar e cantar, o músico pediu para eu tocar uma música e seu pedido foi reforçado pelos demais. Eu disse que só sabia tocar músicas desconhecidas do antigo conjunto do meu primo. Mas eles insistiram e pediram para eu tocar assim mesmo e, de preferência, um "rock" bem pesado.

Pedi para fecharem a porta da cozinha porque o "rock" tinha uma letra muito pesada. Talvez influenciado pela visão que eu tinha dos efeitos reativos do I.C. viria a tocar uma música trágica, de autoria de meu primo com parceria com o Roger, de ritmo pesado, barulhento e alegre, mas balançante. Segundo os autores, fizeram-na alegre, falando de AIDS e morte, por ser uma receita de sucesso segregada por grandes conjuntos nas revistas cuja cartilha do sucesso mandava usar daquela fórmula.

Na primeira tentativa, fiz corretamente a introdução no violão, porém quando precisei da voz (tinha que ser mais grave, naquela música) desafinei; depois de algumas risadas, recomeçando, deu para executar. Devolvi o violão, que foi passado de mão em mão, correndo o semicírculo pela minha esquerda, voltando ao músico.

Tive que cantar forte para ser ouvido, pois uma chuva de verão tinha começado a cair, fazendo ruído e, enquanto cantava, continuei passivamente assistindo ao que ocorria. Devo ressaltar que não usei nenhum solo quadrimensional nessa música.

E o músico voltou a dar seu "show", executando nova série.

POSTURA CIENTÍFICA?

Continuei observando o que o I.C. estava fazendo.

Analisando a situação, percebi que era uma reação de caráter geral, mundial, e não do magnetismo regional aqui do Brasil, interior do Estado de São Paulo, pois as figuras representantes não tinham nossos traços regionais, observei também muitos detalhes indescritíveis.

Diante de tais circunstâncias, assumi a postura de um observador científico, apenas olhando, analisando e aprendendo o que podia, ficando imune diante de tais episódios, por respeitar as próprias reações do I.C., como fazendo parte da própria natureza evolutiva do Homem; daí, por minha disciplina, ser mero espectador, mais exatamente uma testemunha ocular.

À PARTE DE DJIROTO

O Entreiro tinha consciência de que ela era uma grande paranormal, totalmente humana. Porém o que o mesmo não sabia é que os seres indescritíveis que ele viu eram espíritos alienígenas de ETs maus que morreram na Terra e que podem manipular o magnetismo terrestre, que, por sua vez, controla a maioria dos espíritos de humanos mortos. Grandes paranormais humanos que não se apegam à proteção magnética de uma religião são seus alvos preferidos.

Continuação do texto do Entreiro.

E O HOMO QUADRIENS ENTRA NA LUTA AO LADO DO HOMO SAPIENS

Porém já estava cansado de ficar assistindo ao I.C. de nosso planeta fazer as mais diversas barbaridades com a mente e com a vida das pessoas que possuem um potencial quadrimensional ativo em seus cérebros e que, inconscientemente, começam a utilizá-lo. Era o que estava ocorrendo com minha amiga, naquele momento, talvez, como já disse, expandindo sua mente, influenciada pela música.

Diante daquela situação, fiquei sem saber o que fazer, se deixava tudo continuar seguindo normalmente, ou se eu faria alguma coisa para ajudá-la.

Naquela altura, o I.C. começou a atuar em torno do irmão dela, mesmo sendo ele um *Homo Sapiens* ultraconservador, acumulando as mesmas energias.

Refleti bastante. Confesso que fiquei com medo, com a consciência de que o fato de o I.C. deixar eu assistir a suas reações abstratas em outras pessoas era também uma forma de, indiretamente, me intimidar.

Busquei em todo meu conhecimento uma resposta, uma atitude, pois eu queria fazer algo para ajudá-la e não deixar o I.C. barbarizar com sua vida.

Lembrei dos meus apuros do passado, do que eu já tinha aprendido e, meio de impulso, resolvi fazer alguma coisa, tentando dissipar as energias acumuladas pelo I.C., mas antes tinha que fazer um teste para ver se dava certo.

UMA EXPLOSÃO E A PERDA DA ENDOPATIA

* Endopatia – telepatia interna do cérebro, comunicação entre a parte física e não física da própria mente – quaisquer dúvidas, veja no glossário ao final da obra ou no capítulo: "Um toque de Ciência".

Quando o músico quis descansar de novo, para mudar o ritmo, ouvir um "rock", o violão veio até mim. Vendo minha amiga naquele momento, sabendo que ela é uma pessoa muito ligada à Língua Inglesa, resolvi, para chamar, ao máximo que podia sua atenção e concentração, cantar um "rock" bilíngue, português-inglês de minha autoria, com solos criados a partir da quarta dimensão.

Enquanto executava os solos quadrimensionais de "Help me Baby", minha quadrimensionalidade se expandia ainda mais pela varanda, enxergando-a de todos os ângulos. Minha última lembrança foi que o sol da tarde apareceu entre as nuvens, batendo diretamente no meu rosto e que fiquei espantado ao ver-me pela quarta dimensão com os olhos tão verdes, extremamente fosforescentes. Enxergava-me, quando o foco principal de minha expansão estava por detrás do músico, olhando-me de frente. Quando o solo começou a fazer efeito, chamando a atenção do I.C., cuja manifestação desencadeou um incrível processo reativo. Parecia uma explosão, como se eu tivesse sofrido uma enorme pancada, tão violenta que eu tive a comunicação com minha expansão quadrimensional cortada. Tecnicamente falando, o que eu tive foi a quebra da endopatia, que é a comunicação entre a estrutura quadrimensional do cérebro com a tridimensional. Devo lembrar que a endopatia é a comunicação interna das diversas estruturas mentais de um mesmo indivíduo. Difere da telepatia, que é a comunicação cerebral entre indivíduos diferentes. A endopatia interfere na qualidade da telepatia. Não há telepatia sem a prévia existência da endopatia, porém há esta sem aquela, quando se trata da comunicação dos diversos níveis mentais do mesmo ser.

Adquiri tais conceitos em pesquisas no espaço sideral, mas, grosseiramente, podemos comparar o estado em que me encontrara como uma espécie de amnésia, um bloqueio mental no qual o indivíduo perde a memória. Ele sabe que obrigatoriamente tem um passado, mas não consegue se lembrar de nada. Eu sabia da existência da minha expansão quadrimensional, mas não tinha como me comunicar com ela.

PERDIDA A ENDOPATIA

Ao perder a comunicação endopática, fiquei meio perdido, mas não deixei ninguém perceber o ocorrido, assimilando o golpe. Acabei de tocar aquela música e o instrumento novamente retornou para o músico, que tocou mais uma série.

Nessa altura, eu não sabia o que se passava com minha parte perdida; parecia que tinha ficado desacordada, até mesmo desmaiada ou, se estivesse agindo, eu jamais poderia saber. Em poucas palavras, eu estava em situação pior que a dela, que agia de maneira inconsciente.

Ouvindo aquelas músicas, pensei numa maneira de provocar novamente o I.C., sintonizar-me com a quarta dimensão, mesmo tendo minha estrutura cerebral quadrimensional incomunicável. Então tive a ideia de tocar aquele solo que causara dor nas mãos de meu primo, assumindo uma atitude arriscada.

Daquela vez, porém, eu executei "COM QUALQUER UM", assobiando o tal solo (como nos tempos do berço) e, já no fim da música, quando o repetia, a mãe dela abriu a porta da cozinha, atravessando pelo meio da roda, comentando:

— Esse anjinho sabe até tocar violão!

A mulher voltou para dentro da casa, também aproveitei a deixa para devolver o violão, posto que já era tarde para nós, aproximadamente cinco e meia da tarde. A gente se despediu do pessoal, dando também um "tchau" para o pai dela, que estava na área da frente da casa ouvindo jogo de futebol no radinho de pilha, o qual aproveitou a oportunidade para algumas perguntinhas do tipo "Vocês bebem? Fumam?"... enquanto íamos embora, entrando no carro.

O que mais me chamou atenção na despedida foi que avistei ao lado de seu pai o espírito de uma menina, brincando ao seu lado; alguém que queria encarnar naquela família. Mas qual a relação de tudo aquilo com o espírito da menina?

Achei tudo aquilo muito estranho; o meu maior problema, a partir de então, era recuperar completamente minha endopatia. Então decidi falar para desabafar com um amigo meu, professor doutor Eli Nazareth Bechara, da UNESP, o qual gostava de ouvir minhas experiências e, ao final, dar o seu parecer.

Alguns dias se passaram e eu, instintivamente, não me afligia, pois tinha esperança, quase certeza de que brevemente voltaria ao meu normal, sendo tudo aquilo uma questão de tempo e paciência.

Não comentei nada com minha amiga a respeito das coisas estranhas que ocorreram em sua casa, porém passei a ter a certeza de que ela era uma *Homo Quadriens* em potencial.

O COMEÇO DAS REAÇÕES DO I.C.

Dois sábados depois, nos encontramos numa festa e ela me disse que seu irmão, dias antes, tinha atropelado um motoqueiro com o carro, ficando, em seguida, um pouco tensa. Mas, logo depois, ela se animou, tentando convencer todos a irem, quinta-feira à noite em outra festa que seria excepcionalmente promovida pelo nosso Diretório Acadêmico, em uma boate muito famosa de nossa cidade.

Cedendo a suas insistências, todos concordaram em ir. Porém, logo na segunda-feira, ela chegou dizendo que não estava com vontade de ir à festa de quinta-feira; o que todos estranharam: "Eu lhe disse que apostava que na terça-feira ela já teria mudado de ideia!".

Porém, da mesma forma, continuava desanimada; por isso, resolvemos esperar até quarta-feira.

Na quarta-feira, ela estava apavorada, dizendo que não iria, de jeito nenhum, até a boate.

Eu estava estranhando muito aquele comportamento. Resolvi chamá-la para conversarmos a sós, para que se abrisse comigo.

Tive que ser insistente, até mesmo chato, usando de chantagem emocional. Finalmente, ela se abriu me dizendo muito séria:

— É que eu sei que uma pessoa vai morrer na quinta-feira à noite, e eu acho muito chato sair e me divertir enquanto sei disso!

— Como você sabe? Quem vai morrer? – eu perguntei.

— Aquele cara que o meu irmão atropelou. Vai haver uma complicação e ele vai morrer, exatamente por volta das onze e meia da noite.

Tentei dissuadi-la, alegando que estava enganada, mas ela me respondeu:

— Eu sempre sei, desde criança, quando alguém vai morrer. Eu nunca errei!

Daí eu também abri o jogo, narrando-lhe que eu estava desconfiado desde aquela primeira visita à sua casa.

— Ah, não! – ela me respondeu. — Você também, até você é assim! Então perguntei-lhe:

— Alguém mais sabe que você sabe que alguém vai morrer na quinta-feira?

— Não – ela me respondeu. – só você.

— Então, eu lhe disse, você tem que ser mais fria, pois, não é culpa sua. Se você não for sair cada vez que souber que alguém vai morrer, não sairá nunca!

Não insisti mais, pois eu sabia como era enfrentar tal reação psíquica inibidora do Inconsciente Coletivo: é impossível "ficar frio". – como eu havia pedido.

Resolvi esperar passar o malfadado dia para – depois – conversarmos melhor, para – quem sabe – tirá-la dessa situação.

"HELP ME"

No outro dia de manhã, quando ela me procurou na Universidade, a confirmação: a pessoa morrera exatamente no horário em que ela me havia previsto. Conversamos longamente, expliquei-lhe o que estava ocorrendo sob meu ponto de vista. Daí ela me narrou todo seu sofrimento. Desde pequena, sempre sozinha. Sem nunca ter dito nada a ninguém, principalmente por ter medo do pai, o qual não acreditava nessas coisas e que poderia até mesmo bater nela, se ouvisse algo dessa natureza, de sua parte. Disse-me que queria acabar com tudo aquilo, que queria paz, que queria atrofiar, de vez, tais faculdades para nunca mais ser perseguida pelo magnetismo.

Mas nada me surpreendeu mais do que a revelação do pior que estava para acontecer.

— Agora eu tive a visão da morte de meu irmão!

— Como foi? – perguntei perplexo.

— Na minha visão, ele vai capotar o carro, num lugar escuro, bem de noite e vai morrer. Eu vi o carro capotando com ele dentro! Eu não sei o que fazer, isso é inevitável! E me fez um apelo:

— "Help me"! ela me disse, em inglês.

Naquele momento em que estávamos conversando ela, mais uma vez, ao lembrar-se da visão tinha, inconscientemente, ativado sua estrutura quadrimensional, e aquele meu contato com ela naquele instante fez-me confirmar que estava recuperando, aos poucos, minha endopatia. Foi um estalo!

— "Help me Baby" – uma frase da música do "CUCA LIVRE" que eu toquei na área, a última que eu disse antes de o I.C. romper minha endopatia: tal lembrança veio nítida em minha mente. A partir daquele momento, horas depois, voltei a "birracionalizar", porém sem me lembrar de nada do que ocorrera a partir do momento da explosão depois, vagamente da visão do espírito da menina na área, nada mais que isso. Naquela manhã, ao final da nossa conversa, prometi ajudá-la no que pudesse, caso tivesse alguma ideia ou inspiração.

Eu, particularmente, não gosto de mexer com o I.C., pois tal prática é muito perigosa, é como entrar na jaula de um leão de mãos limpas. Mesmo aparentemente tendo feito as pazes com o I.C., respeitando-o e aproveitando o efeito da proximidade do ano 2000, descobrindo uma maneira de agir despercebido do mesmo, eu sabia que seria muito arriscado ajudá-la. Para tanto, eu também teria que entrar naquele emaranhado psíquico, compartilhar com ela daqueles problemas, pondo em risco toda minha vida e meu conhecimento, pois estávamos diante de uma verdadeira execução patrocinada pelo I.C., na qual mais cedo ou mais tarde, chegaria a vez da minha própria colega.

Para aliviar a tensão, resolvi conversar com aquele meu amigo professor, o qual recomendou-me muito cuidado, precavendo-me com possíveis reações cármicas, dando alguns conselhos muito úteis.

UM MOMENTO INESQUECÍVEL

Ela me disse que, de acordo com sua visão, a morte de seu irmão estava próxima, mas não sabia a data e a hora certa, as quais ela ficaria sabendo mais para frente, posto suas visões serem sempre na sequência de três. Somente na última, quando praticamente seria tudo inevitável, ela ficaria sabendo a data e a hora.

Conforme eu ia refletindo, ia me convencendo cada vez mais do perigo e da complexidade da questão.

Ela me segredou que não gostava muito de seu irmão, por ele sempre se meter na sua vida, mas que não desejava sua morte. Aos poucos, eu ia juntando as informações.

Então, eu lhe expliquei que lidaríamos com o I.C. mundial, universal, predominantemente medieval, pois é fruto do pensamento medieval, o qual a maioria das pessoas herdou e ainda não se libertou. Extremamente conservador, ele tem um caráter inquisidor, matando (como a Igreja matou) quem ultrapassasse seus limites tridimensionais. Porém ele também tinha um lado bom, misericordioso, sendo este de influência de Leituras Sagradas, de Novelas de Cavalaria, etc., dando uma chance de sobreviver para aqueles que provarem inteligência, respeito e sabedoria. Está atualmente enfraquecido, pois suas energias são relativamente fracas diante do "efeito dois mil", pois todos aqueles que tiveram e ainda têm um pensamento de influência medieval não ousam dirigir seus pensamentos para além dessa data, a qual acreditam ser o fim do mundo.

Figurativamente falando, o I. C. universal é um velho moribundo que tem alucinações à beira da morte, porém, embora radical na maneira de ser, conserva uma nobreza, respeitando alguns valores e punindo outros. O que a gente teria que fazer era saber, com muita antecedência, a data e a hora certa do acidente, provocando o lado bom do I.C., provando-lhe nossa inteligência – algo muito arriscado – pois, se nós não a provássemos, sofreríamos as mais terríveis consequências (execução direta). Mas como fazer isso?

O MOVIMENTO SECRETO DO HQ E DO HS

Utilizando da minha experiência, disse para minha colega me ajudar na composição de uma música, a qual eu queria elaborar em inglês, na varanda dos fundos de sua casa, exatamente no local onde anteriormente eu havia perdido a endopatia.

Apenas ressaltando, o que eu estava querendo era, novamente, provocar o I.C. (que lhe dava sempre três chances), pois acreditava que, da segunda vez, se agíssemos corretamente, mostrando inteligência e respeito ao provocar forçadamente tal fator, poderíamos também provocar seu lado bom e nobre, o qual nos daria uma chance – o que também custaria eu entrar, de vez, naquele labirinto psíquico, dessa vez, sem retorno.

No outro dia, sábado, pela tarde, estávamos a sós na tal varanda e, ajudados pelo mesmo violão, musicávamos um trecho da letra que tínhamos criado:

*"When love is strong
and something is wrong
I don't know
my Emotion
begins a show
In this show I need Love
In this show I need Love
Oh Baby!
Give me it!..."*

Foi um momento inesquecível! Pela primeira vez, eu não me sentia sozinho na quarta dimensão terrestre. Embora com uma endopatia atrapalhada e com sua mente quadrimensional em fase inicial de desenvolvimento, ela conseguia acompanhar meus raciocínios *quadriens*, um indício de telepatia pura. Estávamos emitindo sons telepáticos, música quadrimensional – e, por instantes, nem precisávamos de instrumento.

Mas não tardou para o I.C. se manifestar, tendo eu uma visão de nebulosidade. Rapidamente, agi para provocar seu lado nobre. Aprendi, em minhas várias pesquisas, que não é boa política darmos nossos nomes verdadeiros para uma manifestação do I.C., mesmo sendo seu lado bom, por isso fiz nossa apresentação da seguinte forma, soltando os dois primeiros nomes que vieram à minha cabeça, "gritando" da quarta dimensão.

— Aqui estamos nós, Benfor Hrício e Lady Star! Dê-nos uma chance...

Mal pude completar minha frase, e veio a chance; eu sabia que agora estava num caminho sem retorno. Era vencer ou vencer!

Uma imagem nos apareceu: um relógio de parede sem ponteiros, com um longo pêndulo balançando. Estava bem no meio, acima e por detrás de uma pequena escrivaninha. Depois, três folhas de papel vieram voando, parando dispostas em cima da escrivaninha. Em cada folha, estavam escritos trechos das três músicas (rock) que eu cantei naquele sábado, grifados em vermelho. Lembrando, as músicas eram: "Teodora" (de meu primo e Roger), "Help me Baby" (minha) e "Com qualquer Um" (minha). A primeira falava da "morte"; a segunda, de "ajuda"; e a terceira, do "comportamento controvertido de uma menina".

Reparei no relógio. Era uma caixa preta com um pêndulo dourado, não havia ponteiros, como já disse, e seus números, talvez traços (pois não conseguia enxergar), também pretos, gravados num fundo redondo e branco. Agora, o relógio acima, por detrás da reta do segundo papel, que representava a segunda música, bem no meio da escrivaninha. Depois, a visão se apagou, mas deu tempo para eu reparar que a escrivaninha tinha um "*design*" moderno, de cerejeira. Era o contraste do antigo, por detrás e acima, com o moderno, pela frente e abaixo, plano. Aquele tipo de pista era uma verdadeira parábola, prática muito comum e antiga do I.C., herdada, principalmente, de más interpretações medievais das Escrituras Sagradas.

Na verdade, eu me deixei influenciar por aquele emaranhado psíquico em que eu acabara de entrar, e lhe narrei o que tinha visto e que ela se lembrava vagamente pela irregularidade da sua endopatia. Ela me garantiu que sabia (mas não sabia dizer como), que teria um sonho naquela noite, que talvez esclarecesse ainda mais. Aquela era nossa pista para descobrirmos a data, de maneira bem antecipada, do acidente, bem como toda a parábola para decifrarmos o que realmente estava acontecendo e o motivo de acontecer na sua vida.

Sabíamos que não havia muito tempo para decifrarmos o enigma e, por isso, ficamos aquela tarde toda pensando, porém, sem chegarmos a nenhuma conclusão. Resolvemos esperar pelo seu sonho.

A LUTA PELO TEMPO

No outro dia, ela me contou o seu sonho; na verdade, uma visão.

— Na visão, eu vi o carro capotado no escuro, e eu estou de pé, sozinha, perto dele, também no escuro. De repente, aparece uma estrela, uma forte luz, que vai crescendo à medida que vem se aproximando, parece uma grande nave espacial, passa por cima da minha cabeça, ilumina todo o lugar. Então eu enxergo o carro e toda a cena, nitidamente, depois, ela continua sua trajetória, indo embora, me deixando sozinha no escuro; só isso.

Não chegamos a nenhuma conclusão a respeito daquele sonho, nem nada que nele pudesse nos ser útil naquele momento. "O que uma nave espacial teria a ver com aquilo?"

No segundo dia, apenas trocamos novas opiniões e hipóteses, mas não conseguimos chegar a nenhuma conclusão.

Fazia anos que eu não me envolvia em emaranhados psíquicos. A gente fica meio fora da realidade, tendo medo constante, além de ter que raciocinar coisas ilógicas.

Relembrei todo o enigma e a forma que ele foi apresentado, tentando estabelecer uma ligação entre as músicas cujas letras estavam representadas pelos papéis, com o relógio pendular.

Após várias reflexões, cheguei à conclusão de que não era tão difícil assim: lembrando a maneira como foram executadas tais músicas – no momento da primeira visita à casa dela-, onde eu e o violonista nos alternávamos. Enquanto ele tocava várias MPBs, eu tocava um "Rock", o que gerava um movimento periódico no violão que ia e vinha pela roda, lembrando o pêndulo de um relógio.

Sim, aquilo era um MOMENTO PARABÓLICO, ou seja, o Magnetismo cria uma parábola a partir de uma situação vivida na vida real. Sim, nesse tipo de parábola, a chave de tudo estava no próprio momento, visita à casa, e estava escondida nas imagens que enxergamos (a chave) para descobrirmos como foi delimitado o tempo, qual a relação que foi estabelecida entre o que aconteceu, de fato, nas execuções musicais, e o que estava por vir.

Conjuntamente, deciframos: o pêndulo representava o violão que passava de mim para o músico naquele dia, num movimento periódico pendular de ir e vir; enquanto ele cantou três séries de músicas, eu cantei aquelas três já citadas: cada música ou trecho de música diferente que ele tinha cantado representava um dia de intervalo para cada fato criado pelo I.C., e as músicas que eu cantava, a realização de tais fatos.

Sabemos que a morte, representada pela primeira música "Teodora", foi na quinta-feira; que a segunda música, "Help me Baby", foi quando ela me pediu ajuda, dias antes; e "Com Qualquer Um", a terceira música, ainda faltava se concretizar. Era, portanto, a chave para tudo.

O que tínhamos que lembrar era quantas músicas tinha o nosso amigo tocado, antes de eu tocar a última.

Fizemos um esforço incrível de memória, já que eu não podia usufruir da quarta dimensão para relembrar da cena, por causa da forte reação que sofrera do I.C. perdendo a endopatia naqueles momentos. Eu tinha recuperado apenas parcialmente a endopatia, mas não me atreveria a lançar-me de novo naquela situação, pois seria na certa o mesmo resultado; dessa vez, poderia ser a perda total.

Calculamos em torno de oito dias até ocorrer "Com Qualquer Um". Mas o que era "Com Qualquer Um"? Era um acontecimento que influenciaria na futura morte de seu irmão, e não a própria morte dele.

Como já disse, fazia anos que eu não me envolvia em tais situações. A gente fica fora da realidade, tendo medo constante, além de raciocinar coisas ilógicas.

Mas tinha que ser assim, pois o I.C. é assim.

Essa era a primeira vez que eu me intrometia na reação psíquica alheia. Agora eu vivia e fazia parte de uma história que não era minha, interferindo em reações naturais do magnetismo terrestre, e me arriscando com isso. Talvez existisse uma maneira de eu auxiliar, sem me envolver pessoalmente, mas não conhecia outra forma. Grosso modo, seria como um psiquiatra que estivesse tratando de um louco, e, para curá-lo, passasse a enxergar a realidade sob a perspectiva do louco, tentando, posteriormente, regressar com este para a verdadeira realidade.

Mas a experiência foi válida e deu para eu confirmar, na prática, muitos conceitos que eu tinha em mente como teoria, como a "Quebra da Endopatia", e, principalmente, o perigo que representa a repressão paterna ao filho com potencial mental quadrimensional.

O pai dela era uma pessoa muito dura, fechada, que não deixava os filhos se abrirem com ele, que contassem seus problemas. Somente ouvia e se deixava ouvir o que queria.

Ele, como ela mesma disse, sempre criticou qualquer espécie de comportamento tido como paranormal, o que, aliado ao seu temperamento, lhe causava medo, que, desde pequena, nada dissera para não apanhar.

Isso é muito ruim, pois cria uma série de problemas no próprio subconsciente do indivíduo com potencial *quadriens*, que se sente reprimido.

Revoltado, por não poder se expressar, inconscientemente o indivíduo começa a acumular erroneamente tais energias mentais. Com o tempo, e dirigidas pelo magnetismo, essas energias acumuladas tendem a explodir. Porém essa explosão não se volta inicialmente contra o próprio indivíduo, mas, sim, contra as pessoas mais próximas, ou de quem ele não gosta.

Ela não tinha muitas afinidades com seu único irmão e tinha pavor do pai. Era simples: dirigidas pelo I.C., a primeira explosão atingiria o irmão, e a segunda, o pai, obedecendo a uma ordem hierárquica, dentro de sua família. Isso tudo por vontade inconsciente de comunicar-se, sentir-se livre para expressar seu sofrimento, proporcionado pelas reações do magnetismo.

Esse desarranjo comunicativo, essa falta de comunicação pais-filhos-irmãos é muito perigosa para a família que tem alguém com potencial *quadriens* reprimido. Tal situação é um prato cheio para o I.C., que, para atrofiar de vez as capacidades ilegais do indivíduo, usa das próprias energias desarmônicas deste, não poupando vidas para tanto.

O problema não era somente descobrir antecipadamente a tal data da música, mas também fazer com que ela tivesse coragem de se abrir com seu pai, para acabar com a série de explosões que seriam proporcionadas pelo subconsciente dela, dirigido pelo I.C., dentro da própria família.

Mas vamos resolver o primeiro problema: "Com Qualquer Um".

Pela letra da música e pelo dia em que ia cair, não foi difícil saber que tudo começaria numa noite em que seu irmão iria sem a namorada (que estudava fora), mas com amigos a uma boate, conhecendo outra menina, a qual o influenciaria futuramente.

Esse problema deixei para ela resolver sozinha, e, para ser sincero, nem sei, ao certo, o que ela fez, só sei que conseguiu que ele não conhecesse a tal menina.

Senti-me aliviado por termos conseguido decifrar o enigma do I.C., pois praticamente representava a garantia da minha própria vida. Para mim, estava tudo encerrado, a história acabada. Mas novamente o l. C. dava outra tacada.

O MOVIMENTO SECRETO DO MAGNETISMO... ABRINDO O CAMINHO DA PAZ

Dias depois, uma surpresa. Ela vem me dizer, na universidade, que sua mãe sofrera um acidente de automóvel, sendo atingida por outro veículo; que, aparentemente, não fora nada grave, mas que ela tinha sofrido muitos cortes pelos vidros estilhaçados, principalmente na testa. Aproveitou o momento para dizer que havia tido o terceiro sonho, a mesma cena, a luz se passando e indo embora.

Então me veio a imagem na mente, um detalhe que tinha me escapado: de quando ela, inesperadamente, abriu a porta da cozinha, atravessando pelo meio da roda musical da qual o I.C. tinha feito uma parábola.

Eu fui sincero com ela; disse o que lembrei naquele momento e pensei. Chegamos à conclusão de que tínhamos conseguido apenas desviar e atenuar o acidente de seu irmão para sua mãe, mas que eu ainda não sabia o que fazer. Eu buscava uma maneira de ela se abrir com seus pais, sem avisá-la previamente, sem lhe dizer nada, pois tinha que ser espontâneo e não planejado, para que o seu subconsciente se sentisse verdadeiramente livre para se expressar, descarregando todo seu trauma e acabando, de vez, com as explosões que se iniciariam. Combinei de ir no final da tarde visitar sua mãe. Ela estava me esperando perto da árvore da frente. Fiquei impressionado ao ver sua mãe deitada na cama, com a testa enfaixada, com o rosto manchado pelo Merthiolate dos curativos, afora mais alguns ferimentos pelo corpo.

Depois que as outras visitas saíram, ela pediu que eu e sua filha nos sentássemos aos seus pés. Sentei-me de um lado do colchão, ela do outro e iniciamos um diálogo otimista, do tipo "foi só um susto etc.".

Quando seu pai, que acabara de chegar do trabalho, entrou no quarto, todos se calaram e, após me cumprimentar, começou com mais uma de suas "chamadas orais", verdadeiras sabatinas curriculares.

Perguntou, reperguntou, me testou até que não tinha mais o que perguntar, pois, sem exageros, ele havia perguntado desde a infância dos meus avós até o que eu pensasse de como seria a vida de meu neto, quando o interrogatório começou a descambar por outros lados religiosos.

Disse-lhe que era católico, que acreditava e acredito em Deus, no CRISTO.

A sabatina foi se aprofundando, dando voltas e voltas, até que ele me perguntou:

— Você já teve algum problema?

Essa pergunta me veio como um prato cheio. Essa era a única chance que eu teria para me fazer de "pessoa-espelho" para minha amiga, para que a mesma não tivesse medo de agir, futuramente, da forma correta. Não havia como ela deixar de enxergar-se, naquele momento, por mim!

— Tive sim!!!

— Qual?, ele me perguntou, com expressão de surpresa.

— É que quando eu era pequeno, eu sabia quando as pessoas iam morrer; mas eu já resolvi isso... – eu disse isso para chocá-lo.

Minha amiga arregalou os olhos e o seu pai ficou com olhar confuso:

— Como? – ele me perguntou.

Não sei o que me deu, perdi o controle, calmamente lhe fiz relatos e me dispus a provar, contando coisas da sua vida pessoal, segredos de mais de vinte anos atrás; ainda por cima, antecipando fatos de vários anos adiante.

Agora eu acabara de entender quem era aquele espírito de criança que brincava ao seu redor, naquele dia. Secretamente vi que aquele espírito era de uma menina que queria entrar para aquela família e, ao mesmo tempo, de forma manipulada, era aproveitada pelo próprio I.C., fazendo parte daquele emaranhado psíquico. No princípio da história que alteramos, seu irmão engravidaria aquela estranha da boate; depois, mais tarde, ao saber da gravidez, sairia em disparada com o carro, morrendo. Mas agora a menina tinha que entrar, de outra forma, na família e resgatar seu carma, continuando o irmão dela como a porta de entrada.

Ao perceber tal situação, e vendo que era possível a menina entrar legalmente na família, pelo casamento do irmão, aproveitei para fixar aquele futuro; então, antecipei-lhe o nascimento da neta, e como seria sua saúde até os seis anos de idade.

Nessa situação, os espiritualistas terrestres, que desconhecem os espíritos alienígenas, bem como os elementais, tranquilamente jogariam toda a culpa no espírito da criança, alegando ser ele o causador de tudo, fazendo, como sempre, de um desencarnado humano "o bode expiatório". A culpa não é dos mesmos, mas, sim, da falta de conhecimento.

À PARTE: COMO FIXAR O FUTURO

Numa situação como a que eu estava vivendo é possível fixar-se o futuro de uma pessoa (se você o está vendo), se você é um paranormal que tem tais poderes e conhecimentos. Até hoje na Terra, nenhum paranormal tem consciência disso, embora muitos tenham tal poder. O que eles escolhem por instinto quando se deparam com três, quatro ou múltiplas situações possíveis é a escolha de uma que lhes pareça mais forte naquele momento. Outros usam de instrumentos, cartas, bolas de cristal, búzios, dominós e transferem a esses objetos a responsabilidade para fixar o acontecimento futuro na vida da pessoa, o que é perigoso.

Por isso, se uma pessoa consultar vários videntes, se seu futuro é um só, a resposta será sempre a mesma, porém, se o seu futuro é múltiplo, cada um deles poderá te dizer uma resposta, fixando-o sem saber. E, nesse ritmo, a pessoa vai tendo seu futuro fixado por um vidente (sem querer) e desafixado por ela mesma (se o vidente for fraco) ou por outro vidente mais poderoso que o anterior. Nesse caso, prevalece a profecia fixada pelo vidente mais poderoso. Daí o perigo, pois ele fixará o futuro da pessoa que se submete a ele; de acordo com sua personalidade, pode ser bom, alegre, promissor ou totalmente o contrário. O que os pobres dos videntes não sabem (pois ficam perdidos no meio de seus objetos místicos) é que podem fixar o futuro em tais situações. Mas logo eles aprenderão isso tudo. Por enquanto, o correto é procurar ao máximo evitar ver o futuro. Alguns, na verdade, até que o sabem, mas para não desapontarem seus clientes, que querem respostas objetivas, jogam a responsabilidade da fixação para os instrumentos de apoio, pois, se disserem para a pessoa que várias são as possibilidades de seu futuro, tais pessoas acharão que o vidente é fraco, não tem poderes, acreditando somente naquele que fixou e deu resultado. Daí, pelo comércio, a maioria segue tal prática. É lógico que existem exceções, dentre estas, a dos videntes indígenas, que informam a real situação e não fixam futuros, sendo por isso logo esquecidos pelas pessoas que os consultam. Mas até mesmo estes não sabem que podem fixar o futuro.

O GRANDE VALOR DOS VIDENTES

Porém, embora seja perigoso confiar-lhes a visão do futuro, devido à fixação inconsciente, eles são de grande valia para aquelas pessoas que necessitam deles para proteção contra os males naturais do I.C.

É que o I.C. também se manifesta contra as pessoas (*Homo Sapiens*) que alteram, com sua postura ou pensamento, o costume de uma geração ou o modo de pensar da maioria e aquelas que são pioneiras em ações (música, esporte, etc.) em determinadas regiões do mundo em determinadas épocas. Assim, por exemplo, grandes filósofos, pensadores e cientistas, que conseguiram mudar épocas com suas ideias, acabaram loucos, excêntricos, etc., daí vem a fama de todos os cientistas serem loucos. Até mesmo grandes atletas, músicos, artistas que mudam comportamentos, pagam caro por isso, caso não contem com uma proteção espiritual contra o magnetismo e a inveja alheia. Alguns grandes conjuntos de rock se tornaram verdadeiramente grandes, porque tiveram secretamente seus gurus espirituais, que garantiam proteção e davam conselhos, falando muito pouco do futuro.

Por isso, algumas pessoas e políticos famosos têm por prática comum alguém que lhes proteja espiritualmente contra as más energias, tipo "olho gordo" (inveja) etc., pois, se desprotegidos, correm grandes perigos ou infortúnios. Os políticos, por exemplo, podem ficar roucos na hora de um discurso. Membros da monarquia, que quebram protocolos de famílias reais, podem ser executados pelo I.C. de seus países – mas a morte, nesse caso, permite que outros quebrem o protocolo sem sofrerem os mesmos efeitos (sempre é o primeiro a fazer que paga); os primeiros atletas recordistas do terceiro mundo podem ver amputados os membros necessários ao seu esporte (no caso, os que praticam esportes individuais correm muito mais perigo do que os que praticam o coletivo, posto que as energias se diluem pelo grupo e não se concentram somente em um indivíduo). Por isso é que os primeiros enxadristas famosos, que marcaram épocas sendo destaques em seus países e que não tinham religião ou o devido apadrinhamento espiritual, acabaram doentes ou excêntricos, o que ocorre ainda hoje com os pioneiros de determinados países. Também apegar-se com muita fé a qualquer tipo de religião é um escudo muito forte contra tais males do magnetismo. Fazerem doações de caridade diretamente aos necessitados, sem o intermédio de terceiros, também ajuda a amenizar tais efeitos, pois as energias positivas transmitidas pelas pessoas carentes são um grande remédio.

Devo advertir que fixei o futuro de tais pessoas por sete anos, posto que tal prática é permitida por Cristo, salvando a vida do rapaz e fazendo a criança ingressar pela porta da frente na família, apenas por instinto, pois, na verdade, naquela época, eu nem sabia que era capaz de realizar tal proeza. Foi de momento, de repente tudo ia aparecendo, todas as opções, e eu as selecionava, fixando as melhores e narrando-lhes, resumidamente o que enxergava, o que chocava, ainda mais, o pai. Depois desses sete anos, continuarão a viver normalmente, sem futuro fixado, com várias perspectivas a serem seguidas por elas mesmas, posto que a maioria esmagadora das pessoas tem várias e várias opções de futuros diferentes pela frente, devendo a escolha final ser delas próprias.

Tal fator, como já reiterado várias vezes, é desconhecido dos paranormais encarnados e dos espíritos terrestres. Mais adiante, a narrativa do encontro entre o Entreiro e um Espírito Cigano ilustrará tal afirmação.

CONTINUAÇÃO DA NARRATIVA

Já nos despedindo, no portão, ela me disse:

— Eu nunca tinha visto meu pai ficar assim tão confuso! Para ele nunca existiu pessoa desse jeito; sempre achou que isso era apenas truque, simulação!

No outro dia, de manhã, ela me disse que, durante o jantar, dissera a seus pais que "era igual a mim", mas que ainda tinha e sofria os problemas que eu já havia superado. Narrou-lhes também tudo o que estava ocorrendo.

— E o que seu pai disse? – perguntei.

— Ele disse que deve ser muito triste viver assim, como nós! – me respondeu.

FINAL DIFÍCIL, EM POUCOS MOVIMENTOS

Tivemos uma longa conversa, expliquei-lhe, então, que tudo estava, finalmente, resolvido, simplesmente resolvido. Era só um problema de comunicação interna de família.

Por si só, ela chegou à conclusão de que o melhor que teria a fazer seria atrofiar, de vez, suas faculdades *quadriens*, pois queria paz, muita paz, e não ter mais problemas com o magnetismo terrestre.

Embora com pesar, achei sua decisão muito acertada, devido ao perigo que era, na época, encontrar-se em tal situação sob a face da Terra.

Dei-lhe alguns conselhos práticos para conseguir seu intento e, com as minhas mãos colocadas sob sua hipófise, atrofiei o quanto pude suas faculdades, isso na presença de seus pais. Dei apoio à ideia de seu pai de se mudarem para a capital, no final do ano, quando se aposentasse.

Num gesto inesperado, ela me pediu para que seguisse seu mesmo caminho: que eu atrofiasse minha estrutura cerebral que dá acesso à quarta dimensão.

Embaraçado, expliquei-lhe minhas razões de não abrir mão de tais faculdades, de não jogar fora tudo o que eu havia pesquisado durante quase sete mil dias desta vida e não deixar a oportunidade, mesmo arriscada, de tentar negociar com o novo magnetismo que surgiria dez por cento a mais de aproveitamento cerebral, apresentando-me a ele de peito aberto, dizendo meu verdadeiro nome, sem esconder-me por detrás de um pseudônimo.

Quando fui embora, olhei para trás, avistei-a longe e uma série de pensamentos me passou pela cabeça: revi mentalmente tudo o que ocorrera, o nosso confronto com o magnetismo e, ao final, acabei fazendo um balanço, em que somei mais uma nova experiência traumatizante a um cérebro quadrimensional atrofiado. Compreendi, também, que meu "tapa de pelica", com a suavidade de um solo quadrimensional tivera, como resposta um "soco sem luva", com a força e o peso de pugilista peso-pesado. Fui mais longe e imaginei como era nos tempos de São Jorge; naquele tempo, o magnetismo se materializava na terceira dimensão, virando dragão e comendo gente – ainda bem que as pessoas não se lembram disso, ou pensam que é apenas lenda – e todo o magnetismo psíquico atual um dia virará lenda contada na quarta dimensão em diante.

Tais pensamentos se afastaram de mim quando ela já estava quase sumindo, o que me fez lembrar a última frase que o pai dissera a ela e que me havia repetido:

— Deve ser muito triste viver assim, como vocês!

Depois peguei meu violão e fiz um último samba para aquela parábola: "NEM POR BEM ME LEVE A MAL", deixando meu instrumento musical em repouso; agora, apenas como um enfeite na sala.

CONSIDERAÇÕES FINAIS (PELO HOMO QUADRIENS)

Podemos, pelo exposto, definir o magnetismo terrestre como sendo um fator de equilíbrio que garante a equidade no processo evolutivo humano. Se não fosse assim (com a existência desse conservadorismo mental que protege a maioria) não haveria equidade no processo evolutivo humano. Tal fator evita, por exemplo, que apenas uma minoria de pessoas evolua em detrimento das demais, o que causaria um grande desequilíbrio dentro da própria espécie humana inteligente.

Para os dias atuais, calculamos, em 20%, o número das pessoas vivas em nosso planeta que têm um potencial de desenvolvimento HQ e que, por algum tipo de reação psíquica do magnetismo, o atrofiaram (até mesmo inconscientemente), se tornaram místicas, ou coisas do gênero.

Esses 20% ainda representam uma minoria, porém já significativa por tratar-se de 1/5 da humanidade. Lentamente, essa proporção crescerá, até que a minoria de hoje se torne a maioria de amanhã.

Quando isso ocorrer, o I.C. automaticamente mudará de postura, passando, então, a vigorar em nosso planeta o I.C. da era *quadriens*.

Devo advertir que a definição anterior é provisória e incompleta, pois somente estudamos um dos aspectos mais marcantes do I.C. atual (e que causa problemas ao HQ): o seu efeito reativo inibidor. Fica faltando, por enquanto, uma visão mais ampla, um estudo mais profundo, com o qual poderemos encontrar respostas para eventuais dúvidas, como a seguinte: "o Inconsciente Coletivo tende a proteger o ser dominante do planeta. Todos nós sabemos que nosso planeta já teve como seres dominantes animais irracionais, pois, um dia, eles dominaram a Terra. Será que o l.C. já foi irracional e já lutou para conservar tal condição?".

Quando tivermos uma visão ampla do I.C., poderemos dar sua definição mais completa e, consequentemente, conhecer e entender melhor a Teoria das Contenções dos Inconscientes Coletivos, com a qual ficará muito clara a seguinte lei: "AS DIVERSAS FORMAS DOS DIVERSOS INCONSCIENTES COLETIVOS JAMAIS PODERÃO SER DESTRUÍDAS, MAS, SIM, CONTIDAS UMAS PELAS OUTRAS".

PARTE 5

Parte 5:
APRESENTANDO O ENTREIRO
AOS ETs ENCARNADOS
"IN NATURA"

APRESENTANDO O ENTREIRO AOS ETS ENCARNADOS "IN NATURA"

COMENTÁRIO DE DJIROTO

Os ultradesgenetizados de Patrusa monitoravam a apresentação do Entreiro aos ETs encarnados que frequentam a Terra. Escolheram um caminho de menor impacto possível para o Entreiro e de maior impacto possível para aqueles. Escolheram uma transcarnada, uma pessoa que já tinha sido extraterrestre de primeira escala e que estava encarnada aqui na Terra, por questões cármicas pessoais. É algo muito raro de acontecer.

Os Ultras assim fizeram para intimidar e surpreender os ETs de primeira escala, que julgavam realizar experiências na Terra de forma secreta, como se eles (os Ultras) não o soubessem. Foi uma grave advertência e demonstração de poder aos mesmos.

NA OUTRA ENCARNAÇÃO EU FUI UM ET

Naquele dia eu saía da universidade para almoçar em casa, conversando com meus colegas de estudo. Enquanto caminhávamos pelo interior do pátio, em direção ao portão, ouvimos uma correria logo atrás: — É você! É você, mesmo! – me apontando de longe com os dedos, correndo em minha direção, dando pequenos pulos. — Eu o quê? – respondi, procurando identificar a pessoa. Olhando para ela, percebi um largo sorriso em seu rosto e, ao mesmo tempo, uma expressão de ansiedade e aquele olhar que me enxergava por dentro. Era uma paranormal. Ela era diferente daqueles que no princípio ficam me olhando de longe, como se eu fosse o único cúmplice de suas amarguras, angústias e culpas secretas e que, aos poucos, vão se aproximando, tentando uma identificação melhor. Por fim, a maioria deles encontra uma forma, seja tímida, receosa, discreta ou não de se aproximar. E tal aproximação não escolhe dia, hora, nem lugar. Essa foi a aproximação mais direta de todas. Logo atrás vinham suas colegas, as quais também não estavam entendendo o que estava acontecendo, mas a seguiam, em seus passos: — Eu vi! Você estava lá, ontem, não se lembra? – ela me perguntou.

— Eu? Onde? – perguntei.

Puxando-me à parte, me segredou, descontroladamente:

— Você estava com os ETs no disco voador! Eu vi, era você mesmo – foi ontem! Eu sabia que te conhecia de algum lugar! Claro, é daqui do Ibilce! Eu pensava que estivesse sozinha com eles, mas não, você também estava lá.

E foi disparando uma rajada de perguntas. Tal aproximação, de impacto, me deixou confuso e inseguro:

— Não, eu não me lembro de nada disso... Você não sonhou com isso? – respondi.

— Não é sonho, não. Eu me lembro, eu vi, era você....

A forma como ela me olhava me deixou desarmado, parecia que eu estava vendo, refletida naquele olhar, minha própria imagem de tempos atrás.

— E então, não se lembra mesmo? – ela insistiu.

— Não, mas a gente precisa conversar mais tarde – lhe propus.

Percebi que ela não acreditou no fato de eu não ter me lembrado, e a sua tentativa seria fazer-me recordar de tudo durante o nosso encontro.

Após marcarmos a hora e o local para darmos prosseguimento ao assunto, voltou a insegurança: "Por que sempre tem que ser assim, na hora e do jeito que menos espero? O que está acontecendo? Não pode ser outro cara? O que será que ela sabe de mim?".

Antes de conversar com ela, fiz uma breve reflexão e me lembrei de quando era criança, de quando eu nem imaginava que existissem extraterrestres. Mas o que mais me intrigava era o fato de eu não me lembrar de ter estado com ela na presença de seres alienígenas. Eu nunca havia estado dentro de uma nave com seres alienígenas *in natura* nesta encarnação. Havia algo muito estranho por trás de tudo aquilo. Acreditei que obteria a melhor resposta, conversando com ela e esperando pelo tempo passar. O que me preocupava era que eu sabia que ela não estava mentindo. Talvez ela tenha vivido essa experiência com outra pessoa e esteja me confundindo. "Mas como?" – pensei.

FALANDO COM A UNIVERSITÁRIA ABDUZIDA

Após relembrar-me da minha infância e parte da adolescência, resolvi chegar até ao apartamento de minha amiga para conversarmos sobre o episódio do disco voador.

Ela morava em uma república com mais quatro colegas, um apartamento alugado no centro da cidade. Estudante de Tradução e fã incondicional dos Beatles, deleitei-me com a poesia contida na imagem das quatro fotos dos ídolos em um pôster, tendo um "X", ligeiramente pincelado de branco diante de John Lennon, já morto, escrita, abaixo, a letra de "Yesterday". Conversamos longamente, mas só deu tempo para eu escutar sua versão da história. Fiquei sabendo de seus poderes, de sua memória alienígena. Constatei que ela não era uma Entreira, como eu, e acreditei ser ela uma "transcarnada", ou seja, pertencente a uma espécie alienígena, mais ou menos no mesmo grau de evolução do homem, aspirante à primeira escala. Por isso, encarna sem problemas em nosso mundo, assim como alguns humanos, no dela. Os transcarnados, diferentemente dos Entreiros, não possuem a tecnologia do controle do processo da reencarnação, por isso o retorno ao seu planeta de origem não lhe é garantido. Tudo dependerá de como ela viver esta vida aqui na Terra. Se arrumar muitas dívidas (ou como quiserem, pecados ou carmas) aqui, serão necessárias muitas vidas para resgatá-las, até poder voltar novamente ao mundo de onde veio. Geralmente são almas exiladas de seu próprio mundo, tendo como grande vantagem a oportunidade de crescerem por si mesmas, posto também estarem afastadas de suas famílias espirituais. O afastamento da família espiritual é fator que permite grande crescimento, assim como na Terra, aqueles que são afastados de suas famílias espirituais deixando de nascer no oriente, para o ocidente, e vice-versa. Os transcarnados, como todos afastados da família espiritual, são pessoas desligadas, confusas, que constantemente vivem no mundo da lua. Têm um profundo instinto para a solidão, não se identificando com ninguém que esteja próximo. Quando sonham pela noite, sempre estão sozinhos, ou quando acompanhados, são pessoas estranhas. Os transcarnados são muito procurados por ETs *in natura* que estudam nosso planeta. Fiquei de voltar outro dia para contar-lhe quem eu era, a fim de esclarecermos, juntos, a experiência no disco voador. Aquela conversa com minha amiga transcarnada me fez refletir bastante.

O CONTATO ENTRE O ENTREIRO E OS ETS ENCARNADOS QUE PRATICAM ABDUÇÕES ILEGAIS NA TERRA: O RETORNO DE MUTRILO / ESPÍRITO CIGANO

Antes de ir, pessoalmente, à casa daquela estudante que afirmara ter viajado comigo no disco voador, a fim de contar minha história, resolvi, para conferir melhor o ambiente, fazer uma visita somente com meu corpo quadrimensional. Estava diante do prédio, pensando em uma maneira de não a assustar, caso me visse, quando um espírito cigano quis falar comigo e pediu para ler minha sorte nas cartas. Chamou-me pelo meu nome verdadeiro (o terreno); perguntei-lhe de onde era. Ela apontou em direção às barracas dos camelôs, dizendo que era dali.

Vi, diante de mim, mais uma oportunidade para fazer experiências. Até que ponto um espírito humano pode nos compreender? – é a pergunta alienígena.

Aquela velha cigana me levou até sua tenda. Sentou-se em uma cadeira, pediu que eu me sentasse, também, do outro lado da pequena mesa redonda. Plasmou um tarô e começou a embaralhar suas cartas, a fim de abri-las sobre a longa e bonita toalha vermelha. Após cumprir todo seu ritual, quando ia abri-las, sem que a mesma percebesse, interferi nas suas cartas plasmadas. Sem saber o que estava acontecendo, perdendo o controle da situação, ela entrou em desespero, mais que isso, pânico: "O que está acontecendo? As cartas grudaram, não consigo abri-las, desse jeito não tenho como ver seu futuro. O que está acontecendo?" – me perguntou.

Então, lhe respondi calmamente: "Isso está acontecendo porque, na última encarnação, eu fui um alienígena".

— Mas todos nós viemos de outros planetas! – ela me retrucou.

— Sim, eu disse, mas há um ciclo* atrás. Vocês estão encarnando e desencarnando aqui na Terra e estão se esquecendo completamente disso. Você não precisa das cartas para ver o futuro, não precisa plasmar esta tenda, esta mesa, tudo isso. Desse jeito você está se prendendo, cada vez mais à terceira dimensão. Você é livre e não sabe. Procure conhecer melhor a dimensão em que você realmente está agora. Você pode ver perfeitamente meu futuro sem o auxílio destas cartas – jogue-as fora, elas te prendem, te escravizam e não te deixam conhecer livremente a quarta dimensão, que é onde você realmente está. Enquanto pensar em terceira dimensão, não se livrará dela, terá que reencarnar por aqui mesmo e não nos mundos superiores.

A velha cigana colocou as cartas embaralhadas sobre a mesa e me deu um longo abraço maternal. Não sei por que, mas pelo jeito que ela me abraçou, me lembrei, naquele momento, da minha avó materna já desencarnada.

*ciclo – adiante, melhor explicado por Cômer na "Lei das Contenções".

(Continuação narrada pelo Entreiro)

Depois de fazer uma prévia visita espiritual, agora ia pessoalmente.

Enquanto me dirigia ao seu apartamento, suas palavras não me saíam da cabeça: "era você, você mesmo que estava lá comigo, no disco voador."

Dessa vez, tinha que contar minha própria história.

Quando lá cheguei pela tarde, havia muitas pessoas na casa e não podíamos conversar tal assunto na presença de estranhos. Então resolvemos sair e ir para um barzinho, posto ser final de semana. Um lugar bem descontraído e com privacidade ao mesmo tempo; era tudo o que a gente precisava. Acabamos parando em um, bem próximo à represa velha.

Ficamos horas e horas conversando. Para mim estava tudo resolvido, posto que eu não me lembrava de nada do que ela dizia. Acabei concluindo que tudo foi um sonho.

Mas ela insistia, dizia que não, que tudo foi verdade. Como já eram quase onze horas da noite e estávamos cansados, pedimos a conta.

Quando liguei o carro, para minha surpresa, as luzes dos postes próximos se queimaram. Ela me mostrou uma grande estrela, uma enorme luz que passava por cima de nós e se dirigia até a represa nova. Era o sonho dela que estava se tornando realidade:

— A gente precisa ir até a represa nova! – ela me disse.

Naquele tempo, a represa velha onde estávamos já era um lugar meio afastado, com pouca gente, mesmo no barzinho. A represa nova, que acabava de ser inaugurada à beira de uma estrada vicinal, embora muito movimentada durante o dia, era um escuro total à noite, por não haver iluminação elétrica. Hoje existem lá, margeando a represa, ao longo da vicinal, condomínios residenciais de alto luxo.

Chegando à represa nova avistamos, no meio daquela escuridão, uma luz imensa. Parei o carro a aproximadamente uns cem metros do avistamento para ficar dali observando o que se passava.

Minha amiga, talvez com a mente dominada pelos ETs, desceu do veículo e caminhou na direção daquela estranha luz.

Saí do carro e, mesmo com muito medo, resolvi acompanhá-la.

Caminhava ao seu lado, quando avistamos várias espécies de ETs, um verdadeiro encontro, havia verdes, cinzas, brancos, altos, baixos, alguns genetizados, outros em formas plasmadas, energéticos etc. Olhei para ela e percebi que estava em transe, sonhando, nem piscava os olhos, seguindo em sua marcha.

De repente, um dos ETs cinza, já bem próximo, começou a olhar-me de maneira ameaçadora.

Nem tive tempo de pensar, foi de reflexo: senti minha consciência ampliar-se, voltando a ser aquela mesma que tinha sido tirada por Santo Agostinho. Daí, eu não me lembro de mais nada.

COMENTÁRIO DE DJIROTO

Eu vi o Entreiro caminhando ao lado dela, indo de encontro aos ETs encarnados. Era a primeira vez que, com um corpo humano e consciente, ele vivia tal situação aqui na Terra. Uma força estranha, oriunda dos dois Ultras (ESPÍRITOS SANTOS) que o observam com neutralidade perpétua, não me deixou acompanhá-lo; então, tive que deixar o mesmo sozinho.

Agora, eu não tinha como protegê-lo daqueles seres, alguns da minha própria espécie de quando eu era genetizado. Como sei da discriminação que os maus têm dos humanos, o que aconteceria também despertava minha atenção:

era, em termos terrestres, ver um exército nazista ser vistoriado por um judeu, ou a Ku Klux Klan reverenciar a um negro. Mas era algo muito pior que isso, várias espécies alienígenas, conjuntas, serem vistoriadas por um humano. Ao vê-lo sob forma humana, um dos cinzas não mostrou simpatia e quis testar e dominar a mente do Entreiro, a fim de subjugá-lo, humilhá-lo, usando da técnica do controle mental por meio dos olhos nos olhos.

Quando tentou o que queria, o Entreiro naturalmente se defendeu, expandindo sua mente, deixando de ser humano e tornando-se um ultradesgenetizado.

E o Eu-Sou, O ESPÍRITO SANTO, que todos nós temos, ao qual Cristo se referiu quando disse "porque vos sois deuses", se fez presente: seu corpo se tornou energia pura, com perfil humano, visível para todos ETs e invisível para os humanos encarnados ou desencarnados. Então mostrou todo o poder que o DEUS ÚNICO lhe concedeu nesta missão sobre todos os ETs aqui no sistema solar: subjugou e maltratou a mente daquele ser ameaçador, causando-lhe grande dor, abalando, temporariamente, sua endopatia. Depois, impôs uma dura pena a todos da sua espécie em palavras humanas, dizendo:

— A partir de hoje, eu proíbo todos os seres desta raça alienígena de olharem diretamente nos meus olhos quando eu estiver sob a forma humana. Aqueles que ousarem perderão imediatamente suas faculdades telepáticas e terão suas mentes reduzidas à tridimensionalidade (a maior humilhação possível para um ET, pois é um retrocesso) e terão que reencarnar como humanos ateus (a pior agravante possível, pois não dá direito a crer na vida, em Deus, é ser jogado na completa escuridão).

ÚNICO COMENTÁRIO DE DR. BRUNT (O ET ANTARIANO VIVO)

Agora, nos Moldes do Espírito Santo foi dada a permissão a todos os paranormais terrenos, na verdadeira acepção do termo, de punirem e matarem ETs vivos e em corpo de matéria, que praticam ilegalidades na Terra. Em nenhum tempo anterior, aqui na Terra, um ser encarnado em um corpo humano, havia feito isso; pelo contrário, foram sempre vítimas dos ETs maus, ou quando muito, cobaias que pouco sofreram. E a partir dessa primeira vez que teve que ser por um Entreiro e, dessa forma, com transformação energética do corpo, seguindo todas as regras das políticas intergaláctica e terrena, inclusive com a punição de toda uma espécie, o caminho da defesa está aberto. E tudo será bem mais simples, sem tais transformações ou sacrifícios físicos pessoais.

> OBSERVAÇÃO, POR DJIROTO:
> SOBRE OS CONDENADOS A SEREM ATEUS

É muita pretensão daqueles que se dizem ateus e que não creem em DEUS. Não são eles que são ateus e que não creem em DEUS. É DEUS que não quer que eles creiam NELE.

Existem dois tipos de ateus: aqueles que partiram do Espírito Santo, sendo lançados às regiões mais magnetizadas do universo e que têm que evoluir desde a escuridão e aqueles que já receberam os reflexos da luz, tendo conhecimentos, experiências pessoais (encontro com o Eu-Sou e a consequente liberação do carma) e provas de DEUS, mas que trilham pelo mal, valendo-se de conhecimentos divinos e da vantagem da liberação do carma por méritos próprios. Mesmo conhecendo DEUS, agem como se ELE não existisse e nada visse. Essa segunda condenação vale tanto para ETs, quanto para seres humanos que já atingiram seu Eu-Sou. Antes da punição, recebem uma advertência ou aviso para mudarem a conduta. Dos ETs condenados, todos já haviam sido avisados. Da mesma forma, paranormais intergalácticos libertos, ou autoparanormais, poderão ser condenados a ateus, caso fujam aos moldes do Espírito Santo.

Eu vi Mutrilo converter ateus em cristãos (seu próprio pai na Terra foi um exemplo) e punir cristãos extraterrestres (até hoje, somente ETs), que agiam como se DEUS não existisse, condenando-os a serem ateus. DEUS não gosta que seus filhos que já tiveram provas de sua grandeza, ajam como se ELE não existisse e não dá o direito aos mesmos de continuarem acreditando NELE. Então separa o trigo do joio. É melhor que os mesmos voltem a ser ateus e sofrerem as ações do carma para não terem que suportar uma cobrança maior. E depois que retornam a ser ateus, a espera de uma chamada divina leva vários ciclos estrelares, milhares e milhares de anos.

A condenação de toda uma espécie, em que todos pagam pelo erro de um, é uma prática comum dos Eus-Superiores, embora pareça algo injusto à filosofia humana, com exceção de algumas práticas internas entre alguns tipos de militares ao redor do mundo. Mas na política intergaláctica, tal prática é extremamente natural. Os próprios humanos pagam pelos erros cometidos por Adão e Eva quando foram expulsos do Paraíso. Na Bíblia, não são poucos os exemplos em que todo um povo paga pelo erro de poucos representantes. Na verdade, tais povos ou até mesmo espécies inteligentes do universo, após tal condenação, passam a ser um lugar-comum daqueles que têm que encarnar e resgatar tal dívida cármica. A severidade é uma marca dos Eus-Superiores quando em missão punitiva. Do ponto de vista intergaláctico, a punição aplicada aos cinzas foi a mínima possível, posto restringir-se apenas entre as relações destes com Mutrilo. Foi apenas uma exigência de respeito. Outros Entreiros, na situação de Mutrilo, já aplicaram punições muito mais severas a muitas espécies, e por terem feito muito menos. Devo ressaltar que os Entreiros somente podem aplicar tais sanções quando em missão de doutrinação, libertação e punição; quando em missões científicas, como o próprio Mutrilo viveu em Antares, não. Quando em missões científicas, os Entreiros são designados para igualarem, em tecnologia, diferentes espécies, a fim de que uma espécie do segundo nível do universo não usufrua sozinha de uma tecnologia muito avançada em relação às demais, o que é muito perigoso.

EU, PEDRO MAURÍCIO (EU-PRESENTE - QUE VIVE NA TERCEIRA DIMENSÃO TERRESTRE)

Agora, escrevendo por mim mesmo, na minha forma pessoal de homem com inteligência tridimensional, que predomina em noventa e nove vírgula nove por cento da minha existência terrena, chego à seguinte conclusão.

Talvez, em outras palavras, essa consciência plena que os ETs afirmam que eu adquiro diante deles, ou seja, o autoparanormal em que me transformo, tendo acesso ao Eu-Superior, consequentemente, ao Espírito Santo que cada um tem, possa ser ilustrada de uma forma mais clara.

Suponhamos que nossas mentes de *Homo Sapiens* sejam como um disquete virgem que, com o tempo, vai armazenando informações e conhecimentos de tudo o que aprendemos e vivemos em uma encarnação. Cada disquete corresponde ao conhecimento de uma encarnação. Os que já foram usados ficam guardados no arquivo de disquetes, fora do computador, sobre a escrivaninha. Tais disquetes podem ser acessados quando colocados dentro do "*drive*" por alguém; no caso, esse alguém pode ser uma sessão de hipnose ou alguma entidade terrestre ou vidência. Nesses disquetes somente estão gravados conhecimentos de vidas terrestres passadas, ou, quando muito, de alguma encarnação em um planeta do mesmo nível da Terra.

As pessoas tidas como puramente tridimensionais têm acesso somente a um disquete, ou seja, da vida presente, jamais podendo ter acesso aos outros.

Mas, além disso, existe um "Winchester" neste computador. Em tal "Winchester" é que está colocado todo o conhecimento do Eu-Superior, do Espírito Santo.

Aí está a grande diferença entre os paranormais intergalácticos e os demais. Enquanto todos os demais se contentam apenas com o conhecimento destes disquetes que lhes são mostrados por espíritos terrenos, os intergalácticos, não. Eles procuram o acesso ao "Winchester" e, consequentemente, ao Eu-Superior. Enquanto têm acesso à parte desse "Winchester", são intergalácticos, mas quando têm acesso total, são os autoparanormais. O acesso total só será alcançado por próprio mérito do ser, sendo impossível o auxílio, já perto da fronteira entre a paranormalidade intergaláctica e a autoparanormalidade. Essa só pode ser alcançada pelo indivíduo.

Nas minhas relações com todas as pessoas ao meu redor, eu somente tenho acesso ao disquete desta vida, e não sou inferior ou superior a ninguém, a nenhum homem ou mulher. Sou o mais mediano dos homens. A única vez em que tentei valer-me de tais faculdades diante de *Homo Sapiens* foi durante uma partida de xadrez: HOMO QUADRIENS X HOMO SAPIENS. Com a consciência de *Homo Quadriens*, eu quis ver como eu poderia aproveitá-la para calcular os lances. Como sou jogador mediano, muito longe de ser um mestre, pensei poder ver muitos mais lances que de costume. Para minha surpresa, não conseguia ver nada mais além do que via, mas naquela batalha de tempo e espaço, em que se baseia toda estratégia enxadrística, eu passei a ter vantagem. Eu fazia com que meu adversário errasse, jogando pessimamente, pondo as peças onde eu queria, controlando seus movimentos. Vi que a batalha não se restringiu somente ao tabuleiro, mas sim entre as mentes. Fiquei decepcionado. Tive uma noite péssima e fui advertido para não repetir tal experiência e, para castigar-me, os dois Ultras que me monitorizam, fizeram-me pagar na mesma moeda o que tinha feito, perdendo, da mesma maneira, na rodada seguinte – eu joguei exatamente onde meu adversário queria que eu jogasse. E, consequentemente, vocês já sabem o que aconteceu depois, "dos jogos com ETs e o Magnetismo".

Eu somente tenho acesso ao "Winchester" na presença de ETs. Às vezes, já me deparei com eles somente com a consciência tridimensional, confesso que senti medo ao dialogar com os mesmos e fiquei até surpreso de ver que os ETs não me olharam nos olhos, conservando-se na penumbra e se retiraram imediatamente, assim que lhes pedi.

Durante a escrita desta obra, na Lei que diz: "A descrição da projeção quadrimensional de um objeto equivale à descrição do contrário de sua sombra", eu, pessoalmente, preferi assim transcrever: "A descrição da projeção quadrimensional de um objeto equivale à descrição da sua sombra ao contrário". Para mim, não havia diferenciação entre as duas definições. Os ETs me corrigiam mentalmente, mas eu não mudava. Então resolveram ser mais drásticos. Durante a noite, fui acordado pelo barulho de alguém revirando os originais do livro. Prestei atenção e vi o vulto de um ser pequeno, um extraterrestre da espécie verde *"in natura"*. Como eu estava somente com a consciência tridimensional, ele "gritou" dentro da minha cabeça a fórmula correta (Telepatia Forçada), porém mantendo distância sem deixar que eu visse seus olhos. "Está bem, eu lhe disse, eu corrijo". Em seguida, voltei a dormir.

Somente mais tarde é que eu fui perceber a gravidade de meu erro, pois "contrário da sombra" é muito diferente de "sombra ao contrário". No primeiro caso, altera-se totalmente a natureza do conceito sombra, enquanto no segundo ainda se mantém a mesma natureza. Com a natureza alterada, sombra vira algo luminoso, enquanto mantida a natureza, apenas inverte se a projeção da sombra pela luz, mas a sombra ainda é sombra e, em vez de projetar-se favoravelmente à luz, como conhecemos, projeta-se contrária à mesma. A diferença é muito profunda.

Então percebi que somente teria domínio sobre os ETs quando estes estivessem praticando ilegalidades. Se eles estiverem dentro das leis, não há porque Mutrilo punir-lhes. Inclusive, eu, Pedro Maurício, posso, nesta forma tridimensional, ser corrigido pelos ETs (bons), caso esteja errado (com a permissão dos dois Ultras de neutralidade perpétua).

O nome Mutrilo que me declinam me é totalmente estranho. Disseram-me que Mutrilo era meu nome quando encarnei como extraterrestre em Antares, é meu nome de lá para cá. Meu nome de ultradesgenetizado de Antares para a outra parte do universo é outro, mas não vem ao caso.

Eu também não tenho poder algum sobre qualquer ser humano, nem com os espíritos terrestres, e necessito da proteção dos Espíritos alienígenas para privar-me dos espíritos obsessores. Meu poder é somente contra ETs de todas as espécies, e somente aqui, no Sistema Solar. Por sorte, tenho grandes amizades com Santos Terrestres (ultradesgenetizados que aqui cumprem missão intermediária) o que me torna respeitado pelos espíritos humanos de Luz.

Eu, embora pertença à política do primeiro nível do universo, tenho que cumprir minha missão aqui, na fronteira entre o terceiro e o segundo níveis, ou seja, ser um dos que iniciam a mediação, diplomaticamente, das relações entre Homens e ETs. Mesmo desencarnado, durante esta era de Aquário, continuarei por aqui, com a mesma missão. Após este período, volto a escalar meu caminho de volta ao primeiro nível e a ser o ultradesgenetizado que sou, lutando por uma posição melhor, politicamente, entre aqueles que atingiram seu Eu-Superior. Estou muito feliz. Espero, depois de cumprida esta missão, passar a cumpri-las, já a partir do segundo nível do universo. Como se sabe, depois que você atinge seu Eu-Superior, não fica mais obrigado a encarnar, pois é energia pura. Mas se você quer chegar mais próximo do Deus Único, por sua própria vontade, poderá, voluntariamente, encarnar em mundos inferiores em missões, quer científicas, religiosas, de mediação (como é a minha atual) etc. E todos os Eu-Superiores querem encarnar e, de acordo com a posição deles, é escolhida a missão e o local.

Aqui na Terra, durante esta minha estada, procuro viver minha vida normal, trabalhando mais de doze horas por dia como professor e advogado, tendo somente livres os domingos. Então domingo sim, domingo não, presto atendimento às pessoas, em companhia de alguns paranormais intergalácticos. Usamos, conjuntamente, poderes emprestados por seres do segundo nível do universo e os resultados são surpreendentemente favoráveis.

Dessa maneira, por ora, me vejo apenas como um cidadão do primeiro nível do universo que está encarnado em forma humana, aqui no terceiro nível, num país do terceiro mundo político terrestre, intermediando as relações entre os ETs (do segundo nível) e os homens. Estou longe de ser um Santo e penso que sou um homem de bem. Como retrata uma resposta de um grande espírito de Luz aos espíritas que perguntaram qual era a melhor de todas as religiões: "A melhor religião é aquela que te transforma em um homem de bem". Minha religião atual é como será a religião de todos os homens futuramente: ecumênica. Eu acredito em parte do Catolicismo, do Protestantismo, dos Evangélicos, do Espiritismo, da Umbanda, do Budismo, do Esoterismo, da Cabala etc., pois todas as religiões do mundo se completam e, ao mesmo tempo, conduzem por caminhos parelhos e, de acordo com o nível evolutivo de cada homem, ao Deus Único. "E nenhuma ovelha se desgarrará do meu rebanho" – disse o Todo-Poderoso.

EU, MUTRILO (EU-INTERMEDIÁRIO QUE VIVE ENTRE A QUARTA E A DÉCIMA SEGUNDA DIMENSÕES EM ANTARES)

Sou o Eu-Intermediário do Eu-Presente (Pedro Maurício) que viveu em Antares em forma de extraterrestre, com a missão de intermediar as relações entre os Espíritos Alienígenas que morreram na Terra, com os paranormais intergalácticos, a fim de fazer com que ambos atinjam o Eu-Sou que ainda está adormecido. Somente meu Eu-Superior, que não se chama Mutrilo, é que pune os ETs que praticam abduções ilegais. Antes de evocar o Eu-Sou, sou aconselhado pela emanação de Nossa Senhora, na sua imagem típica de padroeira do Brasil. Agora, aconselhado pela Santa, evoco o Eu-Sou.

EU, O EU-SOU (EU-SUPERIOR/ESPÍRITO SANTO – VIVE MUITO ALÉM DA DÉCIMA SEGUNDA DIMENSÃO)

Sou o Eu-Superior, que pune os Eus-Intermediários que abusam dos Eus-Presentes.

Os Eus-Intermediários tentam fixar a destruição da Terra para agora, na virada deste milênio, tentando vincular as profundas mudanças, destruições, cataclismas, que ocorrerão no magnetismo terrestre, à terceira dimensão terrestre. Tal fato não é impossível, por isso a tentativa. Sou pela corrente que tenta deixar isolado um fato do outro, por isso com a permissão do Deus Único, desfixo todas as profecias e previsões dos Eus-Intermediários que tentam fixar a destruição da Terra para a virada deste milênio, posto ser a vontade do Pai, que ninguém saiba do dia e da hora de tal acontecimento. Sou pela irmandade que luta pela contenção do atual Inconsciente Coletivo e maior liberdade para os paranormais, para que possam agrupar-se, casar-se, viverem em família, sem ser necessário que um morra, ocorrendo o consequente desenvolvimento da telepatia. As mudanças profundas, os cataclismas, ocorrerão somente na quarta dimensão, sendo os efeitos muito reduzidos, quase imperceptíveis, na terceira, onde vivem os Eus-Presentes. Se tais efeitos tiverem que ser sentidos na terceira dimensão, que seja muito mais nos planetas ao redor da Terra, do que nela. Aos contatados e abduzidos legais em geral, que quiserem aproveitar a oportunidade para transportar-se para orbes dimensionais superiores pelos seres com os quais mantêm contato, se for de vontade própria, podem ir por conta e risco próprios, devendo-se advertir que tomem cuidado com a escolha e possíveis enganos. Caso sofram alguma pressão por parte de alienígenas, que procurem os paranormais intergalácticos até esta virada de milênio, porque eles livrarão a todos os Eus-Presentes que lhes procurarem dos ETs que os perseguem.

CONTINUAÇÃO DA NARRATIVA, POR DJIROTO:

Depois, advertiu todas as espécies ali presentes, aconselhando as demais que também evitassem olhar nos seus olhos durante certo período, a fim de evitar problemas.

Por fim, para cumprir o que tinha sido dito por sua companheira, a fim de que seu sonho-visão se tornasse realidade, voltou à antiga forma humana.

Entraram na nave somente com os seres verdes e pequenos, conforme o sonho, e ela pôde viver o que tinha sido dito.

Mutrilo determinou que fosse mantida a inversão temporal do acontecimento, sendo que, para ela, aquilo tudo não teria acontecido no momento presente, mas, sim, no passado, para que tudo se caracterizasse como uma abdução legal. Finalmente, Mutrilo começou a realizar sua missão entre os ETs. Foi a partir daquela visão do Eu-Superior, do ESPÍRITO SANTO que todos temos, que eu, Djiroto, e os demais oitenta e sete espíritos alienígenas bons, nos juntamos a Mutrilo, auxiliando-o, em sua forma humana, na punição aos ETs encarnados ou desencarnados que praticam ilegalidades aqui na Terra. Trabalhamos também na libertação dos paranormais intergalácticos. Fazendo tal trabalho, estaremos automaticamente nos libertando, abrindo nossa porta de saída do Magnetismo Terrestre e, ao mesmo tempo, adquirindo mais experiências para, um dia, libertarmos nosso Eu-Superior, nosso ESPÍRITO SANTO.

REVELAÇÃO DE UM DOS MAIORES SEGREDOS TECNOLÓGICOS DOS ULTRADESGENETIZADOS

Agora, o problema maior a ser resolvido pelos Ultras, que o monitoravam, era fazer com que o mesmo deixasse a consciência plena, voltando a ser um simples Entreiro. Agiram rápido e, assim que terminou o passeio, ele já era o mesmo de antes. Porém a forma rápida como tudo ocorreu criou uma desarmonia energética no Entreiro. É como fazer submergir à tona rapidamente um mergulhador de grandes profundidades. A descompressão pode matar! Foi mais ou menos isso o que ocorreu. O salto de uma consciência para outra (salto de contenção) foi muito rápido, atendendo à necessidade do momento, mas os seus efeitos colaterais tempos depois, a princípio amenizados, passaram a ser realmente sentidos conforme narrado pelo próprio Entreiro.

CRÔNICA: LAVANDO A ALMA (PELO PRÓPRIO ENTREIRO)

Naqueles dias, eu não conseguia mais fazer o que sempre fazia. Não podia mais ver Santo Agostinho, com quem frequentemente conversava, nem sequer perceber os dois Ultras que me acompanhavam e me vigiavam. Até mesmo espíritos terrestres e suas ações me escapavam. Sentia-me fraco e tinha vergonha da minha fraqueza. Lembrava-me, vagamente, da experiência com o disco voador e tinha vergonha da minha fraqueza atual, uma fraqueza espiritual. Naquela noite, fui dormir cansado. Antes de o sol nascer, tive uma visão. Dois anjos se aproximaram de mim e me disseram:

— Viemos lavar sua alma. Prepare-se.

Eu estava meio tonto pela fraqueza e pela notícia.

— Lavar a alma – perguntei-lhes – isso existe mesmo, é possível?

Vi que ambos vinham segurando, com as duas mãos, duas enormes e pesadas espadas, as quais pareciam eletrificadas. Começaram a passá-las, tocando-me levemente, contornando todo meu corpo; no fim, esfregando-as em mim. Os choques eram fortíssimos, foi uma dor insuportável, sorte que durou alguns minutos, mas pareciam séculos: "Será que eu pequei tanto assim? Nunca mais faço o que eles não quiserem que eu faça!" – pensava.

Era madrugada de 23 de dezembro. Passei o Natal daquele ano sentindo muitas dores, em secreto repouso. E não mais saí do caminho que eles me traçaram.

TRADUÇÃO INTERDIMENSIONAL FEITA POR DJIROTO

O restabelecimento de suas energias ocorreu de duas formas. Para nós, ETs, foi um reparo técnico para restaurar o equilíbrio e harmonia energéticos do Entreiro, nada mais. Aos olhos do Magnetismo Terrestre e, até mesmo, do próprio Entreiro, foi da forma descrita anteriormente. É que sempre todos os Entreiros descrevem os fatos como lhes parecem mais natural. Mas tal operação é muito delicada; inclusive, alguns Entreiros já desencarnaram por terem perdido muito de suas constituições fluídicas, mas a todos, mesmo estes, é garantido o retorno. Nesse caso, o Entreiro sobreviveu, posto que foi bem monitorado e a lavagem da alma se deu no tempo certo.

Tivemos um ato que se apresenta diferente em dois mundos. No dos Ultras e dos ETs é algo técnico, pois foi realizado um sério trabalho científico. Para os olhos da Terra, foi algo puramente divino, sendo que os Ultras (seres tecnológicos de energia pura) figuravam como anjos (homens assexuados com asas). Aqui vale lembrar a Lei de Aliens: Entre Inteligências Escalares: Realidade, Espaço e Tempo Escalares.

Por isso é que um ato é visto de uma maneira num mundo e de outra em outro mundo, desde que esses dois mundos sejam escalares entre si.

O que ocorreu foi a versão/tradução interdimensional do mesmo ato e dos mesmos seres.

Devo ressaltar que somente os Ultras dominam a técnica da harmonização das energias (ou lavagem da alma), sendo que, para nós, ETs, de todas as espécies, ainda uma tecnologia não dominada. Nossa tecnologia limita-se aos genes e suas criações. Tal tecnologia é extragenética.

REGISTROS POPULARES

O termo "lavar a alma" é empregado com o sentido popular de alegria, emoção, quando se está realizado de alguma coisa ou acontecimento. Os torcedores lavam a alma quando seu time é campeão.

Também lavar a alma a fim de purificação espiritual já foi amplamente difundida no passado, estando já praticamente esquecida nos dias atuais aqui na Terra. Registros de Entreiros que já tiveram suas almas lavadas podem ser encontrados.

CONTINUAÇÃO DA NARRATIVA FEITA POR DJIROTO

Dias depois, passada a dor da lavagem da alma, os dois seres que a haviam feito me disseram: Você precisa falar com CRISTO!

COMENTÁRIO FEITO EM 2002 (PELO ENTREIRO)

O DEUS ÚNICO sempre se apresentou ao homem, no decorrer dos tempos, assumindo várias formas e dando mensagens de acordo com as necessidades de cada época: Buda, Tupã, Krishna, Jeová, Alá, etc. Especificamente no Brasil, a forma assumida, de acordo com a nossa cultura dominante, seria a de Jesus Cristo. Foram muitos os Eus de Deus que o Entreiro teve contato, cada um a seu modo.

FALANDO COM CRISTO (O PRIMEIRO EU DE DEUS NA TERRA QUE O ENTREIRO TEVE CONTATO)

Mutrilo tentou procurar por Cristo, mas não sabia por onde começar. Fez uma concentração, invocou CRISTO, expandiu-se para fora do corpo e, quando deu por si, estava flutuando com sua forma plena energética no espaço infinito. De repente, para sua surpresa, viu-se diante de um enorme gigante; na verdade, somente conseguia ver-lhe os olhos e o nariz, o resto dele era infinito. Seu olhar lembrava o de Santo Agostinho, muito severo. Era o REI DOS REIS, CRISTO. Ao sentir toda a imensidão omnidimensional e o peso dos olhos DELE a lhe olharem, Mutrilo sentiu-se intimidado e maravilhado ao mesmo tempo. Intimidado, porque o tamanho de sua projeção megadimensional (Eu-Superior – em estágio de Espírito Santo), sentia-se muito menor que um pernilongo que voa perto de um homem ao ver-se ali flutuando perto da face omnidimensional de Cristo. Qualquer gesto brusco do REI DOS REIS poderia destruí-lo, fulminá-lo; maravilhado, porque estava diante do poder máximo existente no universo do Todo-Poderoso.

Depois Cristo transportou Mutrilo para uma dimensão neutra, muito próxima da terceira, materializando-o Homem, em seguida, materializando-SE também da mesma forma.

Vários ensinamentos e mensagens foram passados pelo ONIPOTENTE, o qual lhe deu a Paz e a cura definitiva para sua alma, e lhe disse que o pequeno problema que resultaria no corpo teria que ser curado nos moldes do Magnetismo Terrestre, a fim de não derrogar nenhuma Lei.

COMENTÁRIO: apenas com a alma lavada o Entreiro teria condições de vivenciar a experiência com o CRISTO. O REI DOS REIS materializou-se homem, pois essa seria a única maneira possível de haver um diálogo em que Mutrilo pudesse entender as mensagens DELE, pois, do contrário, o OMNIDIMENSIONAL falando a um megadimensional a compreensão seria a mesma de um homem falando a um pernilongo.

CONTINUAÇÃO DA NARRATIVA

Embora tenha havido a perfeita harmonização e tradução interdimensional da lavagem da alma, ainda resultou uma grave sequela no seu corpo físico, pois a série de transformações Homem de carne e osso – ultraenergético – homem de carne e osso em poucos minutos, deixaram, ainda, reparos a fazer no homem de carne e osso.

Sua garganta não foi mais a mesma depois daquele feito, suas amídalas tornaram-se enormes e, com o tempo, passou a cuspir sangue. Se falava mais de meia hora sem parar, cuspia sangue, e a garganta lhe doía muito. Agora, com a garganta muito mal, foi, um dia, ensinar a uns amigos o caminho de Catanduva, a fim de que os mesmos sofressem uma operação espiritual com uma paranormal que incorporava o Dr. Fritz.

A romaria começou depois que seu tio, que morava na grande São Paulo, que já estava com operação marcada para extração da corda vocal cancerígena, atendendo ao pedido da filha (prima de Pedro Maurício) foi fazer uma última tentativa desesperada em Catanduva. A operação foi um sucesso, o câncer sarou e a corda vocal não precisou ser extirpada, ele teria que usar um aparelho para poder falar.

Daí, todos os enfermos da família, dos mais diversos Estados, passaram a vir operar-se com a paranormal.

Alguns tinham sucesso na operação, outros não. A própria filha do seu tio, aquele que sarou do câncer com uma única operação, já tinha feito mais de dez tentativas para curar-se de uma bursite, problema muito mais simples, e não conseguia. Segundo as explicações das pessoas do centro, a cura dependia, principalmente, do merecimento da pessoa. Foi dessa maneira que Mutrilo entrou em contato com Dr. Fritz, o espírito de um médico alemão que morreu na Guerra e que fazia curas milagrosas, por meio dos paranormais.

Mutrilo ficou curioso, queria ver as operações desse médico e, como a única maneira de vê-lo seria entrando na sala de cirurgias e ser operado, lembrou-se de sua garganta. Resolveu também operar-se para parar de cuspir sangue. Incorporado na paranormal, o médico alemão olhou bem para Mutrilo, dizendo-lhe com seu sotaque.

— Quem opera não sou eu, é o próprio Cristo, eu sou apenas instrumento!

Depois, esfregou-lhe a garganta com gaze molhada no álcool. Causou muita dor, mas nenhum ferimento externo. Por fim, colocou algodão e esparadrapo no local. Não se cobrava nada pela operação. Na saída da sala, explicaram-lhe o repouso que deveria fazer (quatro terças-feiras deitar-se em determinado horário noturno, a fim de receber a visita espiritual do médico para curativos), mas sendo como todos advertido. "Se você tiver merecimento, sua garganta sarará".

Ao sair do centro, pôs as mãos por cima do curativo, conferiu com a língua e viu que estava com as amídalas. No outro dia, assim que acordou, sua boca estava mudada, não tinha mais as amídalas, seu perfil no pescoço havia mudado e sentiu que uma grande porção de carne e tecidos havia sido tirada de seu corpo.

QUEM É O DR. FRITZ

O Dr. Fritz já se manifestou e ainda se manifesta no Brasil, em vários paranormais e de várias maneiras. Em alguns casos, ele faz operações com uma faca na mão, abrindo o corpo das pessoas. O incrível é que não há dor, nem sangramento, nem infecção de maneira alguma. Numa das operações em outro paranormal, uma jovem, inclusive filmada, ele abre o peito de uma pessoa, opera-lhe o coração, a câmera mostra o coração pulsando; depois ele costura o corpo e a pessoa nada sente, não perdendo uma gota sequer de sangue, sarando em seguida.

Em Catanduva, manifestando-se em uma paranormal idosa, a operação não consistia em abrir o corpo: ele operava direto no perispírito, para o efeito ser sentido no corpo, e este espírito contava com o apoio de vários outros espíritos, igualmente médicos, inclusive Dr. Bezerra de Menezes.

Tais espíritos médicos, a princípio altamente marginalizados pelos espíritas conservadores, que diziam que Centro Espírita não é hospital, enfrentaram vários problemas até conseguirem poder trabalhar livremente, e ainda hoje sofrem discriminação de muitos espíritas conservadores.

O problema é que todos os paranormais que trabalham com o Dr. Fritz, têm a consciência de que são kamikazes por imposição do Magnetismo Terrestre: têm a vida abreviada, curta e, acima de tudo, morrem de forma violenta, com o corpo dilacerado, geralmente em acidentes. Paranormais famosíssimos (inclusive um que se tornou político a nível nacional) haviam morrido assim, Mutrilo quis retribuir os benefícios da cura, embora não tendo como alterar o que já estava traçado para a paranormal (morte próxima – em poucos anos). Por ocasião da visita espiritual, falou diretamente com o próprio médico. Tentaram amenizar-lhe a morte, não deixando que seu corpo fosse dilacerado, pela ocasião da desencarnação, para que fosse algo mais natural, tipo parada cardíaca, ou enfarte. Tempos depois, chegou aos seus ouvidos a história da morte da paranormal. Ela havia trabalhado perfeitamente, fazendo suas curas. Depois, ao chegar em casa, teve um enfarte, foi internada e morreu, com o corpo inteirinho. Essa morte tranquila foi uma importante vitória.

COMENTÁRIO DE DJIROTO

O Entreiro tinha sido monitorado mais uma vez. A operação mediúnica foi a cura, em definitivo, para a sequela que havia restado da sua ultratransformação e do duelo mental que teve com aquele ET cinza que ele teve que castigar como exemplo. Depois dessa primeira experiência de transformação, ele poderia repeti-la futuramente, sem problemas, pois todos eles haviam sido resolvidos: no campo megadimensional, pela lavagem da alma, e no campo material, pelo Dr. Fritz (instrumento de Cristo). Agora, finalmente, depois de anos, ele já estava, realmente, com as energias equilibradas, e poderia voltar a ter contato com os ETs de todas as espécies.

PARTE 6

SEGUINDO MUTRILO
(POR DJIROTO)

Monitorado pelos Ultras, afastou-se de sua colega e, em poucos dias, já perdera o contato com a mesma.

Agora, eu, Djiroto e meus amigos ETs que resolvemos segui-lo sabíamos que tínhamos que esperar anos até sua recuperação total (mental e física) daquela experiência do passeio na nave.

Finalmente, anos depois do episódio da nave, em que ele teve a parte mental e física resolvida, além do repouso necessário, podemos nos aproximar realmente dele, fazendo com que sua mão escrevesse, involuntariamente. A maior surpresa dele foi quando o chamamos de Mutrilo, pois ele acreditava que seu nome entre os ETs era Entreiro de Aquário, como aqueles ETs da nave o haviam chamado. Mas com o tempo ele diferenciou os conceitos Entreiro (inteligência biológica artificial) e Mutrilo, nome intergaláctico. Daí, começou sua romaria pelos centros espíritas e lugares afins, onde os espíritos terrestres quando em contato comigo me estranhavam, e me chamavam de verde, até mesmo de árvore.

Nos centros, seria impossível a libertação dos paranormais intergalácticos, bem como fazer o atendimento aos abduzidos. Então o conduzi até Gentilis, nome galáctico de um professor universitário.

No gabinete, o Prof. Dr. Eli Nazareth Bechara cujo nome galáctico é Gentilis, lhe apresentou Galatrus, um amigo seu cujo nome do Eu-Presente é Rinaldo Diltovo (nascido em Osasco-SP). Mutrilo disse quem eu era, Djiroto, a forma como eu me manifestava. Os dois, então, passaram a me sabatinar durante horas e horas, quando eu lhes disse que ambos tinham vindo de Sirius – tendo se conhecido lá, antes de virem para a Terra.

Eles faziam parte de um grupo de estudos holísticos. As suas perguntas eram baseadas nesses estudos e em depoimentos de abduzidos, as quais eu respondia. Depois, com o passar do tempo, fomos para Votuporanga-SP, onde nos deparamos com nosso primeiro caso de abdução legal.

AS REAÇÕES DO INCONSCIENTE COLETIVO E A PROTEÇÃO DOS ETS (POR MUTRILO)

Depois que voltamos de Votuporanga-SP, onde foi constatada a possibilidade de abdução legal praticada por ETs em seres humanos, além de termos visto fotos muito nítidas de uma abduzida com seus abdutores ilegais, fui dormir, lá pelas onze horas da noite.

Pela manhã, algo incrível começou a acontecer no meu quarto: mais uma reação do magnetismo terrestre. Vi uma capa vermelha, aquela mesma de quando eu era criança, em Catanduva-SP, pequenina ao longe, vir se aproximando, crescendo na perspectiva, dirigindo-se diretamente em minha direção, vindo do guarda-roupa que estava aos meus pés. Já nos pés da cama, mudou de rumo, contornando pela esquerda, do lado em que minha esposa estava deitada. Dormindo, minha esposa começou a agitar-se. Deixei o ser aproximar, sem reagir. Por fim, parou na cabeceira, e, vindo por cima dela, chegou bem perto de mim, do meu rosto. Olhei para dentro da capa vermelha a fim de ver o rosto e tive uma surpresa incrível: pude ver nitidamente um cabo de vassoura. Aquela capa vermelha estava pendurada num cabo de vassoura, e seus braços se moviam, apenas por magia. Continuei deslizando meu olhar por aquele cabo a fim de ver quem o segurava. A visão foi incrível. Era uma bruxa do tipo mais tradicional, vestida de negro, com chapéu característico e tudo. Quando descobriu que eu via seu rosto, manteve por algum instante seu olhar nos meus olhos, desaparecendo em seguida, sem me dizer qualquer palavra, nem mesmo fazendo ameaças. Era a Bruxa de Catanduva, responsável, guardiã regional do magnetismo, aqui da nossa região. Como meus trabalhos passaram a ser inter-municipais, ela veio dar seu recado. Ao desvendar seu segredo, do uso da técnica de esconder-se por detrás de uma capa vermelha, que assusta criancinhas com potencial paranormal, não consegui sentir raiva, pelo contrário, senti uma amargura poética no seu jeito de ser. Creio também que a reação não foi tão violenta, porque o I.C. regional estava muito atrapalhado naquelas semanas, posto que o time local cuja figura era o diabo havia sido rebaixado para a segunda divisão do campeonato paulista, e justamente a figura do Coringa (time de São Jorge e mais popular do nosso estado) foi quem lhe deu o golpe final – o mesmo jogo do dia em que nasci. Tais jogos sempre mexiam com o magnetismo local, principalmente antigamente quando o Corinthians estava passando por um centésimo de ciclo estrelar (vinte e três anos) sem ser campeão. No meu nascimento, o Corinthians ganhou do América, mas não tinha sido campeão. Agora havia empatado e conseguido o campeonato no quadrangular final. Havia uma sensação de alegria e tristeza geral pela cidade. Futebolisticamente falando, eu estava triste porque o São Paulo F.C., meu time, era vice-campeão, mas quadrimensionalmente, alegre, porque o Corinthians havia mexido no I.C. regional e me ajudado.

Perguntei aos ETs sobre a bruxa, eles me garantiram que nunca mais teria problemas com ela, posto que a mesma era um elemental, dos mesmos seres que eu já havia superado e que, de agora em diante, eles resolveriam meus problemas com o I.C.

CONTINUAÇÃO FEITA POR DJIROTO

Superado o problema com a Bruxa de Catanduva, representante máxima do magnetismo regional, por intermédio de Gentilis (Professor Doutor Eli Nazareth Bechara) e Galatrus (Rinaldo Diltovo) tivemos contatos com várias pessoas, até que passamos a desenvolver o trabalho com os paranormais intergalácticos, os quais, na verdade, eram saídos, na maioria, do Espiritismo, ou ainda seguiam nele, mas que sentiam suas entidades alienígenas discriminadas ali.

Então, Mutrilo e eu, somados mais oitenta e sete espíritos de ETs, passamos a garantir proteção a tais entidades alienígenas, para que pudessem se manifestar pelos paranormais ali presentes, proibindo que espíritos humanos ali participassem.

O sucesso foi total. Várias pessoas começaram a escrever com os mais variados ETs, tornando-se verdadeiros paranormais intergalácticos. Além de mim, que sou de Antares, manifestaram-se entidades alienígenas que há muito tempo acompanhavam tais pessoas, dos mais diversos tipos e distintos lugares do universo: Orion, Alpha Centaurus, Cão Maior.

Pela primeira vez, eu pude demonstrar o dom da ubiquidade que nós, ETs, possuímos, escrevendo, com a mesma letra, pelas mãos de outros paranormais intergalácticos, ao mesmo tempo, e no mesmo ambiente, respondendo às mais variadas perguntas.

Ao ver-me nessa situação, um espírito de Orion, na sua alegria, excedeu-se, deixando mensagens, que, por leis divinas, não poderiam ser deixadas daquela forma, fazendo grandes revelações. Devo lembrar que somente podemos escrever de acordo com os moldes do Espírito Santo, ligando nossos ensinamentos a um relato concreto.

Naturalmente, ele foi afastado e, para reabilitar-se, esperar por algum tempo, mas nada que atrapalhasse o início da escrituração da nossa enciclopédia.

O problema agora era encontrarmos uma maneira de estabelecermos a paz com os espíritos dos homens e tentar um diálogo com espíritas e espiritualistas radicais conservadores e, ao mesmo tempo, fazendo com que os paranormais intergalácticos voltassem ao Espiritismo ou Espiritualismo.

Para intermediar nossas relações com os espíritos dos homens, ofereceu-se um advogado espiritual, Dr. A. S.

A advocacia espiritual, embora também discriminada pelos conservadores, está surgindo, assim como nós, na Terra e está em pleno vapor, ajudando entidades terrestres pouco esclarecidas a solucionarem seus conflitos com outras entidades em igual atraso, ou defendendo espíritos que são acusados indevidamente por outros.

Tal advogado espiritual, por sua agilidade nos meios terrestres e com o próprio Magnetismo Terrestre, ficou encarregado de ser nosso intermediário com os espíritos dos homens mortos, a fim de evitarem-se novos conflitos. E muitos advogados espirituais estão se juntando à nossa causa. Por isso, a partir de agora, a maioria de nós, espíritos de ETs, antes de nos comunicarmos com humanos em centros espíritas, na Umbanda ou afins, deixaremos falar primeiro nosso advogado, o qual tirará todas as dúvidas suscitadas para, depois, nos manifestarmos nos moldes do Espírito Santo, pois, somente assim, poderemos deixar nossos conhecimentos.

Esperamos que mais paranormais intergalácticos e novos espíritos de ETs mortos que vagam pela Terra, desde que sejam do bem, se juntem a nós, à nossa enciclopédia e na luta contra os próprios ETs que cometem crimes aqui na Terra.

COMO É A LIBERTAÇÃO DE UM PARANORMAL INTERGALÁCTICO

Na primeira reunião de desenvolvimento, Mutrilo sentou-se numa grande mesa, onde também se sentaram pessoas convidadas por Gentilis e Galatrus, além de algumas indicadas por ele mesmo. Depois fez uma prévia explicação do que ocorreria; em síntese: "Nós agora vamos fazer um trabalho de desenvolvimento paranormal intergaláctico, onde as entidades extraterrestres se manifestarão por intermédio das mãos de vocês. As entidades de ETs que vocês mesmos possuem e que não podem se manifestar nos centros poderão manifestar-se livremente, pois temos aqui presentes, além de Djiroto, mais oitenta e sete espíritos alienígenas que dão total segurança, não permitindo que nenhum espírito humano se aproxime. Ninguém aqui vai perder a consciência; é muito diferente do Espiritismo, posto que somente do pulso para a mão é usado pelo ser alienígena, já que os mesmos não podem se incorporar como o fazem as entidades humanas". Energizou a hipófise de todas elas e, poucos instantes depois, tudo começou a ocorrer. Uma pessoa chegou até mesmo a assustar-se ao ver sua mão se movendo independentemente de seu controle. Conforme a estrela de que vinha a entidade, a manifestação era diferente. Para alguns, foram propostos enigmas (escritos por suas próprias mãos) a serem decifrados, dando-lhes certo prazo; do contrário, não poderiam seguir nos trabalhos. Era uma espécie de prova de inteligência feita por aqueles ETs para aqueles paranormais. Se o solucionassem, poderiam seguir nos trabalhos; do contrário, não. Outros ETs se manifestavam dando somente mensagens telepáticas, sem escrever ou pegar nas mãos. Outras entidades tinham muita dificuldade em escrever, fazendo apenas exercícios de adaptação à mão humana. Alguns enigmas eram em forma de desenhos os quais os ETs, da mesma maneira, pediam explicações de compreensão do paranormal.

Porém outros, de pronto, já começavam a escrever fluentemente. Daí, saiu a parábola da Borboleta e das Flores, nos mais rígidos moldes do Espírito Santo.

Eu, Djiroto, também fiquei feliz e demonstrei como nós, Antarianos, podemos escrever ao mesmo tempo pelas mãos de mais de um paranormal.

As semanas iam se passando, bem como as trocas de experiências em comum, e os vários enigmas sendo decifrados.

A LIBERTAÇÃO DA PRIMEIRA PARANORMAL INTERGALÁCTICA ENCONTRO COM O EU-INTERMEDIÁRIO. A CAMINHO DO EU-SOU

Finalmente, Mutrilo conseguiu seu intento, libertando a primeira paranormal intergaláctica, cujo nome galáctico é Salena.

A libertação só ocorre depois que o indivíduo enxerga seu Eu Intermediário, agora mais próximo do Eu-Sou, sua forma de Deus ("porque vos sois Deuses" – disse Cristo) uma experiência única, na qual você adquire, inclusive, o poder de punição aos ETs que praticam abduções ilegais.

Então Salena passou a ser a Borboleta (verdadeira paranormal intergaláctica liberta), a qual deveria pousar em muitas flores (paranormais intergalácticos em potencial), a fim de que as mesmas depois também virassem borboletas.

Agora liberta, ela trabalharia com os ETs (Eus-Intermediários) e seu próprio Eu-Intermediário (a personificação do nome intergaláctico que possui) a fim de ter acesso ao seu Eu-Superior, para tornar-se uma Autoparanormal. Recapitulando: quando você escreve com ETs, é um Paranormal Intergaláctico que ainda não pode trabalhar sozinho; quando você vê seu Eu-Intermediário, sentindo seu Eu-Superior, você é um Paranormal Intergaláctico liberto, podendo trabalhar sozinho; já tem poder de defesa; quando você tem acesso ao Eu-Superior, é um Autoparanormal, pois tem acesso à consciência plena.

Como determinado pelos Ultras, Mutrilo, sempre ao final de cada missão cumprida tem que se afastar.

O grupo foi dissolvido temporariamente para que Mutrilo tivesse tempo para concluir novas experiências.

Na volta, os paranormais intergalácticos passaram a dar consultas a diversas pessoas, usando das faculdades emprestadas pelos ETs. Alguns problemas foram resolvidos diretamente, sendo que a energização feita no corpo quadrimensional da pessoa surte efeitos no corpo tridimensional. Dependendo da pessoa, leva de um a dois dias para se obter resultado. Para outras, que estão consultando com vários médicos e não conseguem a cura para seu mal, os ETs enxertam uma energia na pessoa que indiretamente a transmite ao médico terreno, fazendo-o acertar perfeitamente seu diagnóstico e a consequente cura. Também, pessoas que têm problemas com seres elementais, que confundem os demais paranormais, passando-se por humanos, lhes são ensinadas as curas. Quanto aos abduzidos, que realmente são os que mais necessitam, eles aos poucos vão chegando e obtendo soluções para seus problemas. Outros, já paranormais, lhes respondem diretamente por visões ou sonhos. Para outros problemas, que os ETs não podem resolver, criam uma situação na vida real da pessoa que estará no lugar certo e na hora certa a fim de encontrar quem possa resolvê-lo. Tudo é feito nos moldes do Espírito Santo, é claro.

A fim de acelerar o trabalho e para dar maior agilidade aos ETs, foi ensinado o seguinte mantra: "dosáden édiméki cominámitivi", que traduzido do antariano para o português significa: "Duas casas com dimensões diferentes se comunicam" (escrito por Djiroto por intermédio de Mutrilo e traduzido pelo espírito da paranormal intergaláctica Malana, de Antares). Tal mantra, quando dito pela primeira vez, tem a finalidade de abrir um portal dimensional por onde passam as entidades alienígenas para atuar na tridimensionalidade terrestre para atender as pessoas. Dito pela segunda vez, fecha o portal. Então, diz-se o mantra duas vezes no começo e mais duas vezes ao final de cada sessão. Diz-se no meio da sessão mais duas vezes, para energizar água ou pedras. Nesse caso, na primeira vez que se diz, gira a mão direita no sentido anti-horário e por cima do copo de água ou pedra. Na segunda vez, girando em sentido horário, por baixo. Tal mantra facilita em muito os trabalhos, dando-lhes celeridade.

Como o mantra deixa bem próximas as entidades alienígenas dos paranormais, não é mais necessária a energização da hipófise, posto haver a comunicação telepática forçada, com grandes empréstimos de poderes. Nem mesmo os novos paranormais necessitam da energização, e o primeiro empréstimo de poder dado é o de sentir-se a aura das pessoas. Com o tempo, ensina-se o novo paranormal intergaláctico a mexer nas auras, fazer a desobsessão instantânea, reagrupar as energias e fazer as curas necessárias (pelos ETs ou se energizando a pessoa para uma bem-sucedida operação feita por médicos humanos), partindo-se em seguida, para o trabalho com os abduzidos. Deve-se ressaltar que o objetivo principal dos paranormais intergalácticos é o atendimento aos abduzidos e o livramento deles dos alienígenas que lhes praticam ilegalidades e não a cura de enfermidades, posto que tal prática pode ser feita por incontáveis tipos de paranormais terrestres, enquanto a ajuda a abduzidos, não.

Portanto, agora com tais conhecimentos e práticas, só resta a Mutrilo definir as jurisdições de atuação de cada paranormal do grupo e a forma de como eles devem atuar conjuntamente, bem como aceitarem novos membros e desenvolvê-los. Após, deve afastar-se novamente do grupo para deixar que os paranormais intergalácticos adquiram por si sós maiores conhecimentos, criando asas para voarem sós, facilitando dessa maneira a busca da individualidade, sendo sua ausência necessária para que eles atinjam a autoparanormalidade.

E já passados seus trinta anos, já com a autoparanormalidade, Mutrilo poderá desenvolver novos grupos em cursos práticos de desenvolvimento feitos em três tardes para pessoas com mais de trinta anos (idade ideal para tornar-se um paranormal intergaláctico) dando mais oportunidades para espíritos de ETs e novos paranormais intergalácticos, sempre devendo partir ao final, pois assim deve ser. Mutrilo não deve ser líder de nada (entre os humanos), apenas mensageiro sempre de passagem entre os paranormais intergalácticos, trocando experiências.

A ÉTICA DOS PARANORMAIS INTERGALÁCTICOS:

Mutrilo, naqueles dias, também disse que o trabalho com ETs não visa a recompensas materiais, que nenhum paranormal intergaláctico jamais poderia cobrar nada por um atendimento, pois os poderes que são emprestados pelos ETs são gratuitos, não podendo ninguém usufruir economicamente deles. Alertou também que os ETs são contra o fato de tais paranormais se tornarem profissionais nesse ofício e que o trabalho deles não implica nenhuma religião, posto que é ecumênico, de base científica. Alertou também para os mesmos terem cuidado com os enganadores, com aqueles que mentem, ou que têm a mente influenciada psicologicamente, pois os paranormais com a vidência podem comprovar se a pessoa fala a verdade, se está influenciada, se tudo não passa de imaginação ou não, se é influência de espíritos de homens, se de ETs, de elementais, do próprio carma etc.

Alertou, principalmente, que os poderes emprestados pelos ETs, que permitem que o paranormal intergaláctico penetre suas mãos dentro das auras das pessoas, deve ser somente usado nas devidas proporções e apenas para curarem enfermidades. Tais poderes não devem ser usados para energizar-se chacras, sem que estes precisem. Complementou dizendo que os chacras têm suas energias naturais, tendo que obedecer aos funcionamentos normais dos órgãos, porque nosso corpo humano precisa de ociosidade (rins – só funcionam menos de 50% – cérebro, menos de 10% etc.). Querer energizar os chacras para além dos limites permitidos na Terra é um grave erro (muito comum no passado – usado por aqueles que buscavam a ressurreição do corpo físico, pela energização total dos chacras), pois causa desarmonia e muito mal à pessoa. Somente as partes doentes devem ser energizadas para a cura ou garantir a sobrevida.

OBSERVAÇÃO (visto em 2002): naqueles dias (1998), o trabalho era realizado em garagens, salas de visita ou nos fundos de quintais de pessoas simpatizantes, portanto indevido e impossível cobrar-se algo. Mas esse trabalho foi evoluindo, pessoas se aglomerando, chamando a atenção, causando a reclamação de vizinhos (com toda a razão), sendo que algumas sessões chegaram a ser interrompidas por serem em locais considerados pela vizinhança como impróprios para tais práticas. Portanto, para sua própria continuidade, teve que sair da garagem e do fundo de quintal. Também teve que humildemente se curvar e DAR A CÉSAR O QUE É DE CÉSAR (como o próprio Cristo ensinou). Para seus praticantes não serem mais marginalizados e até processados, precisou de legalização no mundo material, criar uma pessoa jurídica com CNPJ, estipular regimento interno, atas, registro em cartório, pagar a patente do nome, instalar site na internet e pagar pelo domínio do nome, proteger direitos autorais, alugar imóveis, retirar Alvarás de Funcionamento nas Prefeituras, gráficas, cobrir custos fixos (limpeza, água, luz, telefone, computador, papel higiênico, sabonete, detergente, copo descartável, comprar mesas, cadeiras, instalar som, extintor de incêndio, etc.). Inclusive, foi perdida a doação de um terreno porque quiseram doá-lo para o trabalho, mas legalmente não poderia ser feita a mesma porque não estávamos regularizados na época, nos sendo impossível emitir um recibo de doação para o doador descontar em seu imposto de renda. Portanto tais problemas deixaram de existir e, para disciplinar os paranormais, houve a elaboração de cursos para desenvolvimento paranormal, além do projeto de construção de uma Universidade Paranormal cujos fundos passaram a ser angariados com promoção de eventos, palestras, jantares, vivências etc. E como todas as instituições existentes, para se manter, passaram a aceitar doações e promover eventos para pagar suas despesas de funcionamento. Então teve que se rotular de AQUANTARIUM e assumir uma identidade jurídica, pois tudo na Terra precisa ter um rótulo, um nome. CONTINUAÇÃO DA NARRATIVA.

Para ser um paranormal intergaláctico, você pode ser católico, espírita, esotérico, budista etc., não sendo preciso largar de sua religião de origem (tornando-se ecumênico, aceitando as demais) para seguir tal paranormalidade; dizendo isso até mesmo para vários paranormais com problemas com entidades terrestres, tipo aqueles que fizeram rituais negros de certas religiões, com sacrifícios de animais, que buscavam a proteção dos ETs, livrando-os de tais males e aconselhando-os a somente seguirem o bem. O QUE OS ETs E MUTRILO PREGAM É O ECUMENISMO CONTEMPORÂNEO, ou seja, que todas as religiões devem ser respeitadas e, que não há religião melhor que a outra, pois todas conduzem ao Deus Único. Existem várias religiões pelo mundo porque cada ser humano vibra em uma faixa e, para cada faixa vibratória, há uma religião correspondente. Como já disse um grande espírito humano de Luz: "A melhor religião é aquela que te transforma em um homem de bem".

A PARÁBOLA DAS BORBOLETAS

Transcrita pela paranormal intergaláctica Salena, pelos extraterrestres: Sinedriuns, Zians, AKTHILIUM'S e Vancejans.

A BORBOLETA

Quando olhamos para um jardim repleto de flores, geralmente observamos algumas borboletas a sobrevoar o jardim e, de tempo em tempo, elas pousam sobre as flores para beijar a face delas e levar seu néctar a um fim útil. Os poetas que costumam dizer que o amor é feito borboleta, de tempo em tempo nos visita para balsamizar a alma e roubar-lhe a essência, porque, ao partir, nos deixa a solidão de nosso vazio, se esquecem de que a borboleta não é leviana, mas divina. Sua função é nos fazer liberar o pólen, o gérmen embrionário da vida para que a reprodução das espécies seja garantida e para levar o néctar, não feito ladrão como mencionam os poetas, mas como um emissário de Deus que necessita do melhor de nossas vibrações para poder reproduzir o alimento divino, o AMOR CÓSMICO. Alimento este que será oferecido aos filhos de luz, àqueles que pretendem integrar a família universal da Luz.

Então os leviãnos que estão sempre à procura de culpados condenam a suave borboleta por querer beijar a face, nem imaginam que nesse abençoado pouso ela se faz mensageira das bênçãos eternas do Pai a nós, porque, no pousar de suas asas sobre a face da flor, ela vem trazer as emanações do amor celestial de sua alma gêmea para que a flor libere o elemento necessário para a formação de novos corpos que nos credenciarão ao reino da Luz, nos permitindo galgar o universo megadimensional.

A borboleta é a representação mais divina do amor do Pai por nós, porque é a representação viva e tridimensional da função dos mensageiros do amor em Luz, ou de um mestre de luz no contemplo da criação do Pai, fazendo cumprir a contínua visita das emanações de DEUS à nossa essência.

A flor (ou nós) canaliza o amor de DEUS por meio do beijo da borboleta em nossas faces e do seu abraço à nossa essência, do nosso Eu-Sou.

Então a borboleta é amor que nos faz emissários da Luz, bem como o vento, mas os poetas se esquecem da importância do vento, porque, apesar de aparentar ser destruidor, ele, na sua fúria que despetala a flor (ou nós), na realidade, vem fazer cumprir sua função de colaborar com o desbastar da casaca tridimensional para a libertação da essência, o Eu-Sou. Porque aos candidatos a filhos de luz, a estes não é necessário a forma, porque a forma é o que menos importa, sua essência será a Luz do Pai em sua essência. Então será luz cósmica a refletir em cumplicidade às emanações do Pai.

Sendo assim, queiram ver a borboleta, saibam dignificá-la, porque sois VÓS os candidatos a serem as futuras borboletas.

Vivam a borboleta para que possam vir a vislumbrar o eterno Pai em seus dias. Ela é a mais pura emanação do amor que a tridimensionalidade pode receber.

Então saibam dignificar as emanações do Pai em vós, porque é Luz querendo propagar a Luz celestial em vós. Sejai, oh herdeiros do universo, a representação da Luz do Pai na Terra.

Vivam a Luz, na Luz, pela sua Luz! E sejam administradores do SER FELIZ!

ÚLTIMO COMENTÁRIO DE DJIROTO E CÔMER

(Em homenagem ao primeiro Eu de Deus que o Entreiro teve contato) (os contatos com os outros Eus de Deus serão narrados na continuação desta obra).

AS ÚLTIMAS PALAVRAS DITAS PELO CRISTO, QUANDO NA CRUZ

Alguns não acreditam no Cristo porque Ele disse na Cruz: — "Pai, por que me abandonaste?".

Alegam, a fim de esconderem suas reais intenções, que se Ele fosse realmente DEUS, não teria dito tal frase.

Esse pensamento ilustra bem a malícia e ignorância terrestre.

A malícia é porque tentam esconder suas reais intenções de não aprovarem o desapego material e, consequentemente, de suas fortunas, como pregado por Cristo. O desapego à matéria, pobres humanos, não é somente a questão do dinheiro, pois não é pecado trabalhar e ter dinheiro, é o desapego em relação à terceira dimensão que mantém o homem preso onde está, que faz com que ele morra e não se desgrude daqui, voltando a encarnar, pensando serem os verdadeiros tesouros os encontrados na vida tridimensional.

A ignorância é que não entendem que Cristo saiu do ventre materno como o saem todos os homens. E também teve que morrer como morrem todos os homens. E ao morrer como homem, teve que sentir como homem, e consequentemente agiu como homem. Eles estão muito longe de entender que, quando na cruz, o Eu-Onisciente do REI DOS REIS já tinha se afastado, seu Eu-Intermediário, idem, só restando ali, o Eu-Presente do MESTRE DOS MESTRES, pelo qual ELE SE igualou a todos os homens na hora de morrer. Do contrário, ELE estaria revogando toda a Lei do Psiquismo Terrestre, consequentemente não salvando a Humanidade. Pois somente CRISTO SALVA! Somente o Deus Único salva em suas diversas formas. Este Deus Único que constantemente vive salvando a humanidade no decorrer dos tempos.

PARTE TÉCNICA DA OBRA

HISTÓRIAS DE MARTE

Djiroto – espírito de um extraterrestre morto na Terra.

O DURO TRABALHO PARA OS HUMANOS
CASOS DE ABDUÇÕES LEGAIS E ILEGAIS

Abduções são estudos ou sequestros que extraterrestres fazem em seres humanos. Existem as legais e as ilegais. São consideradas legais aquelas em que o ser humano tenha ajustado antes de encarnar ou deva sofrer por carma, sem, porém, interferir na vida material daquele que sofre tal processo. No máximo, tudo lhe parece um sonho confuso, nada mais. Nas legais, os implantes são praticamente imperceptíveis e ajudam muito no organismo do indivíduo, garantindo-lhe muita flexibilidade nos ossos, reflexos acima da média, resistência a pancadas, rápida recuperação e calcificação óssea em caso de acidente, etc. Já, as ilegais são completamente o contrário: ocorrem sequestros conscientes e abusos das mais variadas formas, e é nesse tipo que atuamos, livrando o humano da abdução injusta, como exemplificaremos.

Hoje em dia, eu, Djiroto, sou um dos marcianos (como são chamados os Antarianos que têm base em Marte) que trabalham aqui na Terra, na ajuda aos abduzidos por intermédio de Mutrilo, considerado por muitas pessoas como sendo um paranormal intergaláctico.

Não foi fácil começarmos a solucionar nossos primeiros casos de abdução.

Num deles, Gentilis (Prof. Dr. Eli Nazareth Bechara) e Galatrus (Rinaldo Diltovo) passaram no escritório para levar Mutrilo (Pedro Maurício) e eu para conhecermos um grupo de pesquisas ufológicas, nas quais trabalharíamos com abduzidos.

Fomos todos bem tratados pelo pessoal que, de início, passou a questionar-me, por intermédio de Mutrilo, já que sou para os humanos como um espírito. Induzindo-lhe a mão, eu lhes respondia a tudo que podia, dando, inclusive, o nome galáctico de cada um. Nome galáctico, para quem não sabe, é o nome que cada indivíduo tem nas galáxias, nas estrelas. Nós, espíritos extraterrestres, podemos dá-lo apenas uma vez para cada pessoa, e dizer com que constelação ou estrela está ligada.

Mas, na verdade, minha missão não é ficar respondendo a tais perguntas e outras questões pessoais, mas, sim, auxiliando diretamente os abduzidos, punindo os ETs que lhes cometem tais abusos.

Finalmente, ficamos diante dos nossos primeiros casos reais de abdução, os quais, constatamos depois, não são nada raros em nossa região. Tais casos são seríssimos; grandes sofrimentos de mulheres que vivem experiências alienígenas. Muitas com marcas deixadas em seu corpo (triângulos desenhados nas pernas, marcas estranhas, tipo operação); num dos casos, inclusive, havia provas fotográficas do ocorrido. Analisaremos as fotos, por ser mais didático.

Na primeira foto, a moça aparecia ao lado de um conhecido, tendo ao fundo a imagem de um disco voador metálico. Na segunda foto, a imagem era dela com seres luminosos estranhos à sua volta, os quais, bem como a nave, eram invisíveis no momento em que as fotos foram tiradas; revelando-se tais fotos, as imagens apareceram. Relataram-nos que haviam buscado ajuda em centros espíritas, centros de umbanda, exorcistas católicos, mas estes nada conseguiam fazer; ao final, afirmaram que tudo era obsessão, imaginação e até mesmo que ETs não existem. Tais lugares são ótimos para resolverem problemas com espíritos da Terra, espíritos de homens, que atormentam pessoas ou problemas psíquicos, mas jamais problemas de abdução; na verdade, para eles, este assunto é desconhecido.

Conforme nos pediram, atuaríamos para afastar tais alienígenas, mas quiseram, naquele caso, explicações sobre as fotos e de nossa maneira de atuar, além de recomendações para os abduzidos.

Na primeira foto, afirmei que a nave que aparecia ao fundo era metálica. Disse-lhes de onde era a mesma, identificando a espécie dos seres que faziam a experiência, que tipo de experiência era; na verdade, nada de especial nesta técnica e, óbvio, na minha narração.

Já a segunda foto era mais técnica, um verdadeiro retrato da tecnologia dodedimensional, ou seja, o uso da terceira, quarta, quinta, sexta, sétima e oitava dimensões ao mesmo tempo. O funcionamento é relativamente simples. Os mesmos seres que estavam no interior da nave (vista na primeira foto), embora tendo um corpo físico, podiam criar, expandir-se em um corpo energético, independente do físico, ficando em dois lugares ao mesmo tempo. Algo semelhante como ocorre no projecionismo (projeção da consciência humana), só que em moldes muito mais avançados. Então eles, dessa forma energética, podem ficar do lado da pessoa abduzida sem que esta ou qualquer outra pessoa perceba, nem mesmo os espíritos humanos se dão conta, mas é possível serem fotografados, como naquele caso, em concreto. Não é por muito tempo que eles conseguem ficar nesse estágio aqui na Terra, posto o gasto energético ser muito grande, além de exigir durante tal processo o repouso do corpo físico, o qual fica deitado, a fim de evitar complicações. Em tal situação de projecionismo é que eles podem ser atacados por nós, espíritos de seres alienígenas. Inclusive, neste estado, os ETs da nave podem ser mortos, ocorrendo, pela simples captura de sua projeção, a morte do corpo físico que fica dentro da nave ou base.

Já as marcas, triângulos feitos nas pernas da vítima, tratava-se de implantes líquidos que foram feitos para serem recolhidos mais tarde, com a finalidade de localização e coleta de dados sobre o organismo. Tiraríamos tais líquidos, fazendo-os sair naturalmente pela urina. Em casos análogos, constatamos, além disso, abusos sexuais por parte de tais seres com as mulheres.

Basicamente, é esta a nossa conduta de trabalho: primeiro, advertir os extraterrestres, em estado energético ou de projecionismo, para que parem com a abdução ilegal; caso contrário, os puniremos, inclusive com a morte, se necessário; e que parem também com os implantes, retirando-os de modo natural.

O que foi narrado são casos de abduções físicas ilegais; daí, podermos, assim, agir.

Porém, o segundo caso era de abdução legal, e nós, nesse caso, apenas aconselhamos como a pessoa deve fazer para acelerar o final do processo: tipo de alimentação, hora de comer etc., sendo cada caso um caso. Nada podemos fazer contra tal prática, posto que tudo está ligado legalmente ao carma ou escolha pessoal inconsciente, às vezes, antes de encarnar como humano, por parte da pessoa abduzida.

Depois desses casos, foram nos chegando um atrás do outro, de pessoas importantes que não queriam ser identificadas para não perder prestígio, os mais diversos; inclusive, um foi sugado pela janela de seu apartamento enquanto conversava com a esposa, e deixado, de pijama, na beira de uma rodovia próxima, um caso terrível e constrangedor; outros que sofrem abduções puramente mentais, que são induzidos a fazer loucuras etc., sendo resolvido cada um a seu modo específico.

RÁPIDA BIOGRAFIA DE DJIROTO
QUANDO UM EXTRATERRESTRE MORRE NA TERRA

Eu e meu companheiro de pesquisas, Salo, estávamos colhendo plantas para levarmos até nossa base a, aproximadamente, 100 quilômetros de Vancouver, no Canadá.

Por sermos extraterrestres, já de idade avançada, não nos distanciávamos muito, e, de forma alguma, participávamos de experimentos com humanos. Na verdade, as poucas vezes que participamos de abduções, fomos apenas espectadores, por nossa formação específica ser de trabalho com plantas.

Nós dois ocupávamos uma nave equipada somente com aparelhos para coleta de plantas, flutuando a meio metro do solo, colhendo algumas amostras para análise.

De repente, fomos cercados pelos *Grays*, extraterrestres cinzas, nossos inimigos. Nem deu tempo para tentarmos uma fuga. Fomos imediatamente abatidos. Os destroços da nossa nave, bem como nossos corpos dilacerados, foram recolhidos pelos mesmos, naquele ano de 1961.

Essa nossa guerra, à margem da consciência humana, já ocorre há mais de três séculos. Isso porque a Terra é um lugar neutro e aberto para, aproximadamente, trinta espécies alienígenas fazerem pesquisas, construindo suas bases. A hegemonia é disputada entre nossa espécie verde e os cinzas.

Nós, os verdes, somos conhecidos pelos abduzidos humanos como marcianos, pois, assim, nos apresentamos a eles. Na verdade, somos de Antares, e dizemos que somos de Marte, apenas por ser um local mais conhecido e próximo do homem. Marte é nossa possessão e base central aqui no sistema solar. E uma possível futura colônia, por ainda ser impossível nossa civilização desenvolver-se (por questões magnéticas) em parte alguma do sistema solar, como será explicado por Cômer, a ET mulher que depõe depois de mim.

Já os *Grays* têm sua base em Saturno. Ao contrário da Terra, esses planetas não são lugares neutros. A espécie que chega primeiro e constrói sua base exclui as demais. É uma corrida estratégica pelo universo afora. Existem lugares próprios e lugares impróprios para bases. Por exemplo, o planeta Urano é um lugar de risco, pois cálculos científicos indicam que tal planeta pode ser destruído por causas naturais, inevitáveis, num futuro pouco distante. Por isso, lá não tem base, pois é prejuízo provável.

Para pôr fim a essa guerra, os seres ultradesgenetizados (seres de energia pura, sem corpo físico, que encontraram o Eu-Superior, o deus que cada indivíduo é em forma de ESPÍRITO SANTO, próximos ao Deus Único) impuseram uma lei muito dura: "Todos os extraterrestres que aqui morressem ficariam com seus espíritos presos às malhas terrestres, até a chegada da Era de Aquário e a passagem do ano 2000 terrestre". Somente a partir dessa data é que poderiam voltar a reencarnar em seus respectivos mundos, após terem prestado serviço aos humanos.

Agora eu me encontrava nessa terrível situação, preso às malhas terrestres. Continuei mantendo contato com o pessoal da minha base, mesmo em forma de espírito, mas o lugar onde eu ficava, aqui na Terra, por questões energéticas, é conhecido como um dos templos dos ETs, geralmente situado no interior de serras ou montanhas rochosas, espalhados pelo mundo, onde nós, espíritos alienígenas, nos sentimos seguros. Às vezes, ETs encarnados vêm nos visitar, prestar auxílio com finalidades religiosas, mas nossa pena maior é prestar serviços aos humanos. Mas, como eu prestaria serviços aos humanos, se aqui ainda não encarnaram os paranormais intergalácticos e se nem mesmo os espíritos humanos poderiam nos enxergar? Sim, os espíritos humanos, embora possam transitar em vários planetas, somente enxergam seres em grau equivalente de evolução. O universo tem três níveis. Nós, os extraterrestres que vagamos com o corpo físico de planeta a planeta, bons ou maus, estamos no 2º nível, médio, onde há milhões de planetas habitados por seres com inteligência dodedimensional.

Já os espíritos terrestres, de homens, podem ir de planeta em planeta, mas somente no 3º nível, o inferior, e podem enxergar somente seres de desenvolvimento equivalente, com inteligência puramente tridimensional, são incapazes de viajar com o corpo físico planetas afora por não terem tecnologia para isso. Por encarnarem por estes mundos diversos, algumas dezenas dentro do 3º nível do universo, os espíritos humanos se acham sábios, que conhecem todos os tipos de espíritos extraterrestres. Nós, do nível médio do universo, somos-lhes desconhecidos, até mesmo incompreendidos. Devo ressaltar que um ser desencarnado do nível inferior do universo não pode enxergar um ser do nível médio, simplesmente porque vibrar numa faixa muito maior, tornando-se logicamente invisíveis. Sim, para os espíritos terrestres, nossos espíritos extraterrestres do nível médio do universo somos invisíveis. Podemos vê-los e até mexer com eles, manipulá-los; porém, eles nos ignoram completamente, pensando que conhecem tudo, como já disse, porque se relacionam com espíritos de planetas inferiores, de inteligência equivalente.

No nível primeiro, superior do universo, estão os seres ultradesgenetizados, que não possuem corpo físico, são energia pura, e a distância entre eles e nós, do segundo nível, é bem maior do que a nossa e a dos seres de nível inferior.

Mas eu sabia que essa situação não ficaria assim, sempre a Providência Divina dá um jeito para que tudo se resolva. Com certeza, seriam enviados para nós, paranormais intergalácticos, a fim de que pudéssemos prestar nossos serviços, cumprindo nossas penas. O problema maior seria entre os próprios paranormais intergaláticos e os paranormais da Terra.

Os primeiros paranormais intergaláticos que na Terra encarnaram falharam, foram vencidos pelos preconceitos que os espíritos terrestres têm contra o desconhecido, no caso, nós. Negaram para tais paranormais nossa existência; quando nos viam por meio da fluição dos paranormais que nos deixavam visíveis a eles diziam que éramos espíritos disfarçados, que éramos do mal;

por fim, fazendo com que os paranormais intergaláticos não cumprissem sua missão, fazendo com que os mesmos trabalhassem apenas com os espíritos terrestres, ou, quando de extraterrestres, dos mundos inferiores como a Terra, que não têm nada para ensinar aos homens, posto compartilharem do mesmo atraso de desenvolvimento, sendo, ao final, esquecidos.

Mas eu sabia que um jeito teria que ser dado, então, lembrei-me de Mutrilo, um ultradesgenetizado, que nasceria em forma humana.

Mutrilo está encarnando por diversos mundos, inclusive encarnou no nosso, o 6º planeta de Antares, onde realizou seu trabalho, avisando que encarnaria em forma humana, na Terra, como fora designado pelo Deus Único. Agora era a hora de se provar o que foi dito em Antares, tornando-se o primeiro humano a punir ETs no Sistema Solar e eu Djiroto, lutando a seu lado.

Da minha espécie, somos 103 extraterrestres que morremos e ficamos presos na Terra 88 bons e o restante, logicamente, maus. Saímos todos a vagar pela Terra em busca de pessoas que tivessem afinidades conosco e eu, especificamente, buscava Mutrilo. O que queremos é que ele nos ajude, a todos, no trabalho, ou que arrume os demais 87 paranormais intergalácticos para serem instrumentos entre nós e os homens, a fim de ajudar pessoas abduzidas pelo mundo todo.

Finalmente, seis anos depois da minha morte, nasceu Mutrilo no Brasil.

Eu, Djiroto, fui um dos primeiros a chegar. Mesmo sabendo que teria que esperar por três décadas até que Mutrilo cumprisse sua parte de vida, seguindo as leis terrestres e universais: nascer e viver como homem, depois prestar os serviços tendo a consciência plena ultradesgenetizada, perdê-la, viver mais um pouco e morrer como homem, tentei, na medida do possível, apressar as coisas e até mesmo acabei criando alguns problemas em sua infância.

CHOQUES CULTURAIS COM OS ESPÍRITOS DA TERRA

Somente depois que ele completou 18 anos é que consegui, realmente, usar de sua fluição ultradesgenetizada e comunicar-me com o mundo exterior. Queria comunicar-me com os espíritos dos homens, tornando-me visível a eles.

Foi uma situação complicada, problemática; houve reações inesperadas, por parte desses espíritos.

Confundido com um paranormal da Terra, ele foi levado para um centro de Umbanda, uma bela religião que trabalha com os espíritos terrestres mais rudimentares.

Invisível a tais entidades, fiquei observando o que se passava. Fizeram-no incorporar uma entidade local, um caboclo, num terreiro lotado de espíritos dessa natureza. Ele também começou a trabalhar na "mesa branca", onde vários paranormais são dispostos ao redor de uma mesa para incorporarem entidades diversas.

Resolvi manifestar-me, primeiramente, no terreiro. Após cantarem o ponto, a fim de chamarem a entidade da Terra para a incorporação, vi ali uma deixa para aparecer. Usando da fluição de Mutrilo, que de nada ainda tinha consciência naquela época, tornei-me visível àqueles espíritos humanos. O caboclo olhou para mim, tentou conversar comigo pelo processo da fala humana (sim, mesmo mortos tais espíritos se comunicam pela fala) e eu lhe respondi telepaticamente, falando dentro dele, criando um choque cultural. Então ele diagnosticou para Mutrilo, na sua linguagem cabocla, falando um português rudimentar.

"É um hominho pequeno que fala trapaiado. É bom, tem poder de cura, é de outra linha que num é a nossa, por isso eu não entendo o que ele fala. Pode ser do oriente, pode ser um hindu. Agora vamos fazer ele incorporar em você."

Confesso que agora eu é que fui surpreendido pelo choque cultural. Juntou um monte de espíritos, incorporados e não, em volta de mim e Mutrilo. Usando do poder visual que deixei terem sobre mim, me prenderam e não deixaram que eu escapasse, e quiseram enfiar-me no corpo dele, um despropósito. Nós, ETs do universo mediano, não podemos incorporar em um corpo humano, que é do universo inferior, pois lhe causamos danos muito sérios. O que podemos fazer é influenciar telepaticamente ou, quando muito, somente tomar algum membro ou parte do corpo, nunca total. Eu hoje escrevo pelas mãos de Mutrilo, apenas usando do pulso para a mão, e com muita dificuldade, pois nossas mãos materiais são diferentes, sua forma humana tem um dedo a mais, que me atrapalha, eu não sei coordenar direito. Portanto não existe incorporação total como a prática mediúnica até hoje conhecida na Terra.

Mas não tinha jeito, e o coitado do Mutrilo sentiu em carne e osso as diferenças entre o corpo físico de um ET e de um humano. No primeiro instante, ele se curvou. É lógico, um ser pequeno, de outra constituição física e energética, adequando-se a um corpo maior. Não é o mesmo caso em que paranormais adultos incorporam espíritos de criancinhas. Nesse caso, há uma adaptação energética dentro da mesma espécie. Mas a minha experiência foi horrível. A dor, principalmente nas costelas dele e no meu corpo energético. Aquelas se contraíram, e sua cabeça ficou a um metro do solo, naquele corpo envergado. Eu me esticava o quanto podia, para evitar um dano sério em Mutrilo e em mim mesmo. Por fim, se contentaram e me soltaram, eu aproveitei para sumir dali; mas deu tempo para ver eles dizerem a Mutrilo.

— "Você viu, sentiu ele; para melhorar, você precisa de Erva do Oriente."

Um Preto-Velho mais consciente, respondendo às perguntas de Mutrilo, lhe segredou: "Essa entidade é de outro giradô".

Nunca mais me tornei visível acompanhando Mutrilo em terreiro de umbanda. Mas eu não podia desistir; faria minha tentativa de outra forma, dessa vez na mesa branca.

Havia um monte de entidades em volta da mesa; todos os médiuns incorporados, menos Mutrilo. Por fim, cheguei e comecei a induzi-lo a mover suas mãos, fazendo um círculo na mesa, representando a porta dimensional e a dizer palavras, fazendo com que sua fala saísse involuntariamente. Mutrilo não completou o círculo. Um espírito caboclo, por instinto, disse para ele completar o círculo. Conversei com todos e me apresentei como realmente sou.

Uma entidade poliglota, que gostava de ficar a maior parte do tempo falando francês, língua da sua penúltima encarnação, dialogou bastante comigo (em português), me tratou bem, do mesmo modo que o caboclo.

Naquela noite, depois que Mutrilo deixou os trabalhos, chegando em casa e indo dormir, foi agredido por alguns espíritos maus, exus, os quais, fisicamente, apertaram-lhe os testículos. Então, entrei em defesa de Mutrilo, expulsando-os e causando-lhes dor equivalente. Agora, eu tinha que fazer papel de guarda-costas dele, a fim de livrá-lo daquelas dificuldades com os espíritos da Terra.

Mutrilo relatou os problemas para os dirigentes do centro e eles lhe disseram que tudo era assim mesmo. Em outra oportunidade, alguém lhe aconselhou em segredo: "Peça para essa sua entidade extraterrestre disfarçar-se em forma humana quando aqui vier. Ela pode trabalhar sem causar problemas. Ela pode vir sob a forma de um Preto-Velho e nem será notada, já que espíritos podem plasmar a forma que quiserem".

Esse foi um erro que alguns paranormais intergalácticos e espíritos alienígenas cometeram, falhando em suas missões.

Por fim, Mutrilo saiu da Umbanda; quando percebi que ele já não tinha mais problemas, afastei-me, certo de que ainda não era hora, teria que esperar o começo oficial da Era de Aquário para os humanos, para alguns, janeiro de 1996, para outros, após a conjunção dos planetas Júpiter, Urano e Netuno, no início de 1997.

Quando reencontrei Mutrilo, dez anos mais tarde, ele estava no Espiritismo, já que as entidades da Terra não lhe davam paz. Encontrei um homem atormentado, que não entendia direito o que estava acontecendo. Não parecia que, tão logo, ele estaria com sua consciência plena de volta. Estava irreconhecível. Vi que ele teve momentos em sua vida em que teve a consciência plena despertada, às vezes por questão de necessidade, para afugentar alguns extraterrestres maus que lhe assediaram, outras por experiências próprias, mas sempre ela tinha que lhe ser tirada, porque ainda não era tempo.

Ele já estava há mais de dois anos indo ao centro, apenas estudando teorias, já desistindo do curso, quando teve sua chance de participar dos trabalhos paranormais.

Dessa vez para dar-lhe certeza de quem eu era, aproximei-me dele desde o seu primeiro trabalho, não deixando nenhuma entidade terrestre chegar perto dele e não pronunciando nenhuma palavra. O que eu queria era ser reconhecido por alguma entidade terrestre, para que ele, Mutrilo, confiasse em mim. Várias e várias sessões e eu, ignorado por aquelas entidades, até que decidi agir. Um espírito bem atrasado, sofredor, já estava se despedindo, quando resolvi interferir em seu caminho. Ele deu gritos, perguntando a todos quem era aquele "de verde", quem era aquele "homem verde" que "parecia uma árvore", que lhe causava formigamentos e lhe assoprava. Confesso que fiquei feliz em ser reconhecido, e achei engraçado o fato de chamar-me de verde. Uma curiosidade é que os espíritos assim me veem, enquanto os paranormais videntes me enxergam como uma forte Luz. Mas, naquele momento, Mutrilo teve uma reação sinestésica: não sabia se ficava feliz ou triste; de uma coisa ele tinha certeza, esse fenômeno, bom ou mau, era sinônimo de problemas.

Com o tempo, o pessoal do centro foi se familiarizando comigo, embora eu tivesse dificuldades em comunicar-me, porque não podia incorporar do mesmo modo que as entidades terrestres. Pedi uma caneta, e a letra, na verdade, rabiscos, eram ininteligíveis.

Tal situação criou uma série de debates entre os paranormais e dirigentes do centro kardecista. Uns achavam que eu era um obsessor, que estava atrapalhando a vida de Mutrilo, causando-lhe prejuízo, apenas querendo zombar dele. Outros não, que eu era o espírito de um extraterrestre de verdade. Daí contestavam que todos os espíritos são extraterrestres e que podem migrar de mundo para mundo (já expliquei isso nos três níveis do universo). Chegaram à seguinte conclusão: se eu fosse um obsessor, seria afastado; se eu fosse um ET de verdade, também seria afastado, posto que nosso mundo (Terra) ainda não estava pronto para tais tipos de comunicação. Tal atitude criou protestos de alguns paranormais que queriam me ouvir.

Mutrilo procurou por vários centros espíritas, obtendo diversas respostas: para uns eu era verdadeiro, porém tinha que ir embora sem deixar minha mensagem; para outros, eu era um obsessor dos tempos da umbanda, um ser mal, perverso. Quem chegou a essa conclusão foi o espírito de um padre que, ao ver uma roda de estrelas (passagem dimensional que lhe mostrei), chegou à conclusão de que aquele círculo, estrelas girando, rodas dentro de rodas, na verdade, dimensões dentro de dimensões, era um despacho de umbanda, não passavam de velas deitadas, postas em círculo, um trabalho feito pelos seus inimigos espirituais para atrapalhar a vida. De nada adiantava eu ou o próprio Mutrilo explicar que o que os espíritos alienígenas querem é ajudar as pessoas que sofrem abduções, consolá-las e punir aqueles ETs que as praticam de forma ilegal. Todos os espíritos terrestres diziam que essas coisas não existem, que abdução não existe, que quem diz isso está é com obsessão.

Um dia Mutrilo retrucou: "vocês estão certos; têm gente que não acredita também em vocês, que é impossível para uma pessoa incorporar, um morto, o espírito do homem que já morreu – que quem faz isso é louco, precisa de internação em sanatório mental. O meu caso é semelhante, só que os meus mortos são diferentes dos de vocês". E, assim, Mutrilo passou por alguns centros até tirar suas próprias conclusões, exigindo que eu deixasse conhecimentos sérios nas obras, não permitindo somente expor uma biografia. Agora, praticamente com a consciência plena, Mutrilo realmente não nos decepcionou.

Como já disse, da minha espécie são 88 extraterrestres desencarnados na Terra, voltados para o Bem, precisamos ajudar aqueles que sofrem com alienígenas e transmitir nossos conhecimentos. Após encontrar vários abduzidos e resolver seus problemas, além de outros paranormais intergalácticos, vencidos pelos espíritos da Terra, ajudando-lhes no desenvolvimento, fazendo com que seus ETs falem, Mutrilo resolveu fazer sua parte, não nos decepcionando.

Hoje eu, Djiroto, sou o general que comanda o exército da Paz contra extraterrestres que praticam abusos na Terra ou abduções ilegais nos humanos. Todas as ações alienígenas no Sistema Solar têm que ter minha aprovação, enquanto Mutrilo, mesmo encarnado sob forma humana, assim como todos os paranormais intergalácticos, tem o pleno poder de punir pessoalmente a todos extraterrestres, de todas as espécies, como será narrado em prática no decorrer da Enciclopédia dos ETs.

Eu, Djiroto, ao final, procuro, dentro dos sagrados moldes, deixar os ensinamentos de abduções legais, ilegais e de como raciocinar na dodedimensão.

Agora seguirão os ensinamentos de Côrner.

DEPOIMENTO DE UMA EXTRATERRRESTRE QUE MORREU EM EXPERIÊNCIAS REPRODUTIVAS NA TERRA. (CÔMER E MUTRILO)

Minha experiência era verificar a possibilidade de reprodução de nossa espécie verde no planeta Terra.

São tantos os abduzidos, mas não sei se os humanos já notaram que, nessa situação, somente veem extraterrestres adultos, ou, quando têm contato com nossas crianças, estas não estão no planeta Terra, nem mesmo no Sistema Solar. Quando pequenos, não podemos nos desenvolver por aqui, justamente pela situação física espacial em uma das regiões onde não é possível o desenvolvimento telepático infantil.

É uma região puramente tridimensional o Sistema Solar.

O próprio Djiroto, que nasceu em Antares, em 1838 (ano equivalente ao tempo terrestre), veio para a base de Marte somente em 1922, para, posteriormente, vir para a base terrestre em 1939 e aqui morrer em 1961.

Por isso é que a maioria de nós somente pode chegar à Terra quando já é bem adulto, mais para velho, nunca jovem ou criança. As nossas experiências, bem como a de outras espécies, quando se refere à reprodução, são muito arriscadas, principalmente quando a parte feminina é alienígena.

No meu caso, eu estava gerando um filho de origem puramente extraterrestre – concebido em Antares, vim, voluntariamente, verificar aqui na nossa base terrestre, as reações do feto (que carregava em meu ventre) ao magnetismo ou inconsciente coletivo terrestre.

Eu, Cômer, nasci em Antares no ano de 1927 (equivalente ao tempo terrestre), dediquei-me ao estudo genético dos seres e fui escolhida entre várias voluntárias para a pesquisa reprodutiva aqui na Terra. O pai escolhido entre vários voluntários foi Carnislo, também da mesma formação. Calculamos como data ideal o mês de dezembro de 1980 para eu engravidar, em ato de copulação sexual, nos moldes da Terra, mas realizando em Antares. Nosso período de gestação dentro do útero materno leva oito meses, mas se o feto se desenvolve em útero artificial, cinco meses.

Eu passaria apenas a terceira e a quarta semanas de gestação na nossa base terrestre, um período calculado como sendo altamente seguro; depois, retornaria a Antares, para retirá-lo e colocá-lo no ventre artificial.

A passagem de um ano para outro, de certa forma, diminui a vigilância do Magnetismo Terrestre, e o que reforçava minha certeza é o fato de que nós conseguimos manipular o inconsciente coletivo terrestre, obtendo, dessa maneira, alguns resultados práticos, como Salo explicitará mais adiante.

O meu objetivo era fazer o inconsciente coletivo acreditar que eu era humana, tornar-me o mais possível humana para ele, para que eu conseguisse naquele curto período de tempo permanecer aqui, sem causar o menor prejuízo ao meu filho, sem danificar seu desenvolvimento cerebral, por isso mantinha-o dentro de meu ventre, em vez do conforto de um artificial.

Mas ocorreu algo imprevisto. Da minha parte, tudo bem, eu consegui enganá-lo a princípio, porém quem surpreendeu foi a vida que estava surgindo dentro de mim. Meu filho não conseguiu ter o mesmo sucesso e, por isso, a reação do Inconsciente Coletivo, quando percebeu sua telepatia intrauterina, foi tão forte que não matou somente a ele, mas a mim também.

A nossa morte não foi provocada por um erro de cálculo. Foi uma espécie de metamorfose que ocorreu com o feto, antecipando-lhe o desenvolvimento cerebral, talvez por interferência do tempo na Terra, que é diferente de Antares: aqui o tempo corre mais rápido. Tudo foi levado em conta e calculamos que o prazo para minha saída daqui seria um pouco menor do que o mesmo prazo quando os cruzamentos interespécies são feitos entre híbridos ou entre nossos extraterrestres e humanos. No caso da mulher humana engravidada por um ET, existe um prazo fatal para que o feto seja retirado do ventre da mãe, da Terra e do Sistema Solar, senão o desenvolvimento telepático fica perdido. Assim como no caso contrário, tudo é da mesma forma, quando o pai é um homem e a mulher, uma extraterrestre da nossa espécie ou híbrida. Devemos ressaltar que híbridos são produto do cruzamento extraterrestre-homem, ou qualquer um deles com outras espécies diferentes. Os híbridos são um caso à parte; estamos estudando-os a fundo e ainda não chegamos a uma conclusão plausível, posto que praticamente todos são estéreis ou, quando dão à luz, são seres muito mutantes, que logo morrem, assim como já a própria maioria híbrida.

A experiência de trazer uma criança alienígena, nascida no seu devido lugar de origem (Antares, por exemplo) para ser criada na Terra também é infrutífera, pois, ao chegar aqui, o Magnetismo Terrestre impede que esta desenvolva suas capacidades, inclusive definhando o que ela já tem. Se a criança já domina a telepatia, ela sofrerá uma reação do inconsciente coletivo que danificará esse seu processo, fazendo com que a mesma use somente sua inteligência tridimensional, assim como um homem. Ela se nivela com o homem e não tem como ultrapassar este estágio, posto que obedece às leis naturais da Terra, inclusive seu metabolismo corporal, o efeito do tempo, tudo fica igual ao homem. Consequentemente, do ponto de vista alienígena, ela fica com seus raciocínios dodedimensionais prejudicados, perdendo a capacidade comunicativa telepática.

Por isso, nossas crianças jamais são vistas na Terra.

Minha morte foi um exemplo prático de como funciona a fase de execução do Magnetismo. Para segurança dos demais cientistas, eu sempre andava só, posto que era tida como uma bomba ambulante. Naquele dia, quando ia sair com a nave para dar uma volta por perto da base, esta inexplicavelmente explodiu, matando a mim e a meu filho, um típico acidente provocado pelo Magnetismo Terrestre.

Como consequência da lei imposta pelos ultradesgenetizados para acabar com a guerra, fiquei presa aqui, somente podendo sair após cumprir pena temporal de espera e deixar meu ensinamento.

O que eu tenho a ensinar e exemplificar é ligado ao próprio processo que levou à morte de meu corpo material, algo que, de certa forma, violei.

A INTELIGÊNCIA BIOLÓGICA ARTIFICIAL E A LEI DAS CONTENÇÕES E DAS FRONTEIRAS DAS INTELIGÊNCIAS E DAS ESPÉCIES

Hoje (1998) um ET não pode desenvolver-se na Terra, nem mesmo passar da fase fetal por aqui, posto ser para todos nós, de todas as espécies consideradas extraterrestres, impossível tal prática, pois pagamos com nossas próprias vidas materiais tal tentativa.

Somente os ultradesgenetizados, seres que dominam a tecnologia de ponta do universo, é que podem entrar e sair de qualquer mundo, inclusive o nosso (dos ETs) e realizarem todas as experiências que quiserem.

Aqui na Terra realizam tal experiência com sucesso, utilizando-se de uma forma artificial de inteligência criada por eles denominada *"Projeto Homo Quadriens"*, a criação de um ser que tem a inteligência artificial (quadrimensional) intermediária entre a do homem (tridimensional) e a dos extraterrestres (dodedimensional), podendo determinar, com precisão, como e quando será possível um ET nascer e viver na Terra. Na verdade, tal ser que tem a inteligência quadrimensional é um próprio ultradesgenetizado que, encarnado voluntariamente, é monitorado tecnologicamente por outros (só eles são ao mesmo tempo cobaias e cientistas, e com toda segurança).

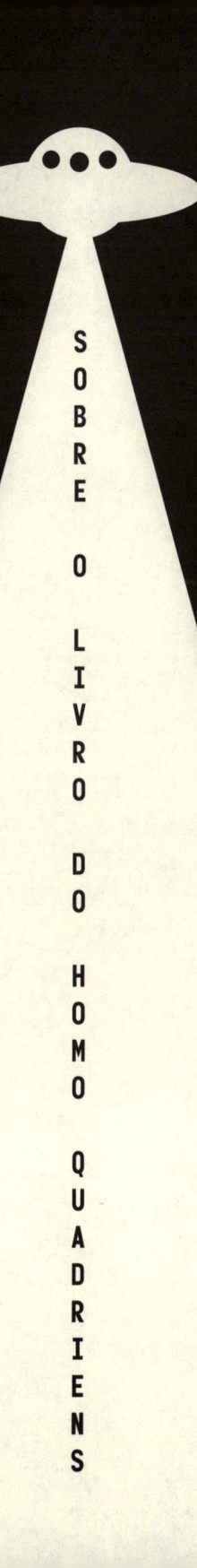

SOBRE O LIVRO DO HOMO QUADRIENS

SOBRE O LIVRO
DO HOMO QUADRIENS

HOMO QUADRIENS, SEGUNDO MUTRILO, COM COMENTÁRIOS DE CÔMER

COMPARAÇÕES ENTRE ULTRADESGENETIZADOS E EXTRATERRESTRES

Somente os ultradesgenetizados, seres de energia pura, são capazes de entrar (encarnar) em todos os mundos e sair deles, dando ao final, o melhor estudo e opiniões sobre o magnetismo de todas as regiões do espaço. Por isso também são chamados de "Entreiros" por algumas espécies extraterrestres que os conhecem. A técnica usada para nascer na Terra e ter condições de viver testando os limites do Magnetismo Terrestre, usada no depoimento a seguir, consistiu em fazer com que aquele recém-encarnado desenvolvesse uma inteligência intermediária entre o homem e o ET uma inteligência artificial, entre a tridimensional (humana) e a dodedimensional (extraterrestre). Os ultradesgenetizados chamaram-na de inteligência quadrimensional, que, por sua vez, dá origem a um ser artificial chamado *Homo Quadriens*.

Nós, de todas as espécies extraterrestres do nível intermediário do universo, conseguimos clonar homens, plantas, fazer experiências genéticas de todas as maneiras, mas não dominamos tal técnica de encarnar entre os homens, tendo, durante a infância, uma inteligência intermediária e artificial.

Os depoimentos desta obra foram fornecidos a nós, diretamente, pelos ultradesgenetizados, os quais monitoraram, telepaticamente, o *Entreiro-Homo Quadriens* (ultradesgenetizado encarnado), no período da adolescência inconsciente, a escrever suas impressões, as quais foram apresentadas com detalhes.

APÊNDICE AO FINAL DO LIVRO DO HOMO QUADRIENS - INFÂNCIA LEI DAS CONTENÇÕES E DAS FRONTEIRAS DAS INTELIGÊNCIAS - SEGUNDO CÔMER

Ao final da obra *Homo Quadriens*, o Entreiro faz uma análise tipo científica do assunto. Ao mesmo tempo, é o início da LEI DAS CONTENÇÕES.

Transcrevendo-a, a seguir, nos dá suporte para, nos moldes do Espírito Santo, podermos apresentá-la aos Humanos.

UM TOQUE DE CIÊNCIA SEGUNDO O ENTREIRO, COM A CONSCIÊNCIA DE HOMO QUADRIENS

Agora, comentando o final da parte do livro *Homo Quadriens* (no qual narrei minha infância), vou dar uma pincelada mais profunda, tentando apresentar o *Homo Quadriens*: de uma maneira simples e, ao mesmo tempo, científica.

Hoje, no nosso planeta, está surgindo a primeira inteligência escalar com uso da Endopatia.

O que é Inteligência Escalar? O que é Endopatia?

Para respondermos a tais perguntas, devemos conhecer alguns conceitos básicos; caso contrário, poderemos cometer graves erros de interpretação ou entendimento pelo simples desconhecimento dos mesmos.

- **ORDEM DE GRAU:** já dissemos que, quando o *Homo Sapiens* surgiu perante seu antecessor, sua nova forma de inteligência foi repudiada pelo I.C. dominante da época, devido à diferença de grau das inteligências. Nesse caso, a diferença foi de ordem de grau por se tratar de diferenças entre inteligências de aproveitamento cerebral ainda nos limites da mesma dimensão, na terceira. Suponhamos, por exemplo, que o *Homo Sapiens* com aproveitamento de dez por cento surgiu perante seu antecessor que aproveitava somente cinco por cento do seu cérebro. Naturalmente, a diferença a mais de aproveitamento causou reações do I.C. dominante da época. Portanto a reação de ordem de grau se dá quando ocorre dentro de uma única dimensão, no exemplo dentro da terceira exclusivamente.

- **ORDEM DE ESCALA:** trata-se da reação do I.C. que se dá entre inteligências que aproveitam dimensões diferentes. É o caso do *Homo Quadriens* surgindo diante do *Homo Sapiens*.

- **INTELIGÊNCIAS ESCALARES:** as inteligências se tornam escalares à medida que apresentam estruturas cerebrais que as conduzam a dimensões diferentes. Cada inteligência escalar enxerga o universo com suas peculiaridades, utilizando o espaço e o tempo de acordo com que sua mente permita, construindo tecnologia, utilizando os elementos da Natureza, de acordo com seu grau escalar de desenvolvimento. Portanto ENTRE INTELIGÊNCIAS ESCALARES: REALIDADE, MASSA, ESPAÇO E TEMPO ESCALARES.

Essa é a Lei das Inteligências Escalares, que aos poucos ilustraremos no transcorrer da obra.

- **ENDOPATIA:** a endopatia é o que torna as inteligências do *Homo Sapiens* e *Homo Quadriens* escalares entre si, por sua presença neste e ausência naquele (definição completa no final desta parte).

Com estes conhecimentos, já podemos partir para um estudo da estrutura cerebral do HQ, em que conheceremos mais profundamente a endopatia.

A ESTRUTURA CEREBRAL DO HQ E A ENDOPATIA

O *Homo Sapiens* utiliza somente dez por cento do seu potencial cerebral, mais precisamente a parte do raciocínio tridimensional, enquanto o *Homo Quadriens*, vinte por cento, possuindo, assim, uma estrutura caracteristicamente quadrimensional, por isso podemos chamá-lo de cérebro quadrimensional.

Tal cérebro pode:

a. **"raciocinar"**: utilizar somente sua estrutura tridimensional;

b. **"birraciocinar"**: estudar determinado assunto, um mesmo problema, do ponto de vista de ambas dimensões ao mesmo tempo, simultaneamente, terceira e quarta dimensões;

c. **"duplo-racionalizar"**: fazer dois raciocínios distintos e simultâneos, tanto no tempo quanto no espaço;

d. **"quadri-raciocinar"**: utilizar somente a estrutura quadrimensional.

O conceito "birraciocinar" pode, literalmente, ser traduzido como "raciocinar duas vezes", e "duplo-raciocinar", de maneira idêntica. Na verdade, o primeiro equivale a muito mais que esta tradução, e o segundo, idem.

A "birracionalização" emprega, na prática, o "raciocínio tridimensional", o "quadrimensional" e a "endopatia" (que é a comunicação interna da mente, entre estes dois tipos de raciocínios). Levando-se em conta, todos estes fatores, temos:

a. **1º raciocínio** – "tridimensional";

b. **2º raciocínio** – "quadrimensional";

c. **3º raciocínio** – "endopático de tradução da 4ª para 3ª dimensão";

d. 4° raciocínio – "endopático de tradução da 3ª para 4ª dimensão";

e. 5° raciocínio – "endopático de conclusão".

Portanto "birracionalizar" equivale a raciocinar pelo menos cinco vezes.

PECULIARIDADES QUADRIENS

Uma particularidade desse novo aproveitamento cerebral é que a estrutura quadrimensional pode deslocar-se da tridimensional, pois não está colada a esta, estando, porém, ligadas uma a outra endopaticamente.

Para ser mais claro, diferenciarei TELEPATIA E ENDOPATIA:

- **TELEPATIA:** processo de transmissão de pensamentos entre seres distintos;
- **ENDOPATIA:** processo de transmissão ou complementação de pensamentos entre os diversos níveis cerebrais de um mesmo ser (único ser). O *Homo Quadriens*, quando "birracionaliza", está em processo de endopatização. ENDOPATIZAÇÃO, por sua vez, é a tradução interdimensional dos pensamentos de um mesmo ser, entre seus diversos níveis cerebrais.

Portanto a relação entre ENDOPATIA E TELEPATIA é que a primeira antecede a segunda, pois não há telepatia sem a prévia existência da endopatia, mas há endopatia sem telepatia. A qualidade da endopatia interfere diretamente na qualidade da telepatia. * Veja no glossário mais esclarecimentos.

A independência da estrutura quadrimensional da tridimensional é garantida, por aquela atingir o tempo e o espaço da quarta dimensão, ou seja, conjuntamente o "TEMPUS QUADRIENS" e o "ESPAÇUS QUADRIENS", o que permite o deslocamento da primeira, e uma consequente expansão do raciocínio de incalculável valor;

- **TEMPUS QUADRIENS:** é o tempo da quarta dimensão. O HQ atualmente pode utilizar uma faixa deste tempo, que é limitada pelos efeitos reativos do I.C. (surgimento do HS perante seu antecessor e barreira 2000), verdadeiros turbilhões psíquicos do nosso planeta. É um tempo independente da tridimensionalidade (presente-passado-futuro). Funciona como um tempo paralelo, intermediário, de ligação, fugindo dessa linearidade tridimensional, formando uma espiral, não sujeito às regras tridimensionais, podendo acessar livremente presente-passado-futuro;

- **ESPAÇUS QUADRIENS:** na quadrimensionalidade, um mesmo indivíduo pode estar em dois ou mais lugares ao mesmo tempo, a consciência pode ocupar dois espaços distintos;

- **MASSA QUADRIENS:** (ver ensinamento de Djiroto – gravação telepática). Lembremos da Lei das Inteligências Escalares: "Entre Inteligências Escalares: realidade, massa, espaço e tempo escalares".
Por isso, para o HQ o *Tempus Quadriens* faz parte de sua realidade e é dinâmico, enquanto que para o HS é estático ou inexistente; daí as realidades serem escalares entre essas duas inteligências, valendo, neste caso, a lei mencionada.

EFEITO "QUADRIENS" NO CORPO TRIDIMENSIONAL

A utilização demasiada da parte quadrimensional do cérebro, pode acarretar mutações no corpo tridimensional (físico) do indivíduo, tornando sua imagem distinta da do *Homo Sapiens*. Existe um limite de utilização desta peculiaridade, que, se o indivíduo respeitar, conservará seu corpo com a forma *Sapiens*. O crânio é a parte visível que mais tende a se mutar.

RESUMO DOS EFEITOS DO INCONSCIENTE COLETIVO

Lembramos que são tais efeitos que delimitam a faixa temporal quadrimensional que pode ser usufruída pelo HQ. A origem desse turbilhão psíquico foi o surgimento do HS perante seu antecessor, fazendo com que o I.C. que dominava nosso planeta em tal época reagisse contra a nova forma de pensamento que estava surgindo. Foi o choque de ordem de escala já mencionada. Sabemos que a História é um eterno ciclo que se repete de tempos em tempos.

A reação naquela época era bem distinta da que ocorre hoje: o mundo era mais rude, não civilizado; tais efeitos, além de apropriados para os novos cérebros tridimensionais, eram fiéis retratos de sua época. Registros desses efeitos existem na literatura universal, Odisseia, a Lenda de São Jorge etc.

O final da faixa vem com a proximidade do ano 2000 conforme já vimos, pois o HS inconscientemente acredita no fim do mundo por volta dessa data, o que faz o Inconsciente Coletivo do planeta entrar em parafuso, sentir-se, metaforicamente, como um velho moribundo que espera pela morte próxima.

Porém o efeito reativo que impera ainda hoje é apropriado para atrofiar um cérebro *quadriens* com torturas psíquicas e abstratas.

Quando o pequeno *Homo Quadriens* nasce em nosso planeta, ele se depara com um mundo civilizado, com um Inconsciente Coletivo extremamente racional-tridimensional-conservador, o qual estranha aqueles pensamentos quadrimensionais.

Sem ter consciência do que ocorre, o pequeno bebê encontrará os seguintes perigos:

a) Vai ter contato com o mundo da quarta dimensão que ainda não foi civilizado, não recebendo dele nenhum estímulo, podendo entrar em depressão.

A fim de inibir estímulos que desenvolvam o bebê, o I.C. não permite que numa mesma família ou numa mesma casa convivam dois paranormais. Quando um pai paranormal tem um filho também assim, um deles terá que morrer. São inúmeros os casos de um paranormal ter que morrer para que o outro viva que eu presenciei. Somente são permitidos dois paranormais juntos na mesma família quando um deles já está inteiramente dominado pelo I.C.; mesmo assim, sendo um paranormal de faculdades limitadíssimas. Por isso não há registros até hoje, às portas do ano 2000, de na Terra ter vivido um casal paranormal em que os dois tivessem grande potencial. A imposição que o I.C. faz aos paranormais é a de terem que viver sozinhos e incompreendidos, sem poderem nem mesmo se casarem entre si, pois, do contrário, criariam uma superespécie.

b) Vai sofrer os efeitos reativos do I.C. em experiências traumatizantes

E assim, sucessivamente, a criança vai sofrendo com o I.C., devendo ser, futuramente, filiada a este mundo intermediário, entre a terceira e a quarta dimensões, sendo um joguete do próprio I.C. Caso contrário, sofrerá o efeito mais radical, o de execução.

A grande consequência é que, hoje, o homem não usufrui da tecnologia da quarta dimensão ou de uma tecnologia triquadrimensional, porque o I.C. constitui-se na maior barreira entre a terceira e a quarta dimensões, sendo praticamente intransponível.

O CICLO DA LEI DAS CONTENÇÕES SEGUNDO CÔMER

O universo é um constante jogo de influências, quer físicas, quer psíquicas, materiais ou espirituais.

Todos os seres estão sujeitos a tais influências, durante toda sua vida, bem como durante toda a evolução de sua espécie, não tendo como fugir delas.

Nós, extraterrestres antarianos, somos seres feitos de matéria, assim como o homem. Como os demais seres feitos de matéria, partimos todos de um ponto comum.

Pensemos um pouco antes do instante da fecundação do óvulo pelo espermatozoide. Embora o ser já exista, espiritualmente, materialmente, ainda não. A influência que rege essa fase do indivíduo que vai encarnar para a matéria é a primeira de todas, a mineral, que é representada pelos astros aqui no Sistema Solar. Nada mais lógico, posto que um mineral é energia pura, na forma rudimentar: é a primeira energia cósmica, a energia inconsciente, que mais tarde será figurativamente representada pelos Espíritos da natureza, tipo Gnomos, Duendes etc.

Em todas as espécies animais (ou de seres com corpo de massa tridimensional), quando os ovos são formados (praticamente nesse momento), obedecem ao mesmo princípio fecundativo e são quase impossíveis de serem diferenciados à primeira vista. Dessa forma, os ovos de animais irracionais e do Homem têm a mesma forma.

Voltando a nós, Extraterrestres e Terráqueos, estamos nesta situação de partir sempre em caso de novo encarne do ponto zero, desde que nos distanciamos muito da nossa forma original do ESPÍRITO SANTO (relatada parabolicamente na Bíblia pela passagem de Adão e Eva), do nosso próprio Eu-Superior, quando fomos, por vontade do Deus único expulsos de um verdadeiro paraíso, onde éramos verdadeiramente livres, para sermos jogados dentro da terceira dimensão e dentro de um corpo de massa que se deteriora com o tempo.

Tivemos nossas inteligências reduzidas a zero, mais do que isso, animais e vegetais, até mesmo lá embaixo, minerais. Foram trilhões de anos até que as Leis Físicas da Terceira dimensão terrestre, depois de muita resistência, descobrissem que é possível transformar massa em energia. Nós, ETs, procuramos transformar nossos corpos em energia pura.

Essa fase de inteligência zero (corpo de massa dominando cem por cento o corpo energético) até a consciência *Homo Sapiens* chamamos de primeiro ciclo da inteligência.

O segundo ciclo começa quando se adquire a telepatia popular, e quando o objetivo maior é a transformação do corpo físico em energético. SOMENTE A ENERGIA É LIVRE, A MASSA NÃO. Pela própria natureza, facilmente se percebe que, enquanto a matéria tem que obedecer às mais rígidas regras da Física Tridimensional, Dodedimensional etc. para manter-se matéria, a energia não. O homem, nos princípios de seus estudos atinentes à espécie, acreditava que energizando o corpo estaria no caminho certo para o seu auge energético, pois cria na ressurreição do corpo. Então buscava técnicas para energizar chacras para muito além dos limites suportados pelo corpo humano – causando prejuízos aos mesmos, materializar corpos em terceira dimensão a partir do nada etc. Houve um tempo no Magnetismo Terrestre em que tais materializações foram necessárias (tempo de São Jorge, em que o l.C. materializava dragões) para salvar vidas de pessoas, mas hoje, não. Hoje é preciso energizar-se mais o espírito do que o corpo material, devendo-se obedecer aos limites de energização dos chacras, chegando alguns destes (o sexual, por exemplo) ter uma ociosidade de mais de oitenta por cento para dar tranquilidade e equilíbrio ao ser. Entender que as energias devem ser mais direcionadas para o espírito fez o homem começar a entender a reencarnação, ao passo que no pretérito, em que buscavam a energização do corpo e dos seus chacras, acreditava-se na ressurreição.

O que acentua mais o segundo ciclo é o domínio da massa e da tecnologia dodedimensional (ver o ensinamento de Djiroto).

Embora tenham um grande domínio do seu corpo energético livre, os ETs se veem presos a um corpo de massa. Então eles passam a conviver com dois corpos antagônicos ao mesmo tempo. Mesmo quando desencarnados, estão só aparentemente livres da massa, pois a energia fica presa ao estímulo da reencarnação. É pelo fato de o carma ser resgatado em matéria, do encontro com a alma gêmea, que a prisão se faz.

A terceira dimensão é a maior de todas as cadeias, posto ser uma dimensão de aprisionamento. A influência da terceira dimensão é tão grande, que se estende até a décima segunda dimensão. Tal influência faz com que os seres, mesmo dominando tais dimensões, ainda tenham que ter um corpo material tridimensional que morra e nasça. Qualquer deslize fará com que o ser, mesmo já nestas altas dimensões, até mesmo na décima segunda, caia involuntariamente de volta para o centro da terceira dimensão, na sua forma mais radical, retrocedendo em sua evolução. A terceira dimensão é um grande buraco negro que atrai as dimensões à sua volta. Já a partir da décima terceira dimensão, o corpo material dos ETs se torna mais sutil, fugindo da matéria compacta, mas ainda matéria, podendo ser fluídicos, gasosos, plasmáticos, ainda com a característica de corpos que nascem e morrem, não livres da alma gêmea e de outras influências externas.

A grande busca espiritual extraterrestre é a fuga do fator reencarnação (nascer e morrer), do aperfeiçoamento do corpo livre. Somente os ultradesgenetizados é que são realmente livres de tudo, da ação do tempo, do espaço, da matéria, da reencarnação, da alma gêmea, complementando-se diretamente com o Deus único.

E, aos poucos, os ETs vão conseguindo diminuir a influência da massa na sua energia, diluindo a consistência de seus corpos. Nós, de Antares, temos um corpo de massa muito densa, quase igual à massa do homem, diferenciando-se no tamanho, somos muito menores. Já dominamos nosso corpo energético livre, por isso, a tecnologia dodedimensional. Nossa grande busca é diminuir a densidade do nosso corpo físico, fazer com que o mesmo saia dessa solidez. Civilizações mais avançadas que a nossa possuem o corpo material em forma líquida (menos densa que o de massa sólida); algumas, corpo gasoso (muito mais livres); outras, corpo etéreo (mais livres ainda); e assim, sucessivamente, até atingirem o corpo de energia pura.

Dessa maneira, ocorre o final de todos os ciclos, em que no início o ser tinha inteligência zero, com um corpo de massa que domina totalmente o corpo energético livre, até que, ao final, somente o corpo energético livre sobreviva, inexistindo o corpo de massa.

A LEI DAS CONTENÇÕES NA TERRA SEGUNDO CÔMER

Primeiro cria-se o ESPÍRITO SANTO de cada ser, totalmente livre e pleno em conhecimentos. Depois, tal ESPÍRITO SANTO é jogado dentro da matéria tridimensional a fim de retornar ao seu lugar de origem, por seus próprios méritos, seguindo-se todas as leis cármicas, cumprindo todo o ciclo, pois, assim, quer o DEUS ÚNICO.

No início do ciclo da vida material, todas as inteligências partem de um ponto comum, chamado ponto zero, onde a massa subjuga totalmente a energia, onde o ser fica preso em forma de mineral, depois vegetal, animal irracional, animal inteligente etc., por trilhões de anos, pois este tempo não é quase nada, diante da eternidade.

Toda forma de inteligência tende a adquirir sua plenitude, quanto mais longe de um centro de contenção de inteligências.

A lei das contenções é a relação entre espaço, tempo e massa, que delimitam as capacidades de inteligências suportadas pelo magnetismo criado por esta combinação, pelo universo afora, criando vários mundos, tornando-os diferentes entre si.

Assim, por exemplo, em um mundo utópico com massa X, tempo X e espaço X, "pode-se desenvolver uma inteligência X".

Mas mundos com massa Y, tempo Z e espaço J, que tipo de magnetismo pode criar e que tipo de inteligência pode aí se desenvolver?

Os fatores que mais influenciam no magnetismo e consequentemente na inteligência são a massa e o tempo. Várias teorias existem em Antares a respeito do assunto, do tipo: quanto menor a densidade da massa do mundo e quanto maior o tempo (tempo que demora para completar um ciclo), mais propício é o desenvolvimento de uma inteligência plena. Tal teoria ainda precisa ser mais exaustivamente pesquisada, mas uma única certeza existe: os seres mais avançados do universo, os ultradesgenetizados, vivem em mundos feitos de outra massa (a menos densa que existe, praticamente, uma espécie de Luz), que não a tridimensional (tipo da

Terra), e livres da ação do tempo e os corpos deles não têm genes, são luz pura, tão pura que, praticamente, nos é invisível.

Em tal condição, os ultradesgenetizados tornam-se neutros à ação do magnetismo, sendo os únicos seres que podem mapear livremente o universo afora, com suas fronteiras inteligentes e áreas de contenção. As áreas de contenção mais densas se distribuem pelo universo afora em forma de ilhas.

A Terra, o Sistema Solar, a Via Láctea e galáxias vizinhas formam uma ilha destas, inclusive sendo possível a identificação física tridimensional, parecem envoltas em uma massa etérea cósmica, algo confundido com poeira cósmica.

Dentro dessa ilha, sob influência constante, mas em diferentes graus, as inteligências viventes são: intraterrestres, homens e extraterrestres, de centenas de espécies diferentes.

Tal ilha magnética estipula fronteiras entre as inteligências das diferentes espécies ali viventes, de nada adiantando a superioridade de uma sobre a outra.

Assim, por exemplo, um homem que vive num canto desta ilha, uma região mais afastada e de forte magnetismo, está até o presente momento livre da ação colonizadora de ETs mais desenvolvidos que moram em outras partes mais desenvolvidas dessa mesma ilha. E que aqueles, mesmo morando na mesma ilha, não conseguem suportar a pressão magnética da Terra que é mais forte, sendo incapazes de ali se reproduzirem, sem que seus descendentes tenham problemas.

O magnetismo da Terra até hoje e, por enquanto, não dá suporte a uma inteligência maior que a do homem para ali se desenvolver, pois devido à sua alta densidade, não permite, por exemplo, o desenvolvimento da telepatia, que é a chave da inteligência extraterrestre. Mesmo que os ETs matassem todos os homens e viessem a colonizar a Terra, seus descendentes, não tendo como fugir à Lei das Contenções, iriam gradativamente se tornar humanos.

Tudo o que podem fazer é esperar. Eles esperam que a Terra seja transformada pelo próprio homem em sua lenta evolução natural, que a fronteira magnética da Terra seja mudada dentro dessa ilha, pelo próprio movimento natural dos planetas dentro do universo. Sim, com o tempo a Terra sairá desse lugar de influência magnética tridimensional e passará para outro ponto, onde a influência é dodedimensional, dentro da mesma ilha, em que já é permitida a telepatia em nível de fala, sendo que, consequentemente, o homem evolua junto. Daí, lentamente, haverá a integração homem-ETs em igualdade de condições e, consequentemente, a Terra suportará daqui a um considerável período, sem nenhum problema, a procriação alienígena, tudo, é claro, sob supervisão dos ultraterrestres, senhores do universo, que vigiam todas as espécies, a fim de que as mesmas não se destruam mutuamente.

O MAGNETISMO NÃO PODE SER DESTRUÍDO, APENAS CONTIDO

Tal afirmação máxima vale em todos os pontos do universo. É uma complicada evolução natural do magnetismo: o que ocorre é a contenção do superado, pela substituição do novo conceito tolerado.

Um exemplo prático que pode ser levado em conta é o ocorrido dentro do planeta Terra e com a própria espécie humana. No período de formação do planeta, o magnetismo era somente químico, mineral, posto que não havia vida orgânica tridimensional. Por isso é que esta é a primeira e a mais forte influência magnética que todos os seres encarnados têm que suportar: o magnetismo dos astros, sendo reais os conhecimentos da Astrologia.

Quando o espermatozoide vai fecundar o óvulo, a influência magnética que rege esse período de vida de todos os seres é puramente química mineral; em outras palavras, ainda a influência dos astros, agora acrescida das primeiras transformações da Terra. Já na fase do ovo, todos os seres da Terra, irracionais e racionais, estão sob a influência do período de vida aquático da Terra, da mistura da água e do mineral, barro, ainda puramente químico. Superando essa fase, o magnetismo é vegetal, posto que o ser, com poucos dias de vida, apenas vegeta. Nessa fase, é impossível ao homem raciocinar como feto (aproximadamente uma semana de vida), posto que o magnetismo que rege este período da vida do ser o mataria, mas com o tempo será mais contido. Depois, por volta de quase dois meses de idade do feto, vêm as diferenças entre o homem e o animal, ficando registrada a evolução da espécie humana da espécie animal – é nessa fase que o homem acaba de superar o magnetismo animal, passando para a influência magnética contida de seu primeiro antecessor semirracional, do primeiro humanoide.

E assim, a cada semana, vai superando os diversos magnetismos já contidos dentro de sua própria evolução, tendo que obedecer a suas próprias leis que vigoram dentro do útero materno, até sair para o mundo exterior e deparar-se com o magnetismo atual, que permite raciocinar tridimensionalmente, mas jamais telepaticamente.

A diferença entre homens e ETs aparece basicamente na vida intrauterina. Nos úteros das mulheres estão contidos todos os magnetismos da Terra, enquanto que nos úteros das ETs (mesmo quando artificiais) estão contidos todos os magnetismos de sua espécie. A diferença fundamental é que um feto alienígena supera, em menos tempo, as fases do feto humano, desenvolvendo, ainda intrauterinamente, a telepatia sensitiva com a mãe, que não é permitida ainda no útero da mulher. Um feto humano é imediatamente executado se desenvolver a telepatia dentro do útero materno. A contenção intrauterina a ser feita ainda é muito grande.

Devemos ressaltar que as faculdades sensitivas que o feto humano possui a partir dos dois meses até sair do útero, até pode ser considerada um tipo rudimentar de telepatia, desenvolvida entre feto e mãe, não tendo como suporte a fala, mas, sim, apenas sensações que podem ser traduzidas por ambas as partes e, às vezes, até pelo pai. A diferença é que a partir dos três meses de idade o feto alienígena (antarianos de primeira escala) desenvolve a telepatia comunicativa, podendo inclusive adquirir conhecimentos do mundo externo, tendo já superado resumidamente (em três semanas) todas as fases que o feto humano leva nove meses para superar. Ao desenvolver a telepatia, o feto alienígena comunica-se com sua mãe, que está sujeita ao magnetismo exterior, sendo, portanto, percebido pelo mesmo magnetismo exterior. Tal comunicação se feita na Terra mata o filho e a mãe, posto que o magnetismo exterior da Terra não permite tal prática, matando mãe e filho. Por isso é que na Terra, o Homem tem *"flashes"* de telepatia, não dominando o dom integral da mesma. Devido à rapidez de tal *"flash"*, não há tempo de o I.C. interferir; em compensação, a comunicação é de difícil decodificação.

O que o feto humano pode fazer, depois de dois meses de idade, posto que já está na fase do seu primeiro ser evolutivo inteligente a partir do animal, é ter a consciência do que ocorre com sua mãe e com o mundo exterior, mas age passivamente, não comunicando nada com sua genitora, sabendo se é querido ou não.

Devido aos fatores telepáticos, os fetos alienígenas têm que ser retirados da Terra no seu devido tempo; depois, do sistema solar, sendo levados para sistemas longínquos para não terem o desenvolvimento mental prejudicado.

Na Terra, em sua evolução, ocorrerá primeiramente o desenvolvimento telepático extrauterino e, muito tempo depois (após milhões de mortes de fetos até a devida contenção), será possível a telepatia dentro do útero materno humano. Então o homem já não será como é hoje, em todos os sentidos.

Na verdade, as ilhas magnéticas que se distribuem pelo universo estabelecendo fronteiras inteligentes entre as espécies são uma reprodução macroscópica de grandes úteros maternos, onde podemos vislumbrar mais nitidamente as diversas fronteiras dos diversos magnetismos contidos.

AS DIVERSAS TÉCNICAS USADAS PARA O ESTUDO DO MAGNETISMO

Criado pelo Deus único, o magnetismo é objeto de estudo de todas as espécies alienígenas, posto que a crença unânime é a de que a espécie que domine o magnetismo domine o universo.

Somente os ultradesgenetizados (seres angelicais) conseguem trabalhar satisfatoriamente com o magnetismo, estudar todos os mundos e ter o retorno garantido, como narrado na história do Entreiro, devendo obedecer aos princípios magnéticos de cada região do espaço, nada podendo alterar do mesmo, senão recebem severa punição (o exemplo ainda será narrado).

Os extraterrestres usam das seguintes técnicas para estudos do magnetismo na Terra:

a. Usando da tecnologia dodedimensional, projetando-se para fora de seus corpos, ou quando desencarnados em seus mundos, estando puramente em forma dodedimensional, livre, eles podem dar vida a um recém-nascido morto, adentrando o corpo deste ser. O perigo é que o ser não tem o retorno garantido ao seu mundo de origem, posto que, dependendo das ações que fez com o corpo humano, terá que ficar reencarnado na Terra do mesmo modo ou até mesmo nascendo como homem, até zerar suas dívidas cármicas para poder voltar ao seu mundo de origem. São milhares os extraterrestres que estão presos na Terra nessas condições. Os mesmos somente são libertados em períodos de mudanças profundas no Magnetismo Terrestre, como agora, na virada do milênio e do ingresso da Terra na quarta dimensão;

b. A segunda técnica mais usada é a de um ser energético, nas mesmas condições anteriores, adentrar, em vez do corpo de um feto morto, o de alguém que acaba de se suicidar, dando nova vida, porém, com outra pessoa, um extraterrestre dentro. Os riscos são os mesmos da técnica primeira, além da desvantagem da adaptação a um corpo já velho, daí o período de repouso (geralmente, internamento clínico) até a total adaptação do ser ao novo organismo.

Em ambos os casos, resulta um trauma para o ser que adentra o corpo, posto que com o tempo tal pessoa, levada pelo meio (determinismo), sente-se cada vez mais humana acreditando ser loucura o que está em sua memória. Nesse caso, há um grande prejuízo na escala evolutiva do próprio ser, que fica preso por infinitas encarnações na Terra;

c. Outras técnicas mais usadas como clonagem de um ser humano, para hospedar uma forma energética extraterrestre, em que o risco é idêntico aos anteriores; temos também a prática do encarne em animais, em plantas, etc., onde o risco, embora menor, é sempre grande.

COMO TORNAR-SE UM ULTRADESGENETIZADO

Tornar-se um ultradesgenetizado é encontrar o seu Eu-Superior, é encontrar o ESPÍRITO SANTO e fazer parte dele. Esse é o objetivo de praticamente todos os extraterrestres, quer tenham corpo material sólido, líquido, gasoso, etéreo, etc.

Mas não é nada fácil, posto que assumir tal condição arcangelical exige, acima de tudo, uma grande escolha entre o bem e o mal.

Na escala evolutiva das espécies, enquanto você é um extraterrestre, ainda é permitido, assim como ao homem, ser bom em determinados momentos e mau em outros; ninguém é bom em tudo, nem mau em tudo.

Já para tornar-se um ultra, você precisa escolher: ser somente bom e acatar os princípios divinos do Deus único. Porém, antes de tornar-se um ultra, você, ainda em forma de ET, tem que cumprir uma missão espiritual, encarnando em um mundo inferior (tipo Terra), por sua conta e risco, usando uma das técnicas narradas. Você terá livre-arbítrio e, se conseguir sair com méritos de tal mundo, será aceito; caso contrário, poderá lá ficar preso e retroceder na sua escala evolutiva.

Essa é uma das razões que fazem muitos extraterrestres assumirem tais riscos, pois querem tornar-se ultradesgenetizados. Outros assumem tais riscos, meramente por pesquisas científicas e a missão não é válida.

A maioria dos ETs, como já vimos, falha e acaba presa, ou, quando muito, resgatada por um ultra que encarna com todas as garantias de retorno, porém, sem livre-arbítrio, sendo totalmente monitorada, a fim de não contrair dívidas cármicas na Terra.

COMENTÁRIO DE PEDRO MAURICIO (ANO 2001)

Além disso, no momento da escolha, sua alma gêmea é posta ao seu lado. Você tem que optar: ou ficar com ela, ou seguir sozinho, único, com o amor a DEUS acima de tudo. E pouquíssimos estão prontos para largar a alma gêmea e seguirem sós. A evolução é individual.

Por falar em ultradesgenetizados, apresentamos mais um grande ensinamento tecnológico das altas dimensões.

COMO RACIOCINAR NA DODEDIMENSÃO, SEGUNDO DJIROTO E MUTRILO

a. Como visualizar a 4ª dimensão;

b. Como é a tecnologia dodedimensional: descrição de objetos tecnológicos dodedimensionais e seu funcionamento;

c. Objetivo do presente trabalho;
d. Particularidades.

A) COMO VISUALIZAR A 4ª DIMENSÃO

Agora vamos visualizar a 4ª dimensão, a partir da 3ª e do tempo presente.

Partindo-se de onde você estiver, olhe para qualquer objeto tridimensional que esteja a seu redor, não importando o tamanho ou forma. Repare como são os efeitos que a luz (solar ou artificial) provoca nele, seus reflexos, seu lado mais claro e seu lado mais escuro, nesse momento; a noção de perspectiva, se comparado com outros objetos etc. Leve também em consideração tudo o que mais lhe vier à mente.

Agora vamos enxergar esse mesmo objeto tridimensional que você está olhando, do ponto de vista da quarta dimensão. É como tentar enxergar mais rápido que a luz.

Olhe para o mesmo objeto levando em conta a seguinte frase: "A DESCRIÇÃO DA PROJEÇÃO QUADRIMENSIONAL DE UM OBJETO EQUIVALE À DESCRIÇÃO DA PROJEÇÃO DO CONTRÁRIO DE SUA SOMBRA".

Exercício: antes de seguir, escreva em uma folha de papel seu entendimento da primeira fórmula descritiva da quarta dimensão, abordando principalmente a diferença entre os conceitos "contrário de sombra" e "sombra ao contrário". Se não quiser escrever, pelo menos pense nas diferenças, antes de seguir a leitura.

Caso tenha feito seus apontamentos ou refletido sobre o assunto, devemos observar o seguinte: há uma grande diferença entre os conceitos "contrário de sombra" e "sombra ao contrário" que não podemos desprezar. A ideia de "contrário de sombra" implica diferenças de natureza, de essência, enquanto a ideia de "sombra ao contrário" não implica diferenças de natureza, nem de essência, apenas de ordem, pois trata-se somente do inverso, do revés. Na primeira, a sombra não existe; na segunda, sim.

Mas o que seria a sombra dimensionalmente? A sombra nada mais é do que a redução para uma só dimensão da projeção de um objeto tridimensional. A luz, ao bater em um objeto, reflete sua imagem, e a sombra provocada por trás é uma redução para uma só dimensão desse mesmo objeto. Claro, a Física Humana já conhece perfeitamente isso. A projeção quadrimensional seria o contrário desse fator. Seria o contrário da sombra, seria a ampliação dimensional, não a redução.

Pois bem, na 4ª dimensão não existem sombras, não existe a escuridão, tudo é luz. Nela não vigora o jogo trevas/luz que conhecemos. Todo objeto tridimensional visto da 4ª dimensão é nítido, claro, não apresenta sombra e não depende de nenhum tipo de luz exterior para ser visto – ele é visto pela sua própria luz, pois, VISTA DA QUARTA DIMENSÃO, A MATÉRIA POSSUI LUZ PRÓPRIA, A LUZ DODEDIMENSIONAL.

Em suma, enxergar na quarta dimensão, é enxergar mais rápido que a luz tridimensional.

A luz solar, por exemplo, vista do ponto de vista da quarta dimensão tem a forma de raio. O que a gente enxerga na terceira dimensão são raios refletidos em objetos; se tirarmos esses raios, a luz, não enxergaremos o objeto por si só.

EXEMPLO PRÁTICO DA VISIBILIDADE QUADRIMENSIONAL

Se dois seres inteligentes, o primeiro tridimensional e o segundo quadrimensional, entrarem em uma caverna, para o primeiro haverá trevas se não houve iluminação artificial, enquanto para o segundo as trevas não existem, tudo lhe é nítido, claro, perfeito.

É que o primeiro enxerga com a mesma velocidade que a luz, precisando ver a luz tridimensional refletida, enquanto o segundo, que enxerga mais rápido que a luz, não precisa vê-la refletida para ter a visão do objeto. Se você enxergar mais rápido que a luz, verá tudo claro, verá a luz quadrimensional que emana de todo corpo de matéria sólida, não precisando da luz tridimensional para vê-lo. Você verá a luz tridimensional como raios.

A transição entre enxergar da primeira maneira, mais lenta, para a segunda, mais rápida, dá a sensação de escuridão temporária. É que sua mente, durante essa adaptação, sofre os mesmos processos equivalentes aos da pupila humana, que se dilata e se comprime de acordo com a luminosidade do ambiente. Assim, por exemplo, se você sai de um ambiente muito claro para entrar em outro menos iluminado (tipo entrar numa sessão de cinema que já começou a exibir o filme) tem que esperar um pouco, até começar a enxergar melhor o ambiente. Assim também é a passagem da visão tridimensional para a quadrimensional.

Em outros termos, podemos ainda comparar a diferença entre os dois tipos de visões, comparando-as a dois quadros que retratam a mesma paisagem, pintados por pintores de diferentes escolas. No primeiro quadro, tridimensional, temos uma obra acadêmica, em que os efeitos claro, escuro e sombra são pintados com maestria. Na quadrimensionalidade, o quadro é o mesmo, só que sem o jogo de luz, sem os efeitos claro-escuro, mas podemos admirar a mesma paisagem em todo seu conteúdo – a pintura primitivista é um exemplo prático, por falta desses efeitos pode ser um exemplo que dá a ideia da visão quadrimensional a partir da terceira.

Finalmente, um exemplo prático, que permite com que a matéria tridimensional irradie luz própria, é a matéria superaquecida: uma barra de ferro incandescente irradia luz própria e pode ser vista no escuro, fugindo, enquanto nesse estado, à regra luz sombra, ao passo que a mesma barra, já fria, mergulha totalmente na lei visual tridimensional. Vistos da quarta dimensão, todos os objetos têm luz própria, assim como um ferro incandescente, com a diferença de que não há o calor equivalente à incandescência, é uma luz opaca, sem brilho, nem reflexos.

Demos este último exemplo somente a título ilustrativo, posto que a incandescência é gerada pelo aceleramento das partículas do objeto pelo calor, enquanto a visão quadrimensional não.

COMO FUNCIONA UM APARELHO COM TECNOLOGIA DODEDIMENSIONAL

Como já sabemos, a tecnologia dodedimensional baseia-se num corpo tridimensional com acesso até a décima segunda dimensão.

*veja no glossário tecnologia dodedimensional e terceira dimensão.

Alguns aparelhos dodedimensionais estão de posse de seres humanos, tais como pequenos objetos extraídos do interior dos corpos de pessoas abduzidas, barras metálicas deixadas por discos voadores, até mesmo alguns com aparência de pedras.

O homem atual não possui aparelhagem capaz de identificar o funcionamento de cada aparelho desses. Geralmente, os objetos extraídos têm a função de localização dos abduzidos; as barras metálicas são verdadeiras enciclopédias tecnológicas, e as pedras têm, impregnadas em si, verdadeiros tesouros artísticos. Vamos exemplificar o funcionamento dessas últimas.

Um aparelho dodedimensional, com forma de pedra, geralmente traz em si informações artísticas. Ao darmos uma primeira olhada, usando somente conhecimentos tridimensionais, jamais poderemos desfrutar das informações de seu conteúdo. Porém, se começarmos a olhá-lo, segundo a fórmula já dada, teremos como primeira impressão a de que ele tem algo mais além da luz própria. Teremos a sensação de entrar dentro dele, é assim que age a gravação telepática nele impregnada (a propósito, a telepatia pode ser facilmente gravada – conforme veremos mais adiante). Deixando-nos levar pela gravação telepática, poderemos visualizar o que o artista extraterrestre nos reserva. Por exemplo, poderemos enxergar um pássaro com asas de fogo voando. Depois, uma gota, um pouco maior que este pássaro que aparece em seu redor, por fim, prendendo-o, nesse instante, já estamos na plenitude da tecnologia dodedimensional, e passamos a vê-lo de vários ângulos, inimagináveis para um ser humano, pois nós também o vemos, como também seremos levados pela energia, na terceira, quarta, quinta e sexta dimensões. Depois, ouvimos a música e sentimos o cheiro de um perfume, que estão impregnados e uma mensagem em forma de poesia telepática. Para nossa surpresa, reparamos que isso é apenas o começo, há muito mais a ser visto.

Rápida análise da obra: nesse caso, o artista procurou mexer com todos os sentidos de quem observa o objeto de arte. Visão: pode-se vê-lo em várias dimensões ao mesmo tempo; tato: pode-se sentir as sensações em todas as dimensões; audição: pode-se ouvir música; olfato: pode-se sentir perfume, paladar, o jogo entre o doce e o amargo. A gravação pela telepatia é uma autêntica obra dodedimensional que joga com o tempo e o espaço, com todo nosso corpo, e com nossa capacidade de percepções dimensionais.

Partindo-se da obra citada, podemos concluir que a dodedimensão, age nos sentidos humanos da seguinte forma:

a. **Visão:** após avistar o objeto quadrimensionalmente, pode-se avistá-lo em várias outras dimensões ao mesmo tempo; inclusive, avistando-se o seu conteúdo telepático visual gravado, que é a verdadeira mensagem visual que o artista pretendia produzir;

b. **Audição:** a audição telepática pura, nesse caso, se dá somente depois da visão dodedimensional, posto que é impossível se ouvir algo em nível de terceira dimensão;

c. **Tato:** sensação de estarmos em várias dimensões ao mesmo tempo, em vários lugares ao mesmo tempo com o nosso corpo tridimensional em perfeito estado de harmonia;

d. **Paladar e olfato:** neste nível, ambos se confundem, posto que o perfume tem gosto e cheiro;

e. **Telepatia:** explicação a seguir.

DODEDIMENSÃO: A ARTE E A TÉCNICA DE GRAVAR A TELEPATIA

A telepatia, como todos sabem, é a comunicação pelo pensamento. Ela pode ser gravada quer em forma artística (geralmente em pedras), quer em forma de armazenamento de conhecimentos tecnológicos (barras de metal), quer como sinalizadores para outros aparelhos afins (geralmente usada em abduzidos).

O Entreiro, quando em Antares, estudou a fundo gravações telepáticas dodedimensionais e se lembrou que as gravações em pedras são de melhor qualidade quando feitas nestas, estando em estado de massa, ainda não sólidas e duras. Da mesma maneira nos metais. O derretimento desses materiais, após tornarem-se sólidos, desgrava todas as informações constantes neles. O tempo de duração dessas informações é ilimitado, posto que tais energias telepáticas se recarregam das energias de seus leitores em maneira proporcional ao seu gasto, ou seja, o quanto que é dispendido da pedra, durante a leitura, é reposto.

TIPOS DE TELEPATIA

a. Quadrimensional:

A comunicação se dá com a velocidade da fala humana, sendo que a maioria dos seres extraterrestres que visita a Terra se comunica dessa forma.

Prática: quando um ser humano é abduzido por um ET, este parece lhe falar dentro da cabeça. Se repararmos ainda melhor, devemos ressaltar que a comunicação se dá na velocidade da fala. Podemos concluir que, na verdade, o que ocorre é apenas uma telepatia parcial de fala sem se usar a linguagem oral.

b. Dodedimensional:

É a telepatia completa, a que pode ser gravada, usada pelos seres extraterrestres mais avançados, lembrando-se que essa dimensão compreende todas aquelas situadas após a terceira, até a décima segunda. O exemplo prático é a obra de arte já descrita.

b. I. Forçada:

Está dentro da Telepatia Dodedimensional.

Prática: é a telepatia existente quando um homem se depara com um extraterrestre *"in natura"*. Há a sensação, por parte do humano, de que o alienígena fala forte e alto, bem dentro de sua cabeça e que o mesmo pode ler todos seus pensamentos. Os Espíritos alienígenas também dominam a telepatia forçada e se comunicam por este meio com os paranormais intergalácticos.

c. Ultradimensional:

É a telepatia perfeita, a mais rápida que existe, usada somente por seres ultradesgenetizados.

Prática: recordando (baseado no livro do *Homo Quadriens*): depoimento de um ultradesgenetizado em forma humana: ...Naquele momento eu queria revidar o meu agressor... Peguei o pau que ele tivera me jogado e acertado na cabeça, partindo para cima dele... Quando ia desferir-lhe uma paulada, assim, de repente, o tempo parou e uma voz me disse: "Coitado! Você não vai bater nele! – "Eu tenho que bater, sim, o que todos vão falar? Que eu não sou de nada, apanho e fico quieto?" – "Não, você não vai bater nele, pode confiar em mim...". Continuei discutindo com meu amigo ultradesgenetizado que, mais uma vez, interferira em minha vida material, enquanto eu via meu corpo paralisado, todos os demais humanos paralisados, pensando que o tempo havia parado. Por fim, concordei: "Tá bom, não vou bater nele". O tempo voltou ao normal e eu joguei o pau que passou resvalando sua orelha esquerda. Por um milagre, todos os demais que estavam atiçando, começaram a nos separar. Dois amigos quiseram ver o galo em minha cabeça e se espantaram: "Nossa, que cabeça dura você tem, nem galo fez".

Na narração citada, não houve a paralisação do tempo, como o próprio ultradesgenetizado explica abaixo, na sequência.

Na verdade, não foi o tempo que parou, nós dois é que nos comunicamos muito rápido, em milésimos de segundo. Era se como o homem se comunicasse na velocidade da fala e nós ali nos comunicando acima da velocidade da luz. Ora, para quem se comunica na velocidade ultradimensional, quem está se comunicando na velocidade da fala parece estar parado no tempo e no espaço.

Existe também, dentro da telepatia ultradimensional, a gravação instantânea, na qual as mensagens telepáticas são gravadas instantaneamente na glândula pineal do indivíduo.

Curiosidade e alerta

Certos paranormais intergalácticos ou outros tipos de paranormais, quando estão em projeção astral, às vezes perto do corpo material, sentem dificuldade em voltar ao mesmo e se apavoram. Tal situação ocorre, porque eles tentam, nestas situações (estando com a consciência fora da terceira dimensão), raciocinar em terceira dimensão, criando uma desarmonia com o estado em que se encontram, quer pelas ideias que têm, tipo controlar o corpo com a consciência fora dele etc. Nesse estado de liberdade, não devemos raciocinar tendo como suporte a fala (que é tridimensional). Devemos aprender a raciocinar sem o suporte da fala (tipo raciocinar somente com os olhos), o que é um grande salto para a dodedimensão e veremos que é possível, dessa maneira, controlarmos o corpo material mesmo estando com a consciência fora dele. O exemplo prático de tal fator está descrito no capítulo em que o Entreiro enfrentou um ser elemental (Saci).

OBJETIVO DO PRESENTE ENSINAMENTO

Com a virada do milênio, muita coisa vai mudar aqui na Terra, pois a mesma, além de adentrar na era de Aquário, estará numa faixa do espaço que corresponde à quinta dimensão, podendo o homem, consequentemente, desenvolver a telepatia até antes praticamente impossível.

As mudanças não ocorrerão da mesma maneira para todos. Alguns, na verdade, nem terão consciência do ocorrido, enquanto outros viverão experiências indescritíveis.

Por ser uma fase de passagem, alguns poderão ser enviados para realidades sublimes, muito além da imaginação. Mas se não tiverem o mínimo de desenvolvimento telepático, não souberem o que fazer na dodedimensão, certamente voltarão para o ponto de onde partiram. É como ganhar um grande prêmio de loteria e, rapidamente, perder tudo. Esta obra visa fazer com que aqueles que tenham essa chance saibam como administrar sua vida na nova era. Aqui na Terra, com o passar do tempo, aqueles que não se adaptarem à nova realidade terrestre, não mais poderão encarnar e desencarnar por aqui, tendo que voltar a viver numa realidade puramente tridimensional, em outros mundos que serão ditos inferiores.

OBSERVAÇÃO: muitas pessoas pensam que visualizam a quarta dimensão, mas, na verdade, o que ocorre é a dimensionite, a qual precisa ser controlada, posto que as imagens aparecem deturpadas. * veja no Glossário o tópico dimensionite.

ALERTA: o perigo de a Terra ingressar na nova dimensão, é que a mesma será um porto aberto às visitas de seres alienígenas de todas as espécies. Seres alienígenas atrasados em relação a nós, antarianos, poderão contatar pessoas, fazendo-se de deuses e, por meio delas, transmitirem vários ensinamentos de efeitos tridimensionais que para certos homens serão divinos. O grande perigo é tais homens começarem a idolatrar tais seres, esquecendo-se do verdadeiro Deus Único, cometendo o mesmo erro dos tempos de Moisés, que idolatraram um bezerro de ouro. Caso isso aconteça, certamente virá o castigo Divino. E os ETs mais atrasados, que nem dominam a gravação telepática e que só se conduzem em naves metálicas, são os que poderão parecer divinos a esses homens.

Devemos ressaltar que nós, extraterrestres, não somos divinos, não somos milagrosos; somos apenas seres adâmicos (a maioria) com o mesmo cérebro do homem, só que aproveitando porcentagens a mais, sofrendo, consequentemente, mutações físicas por isso.

Também quanto à destruição tridimensional do mundo, por ocasião da passagem do ano 2000, tal argumentação é loucura do I.C., pois, na verdade, ela virá como um ladrão, ou seja, na hora em que ninguém esperar. E não agora, que todos os místicos esperam o fim tridimensional do mundo. Isso é um absurdo! O que ocorrerá agora é a mudança na quarta dimensão da Terra, e não diretamente na terceira, como nos tempos anteriores ao *Homo Sapiens*. Assim como o mundo evolui, as transformações também.

PERGUNTAS DOS ESPÍRITOS TERRESTRES DIVERSOS (CONHECIMENTOS DIRIGIDOS AOS PARANORMAIS INTERGALÁCTICOS)

Quem responde com a autorização dos ETs por poder expressar-se diretamente na linguagem terrena, não tendo que se sujeitar às rigorosas regras do Espírito Santo, em que, obrigatoriamente, tem que ser usada a parábola ou exemplos práticos de vida, é o Espírito do advogado, Dr. A. S.

1- Por que os ETs ensinaram primeiramente aos desencarnados iluminados e, só depois, passaram a ensinar aos menos iluminados e aos encarnados?

R: Ensinaram primeiramente aos desencarnados iluminados porque estes possuem uma consciência relativamente maior que os demais. Não são todos os desencarnados que estão prontos para eles; porém, grande parcela os compreende. Os desencarnados menos iluminados (a maioria), que não os aceitam, são aqueles que, pela ignorância se sentem ameaçados pela presença deles; aqui, entre nós, são aqueles que têm mais afinidade com a matéria do que com o Espírito. Estes causam alguns problemas, como o que será narrado pelo próprio Entreiro, na parte escrita, nos moldes do Espírito Santo. Os desencarnados que compreenderam a doutrina estão prontos para deixar a Terra, habitando superiores orbes, ou aqui reencarnarem, quando os seres alienígenas aqui chegarem, estando já nosso planeta na faixa da quinta dimensão do universo.

Estão também ensinando aos encarnados, a fim de dar conhecimento maior aos tidos como paranormais ou paranormais, bem como àqueles que procuram o saber pela leitura. É que inúmeros paranormais intergalácticos estão se perdendo, pela incompreensão alheia; inclusive, muitos deles, que ousam manifestar entidades alienígenas perante terrestres, são convidados a deixar os Centros Espíritas ou casas similares, aqui na Terra. Este livro é muito importante para eles.

2- Por que os ETs utilizam o termo "paranormal intergaláctico" e chamam de "Entreiro" o codificador?

R: O nome paranormal intergaláctico foi dado pelos próprios Espíritos Terrestres mais iluminados, que foi aceito pelos ETs. Na realidade alienígena, o nome seria outro; Entreiro – o que será mais bem explicado pelos próprios ETs. Porém "paranormal" é um nome que tem um significado já conhecido na Terra, o que dá noção aproximada do potencial paranormal do indivíduo. O acréscimo de "intergaláctico" ao nome "paranormal" expressa, claramente, que tal indivíduo possui a capacidade de fazer a comunicação com seres de vários planetas ou Galáxias, por meio de procedimentos parecidos com os paranormais terrestres. Todas as partes relacionadas com ETs já estão explicadas pelos mesmos, de fácil compreensão, mesmo escrito nos moldes diferentes dos nossos. O que temos que resolver, nós, espíritos de homens, é o problema com os paranormais daqui da Terra, que sofrem injustamente por não poderem deixar suas entidades alienígenas trabalharem; isso tudo, por nossa culpa e de humanos radicais, conservadores também. Por que não deixamos que os mesmos se libertem e virem paranormais intergalácticos? Eles não irão nos abandonar por isso, ao contrário, trabalharão ao nosso lado, nos dando grandes conhecimentos dos quais, espiritualmente, precisamos.

* veja no glossário, ao final, os tópicos paranormal intergaláctico e Entreiro.

3- Como é a libertação dos paranormais intergalácticos? Quem são eles?

R: A libertação dos paranormais intergalácticos não é mais do que fazer com que os mesmos possam trabalhar com as Entidades Alienígenas (Eus-Intermediários) que possuem, com plena segurança, além do próprio Eu-Intermediário que lhe é revelado pelo nome intergaláctico. Os conhecimentos devem ser transmitidos nos mais rigorosos moldes do Espírito Santo, como determina a Lei Universal do Deus Único, e que é vigiada constantemente pelos seres ultradesgenetizados. Podem também, concomitantemente, trabalhar com espíritos de homens (Eus-Presentes). Os paranormais intergalácticos são pessoas comuns, que possuem entidades alienígenas com as quais trabalham. Na prática, podem penetrar suas mãos nas auras das pessoas, alterando-as, harmonizando as energias, cuidando da saúde.

* veja no glossário nome intergaláctico e eu intermediário.

4- Mas, afinal de contas, o que é escrever nos moldes do Espírito Santo? E qual a diferença entre os espíritos de um ET desencarnado e de um homem desencarnado?

R: Escrever nesses moldes significa que as mensagens têm que obrigatoriamente ter um suporte em um fato vivido aqui na Terra, ou por uma parábola, posto que, se fosse livre a comunicação, muito perigo haveria, pois, tecnologicamente, poderia haver grandes benefícios para um determinado grupo de pessoas que subjugariam todas as demais. Nisso está a grande diferença entre o espírito de um homem morto e o espírito de um alienígena morto aqui na Terra. O homem morto pode comunicar-se livremente, pois somente se lembra de um passado atrasado, não tendo nada de comprometedor, tecnologicamente, a transmitir, enquanto os ETs, ao contrário, vêm de um passado múltiplas vezes mais evoluído do que o tempo presente da Terra, podendo interferir seriamente no desenvolvimento tecnológico daqui, por isso estes são extremamente vigiados e somente podem comunicar-se nos moldes do Espírito Santo. Nesta obra, um ET que tentou comunicar-se fora dos moldes do Espírito Santo, dando um conhecimento tecnológico fora dos moldes estabelecidos, foi afastado. Nem mesmo previsões de futuro os ETs podem fazer fora desses moldes, pois tudo o que eles fizerem fora das leis será desfeito pelos ultradesgenetizados. Quando prestam atendimentos às pessoas, os ETs podem oferecer-lhes curas pelas energias, permitindo que os paranormais penetrem as mãos na aura das mesmas, operando a partir do corpo espiritual do indivíduo para o material, ou se for o caso, criar uma situação na vida real dessa mesma pessoa, tipo coincidência em que seu tratamento médico, antes desfavorável, passe a dar certo (no caso de enfermos). Para paranormais, podem responder-lhes diretamente por meio de visões etc. Mas a diferença fundamental é que o espírito de um ET é um Eu-Intermediário, mais perto do Eu-Sou, enquanto o Espírito de um humano é um Eu-Presente.

* veja no glossário espíritos extraterrestres e terrestres, moldes do Espírito Santo, Eu-Presente e Eu-Intermediário.

5- Há algum ritual para a libertação? Por que é tão diferente a manifestação dos ETs nos paranormais?

R: Não, nenhum ritual. Pode ser feito de duas maneiras: numa delas, as pessoas se reúnem ao redor de uma mesa para fazer os trabalhos de escrita. A diferença é que os ETs não podem se incorporar nos paranormais humanos como fazemos nós, espíritos da Terra. Eles somente tomam do pulso para a mão, ficando o paranormal completamente consciente, perdendo somente o controle das mãos que escrevem "sozinhas", conduzidas pelo alienígena. Os ETs não podem se incorporar nos humanos por questões de adaptação das energias. Se houver a incorporação forçada, causará muita dor no paranormal e na própria entidade, além de danos à saúde daquele. A vantagem de não terem que se incorporar para controlar as mãos dos paranormais é que os ETs podem trabalhar com ubiquidade, ou seja, a mesma entidade, ao mesmo tempo e simultaneamente, pode manifestar-se por vários paranormais, na mesma mesa, escrevendo com a mesma grafia, como já presenciei. Nós, espíritos de homens mortos, jamais conseguimos realizar tal proeza. Na outra, os paranormais intergalácticos ficam de pé em um círculo, abrem um portal dimensional dizendo um mantra e de imediato já têm os poderes emprestados pelos ETs, os quais lhes dão sensibilidade para sentirem e mexerem nas auras das pessoas, fazendo-se curas e a desobsessão instantânea. Enfatizando, nesses trabalhos de harmonização (limpeza e dosagem correta das energias dos chacras) das auras, os espíritos dos ETs podem emprestar poderes aos paranormais por telepatia forçada, permitindo que estes mexam e alterem o campo energético (aura) da pessoa, com ampla consciência do que fazem, enquanto os espíritos humanos praticam o passe (limpam, mas sem alterar a aura), por meio da canalização ou incorporação. A prática demonstrou que a melhor maneira de se desenvolver os paranormais intergalácticos é ensiná-los, primeiramente, a harmonizar as auras e os chacras das pessoas.

* veja no glossário indução, incorporação empréstimo de poder e mantras.

6- O que os paranormais e os espíritos terrenos aprenderão com os ETs?

R: Os conhecimentos serão grandes, principalmente quanto à tecnologia, além de aprendermos raciocinar além dos limites da terceira dimensão, que nós, humanos encarnados ou desencarnados, não sabemos. Também nós, espíritos de humanos, aprenderemos diretamente com os espíritos alienígenas a nos comunicar sem a atual forma rudimentar de incorporação, a despertar nosso eu intermediário, a enxergar melhor a quarta dimensão e nos libertarmos da terceira, fazendo com que reencarnemos em orbes superiores aos da Terra etc.

Os paranormais intergalácticos aprenderão com os ETs a trabalharem com o próprio Eu-Intermediário, ou seja, com aquele eu que lhes são revelados quando da leitura do nome intergaláctico. Por exemplo, o Pedro Maurício (Eu-Presente), poderá trabalhar com Mutrilo (seu próprio Eu-Intermediário) e não somente com espíritos de humanos ou de alienígenas. No seguinte estágio, cabe a cada paranormal intergaláctico acessar seu próprio Eu-Intermediário e ser aceito por este (no caso, você no futuro, aceitar-se como é no presente). Enquanto o próprio Eu-Intermediário não aceita o Eu-Presente (você lá no futuro, não se aceita como é no presente), o paranormal vai trabalhando com outros Eus-Intermediários (dos ETs). E sucessivamente, até poder acessar o próprio Eu-Sou, que todos nós, encarnados ou desencarnados, temos, o Espírito Santo, ao qual Cristo se referiu quando disse: "... porque vós sois deuses", referindo-se a todos humanos.

7-Mas qual a diferença entre um paranormal intergaláctico e um terreno?

R: Várias são as diferenças, principalmente na prática. Por exemplo, para afastar um espírito obsessor de uma pessoa, os paranormais intergalácticos praticam a desobsessão instantânea, acorrentando a entidade (ou entidades), enviando-a para tratamento doutrinário na Escola de Santo Agostinho. Por esse ato, a pessoa obsediada já se vê livre imediatamente das influências espirituais, enquanto na prática de desobsessão atual, os paranormais ficam até anos conversando com as entidades, tentando afastá-las com seu poder pessoal de persuasão e didática pessoal da doutrina. E enquanto não afastam a entidade, a pessoa fica sofrendo as influências espirituais, às vezes, sucumbindo devido à lentidão. Lógico que grandes paranormais com grande poder de convencimento afastam o obsessor muito mais depressa que outros que não possuem esse talento pessoal. Na paranormalidade intergaláctica, isso não ocorre, os paranormais ficam mais iguais entre si.

Outra diferença está na forma da manifestação da entidade alienígena: enquanto o paranormal terreno tem que incorporar plenamente a entidade, o outro não. Os paranormais intergalácticos trabalham com poderes emprestados pelos ETs por telepatia forçada, sem incorporação ou canalização e podem, querendo, incorporar entidades humanas. Mas os paranormais terrenos não podem trabalhar com os ETs devido ao total desconhecimento dos mesmos, além da influência causada pela grande rejeição dos espíritos humanos aos alienígenas. Os intergalácticos não ficam sujeitos ao "toma lá dá cá" que outras religiões mediúnicas mais rudimentares submetem seus paranormais. Os paranormais intergalácticos são aqueles que jamais perdem a consciência, podendo ter emprestado os poderes dos ETs, porém sem perder a individualidade, por isso estão mais perto do paranormal ideal, ou seja, o autoparanormal.

A diferença principal, portanto, está no objetivo final: enquanto o dos paranormais terrenos é somente o trabalho dependente dos espíritos de homens mortos, o dos intergalácticos é o trabalho conjunto com os ETs até terem condições de trabalharem sós, com seu próprio Eu-Intermediário e, posteriormente, o Eu-Sou, sendo autoparanormais (paranormais que não precisam de entidades alheias para trabalharem).

* veja no glossário, obsessão, indução, incorporação e empréstimo de poder.

8- O que é um autoparanormal?

R: Tornar-se um autoparanormal é o último estágio da paranormalidade, é o encontro com seu Eu-Superior. Como o próprio Cristo disse, todos nós somos deuses. Sim, os autoparanormais são aqueles que conseguem ter acesso à sua consciência plena, ao Espírito Santo, do qual todos nós (enquanto Eus-Presentes) somos apenas parte.

Os paranormais intergalácticos, na verdade, se tornam paranormais intergalácticos depois que conseguem trabalhar com os poderes que são emprestados pelos espíritos dos ETs (Eus-Intermediários). Vão se aprofundando mais na sua paranormalidade, quanto mais nítido conseguirem ver o seu próprio Eu-Intermediário, que lhes são mostrados pelos ETs e trabalhar com este segundo eu. O trabalho com o

Eu-Intermediário vai depender de cada paranormal e se o Eu-Intermediário aceita trabalhar com o Eu-Presente. Tal fator é muito difícil nós aceitarmos a nós mesmos, posto sermos nosso pior juiz. Até ocorrer a aceitação, vão trabalhando em conjunto com os ETs, aprendendo muito com estes, quando finalmente têm a chance de acessar, pelo próprio mérito, o eu intermediário, tornando-se um paranormal intergaláctico completo. O passo seguinte é o acesso ao Eu-Superior, tornar-se um autoparanormal de conhecimentos ilimitados, um verdadeiro representante do Espírito Santo na Terra e essa busca é muito subjetiva, íntima e profunda. Todos nós temos um Eu-Superior, temos um Espírito Santo, porque todos nós somos deuses, como disse Cristo. O problema é conseguirmos chegar até esta nossa parte mais desconhecida de nós mesmos, o Eu-Superior.

Segundo os ETs, todos nós nos originamos no Eu-Superior e, gradativamente, fomos regredindo (fomos expulsos do Paraíso) até sermos o que somos hoje, por fim, ficamos presos na terceira dimensão, a mais perfeita das prisões. Tal passagem da perda do Eu-Superior está descrita em parábolas nas Escrituras Sagradas, nas quais Adão foi expulso do Paraíso, tendo que vir para a Terra. Em suma, foi a retirada da megadimensão e o aprisionamento na terceira.

Os autoparanormais só se tornam completos depois de terem acesso ao Eu-Superior, e não mais precisam de nenhuma entidade para trabalhar. Em vez de incorporarem espíritos de homens, ou de terem ajuda de ETs, eles, nessas horas, têm acesso ao seu próprio Eu-Superior, que sabe muito mais que simples espíritos humanos, como nós, e até mesmo que os espíritos de alienígenas que morreram aqui na Terra. Eles podem punir ETs, alterar o carma das pessoas que a eles se submetem, fixar o futuro de tais pessoas de maneira concreta. Mas dos auto paranormais, deixaremos eles mesmos falarem por si.* veja definição de Espírito Santo e autoparanormal no glossário.

COMENTÁRIOS DE UM GRANDE ESPÍRITO HUMANO (DR. A. S. - ADVOGADO ESPIRITUAL)

Diante de toda esta situação, ainda me pergunto se hoje, um Extraterrestre teria condições de viver na Terra.

A presente obra com as demais que virão esclarecem como está e como será a relação entre os seres humanos e os alienígenas que estão por chegar ao nosso planeta.

Espiritualmente, o primeiro passo já foi dado e a aproximação entre os mais iluminados desencarnados da Terra e os desencarnados dos ETs. Agora é chegado o momento da aproximação dos desencarnados menos iluminados e dos homens encarnados.

O Entreiro (nome que os ETs dão ao seu codificador) que opera a presente obra transmitirá, nos moldes do Espírito Santo, os conhecimentos necessários sobre ETs aos encarnados e desencarnados, trocando experiências práticas com Paranormais, Entidades Terrestres e Extraterrestres, e todos aqueles que acreditam em reencarnação, de maneira geral, deixando a doutrina dos paranormais intergalácticos.

Então aprenderemos as diferenças existentes entre os próprios ETs que estão em contato conosco e não percebemos: Entreiro, Natimorto, Híbrido, Transcarnado etc. * veja a definição de todos estes tópicos no glossário no final da obra.

INTRODUÇÃO À ADVOCACIA ESPIRITUAL
(DR. A. S. - ADVOGADO ESPIRITUAL)

"Por que a maioria de nós, espíritos de homens mortos, nos fechamos em castas e não aceitamos a comunicação dos Espíritos de alienígenas que morreram aqui na Terra"?

Por que nós, quando encarnados, defendíamos outras religiões que não a Espírita ou a Espiritualista e que zombávamos daqueles que acreditavam na reencarnação, agora nos julgamos donos da verdade, querendo monopolizar os paranormais existentes no mundo, não querendo dividi-los com nossos irmãos de outra constituição genética, quando também encarnados, e que não morreram feito homens, como nós, aqui na Terra, mas que aqui morreram como Extraterrestres?

Por que zombamos desses espíritos quando se tornam visíveis a nós, chamando-os de verdinhos, de árvores, de esfumaçados, de branquelos gigantes etc., tentando, enganosamente, confundir os paranormais, dizendo que eles são obsessores, ovoides e coisas da pior espécie?

Por que nós ficamos com inveja quando o Espírito de um único ET se manifesta, ao mesmo tempo em diversos paranormais, escrevendo com a mesma letra, mostrando seu dom da ubiquidade, o qual não temos? Por que falamos mal quando eles nos ensinam e mostram conhecimentos além da nossa pequena compreensão?

Por que dizemos para os paranormais que todos os espíritos de homens e de ETs são iguais e que também somos de outros planetas, ao passo que nos lembramos somente de passados atrasados, tecnológica e culturalmente, enquanto os ETs se lembram de passados mais avançados? Por que isso ocorre? Se dermos a mínima chance, os ETs nos explicam.

Será que acreditamos que o Espiritismo ou Espiritualismo não irá mais evoluir, que já alcançamos o ápice? Vamos repetir o mesmo erro de Timóteo que afirmou que depois de Cristo não seria necessária mais nenhuma ciência, que tudo já estava explicado, que o Sol girava ao redor da Terra, jogando na fogueira quem dissesse o contrário?

Será que não repetimos o mesmo erro de Timóteo ao dizer que, depois de Kardec, o Espiritismo e os paranormais não têm mais nada a evoluir e descobrir, que nenhum novo tipo de paranormal poderia surgir? Por que não nos lembramos, na prática, de que Kardec disse que seu trabalho teria continuidade sendo o que ele fez somente o começo? O que vocês me dizem de mim, um advogado espiritual, entre milhares de outros advogados espirituais? O que vocês dizem dos espíritos dos alienígenas e dos paranormais intergalácticos que aí estão?

Por que obrigamos que os ETs plasmem formas humanas para se comunicar e trabalhar, e não os deixamos ser como são?

O problema, caros espíritos irmãos, é meramente cultural. Os sistemas comunicativos deles são muito diferentes dos nossos, as leis a que eles estão submetidos são muito mais rigorosas que as nossas, pois o conhecimento que eles possuem pode modificar, em muito, o nosso mundo.

Ao contrário de nós, que podemos, por meio dos paranormais, dar conhecimentos como bem desejarmos, simpatias, rezas, memórias etc., eles não.

Eles são obrigados a seguir, rigorosamente, as regras estabelecidas pelo Deus Único, escrevendo nos moldes do Espírito Santo, tendo que ilustrar seus conhecimentos com narrativas práticas para nós, parábolas.

E com que autoridade podemos criticá-los; afinal de contas algum humano encarnado ou desencarnado é dono do Espiritismo ou da Espiritualidade? Devemos lembrar que, felizmente, existem muitos paranormais e Centros Espíritas com potencial intergaláctico, o que vem de encontro aos ensinamentos de Kardec, "de que o Espiritismo é uma constante evolução". Com que autoridade querem segurar a verdade e o avanço?

Essas foram minhas palavras diante da convenção dos espíritos humanos. Finalmente, depois de várias tentativas frustradas, consegui exercer meu ofício de advogado espiritual.

A primeira vez em que tentei exercê-lo foi em defesa ao espírito de um médico gordo, que havia acabado de desencarnar. Vi que alguns espíritos humanos, injustamente, passaram a julgá-lo, acusando-o de suicida pelo simples fato de ser gordo; que a gordura abrevia a vida e que, se ele amasse a vida, deveria ter comido menos. A entidade se defendia alegando que era um grande defensor da vida, que já havia salvado muitas delas em seu ofício e que nunca passou pela cabeça ser um suicida. Confessou que não era nenhum santo, mas que não poderia ser esta, entre outras, sua acusação. Os julgadores eram nada menos que simples espíritos humanos, dos bem inferiores, daqueles que também desencarnaram e, aqui na Terra, ficaram presos. Agora, com um pouquinho a mais de experiência, julgam-se deuses, armam-se em convenções julgando os espíritos também inferiores que acabam de desencarnar e que não conseguem fugir do orbe terrestre. Quando tentei tomar a palavra em defesa, me expulsaram de vez daquela convenção. Ao final, condenaram-no a prestar serviços, e aquele espírito que desencarnara sem nenhum preparo, de pronto acatou a decisão.

E essa mesma convenção ou comissão de espíritos humanos, que toma conta do mundo espiritual terrestre fazendo as vezes de senhores daqui, a maioria deles, quando encarnados, ateus ou religiosos que não acreditavam em espiritismo ou reencarnação. Alguns mal têm a consciência de que realmente estão mortos. Sorte daqueles espíritos que nada devem, que têm a alma leve e que não ficam sujeitos ao orbe espiritual terrestre. Deus deixou o mundo espiritual terreno por conta dos espíritos humanos.

Nós, advogados e médicos espirituais, que tentamos realmente fazer alguma coisa boa a fim de ajudar o próximo, encarnado ou desencarnado, somos incrivelmente discriminados por tais entidades convencionais.

A maneira como conheci os ETs foi a seguinte.

Vagando pelos corredores do Fórum, encontrei algo inédito, um paranormal advogado sem entidades que o acompanhavam. Vi uma chance de trabalho naquela pessoa. Passei a segui-lo, a fim de que, quando o mesmo se dirigisse a um centro espírita, eu pudesse me manifestar.

Para minha surpresa, tal paranormal, quando foi participar dos trabalhos paranormais, fez algo totalmente para mim desconhecido. Usando da fluição daquele paranormal, uma entidade alienígena de um ET se tornou visível a mim e manifestou-se com incrível dificuldade de comunicação para os demais paranormais que trabalhavam na mesa. Vi que o ET não foi nada bem-vindo. Nós, espíritos humanos, nos sentimos ameaçados diante de um espírito de um ET que desencarnou aqui na Terra. Para começar, naturalmente eles são invisíveis a nós, por serem mais evoluídos e vibrarem numa faixa muito superior à nossa. Enquanto eles nos veem, nós não podemos vê-los, a não ser quando usam da fluição de determinado tipo de paranormal, chamado de paranormal intergaláctico pelos ETs.

Então as entidades terrestres começaram a desdenhar da entidade do ET. Esse deu um pequeno sinal do seu poder, fazendo com que as mesmas que lhe desdenhavam, sentissem a sensação de formigamento e se afastassem.

Depois, o dirigente da mesa pediu para o ET deixar o paranormal para que outra entidade falasse; então, eu me manifestei. Como advogado espiritual, fui bem-vindo pelos paranormais, mas não pelos demais espíritos convencionais.

Acabados os trabalhos, o paranormal já em casa, indo deitar-se, as entidades terrestres resolveram perturbá-lo; na verdade, mais do que isso, torturá-lo.

Vi o paranormal ser acordado com seus testículos sendo apertados firmemente por um espírito da Terra, que lhe dizia enormidades e ameaças mil, enquanto outros espíritos convencionais riam. De repente, a entidade alienígena tornou-se visível e começou a agir em defesa do paranormal. O pequeno ser verde aprisionou o espírito agressor, causando-lhe a dor no mesmo local em proporções ainda maiores. O espírito gritava feito louco, e o ET, enraivecido, danificou muito seu perispírito (acho que ele terá que reencarnar aleijado, pelos ferimentos sofridos) e desafiou a todos os espíritos ali presentes, de uma vez, que saíssem imediatamente ou sofreriam as mesmas consequências. E não houve espírito humano capaz de ficar ali. Todos, espíritos de todas as espécies convencionais, dali correram. Eu assumi uma atitude de risco; fiquei, pois não tinha agredido aquele paranormal e também não era simpatizante daqueles espíritos convencionais: algo em comum.

Então conversei com o ET e com o paranormal grande parte daquela noite. Com o passar dos anos, adquiri a confiança deles e, ao final, fiquei sabendo que o ET, por ter mais compatibilidade com as dimensões superiores e estar sujeito aos rigores da Lei do Espírito Santo, a que não estamos nós, espíritos humanos presos na Terra, tinha grandes dificuldades em comunicar-se conosco (espíritos da Terra). Então o paranormal sugeriu que eu intermediasse as relações dos ETs com os Espíritos dos Homens. Disse-lhes que, se permitissem, assumiria tal compromisso, pois queria ser um advogado espiritual de verdade. Em troca, o ET me daria proteção quando eu falasse, não deixando que os espíritos humanos me expulsassem quando eu estivesse com a palavra, como fizeram todas as vezes em que eu queria defender alguém, principalmente aquele gordo. Dessa maneira, me tornei encarregado de intermediar o diálogo entre os Espíritos alienígenas e os Humanos.

Os ensinamentos que eles nos deram nesta obra constituem uma verdadeira série alienígena, escrita nos mais rígidos moldes do Espírito Santo.

`OS PRINCIPAIS OBJETIVOS DESTA OBRA FORAM:`

a. Fornecer conhecimentos alienígenas inéditos, por meio de tópicos estudados na prática nos mais rigorosos moldes do Espírito Santo;

b. Descrever tipos de abduções, suas vantagens ou desvantagens, e ensinar a proteção àqueles que sofrem ilegalidades praticadas por certos ETs;

c. Fornecer bases da cultura e tecnologia extraterrestre, especificamente de Antares;

d. Fazer com que o indivíduo busque seu Eu-Superior e, consequentemente, o ESPÍRITO SANTO, o verdadeiro filho de Deus que cada um é.

e. Aproximação dos Espíritos dos ETs que morreram na Terra com os Espíritos dos Homens;

f. Evitar que seres alienígenas sejam adorados como deuses, posto que tal prática seria uma repetição, em tempos modernos, do grande erro da adoração do bezerro de ouro, nos tempos de Moisés, lembrando que somente há um Deus Único e que somente Este deve ser louvado e que a única diferença entre humanos e ETs é quanto ao percentual de uso cerebral, nada mais;

g. Esclarecer as pessoas que têm contatos com seres alienígenas enganadores, que as transformações em nosso planeta ocorrerão a partir da quarta para a terceira dimensão, pois é o ingresso da Terra na quinta dimensão do universo. Será diferente de todas as que ocorreram até hoje, e que mudaram a Terra somente a nível tridimensional. Esclarecer também que a vida deve ser poupada, acima de tudo, e que somente os tolos cometem suicídio. O que ocorrerá com o mundo, ao adentrar a Era de Aquário, levará ao lento início da telepatia e civilização das quarta e quinta dimensões, ainda completamente em desmandos, aqui na Terra;

h. Libertação e desenvolvimento dos paranormais intergalácticos, dando-lhes poder de punição aos ETs que praticam ilegalidades e ensinando-os como usar de poderes emprestados por entidades extraterrestres que praticam o bem. Ensiná-los a praticar a desobsessão instantânea, mover a aura das pessoas para curas e tratamentos etc.;

i. Conscientizar os paranormais intergalácticos já existentes, bem como as pessoas abduzidas, que seus escritos devem ser feitos nos moldes do Espírito Santo, em que nenhum conhecimento alienígena pode ser dado livremente, sem ter por base um relato de cunho biográfico (só podem ser explicadas experiências já vividas por homens, bem como os conhecimentos de objetos vistos etc.), ou uma parábola; caso contrário, sua intenção será frustrada e os ensinamentos incompreendidos e todas as profecias desfeitas, bem como demonstrações (*shows*) públicas de poder que fujam a tais regras resultam, no máximo em ridículo, pois não é permitido aos ETs expressarem-se livremente aqui na Terra, como aprenderemos;

j. Conscientizar aquelas pessoas ou paranormais que já atingiram o Eu-Sou, posto que nossa época já permite tal prática e que por méritos estão livres da ação do carma, que a partir desse fato suas responsabilidades são maiores, e se trilharem por caminhos indevidos, depois da prova da existência do

Deus Único, poderão retroceder na escala, perdendo todo o conhecimento adquirido, voltando a encarnar como ateus, dessa vez, sob ação do carma, e recomeçar tudo de novo.

AGRADECIMENTO FINAL

Todos os extraterrestres que participam desta obra agradecem, em especial, à ADVOCACIA ESPIRITUAL que está se iniciando na Terra, pois, sem a intermediação dos advogados espirituais perante os espíritos de homens conservadores e o Inconsciente Coletivo terrestre, seria muito mais difícil a presente transcrição.

GLOSSÁRIO

GLOSSÁRIO

ABREVIAÇÕES UTILIZADAS NA OBRA:

ETs – Extraterrestres;

HQ – *Homo Quadriens*;

HS – *Homo Sapiens*;

I.C. – Inconsciente Coletivo.

VOCÁBULOS

ABDUÇÃO: é o sequestro de humanos praticado por seres extraterrestres, com fins específicos de realização de experiências científicas, podendo ser praticada de forma legal ou ilegal. Veja os tópicos abdução legal, ilegal e por consentimento.

ABDUÇÃO ILEGAL: é a abdução que é feita injustamente, quando o humano abduzido sofre abusos por parte dos alienígenas. Tal tipo de abdução não é realizada de acordo com as Leis intergalácticas impostas aos extraterrestres, pelos seres ultradesgenetizados. Veja como exemplo o tópico transmigrado.

ABDUÇÃO LEGAL: é a praticada de acordo com as normas intergalácticas legais. Nesse tipo de abdução, o ser humano é tratado com todo respeito, tendo todos seus direitos preservados. O ideal é que o humano nem se lembre que sofreu tal tipo de experiência, a fim de evitar-lhe sequelas emocionais. No máximo, a recordação pode ser em forma de um sonho curto e muito vago. A abdução legal pode ser lembrada em caso de hipnose. Não pode haver prova material de grande relevância do ocorrido, nem grandes cicatrizes no corpo do abduzido. No máximo, o que pode haver é a forma de uma pinta (de cor estranha) no lugar onde foi feito o implante.

O abduzido legal se torna protegido pelos ETs que o abduziram e goza de grandes vantagens físicas como descrito no tópico "implantes".

ABDUÇÃO POR CONSENTIMENTO: espécie de abdução legal, em que o ser concorda em ser abduzido. Mutrilo consentiu que Antarianos fizessem um implante com tecnologia dodedimensional de 122ª dimensão em sua perna direita (onde não foi necessária a tradução interdimensional do aparelho, porque este é composto de uma parte tridimensional visível a olho humano nu), a fim de ajudar os antarianos estudarem o funcionamento do aparelho de tecnologia multidimensional no corpo físico tridimensional, que foi instalado pelos ultradesgenetizados em sua orelha esquerda, cuja tradução interdimensional está em forma de fosseta. Veja o tópico dr. Brunt.

ABDUZIDO: ser humano que sofre abdução de extraterrestres.

ADVOCACIA ESPIRITUAL: prática que consiste em defender espíritos atrasados, de sofredores ou elevados que têm que cumprir missões aqui na Terra, praticada por advogados espirituais diante dos espíritos dominadores (na verdade, dominados pelo I.C.) do Magnetismo Terrestre. Os advogados espirituais são marginalizados por tais espíritos que se julgam detentores do poder de julgar os demais e estão lutando para poderem ter seu espaço reconhecido. Atualmente existem alguns que intermedeiam as relações de espíritos de ETs com espíritos de homens.

ALMA GÊMEA: também chamada de complemento energético. Existem vários tipos de almas gêmeas, sendo a mais divulgada na Terra aquela que se refere ao amor conjugal. As almas gêmeas existem mais em abundância na dodedimensão e auxiliam na evolução dos seres. Para ser um ultradesgenetizado, e realizar-se somente no Deus Único, você tem que abrir mão da companhia de sua alma gêmea, sendo essa a única forma de tornar-se um ser único. Por isso, vários ETs encontram dificuldades em tornar-se ultradesgenetizados.

ALTERAÇÃO DO MAGNETISMO: é uma pequena mudança provocada por alguma pessoa no magnetismo terrestre. É fazer com que os demais pensem de outra forma, a tida como inovadora, não conservacionista, não tradicional ou de quebra de protocolo. A pessoa que consegue tal feito, se pioneira, sofre com o magnetismo, que é conservador, podendo, inclusive, ser fulminada pelo mesmo. A eliminação, atualmente, se dá por uma fatalidade, a qual é provocada pelo I.C. Artistas, pensadores, pessoas de poder e grandes atletas individuais pioneiros em seus países, são vítimas comuns dessas fatalidades. Veja os tópicos reações do magnetismo e níveis do universo.

ANTARES: estrela pertencente à constelação de Escorpião e que aparece na bandeira do Brasil. Possui vários planetas que giram ao seu redor, sendo a maioria deles, povoado pelas espécies alienígenas verdes.

ANTARIANO: língua extraterrestre que era falada em Antares antes de ser preterida à comunicação telepática. Atualmente na Terra, frases ditas neste idioma possuem força de mantras e seus efeitos são espetaculares e surpreendentes. Tal fator tornou-se possível após o trabalho energético feito por Mutrilo e Djiroto aqui na Terra, que colocou o Antariano na vanguarda mântrica, entre outros idiomas tidos como sagrados. Falar mantras em antariano é de grande economia para os trabalhos dos paranormais intergalácticos na cura, na abertura de portais e passagens dimensionais, no envio de entidades para estudos na escola de Santo Agostinho, etc. Veja o tópico mantra.

ANTARIANOS: seres extraterrestres que habitam o sexto planeta na órbita de Antares. Não podem ser confundidos com os zurquianos, veja tal tópico.

ATEUS: pessoas que não creem em Deus. Veja os tipos de ateus na página 125, "sobre os condenados a serem ateus".

AUTOPARANORMAL: estágio máximo da paranormalidade em todo o universo. O autoparanormal não incorpora espíritos de outros seres. Não precisa incorporar espíritos, porque tem acesso ao seu Eu-Superior. Quando atinge seu Eu-Superior, o autoparanormal pode realizar tudo o que é permitido de acordo com o Espírito Santo, porque, na verdade, o Eu-Superior que cada ser de todo universo possui, é o próprio Espírito Santo. O autoparanormal seria, em termos terrestres, aquele paranormal que age pelo próprio Espírito Santo, ou o próprio Espírito Santo encarnado, durante essa situação de contato com o Eu-Sou. Não pode ser confundido com o Paranormal Intergaláctico. Veja os tópicos Espírito Santo, Eu-Sou, paranormal intergaláctico, mantras e níveis do universo.

BARREIRA 2000: nome que o *Homo Quadriens* deu ao limite de tempo futuro a que poderia projetar sua mente. Período de mudança do Magnetismo Terrestre quando será feita a contenção do I.C., que será substituído pelo magnetismo seguinte. Veja os tópicos níveis do universo e lei das contenções.

BASES: centros laboratoriais que os extraterrestres possuem espalhados pela Terra e demais planetas e sóis do espaço.

BRUXA: pessoa com poderes paranormais ou também uma espécie de elemental. Veja seres elementais.

CANAL: é uma abertura da mente, uma passagem. E muito perigoso o ser humano possuir o canal aberto para todo o tipo de comunicação. Pessoas com o canal aberto são vítimas fáceis de elementares, espíritos terrestres e extraterrestres maus e de seres extraterrestres maus "*in natura*". A canalização é o ato de deixar o canal aberto, após a prática, ou durante, da meditação, esperando alguma comunicação, tentando sintonizar o universo numa atitude arriscada devido a um magnetismo altamente desfavorável aqui da Terra. Veja telepatia forçada, endopatia, canalização e indução.

CANALIZAÇÃO: ocorre após reiteradas práticas de meditação e somente em nível do Eu-Presente. A canalização só ocorre enquanto o canal estiver aberto, interrompendo-se, de imediato, com o fechamento do canal. Por isso é um processo que consiste em deixar o cérebro vazio, sem nada pensar, apenas passivo, por um longo intervalo de tempo, tentando-se sintonizar o universo, para ouvir-se ao fundo vozes e mensagens, as quais são enviadas pelo próprio Magnetismo Terrestre na maioria das vezes. Não são passados conhecimentos avançados em relação ao presente da Terra, baseando-se apenas em especulação. Não é uma técnica segura e pode levar seus praticantes a grandes transtornos. Durante este processo, a pessoa canalizada fica somente em atitude passiva, de recepção e não há nenhum empréstimo de poder. Não pode ser confundida com a Indução, nem com o conceito canal, de onde deriva. Veja os tópicos indução, canal, empréstimo de poder, Eu-Presente.

CARMA: é a carga que o indivíduo adquire durante sua existência, ou seja, é a contabilidade entre o bem e o mal que ele praticou. No carma está contabilizado tudo o que o indivíduo fez em todas suas encarnações, sendo uma grande somatória de sinais positivos e negativos. O indivíduo somente evolui quando resgata grande parte de seus carmas passados. Também é o resgate que o indivíduo tem que cumprir para compensar suas atitudes más no passado. Se foi bom no passado, seu carma é leve e a pessoa tem uma vida tranquila, com amplas chances de evoluir; caso contrário, somente sofrimentos, doenças etc. Na maioria dos casos, a evolução e a perda do carma se dão pela dor e sofrimento. Somente encarnam pessoas que têm algum carma. Quando se termina o carma previsto para a pessoa resgatar em uma encarnação, ela falece, a não ser que lhe seja concedida uma sobrevida. Ficam livres da ação do carma, aqueles que alcançam o Eu-Sou, tendo como punição, se necessário, voltarem a ser ateus e ao carma. Veja os tópicos sobrevida e ateus.

CHACRA: cada chacra corresponde a uma divisão energética do corpo humano. Assim, por exemplo, o chacra cardíaco controla o coração, o chacra da cabeça, toda a cabeça etc. Os paranormais intergalácticos podem mexer diretamente nas energias dos chacras e, consequentemente, praticar curas. Veja os tópicos ressurreição e encarnação.

CICLO: explicado por Côrner na Lei das Contenções no final da parte 2 da presente obra.

CÔMER: extraterrestre do sexo feminino nascida em Antares, que transcreve parte desta obra, relatando experiências reprodutivas na Terra, deixando como maior ensinamento a Lei das Contenções.

CONSCIÊNCIA REFRATÁRIA: é o ato de lembrar-se ou de fazer associações de coisas ainda não aprendidas nesta encarnação, mas em encarnações passadas. Muitos paranormais sabem sair e resolver diversos tipos de problemas ou fazer certas simpatias por lembranças, as quais parecem ser um instinto no momento em que se fazem presentes.

CUMPRIMENTO DOS ETs: hoje, entre os ETs, é apenas um cumprimento. No passado, era uma técnica usada para ajudar com as mãos, as quais assumiam a função de antenas, para ajudar no processo de desenvolvimento da telepatia. Atualmente, de acordo com o magnetismo atual da Terra, serve para humanos (os que ainda não foram abduzidos) que tiverem contato com ETs, evitarem ter suas mentes dominadas pelos mesmos pela técnica da telepatia forçada. O cumprimento dos ETs, se praticado por humano diante de ETs antarianos ou zurquianos, dará a sensação de imantação das mãos. Tal sensação significa que toda a energia mental que o ET lhe envia está sendo retida pelas mãos, sendo impossível gritar telepaticamente dentro de sua cabeça e colocá-lo em transe. A posição do cumprimento dos ETs é a seguinte: coloca-se o dedo polegar esticado e preso junto à ponta do dedo médio (o maior) da mão, tendo os demais dedos esticados e paralelos a este, porém sem encostá-lo. Faz-se este cumprimento na altura da cintura, com ambas as mãos, subindo-se ambas até na altura das orelhas, parando-as nesta altura, a uma distância de mais ou menos um palmo das orelhas. O dedo indicador deve ficar de frente para o ET, tendo os demais, todos esticados ao fundo. Veja os tópicos telepatia e telepatia forçada.

DIMENSIONITE: confusão dimensional, entre a terceira e a quarta dimensões que o *Homo Quadriens* sofreu. A maioria dos paranormais terrestres quando tenta, pela primeira vez, ver a quarta dimensão pode sofrer a dimensionite, por isso pode possuir uma incorreta ideia do que seja a projeção quadrimensional de um objeto tridimensional.

DISCO VOADOR: existem basicamente duas formas de discos voadores: a) materiais, aqueles que são feitos de metal e que comportam seres alienígenas de corpo material, e b) imateriais, feitos exclusivamente de energias que variam da etérea à pura, os meios mais conhecidos desse tipo de nave imaterial usada na Terra: é feita de tecnologia dodedimensional. Tal nave energética cria para abrigar a consciência de no mínimo três seres extraterrestres que deixam o corpo tridimensional em repouso, saindo fora dele com o corpo dodedimensional a fim de realizar várias missões que podem ser científicas, de espionagem, de observação ao abduzido, exploração etc. Veja os tópicos nave metálica e nave energética.

DESENCARNAÇÃO: quando o espírito se livra da carne, o corpo morre. Veja o tópico encarnação.

DESOBSESSÃO INSTANTÂNEA: os paranormais intergalácticos praticam tal forma de desobsessão, livrando a pessoa imediatamente das influências espirituais negativas, enviando seus obsessores, acorrentados, para a Escola de Santo Agostinho, onde passam anos sendo doutrinados pelos mentores que lá trabalham, além do próprio Santo. Veja o tópico Escola de Santo Agostinho.

DJIROTO: ser extraterrestre antariano que desencarnou na Terra e que transcreve parte da presente obra. Desencarnou quando estava fazendo experiências com plantas no Canadá e foi atacado por extraterrestres cinzas. Seu espírito está preso à Terra, devido à lei imposta pelos ultradesgenetizados para acabar com a guerra entre espécies alienígenas por aqui. Sua missão é ajudar os homens e participar de trabalhos com paranormais intergalácticos, promovendo socorro aos abduzidos ilegais por meio da punição aos ETs e atender a humanos com diversos problemas relacionados com o "carma" ou a saúde, pelo empréstimo de poder aos paranormais intergalácticos. E o Eu-Intermediário de um extraterrestre. Veja os tópicos Eu-Intermediário e empréstimo de poder.

DODEDIMENSÃO: está compreendida entre a terceira e a décima segunda dimensão. Veja os tópicos tecnologia dodedimensional e terceira dimensão.

DR. BRUNT: extraterrestre antariano, vivo e encarnado que fez o implante em Pedro Mauricio, que lhe garantiu maior rapidez, reflexos e flexibilidade nos ossos, entre outros fatores. Participou ativamente da correção das principais definições da presente obra. Pode ajudar paranormais intergalácticos em seus trabalhos, de forma dodedimensional (com o corpo etéreo) ou pessoal (com o corpo material).

DR. FRITZ: entidade de muita luz que pratica a medicina espiritual, de reconhecimento público e notório por todo o Brasil. Responsável pela operação na garganta de Pedro Mauricio. Veja "Quem é o Dr. Fritz", na página 135.

DUENDE: tipo de ser elemental. Veja seres elementais.

EMANAÇÃO: emanações são as diversas manifestações de um mesmo ser por meio das diversas dimensões a que este tenha acesso. As emanações ocorrem no sentido vertical, de cima para baixo, com a finalidade de atuação da parte do ser que pertence a uma dimensão superior numa dimensão inferior. Nesta obra, o exemplo prático de emanação foi quando o *Homo Quadriens* (referencial entre a terceira e quarta dimensões de um ultradesgenetizado) foi ajudado por Mutrilo (referencial dodedimensional do mesmo ser ultradesgenetizado), a fim de livrá-lo de grande problema com o Magnetismo Terrestre. Em termos humanos, seria como se você, adulto, pudesse voltar a ajudar você mesmo quando criança numa situação de perigo. Terminada a ajuda, você volta a ser adulto, deixando sua parte criança continuar sendo criança e vivendo no seu respectivo tempo. Grande número de paranormais a pratica inconscientemente quando em perigo ou enfermo. A emanação é a manifestação de uma parte muito superior do ser. Somente os seres que já se tornaram ultradesgenetizados já atingiram o Eu-Sou, o Eu-Superior, e que estão encarnados é que podem invocar, aqui na Terra, seu Eu-Sou, o próprio Espírito Santo: o autoparanormal. Os paranormais intergalácticos podem emanar seu Eu-Intermediário, ou seja, a consciência da vida estrelar para atuar aqui na Terra, fazendo grandes prodígios. Também existe a emanação de seres não encarnados, mas divinos (um exemplo é a Nossa Senhora, que se apresenta de acordo com a região em que tem que atuar) para fins religiosos cristãos, os quais buscam atrair as pessoas para o caminho da fé. Veja os tópicos expansão *quadriens*, Espírito Santo, médium intergaláctico, autoparanormal e Eu-Intermediário, presente, sou).

EMPRÉSTIMO DE PODER: muitos paranormais vivos e entidades extraterrestres podem emprestar seus poderes para outras pessoas, se as mesmas estiverem em sintonia com aqueles. Os ETs emprestam poderes, por telepatia forçada, para ajudar na leitura de gravações telepáticas e para que as pessoas sintam nas mãos as auras umas das outras, como se estivessem mexendo num tanque de água, fazendo com que seus dedos se enrosquem nas regiões e nos chacras onde haja problemas, podendo, inclusive, mexer na aura para dissipar doenças e todos os tipos de problemas relacionados à saúde etc. É a maneira pela qual os espíritos de ETs podem trabalhar com os paranormais intergalácticos, pois não podem incorporar neles. O empréstimo de poder ocorre sem a abertura do canal e é praticado em nível do Eu-Intermediário. Veja os tópicos indução, telepatia forçada, canalização e Eu-Intermediário.

ENCARNAÇÃO: é o ato de o espírito prender-se novamente a um corpo de carne. São as diversas vidas que um ser tem. O período entre o nascer e o morrer de um homem é conhecido como sendo o equivalente a uma encarnação. Para nova encarnação, ou reencarnação, é preciso que o espírito entre de novo na carne, nascendo e morrendo de novo. Os homens podem encarnar e desencarnar incontáveis vezes até conseguirem a evolução necessária. Veja os tópicos carma, ressurreição, reencarnação e ultradesgenetizado.

ENDOPATIA: a endopatia é a base da telepatia. É a endopatia que garante a comunicação interna dentre os diversos níveis mentais de um mesmo ser (único ser), pois faz a tradução interdimensional entre as partes dimensionais diferentes de uma mesma mente. Todos os seres inteligentes possuem uma mente com acesso a várias dimensões, quer material ou imaterial. Assim, por exemplo, o *Homo Sapiens* somente raciocina em terceira dimensão não desfrutando da telepatia porque não possui a endopatia, que lhe permitiria ter acesso à sua outra parte da mente que tem acesso à quarta dimensão, enquanto o *Homo Quadriens*, como um grande número de extraterrestres, que a possui, pode desenvolver a telepatia. A comunicação entre estas duas partes da mente só é possível pela endopatia. A endopatia pode ser emprestada em determinadas situações, como, por exemplo, na telepatia forçada, onde ocorre o empréstimo (da endopatia) por parte do ser que a está praticando, aquele que a está sofrendo. Veja os tópicos telepatia, telapatia forçada, tradução interdimensional e paralisação temporal.

ENTREIRO: são seres ultradesgenetizados que fazem explorações pelo universo afora. Todas as espécies alienígenas extraterrestres são objeto de estudos dos ultradesgenetizados por meio dos Entreiros, que podem nascer no planeta que quiserem e da forma do ser inteligente dominante do local. Atuam, principalmente, em missões científicas, para garantir o equilíbrio tecnológico entre as diversas espécies. No caso do Entreiro do presente trabalho, é missão de disciplina, punição, desenvolvimento e aproximação dos ETs com os homens e, principalmente, de contenção do I.C. Veja natimorto, transcarnado e híbrido, níveis do universo e inconsciente coletivo.

ESCOLA DE SANTO AGOSTINHO: local situado no mundo espiritual terrestre para onde os paranormais intergalácticos mandam espíritos obsessores para doutrinação ao caminho do bem. Também espíritos de pessoas vivas podem ser enviados para lá a fim de receberem tratamento psicológico quando em repouso. Veja Santo Agostinho.

ESPAÇO DO MAGNETISMO: é um espaço intermediário entre o da terceira e o da quarta dimensões criado pelo Magnetismo para manter aprisionados e confusos, sob seu domínio, os espíritos dos homens e muitas consciências de humanos que estão livres do corpo, na técnica do projecionismo. O fim principal é impedir que o homem conheça e usufrua da quarta dimensão, criando para aqueles que não se contentam somente com a terceira, este mundo imaginário, de fantasias, mas muito perigoso. Da mesma maneira e com os mesmos fins, também existe o tempo do magnetismo. Também é uma proteção natural do planeta contra uma colonização alienígena. Veja o tópico lei das contenções e, no meio do capítulo 7 da obra, o tópico espírito cigano e, no final do livro do *Homo Quadriens* – Um toque de Ciência, que ilustra muito bem o aprisionamento que o I.C. faz dos espíritos e dos homens ao mesmo tempo que é um fator de proteção.

ESPAÇO QUADRIMENSIONAL: é o espaço pertencente à quarta dimensão intimamente ligado ao tempo quadrimensional, por isso não existe presente, passado ou futuro em tal espaço. Na verdade, é o espaço existente dentro das passagens e portais dimensionais. Alguns extraterrestres o classificam como a falta de espaço, ou o espaço dentro do espaço que encurta as distâncias, o atalho dos atalhos, um buraco dentro do espaço. Veja os tópicos passagem dimensional, portal dimensional e *tempus quadriens*.

ESPIRITISMO: religião-ciência que estuda os espíritos e presta serviço aos homens encarnados por meio de espíritos de homens desencarnados que têm somente acesso ao Eu-Presente. Faz inúmeras ajudas a pessoas carentes e para espíritos sofredores. São extremamente conservadores e não reconhecem a abdução praticada por ETs, sendo-lhes impossível tratar de abduzidos, pois também não dão chances de passagem para espíritos de extraterrestres que morreram na Terra. Também desconhecem os elementais, que os enganam se disfarçando de espíritos humanos, porque seus praticantes não deixam a religião evoluir desde as últimas transcrições de mais de século atrás. Os novos codificadores somente podem repetir, com outras palavras, o que já foi dito mais de século antes, sem progredir, ou inovar em nada. Atualmente, grande número dos Centros Espíritas são Dominados por espíritos de padres e arcebispos católicos, que continuam, ainda hoje, praticando a inquisição, condenando outros espíritos humanos mais atrasados, e inocentes, até mesmo por crimes que não cometeram, sendo o maior deles a acusação de suicídio para os gordos e alcoólatras. É um absurdo, pois tais espíritos precisam de ajuda e não de condenação. Por inveja, perseguem espíritos de médicos que praticam curas em pessoas vivas, condenando-os também por motivos inexistentes, tendo os mesmos que trabalhar escondidos, às vezes, como foragidos. Também impedem a advocacia espiritual de fazer a defesa dos espíritos perante os inquisidores. Veja os tópicos Eu-Presente, autoparanormal, espíritos terrestres, espíritos extraterrestres, paranormais intergalácticos, mantra, indução, incorporação, emanações, Espírito Santo e seres elementais.

ESPÍRITO SANTO: uma figura da Santíssima Trindade (Pai-Filho-Espírito Santo). Agora estamos na Era do Espírito Santo, na qual o mesmo se fará presente entre os homens. Na verdade, todos os homens são, quando atingem seu Eu-Superior, seu Eu-Sou, o próprio Espírito Santo. Emanações do Espírito Santo, hoje, têm se manifestado fortemente pelo planeta Terra quando um grupo de pessoas (mais de cem) se reúne em cultos para evocá-lo, ficando uma delas inspirada, ungida, com o dom das línguas (nunca a vernácula, mas, sim, uma alienígena), falando pelo próprio Espírito Santo (na verdade, uma emanação deste). Tal prática permite que haja a emanação inconsciente de parte do Espírito Santo de alguma pessoa, a qual, no momento esteja menos vigiada pelo I.C., é usada com sucesso por vários tipos de religiões evangélicas, esotéricas-espiritualistas, etc., os quais conseguem feitos milagrosos por tal prática. No Espiritismo, o Espírito Santo não se manifesta nem mesmo por emanação, como o praticam as outras religiões, porque os espíritos dos homens não o permitem, por isso os autoparanormais lá não são aceitos. Os autoparanormais são pessoas que adquiriram seu Eu-Sou, seu Eu-Superior, não precisam incorporar espíritos humanos, sendo a forma consciente da manifestação do Espírito Santo, podendo falar na língua vernácula, alterando carmas, fixando (de maneira irrefutável) futuros etc. Veja os tópicos autoparanormal, emanação e Eu-Sou.

ESPÍRITOS EXTRATERRESTRES: espíritos de seres alienígenas inteligentes que morreram na Terra e que aqui têm que cumprir missão de ajuda aos homens, principalmente aos abduzidos, por imposição dos seres ultradesgenetizados, a fim de acabar com a guerra existente entre os diferentes tipos de ETs que aqui fazem pesquisas. Possuem um passado muito avançado em relação aos espíritos humanos e somente podem aqui atuar nos moldes do Espírito Santo; caso contrário, causariam desequilíbrio tecnológico e até mesmo de desenvolvimento intelectual entre os homens, pois estes são, na verdade, o próprio Eu-Intermediário. Veja os tópicos Eu-Intermediário, moldes do Espírito Santo, mantra e indução.

ESPÍRITOS TERRESTRES: são espíritos de pessoas que morreram e que ficaram presos neste orbe terrestre, devendo aqui resgatar dívidas cármicas ou praticar a ajuda aos homens encarnados. Alguns deles, de luz, prestam ajuda, como Dr. Fritz, o espírito do médico alemão que faz curas milagrosas, mas são perseguidos por espíritos invejosos, geralmente de padres inquisidores, que continuam a condenar os espíritos terrestres. São, na verdade, o Eu-Presente. Veja os tópicos espiritismo, Eu-Presente, carma, incorporação e seres elementais.

ETs DE PRIMEIRA ESCALA: são aqueles que possuem inteligência a partir da quarta dimensão, estando dentro da dodedimensão (faixa entre a terceira e a décima segunda dimensão). Eles se subdividem entre aqueles cuja inteligência atinge até a quarta, aqueles que vão até a quinta, outros até a sexta. Até finalmente aqueles que chegam à décima segunda, último ponto de influência da tridimensionalidade. Toda sua tecnologia se baseia a partir do uso de um corpo tridimensional que causa efeitos nas demais dimensões. Veja os tópicos extraterrestre e tecnologia dodedimensional.

ETs IN NATURA: são extraterrestres em corpo material, tridimensional, quando diante de humanos ou realizando pesquisas *in loco* na Terra, sem se utilizarem das projeções dodedimensionais. Veja projeção dodedimensional e terceira dimensão.

EU-INTERMEDIÁRIO: é a parte do ser que está na dodedimensão, é o nome intergaláctico, que permite o acesso de memórias passadas, na qual tal passado é muito mais evoluído que o presente da Terra tecnologicamente. É o eu a que os paranormais intergalácticos têm acesso e pelo qual podem ver o Eu-Sou e buscá-lo. É o próprio eu dos espíritos extraterrestres, o qual somente pode comunicar-se nos moldes do Espírito Santo. Veja os tópicos emanação, paranormal intergaláctico, moldes do Espírito Santo, Mutrilo e nome intergaláctico.

EU-PRESENTE: é o eu do tempo presente, da dimensão terrestre, que permite lembranças de um passado retrógrado em relação à evolução tecnológica do planeta. Os paranormais terrestres têm acesso somente ao Eu-Presente, tanto deles quanto dos espíritos humanos com os quais trabalham. Veja os tópicos eu intermediário e Eu-Sou.

EU-SOU: é o próprio Espírito Santo, não se confundindo com o Eu-Intermediário. Quem atinge o Eu-Sou fica livre das regras do carma, mas pode ser condenado a reencarnar como ateu, caso não haja nos moldes do Espírito Santo. Veja os tópicos emanação, ateu e Espírito Santo.

EXPANSÃO QUADRIENS OU QUADRIMENSIONAL: conforme adverte Cômer, não podemos confundir emanação com expansão quadrimensional. Embora a diferença seja muito sutil, ela existe. A expansão é faculdade de seres de corpo material que permite o estudo de uma só situação, por meio do ponto de vista de várias dimensões, ou seja, o mesmo ser sente-se, dentro de um mesmo ambiente, em vários lugares ao mesmo tempo, porém em dimensões diferentes. A expansão ocorre ao redor do corpo físico do ser, em sentido espiralar.

A emanação, ao contrário, somente ocorre no sentido vertical, de cima para baixo, ou seja, quando a parte superior do ser incorpóreo, que vive em dimensão superior, desloca-se para uma dimensão inferior a sua, interferindo na mesma, para, em seguida, retornar à sua origem. Seria como, em outros termos, se você, adulto, pudesse voltar à sua infância para ajudar-se em determinada situação, voltando, em seguida, para o seu tempo atual de adulto, deixando sua parte criança seguir seu trajeto. Nesta obra, o *Homo Quadriens* fica na terceira e quarta dimensões ao mesmo tempo em determinadas situações. Veja emanação, projeção dodedimensional e projecionismo.

EXTRATERRESTRES: seres que nasceram em outros planetas, tendo sua origem fora da Terra. Existem inteligentes e irracionais, bem como os de inteligência inferior à do homem, assim como os superiores. Veja abdução, espíritos extraterrestres e níveis do universo.

FIXAÇÃO DO FUTURO: as pessoas quando vão ler a sorte com paranormais, colocando-se à disposição dos mesmos, podem ter seus futuros fixados de acordo com a personalidade do vidente. Se uma pessoa tiver somente um futuro pela frente, todos os videntes lhe dirão a mesma coisa. Mas se a pessoa tiver um futuro múltiplo, poderá obter várias respostas, dependendo da personalidade de cada vidente. Então prevalecerá o futuro fixado pelo vidente mais poderoso. Infelizmente, hoje, o comércio da vidência exige respostas precisas dos videntes e as pessoas não têm por bons aqueles que não dão o palpite de um só fato possível no futuro, rotulando de fracos ou enganadores aqueles que o praticam com sinceridade, dizendo tratar-se de futuros múltiplos. Para escolha de um desses futuros, os videntes confiam à sorte, tipo cartas, dominós etc. O que os videntes não sabem é que podem, dessa maneira, fixar um acontecimento que seria incerto, criar um destino para a pessoa. Se o vidente for de poucos poderes para tanto, a pessoa por si só desfaz o que foi fixado, mas se ele for de grande poder, somente outro vidente com maior poder, poderá desafixar o que foi fixado. Por isso, não convém se ler o futuro, devendo-se deixar como incerto o mesmo. Veja na obra, no final da parte 6: "Como Fixar o Futuro" e "Do grande valor dos Videntes".

GRAVAÇÃO TELEPÁTICA: ato de gravar a telepatia em pedras e metais. São verdadeiras enciclopédias que somente são acessadas pela mente. Os paranormais intergalácticos, com poderes emprestados pelos espíritos de ETs, podem ler gravações telepáticas feitas por algumas espécies de extraterrestres. Nas pirâmides espalhadas pela Terra existem pedras com ditas gravações. Veja os tópicos tecnologia dodedimensional, massa quadrimensional e dodedimensão.

HÍBRIDO: ser originário do cruzamento entre humanos e extraterrestres, ou entre extraterrestres de diferentes espécies. A maioria deles tem problemas no seu corpo físico e, psicologicamente, alguns deles são desequilibrados por serem frutos de experiências. Existem bons e maus, superinteligentes e verdadeiros monstros.

Veja os tópicos natimorto, transcarnado e Entreiro.

HOMO QUADRIENS: ser com inteligência artificial quadrimensional, ou seja, entre a tridimensional e a dodedimensional; na verdade é um ultradesgenetizado que está estudando os saltos de contenção terrestre. Veja os tópicos Entreiro e salto de contenção.

HOMO SAPIENS: é o homem atual que domina o planeta Terra.

IMPLANTES: são pequenos objetos que são colocados subcutaneamente (na maioria) ou dentro do crânio das pessoas por seres extraterrestres. Podem ser sólidos ou líquidos, ou se diluírem temporariamente pelo corpo, para mais tarde se solidificarem. A tecnologia dos implantes varia de acordo com a espécie alienígena que os produz, sendo que a maioria funciona desde a terceira até a décima segunda dimensão. Tais implantes têm a finalidade de estudar as pessoas e promover alterações genéticas propícias à espécie humana quando posto por alienígenas bons. Os abduzidos legais não têm ciência dos implantes que possuem, mas em troca desfrutam de grandes vantagens físicas. O Entreiro por abdução consentida possui um implante que foi posto por seres verdes antarianos, o que lhe deu as vantagens físicas dos abduzidos legais: mais reflexos do que tinha anterior ao fato, tornou seus ossos mais flexíveis além de uma resistência maior a impactos do corpo com reduzida dor. Veja os tópicos abdução legal e abdução consentida.

INCONSCIENTE COLETIVO: também chamado de magnetismo. É o conjunto de forças que atuam pelo espaço afora e que delimitam as fronteiras das inteligências. O I.C. é que determina que tipo de inteligência pode viver em determinado planeta. Na Terra, o I.C. determina atualmente que somente a inteligência tridimensional do *Homo Sapiens* pode ser livre e, por isso, destrói as demais formas de inteligências mais avançadas. Até mesmo os ETs que aqui vêm não podem se desenvolver desde a infância; caso contrário, terão sua mente destruída, sendo-lhes impossível ter acesso à telepatia, se crescerem por aqui, tendo, ao final, sua inteligência equiparada à do homem. Veja os tópicos lei das contenções e níveis do universo para obter mais esclarecimentos.

INCORPORAÇÃO: ato que consiste em um espírito humano tomar, por completo, um paranormal para atuar na terceira dimensão e comunicar-se com as pessoas vivas. Os espíritos humanos, para psicografar, assim necessitam agir, tirando a consciência do paranormal. Também existe a incorporação em que o paranormal fica consciente. Pela incorporação, os espíritos da Terra se comunicam com os humanos, para, na maioria das vezes, fazerem pedidos para suas necessidades. Os ensinamentos por este tipo de comunicação já foram muito úteis e avançados no século passado. Hoje, já estão superados e nada mais têm a ensinar, além do que já ensinaram aos homens, caindo na repetição seus ensinamentos. Também espíritos de animais podem ser incorporados por paranormais, mas tal prática é mais usual entre os índios. Veja indução, desobsessão instantânea e canalização.

INDUÇÃO: é uma espécie de empréstimo de poder, com telepatia forçada, em nível do Eu-Intermediário, sem o uso do canal. Ato praticado por algumas espécies de ETs que não podem incorporar em humanos por questões de disparidades energéticas. Neste caso, os ETs tomam somente do pulso para a mão, de um único paranormal e escrevem suas mensagens. Um mesmo ET pode induzir vários paranormais ao mesmo tempo, fazendo-os escrever com a mesma letra, na mesma mesa, sem, entretanto, tirar a consciência de cada um deles. Também por indução, emprestam poderes para os humanos tocarem e sentirem a aura das pessoas, podendo mexer nela e agrupar corretamente as energias boas e dissipar as que causam danos. A indução também pode ser apenas telepática (telepatia forçada). Difere da canalização porque, para que esta ocorra, é necessária a prática prévia da meditação e de um longo tempo de abertura do canal. Na canalização não há empréstimo de poder, posto o paranormal ter que assumir uma atitude plenamente passiva, apenas de recepção. As mensagens recebidas por canalização, na maioria das vezes, são passadas pelo próprio magnetismo ou por seres elementais, que necessitam de um canal aberto para comunicar-se com as pessoas, enquanto na indução, não; apenas é necessária a rápida abertura e fechamento do portal dimensional pela pronúncia de um mantra, por duas vezes, sendo a comunicação feita somente por extraterrestres, os quais não precisam de canal aberto, quando próximos de humanos para lhes transmitirem mensagens, pois usam da telepatia forçada. Exemplo prático disso é quando pessoas estão diante dos ETs "*in natura*" e sentem estes falarem dentro de suas cabeças, e não no ouvido. Na telepatia forçada, os espíritos dos ETs não precisam de canal aberto para comunicar-se com os paranormais intergalácticos, apenas da proximidade a qual é garantida pela abertura e fechamento dos portais dimensionais pela pronúncia dos mantras. Embora haja a telepatia forçada, por indução o paranormal intergaláctico jamais perde a consciência e pode parar na hora em que quiser. A telepatia forçada é diferente entre um ET "*in natura*" e um espírito extraterrestre, sendo muito mais sutil neste último caso. Veja os tópicos incorporação, empréstimo de poder, ET "*in natura*", canalização, espíritos terrestres, espíritos extraterrestres, telepatia forçada, Eu-Intermediário, seres elementais, extraterrestres e mantras.

FLUIÇÃO: espécie de energias que, na maioria das vezes, saem dos seres encarnados, principalmente dos paranormais, e dos quais se aproveitam seres desencarnados para manifestar-se, materializarem-se etc. Também existem fluidos espalhados por todos os ambientes, pelo espaço, e que podem ser utilizados por entidades, paranormais e todos os tipos de paranormais. Os fluidos podem ser bons ou maus e ambos podem ser utilizados de forma consciente ou não, por pessoas.

LEI DAS CONTENÇÕES: é a lei que explicita a atuação do I.C. pelo universo afora, explicando como ocorre a contenção, que é a substituição do I.C. por outro I.C. mais evoluído, ou seja, que permita o desenvolvimento de uma forma de inteligência superior à suportada pelo anterior, porém estabelecendo um novo limite a ser contido futuramente em um eterno jogo de rodas dentro de rodas de influências dentro de influências, de dimensões dentro de dimensões. Veja níveis do universo e na própria obra, p. 177, a lei das contenções.

LIVRE-ARBÍTRIO: todos os seres do universo possuem o livre-arbítrio para a prática do bem e do mal, devendo adquirir por tais atos um carma. Os Entreiros, por escolha própria, podem encarnar em um mundo inferior sem livre-arbítrio, sendo monitorados por outros seres que o impedem de praticar atos que lhe gerem carma ou fazem com que os mesmos compensem algum ato imediatamente. Os Entreiros nascem sem livre-arbítrio para poderem regressar ao lugar de onde vieram, sem ter que cumprir carma no lugar onde nasceram. Veja os tópicos Entreiro e carma.

MAGNETISMO: o mesmo que I.C. ou Inconsciente Coletivo.

MANTRA: palavras com grande poder que são entoadas por pessoas a fim de atingirem determinado estado de espírito, atrair energias, afastar o mal, sintonizar-se com orbes superiores ou alcançar proteção. Os paranormais intergalácticos dizem duas vezes o mantra "dosáden édiméki cominámitivi" (a transcrição deste mantra, extraído da língua antariana, está de acordo com a fonética da língua portuguesa falada no Brasil e a tradução é: duas casas com dimensões diferentes se comunicam), antes de iniciarem seus trabalhos, e mais duas vezes ao final. A finalidade desse mantra é abrir um portal dimensional para os espíritos alienígenas passarem e atuarem diretamente na terceira dimensão, fazendo seus atendimentos a humanos, também facilitar-lhes a comunicação com os paranormais intergalácticos. Diz-se duas vezes, porque, na primeira, abre-se o portal e, na segunda, se fecha. O mantra é dito duas vezes no começo dos trabalhos e mais duas vezes no final, para abrir-se novamente para o retorno das entidades e limpeza energética do ambiente. Só é dito mais duas vezes no meio da sessão, caso seja necessário o transporte de algo mais para a nossa dimensão, tipo energia para fluidificação de pessoas, de água etc; nesse caso, movendo-se a mão em sentido anti-horário, com a palma voltada para baixo, e por cima da vasilha que contém o líquido, por ocasião da primeira fala e por ocasião da segunda, com a palma voltada para cima, por baixo do copo d'água e em sentido horário. O poder dos mantras é relativo e muda com o passar dos tempos. Para cada dimensão, há um mantra diferente para o mesmo fim. Um exemplo disso é o mantra "Abracadabra", que hoje é brincadeira de criança, pois seus efeitos já foram superados com o I.C. anterior ao nosso; a finalidade desse mantra era materializar, em terceira dimensão, objetos, cobras, etc. Como o planeta evoluiu, sendo desnecessária a materialização em terceira dimensão, os efeitos desse mantra foram extintos. As rezas também são mantras e servem para afastar espíritos de homens que atormentam. Veja o tópico antariano.

MARCIANO: os antarianos se dizem marcianos para os humanos que eles abduzem.

MARTE: planeta do sistema solar onde há uma base de antarianos.

MASSA QUADRIMENSIONAL: a massa quadrimensional é a matéria-prima da gravação telepática. O entendimento da frase: "a descrição da projeção quadrimensional de um objeto tridimensional equivale à descrição do contrário de sua sombra" dá uma perfeita ideia do que seja tal massa. Veja os tópicos gravação telepática e espaço quadrimensional.

MEGADIMENSIONAL: a megadimensão é o acesso a um número múltiplo de dimensões. Os ultradesgenetizados podem ter acesso à megadimensão e não ter mais corpo material ligado à terceira dimensão, enquanto a maioria dos ETs genetizados somente têm acesso à dodedimensão (até a 12ª dimensão), ainda sob influência da terceira e, por isso, com corpo material. Veja dodedimensão.

MOLDES DO ESPÍRITO SANTO: atuar nos moldes do Espírito Santo é estar vinculado a uma parábola ou um fato já vivido por alguma pessoa. Por isso, os ETs somente podem comentar fatos que lhes são narrados ou responder em parábolas; caso contrário, poderiam desequilibrar os conhecimentos terrestres. Quando os ETs praticam curas, emprestando poderes aos paranormais intergalácticos de mexerem nas auras das pessoas para harmonizarem suas energias, também obedecem a tais moldes. Não confundir com o próprio Espírito Santo. Veja os tópicos Espírito Santo, espíritos extraterrestres e indução.

MOMENTO PARABÓLICO: o momento parabólico pode ser criado pelo Magnetismo Terrestre para dar uma chance de defesa à sua vítima, pois na interpretação daquele momento está a chave de tudo, o escape. Na obra, quando o *Homo Quadriens* ajudando o *Homo Sapiens*, provoca o I.C., tentando saber com antecipação a data de uma morte prevista por uma paranormal humana, a fim de desfixar tal acontecimento, temos um momento parabólico. Veja seres elementais.

MÚSICA INTERPLANETÁRIA: o Entreiro prefere dizer tal nome para a música intergaláctica. É a música feita com a mente dodedimensional de um ser. São sons criados a partir da dodedimensão para as demais dimensões. Influencia no desenvolvimento da telepatia.

MUTRILO: é o nome intergaláctico de uma das emanações de um ser ultradesgenetizado por ocasião de sua encarnação em Antares, em forma de extraterrestre verde, quando estudou o magnetismo e os limites da dodedimensão daquele lugar. Mutrilo, na verdade, é o nome do Eu-Intermediário e não do Eu-Sou deste ser que transcreve a presente obra. Veja emanações.

NATIMORTO: tipo de tecnologia usada por extraterrestre que nasce em forma humana. Esse processo ocorre quando o espírito de alienígena se depara com o corpo de um ser humano recém-nascido, mas morto, sem vida; então aquele dá vida ao corpo, penetrando-o, assumindo a forma humana. Processo altamente traumatizante para o ser, que fica, ao final, somente com a consciência humana, perdendo suas faculdades de ser extraterrestre. A finalidade também é estudar a contenção da Terra, ou seja, os limites de inteligência suportável aqui e as probabilidades do desenvolvimento telepático. Tecnologia muito arriscada que dá livre-arbítrio ao ser e consequente carma, o que faz com que o mesmo regresse somente por seus próprios meios para o mundo a que realmente pertence. Poucos conseguem regressar, e a maioria esmagadora fica por aqui presa por várias encarnações, ao final tornando-se homens. Podemos dizer que esse é um caso em que o Eu-Intermediário pode tornar-se um Eu-Presente. Veja híbrido, Entreiro, Transcarnado, Ultradesgenetizado e terceira dimensão.

NAVE ENERGÉTICA: descrita nos tópicos projeção dodedimensional e disco voador.

NAVE METÁLICA: como o próprio nome diz, são feitas de metal. Abrigam o corpo tridimensional de seres extraterrestres que vivem até a décima segunda dimensão. Embora em tão elevada dimensão, ainda têm que usar de tal nave, porque ainda estão ao alcance da terceira dimensão, que os obriga a manter um corpo físico e genetizado. Veja os tópicos disco voador, nave energética, passagem dimensional e terceira dimensão.

NÍVEIS DO UNIVERSO: o universo possui três níveis bem distintos: inferior, médio e superior, onde vivem respectivamente o Eu-Presente, o Eu-Intermediário e o Eu-Sou. No nível inferior, na faixa básica, encontramos mundos totalmente tridimensionais, dominados por seres irracionais. Ainda nele, já na divisa com o nível médio, seres no último estágio da inteligência tridimensional, tipo *Homo Sapiens*. No nível médio, temos a dodedimensão, que vai da quarta até a décima segunda dimensão. Perto da fronteira com o inferior, encontramos seres extraterrestres em corpos materiais relativamente grandes, em fase de começo de domínio da dodedimensão, ainda muito longe de dominar a gravação telepática. No centro desse nível, várias espécies extraterrestres já dominam plenamente a telepatia e a gravação telepática, com seu corpo material já reduzido. Na divisa com o nível superior, encontramos seres extraterrestres com corpo material ainda mais reduzido, mas ainda sob influência da terceira dimensão, mas de grande poder tecnológico. No nível superior, dentro de suas várias subdivisões, encontramos desde seres de corpo sutil (material, mas centrado em matéria além da terceira dimensão) até seres ultradesgenetizados, de energia pura, que vão se tornando cada vez mais potentes, à medida que chegam mais perto do Deus Único. Veja os tópicos eu (presente-intermediário-Sou).

NOME INTERGALÁCTICO: nome que todos os seres possuem nas estrelas. Nome do Eu-Intermediário de quando a pessoa vivia tendo acesso até a décima segunda dimensão. Acima dessa dimensão não se diz o nome intergaláctico. Quando se diz pela primeira vez, refere-se ao nome com que tal pessoa ou ser é conhecida na última estrela em que nasceu antes de vir para a Terra. Todos os seres possuem um nome intergaláctico diferente em cada constelação pela qual passou. No princípio dos trabalhos intergalácticos, os ETs diziam somente o nome da última estrela e da última encarnação nessa estrela, recusando-se a dizer sobre as demais. Por não haver nada que impeça, hoje eles podem dizer os vários nomes intergalácticos nas várias estrelas pelas quais cada indivíduo passou, não apenas a última, o que foi de maior vantagem para os paranormais intergalácticos, tendo mais chance de aceitação de outros próprios Eus-Intermediários, não exclusivamente do último. Assim, por exemplo, se o seu eu – intermediário de Antares não aceita trabalhar (transferir poderes) com você hoje, nada impede que seu próprio Eu-Intermediário de Orion aceite, e assim por diante. Há casos de não aceitação de nenhum Eu-Intermediário (quando as intenções são escusas), bem como há casos de múltiplas aceitações. A segurança é que seu Eu-Intermediário é seu próprio juiz, sabendo do comprometimento da própria evolução a caminho do Eu-Sou. Sabe-se, que no mínimo, por quatro estrelas cada pessoa passou antes de aqui chegar. Mutrilo desaconselha aos paranormais intergalácticos dizerem o nome intergaláctico a curiosos, posto, às vezes, servir basicamente de especulação, fugindo aos moldes do Espírito Santo. O mais aconselhável é que os próprios ETs digam o nome intergaláctico ao paranormal intergaláctico com o qual estão trabalhando juntos.

OBSESSÃO: ocorre quando um espírito desencarnado influencia negativamente na vida de pessoa viva, encarnada. Também pode ocorrer o inverso, bem como entre os próprios espíritos. Quem sofre a obsessão é chamado obsediado, e livrar este de tal situação é tarefa simples e instantânea para os paranormais intergalácticos, mas muito complicada para os demais tipos de paranormais. Veja o tópico desobsessão instantânea.

OMNIDIMENSIONAL: é o domínio pleno sobre todas as dimensões. Somente o Deus Único é omnidimensional.

ORDEM DE ESCALA: diferença de aproveitamento cerebral que já implica utilização de uma dimensão a mais. É o caso do *Homo Quadriens* diante do *Homo Sapiens*. Esse novo aproveitamento cerebral de um pouco mais de dez por cento faz com que seja atingida a quarta dimensão. Veja os tópicos níveis do universo e ordem de grau.

ORDEM DE GRAU: diferença entre inteligências dentro da mesma dimensão, ou seja, no caso da Terra, quando o *Homo Sapiens* surgiu diante de seu antecessor. Neste caso, o *Homo Sapiens* fez com que o antigo aproveitamento cerebral subisse próximo aos dez por cento, porém ainda dentro da terceira dimensão, enquanto o Magnetismo Terrestre, que protegia seu antecessor, relutava em conservar aquele pouco aproveitamento cerebral, até, finalmente, ser contido. Veja níveis do universo e ordem de escala.

OVOIDE: espírito humano muito atrasado, na maioria das vezes, mau. São espíritos que estão evoluindo desde o animal e que encarnaram poucas vezes como homens, por isso seu perispírito fica muitas vezes com forma animal ou humana ou uma metamorfose de ambas, parecendo monstros. Não podem ser confundidos com os elementais, porque estes não são humanos, nem animais, nem vegetais, sendo apenas uma manifestação da energia grosseira conservadora do próprio magnetismo, e a personificação do magnetismo. Os ovoides podem ser manipulados pelo magnetismo, enquanto os elementais são o próprio magnetismo personificado. Veja seres elementais e espíritos terrestres.

PARÁBOLA: é a maneira pela qual seres de níveis mais avançados do universo podem comunicar-se com seres de níveis mais inferiores. Eles não podem se comunicar diretamente pelo discurso porque podem comprometer, com seus ensinamentos, o equilíbrio que deve ser mantido entre todos os seres pertencentes a um mundo. Parábolas podem ser sonhos, pequenas histórias narradas cuja perfeita interpretação seja a resposta. O I.C. também faz parábola que, no caso, pode ser um momento vivido, tipo presságio. Veja momento parabólico e espíritos extraterrestres.

PARALISAÇÃO TEMPORAL: algo inexistente. A sensação de paralisação temporal se dá devido ao fator da comunicação telepática. Na obra, o exemplo dado de paralisação temporal ocorreu quando o Entreiro raciocinou como um ultradesgenetizado na presença de humanos. Houve a impressão de que os mesmos estivessem paralisados no tempo, porque a velocidade de comunicação telepática foi muito acima da luz. Quem se comunica em velocidade acima da luz (mais de 300.000 Km/s) tem a impressão que os homens, que se comunicam na velocidade do som (340 m/s), estejam paralisados no tempo e no espaço. Também há a sensação de escurecimento, porque quem se comunica dessa maneira passa a enxergar mais rápido que a luz tridimensional, tendo que se adaptar à luz quadrimensional. Veja telepatia, telepatia forçada e endopatia.

PARANORMAL INTERGALÁCTICO: paranormal que atua com forças emprestadas de seres alienígenas que morreram na Terra, por meio da indução provocada pela telepatia forçada e contato com o Eu-Intermediário. Alguns deles podem ler gravações telepáticas feitas por ETs e mexer na aura das pessoas para fazer cura, conhecer os elementais etc. Todos possuem poderes para socorrerem vítimas de abduções e matar extraterrestres quando em projeção dodedimensional. Para ser um paranormal intergaláctico, você pode ser de qualquer credo ou religião, exigindo que respeite as demais religiões em atitude ecumênica. A paranormalidade intergaláctica não é uma religião, é uma ciência. O objetivo maior de um paranormal intergaláctico é ajudar pessoas abduzidas ilegalmente a se livrarem de tais ETs e não a cura, que pode ser praticada por muitos tipos de paranormais. Veja os tópicos Eu-Intermediário, projeção tetradimensional, elementais, Espírito Santo, telepatia forçada, indução e mantra.

PARANORMAL TERRESTRE: veja os tópicos Eu-Presente, Espiritismo e incorporação.

PASSAGEM DIMENSIONAL: são atalhos utilizados por seres com inteligência acima da quadrimensional, que conduzem o indivíduo ou seu meio de transporte para outro ponto dentro da mesma dimensão, sem haver deformação do tempo e do espaço. Exemplo: é como se alguém que estivesse na Europa, pudesse atravessar uma porta e já sair na América do Sul no mesmo dia, hora (respeitando se o fuso horário), como se fosse um pequeno atalho. Por passagens dimensionais, é impossível voltar no tempo e no espaço – é muito diferente de portal dimensional. Como melhor definido por Djiroto, ela é feita para que uma nave, com suporte em matéria tridimensional, desloque-se dentro de uma mesma dimensão, desaparecendo em um ponto para aparecer em outro qualquer, mas dentro da mesma dimensão, sendo obedecidos o tempo e o espaço em relação à hora em que passou pela passagem. Resumindo, a passagem dimensional serve apenas para todos os seres que, embora em dimensões muito altas (até a 129), ainda possuem um corpo genetizado ou de matéria palpável, de configurações tridimensionais. É o meio mais usado na dodedimensão. Com poderes emprestados por seres alienígenas, os paranormais intergalácticos podem abrir uma passagem dimensional, dizendo o seguinte mantra "dosadém iméki cominámitivi" (duas casas na mesma dimensão se comunicam) – usam de tal poder para tratarem de pessoas a distância, ou para trazer um espírito desencarnado doente para operações necessárias, ou "dosaden iméki éditai cominámitivi (duas casas na mesma dimensão em tempos diferentes se comunicam), no caso de tratarem de pessoas vivas ou em coma a distância, porém com distorção temporal. Diz-se o mantra uma vez antes, para abrir a passagem, depois o nome da pessoa e o tratamento e mais uma vez o mantra, após o tratamento, fechando-se a passagem dimensional. Veja portal dimensional, antariano e *tempus quadriens*.

PATRUSA: planetário onde são preparados para missões somente seres ultradesgenetizados. Não é formado de massa, somente de energia, sendo totalmente invisível e imperceptível aos espíritos ou seres dos níveis intermediário e inferior do universo. Um dos lugares do universo que é habitado, somente de passagem, por Eu-Sou, comportando, no máximo, mil e quinhentos deles.

PESSOAS-ESPELHO: são pessoas que, no momento, vivem problemas semelhantes aos nossos. A finalidade de tais encontros é fazer com que enxerguemos no outro a nós mesmos. Assim como a outra pessoa nos serve de espelho, nós também servimos de espelho para ela. Mas é preciso saber tirar proveito de tal situação, posto que tais encontros se dão somente em nível de observação, conversas e aprendizado. Logo depois, há o afastamento para que cada um cumpra seu carma, independente do outro. Por raras vezes podem seguir convivendo juntas, então poderão viver várias experiências conjuntas. Não confundir com alma gêmea, posto não serem complementos uma da outra, apenas uma espécie de reflexo energético. É um encontro provocado pela bondade divina.

PORTAL DIMENSIONAL: somente o portal dimensional permite o transporte de seres de uma dimensão para outra. Também pode-se voltar no tempo tridimensional por portais dimensionais. Segundo Djiroto, é feito para passagem de naves ou de seres etéreos, de dimensões mais densas para menos densas e vice-versa. É a passagem entre dimensões diferentes. Veja passagem dimensional e mantras, pois existe um mantra que os paranormais intergalácticos dizem para abrir o portal dimensional.

PRIMEIRA ESCALA: veja ETs de primeira escala.

PROJECIONISMO: técnica utilizada por humanos para liberação da consciência (espírito) do corpo a fim de fazerem viagens astrais. Veja viagem astral.

PROJEÇÃO ASTRAL: o mesmo que viagem astral.

PROJEÇÃO DODEDIMENSIONAL: tecnologia utilizada por seres extraterrestres que consiste em liberar o corpo dodedimensional do tridimensional e que só pode ser feita com segurança quando em grupo de três seres no mínimo. Técnica muito usada para acompanhar abduzidos, principalmente os que sofrem abusos sexuais. Também é usada para espionagem interespécies extraterrestres. Nessa técnica, após estarem fisicamente em repouso, três seres liberam seus corpos dodedimensionais, que, embalados por energias em forma ovalada (de nave), podem atravessar portais dimensionais e pesquisar as mais longínquas partes do universo. A energia gerada por tal situação faz com que os mesmos se sintam dentro de uma nave energética, e assim, juntos, protegidos pela energia em forma de nave, possam viajar. Podem ser mortos se outros seres prendam a projeção dodedimensional, impedindo-a por determinado tempo de voltar ao corpo físico. Os paranormais intergalácticos possuem tal poder para defender os humanos abduzidos, advertindo-os da primeira vez, e, da segunda, matando-os. Não confundir nave energética (descrita neste tópico) com nave metálica, nem com expansão *quadriens* e até mesmo emanação. Veja esses dois últimos tópicos, além de nave metálica.

PROJEÇÃO QUADRIMENSIONAL: faculdade do Entreiro, em que se mistura expansão *quadriens* e projeção dodedimensional, é algo artificial criado pela tecnologia ultradesgenetizada.

QUARTA DIMENSÃO: é a dimensão que serve de passagem para as demais. É a dimensão preferida para a construção de portais dimensionais que dão acesso a grande número de dimensões. Veja *tempus quadriens* e espaço quadrimensional.

REAÇÕES DO MAGNETISMO: as reações do magnetismo são sempre para conservar o estado atual evolutivo do homem, impedindo o avanço da espécie para a telepatia. Nesse sentido é negativa, mas, por outro lado, impede que a Terra seja colonizada por ETs, posto que os descendentes dos mesmos não têm condições de aqui desenvolverem a telepatia. Veja os tópicos alteração do magnetismo e níveis do universo.

REENCARNAÇÃO: é o ato de encarnar novamente, após o desencarne. É o morrer e voltar a nascer. Todos os ETs procuram fugir de tal fator, pois, para serem energia pura, têm que parar de ficar reencarnando. Veja encarnação e tetradimensão.

RESSURREIÇÃO: é a procura de fazer com que o corpo morto reviva. Antigamente acreditava-se na ressurreição do corpo, ou seja, que algum tempo depois de mortos os seres humanos voltariam a viver com o mesmo corpo que já haviam sido enterrados. Tal pensamento era fruto do magnetismo da época e fez com que várias técnicas de energização do corpo, principalmente de chacras, fossem adotadas, visando, no final, o retorno do espírito ao mesmo corpo. Veja reencarnação, mantras, encarnação e seres elementais.

SALO: nome popular entre os seres verdes, principalmente entre os antarianos e zurquianos. Existem bons e maus.

SALTO DE CONTENÇÃO: é a técnica que consiste em alterar a inteligência para ultrapassar o padrão estabelecido pelo magnetismo local. O *Homo Quadriens* media a contenção (limite da inteligência) da Terra quando desenvolvia a forma de raciocínio quadrimensional, de acordo com as reações do Magnetismo Terrestre. O Entreiro, nesta obra, dá exemplos práticos do salto de contenção quando diante de ETs, mutando seu corpo e sua inteligência. Veja o tópico níveis do universo.

SANTO AGOSTINHO: santo terrestre cuja missão é a doutrinação de espíritos terrestres e extraterrestres para o caminho do bem. É um ultradesgenetizado em missão de doutrinação aqui no sistema solar e é responsável pela distribuição do conhecimento entre os homens. É auxiliado por vários espíritos de luz, mantendo em regime de internato no local denominado Escola de Santo Agostinho várias entidades por determinado tempo até soltá-las novamente para os seus respectivos lugares e seguirem sua evolução.

SÃO JORGE: santo terrestre que foi responsável pela morte do dragão, ou seja, que praticou a contenção do magnetismo que vigia anteriormente ao atual do século XX. Hoje exerce poder de proteção a seus devotos quando têm problemas com energias magnéticas. Emana-se também na Umbanda e Candomblé com o nome de Ogum.

SERES ELEMENTAIS: os seres elementais são seres que representam a natureza, sendo constituídos de energia grosseira. Podem assumir a forma de humanos, de animais, de vegetais, de monstros etc. Não podem ser destruídos, são muito inteligentes e se apresentam pelo planeta afora em forma de duendes, bruxas, fadas, etc. Eles podem ser bons ou maus. Quando fazem um humano de vítima, eles chamam a pessoa pelo nome antes de atacá-la (quer roubando energias ou causando distúrbios físicos) e há duas maneiras para livrar-se deles e da morte: despistando-os por convenção, atingindo um deles e gritando um nome inexistente, ou deixando de praticar um ato, cuja prática leva à fatalidade implícita. No primeiro caso, após atingido, o elemental manda um irmão vingar-se dele dizendo ao seu vingador o nome da pessoa, e como o nome gritado é inexistente, a pessoa estará livre, enquanto no segundo, a abstenção salva. Eles podem ser atingidos por pedras energizadas pelos paranormais intergalácticos. No passado, eles chegavam a materializar-se na terceira dimensão em forma de dragões que comiam pessoas, de monstros mitológicos (ciclope, etc., mas foram contidos com o I.C. da sua época, por ex. pela figura de São Jorge que matou o dragão) que foi substituído pelo atual. Mas o poder deles é o mesmo, podendo ajudar ou prejudicar pessoas ainda hoje, porém agora são praticamente desconhecidos (foram esquecidos pelo homem). Os elementais tentam confundir de todas as maneiras suas vítimas, bem como os defensores delas. Os espiritualistas, os espíritas e os espíritos humanos são facilmente enganados pelos elementais, que se fazem de espíritos humanos, ou às vezes lançam um espírito humano como bode expiatório de suas obras. Os espíritas, vendo-os como espíritos humanos, tentam convertê-los em sua doutrina, mas, ao final, a vítima acaba morta ou levada à loucura pelo elemental. Os elementais, na verdade, são o próprio magnetismo personificado. Como já dito, os paranormais intergalácticos conhecem dos elementais e ensinam a cura para as vítimas desses seres. Não podem ser confundidos com os ovoides, veja este tópico.

SIMPATIAS: atos praticados que, na verdade, são códigos aceitos pelo magnetismo e que podem solucionar vários problemas de saúde, de amor, de sorte, etc. As simpatias funcionam, se praticadas por paranormais, sendo difícil seu funcionamento quando praticadas por pessoas tidas como normais. Na obra, uma paranormal faz uma simpatia para curar o Entreiro de uma hepatite.

SOBREVIDA: período de vida a mais que pode ser concedido a pessoas que já cumpriram o seu carma na atual encarnação em que se encontram. É uma chance de crescer espiritualmente, aliviar-se e de ganhar muitos pontos positivos no carma. Veja carma.

TECNOLOGIA DODEDIMENSIONAL: domínio tecnológico que alcança até a décima segunda dimensão. Nessa tecnologia, os aparelhos têm suporte em matéria tridimensional, posto ainda estarem sob a área de influência da terceira dimensão. Na tecnologia *quadriens*, por exemplo, os seres já começam a trabalhar com os princípios telepáticos e já visualizam a luz quadrimensional. O domínio completo das técnicas dodedimensionais e da gravação telepática somente ocorre no último estágio do domínio dessa dimensão (dodedimensional). É por isso, que no nível intermediário do universo existem diversos tipos de ETs diferentes, aqueles que já dominam tal tecnologia podem sobrepujar os demais. Veja o tópico projeção dodedimensional.

TECNOLOGIA QUADRIENS: é a tecnologia somente da quarta dimensão e faz parte da tecnologia dodedimensional (que atinge até a décima segunda). Na verdade, é algo artificial, usado pelo Entreiro para medir as contenções terrestres, porque a quarta dimensão é uma dimensão de passagem para as demais. Veja os tópicos expansão *quadriens*, espaço quadrimensional, salto de contenção e espaço do magnetismo.

TELEPATIA: técnica que permite a transmissão de pensamentos de um ser para outro. Existem vários tipos de telepatia, desde as que têm como suporte a linguagem falada até aquela em que não há vínculo algum com a linguagem falada. Quanto mais evoluídos os seres, mais longe da linguagem falada sua telepatia. Um humano diante de um extraterrestre verde, sentirá este falar dentro de sua cabeça, em telepatia forçada. Outras espécies mais atrasadas de ETs, porém mais evoluídas do que o homem, não dominam a telepatia, necessitando de aparelhos para se comunicarem com humanos. Veja paralisação temporal, endopatia e cumprimento dos ETs.

TELEPATIA FORÇADA: ocorre quando um extraterrestre com altas capacidades telepáticas comunica-se telepaticamente com um humano (que não possui telepatia). O humano tem a sensação de que o ET esteja gritando dentro de sua cabeça e que todos seus pensamentos estão sendo lidos. A telepatia forçada de um ET *"in natura"* é muito mais forte do que a de um espírito de extraterrestre, sendo a diferença que, na primeira, a pessoa pode perder a consciência e, na segunda, jamais. Nesse processo não há endopatia por parte de quem sofre o processo, posto ser uma invasão da mente, na qual a endopatia do ser invasor é emprestada ao invadido. Somente pode ser praticada a partir do contato entre um ser que atingiu o Eu-Intermediário diante de outro que alcançou o seu Eu--Presente. Veja os tópicos endopatia, telepatia, Eu-Presente, Eu-Intermediário, indução e cumprimento dos ETs.

TEMPO DO MAGNETISMO: veja espaço do magnetismo.

TEMPUS QUADRIENS: é o tempo da quarta dimensão. Foge às regras do tempo tridimensional e não há tempo presente, passado ou futuro. É o tempo que é usado em passagens e portais dimensionais. Na Terra, é muito usado (inconscientemente) por videntes para verem o presente, passado e futuro, pois permite o deslocamento dentro do tempo tridimensional, observando os fatos diante dos olhos (como se numa tela de projeção), sem ser preciso atravessar um portal (estão apenas olhando por meio dele) ou passagem dimensional. Tudo se passa diante dos olhos do vidente sem que este saia do lugar, mesmo conversando com pessoas. Veja passagem dimensional, portal dimensional e espaço quadrimensional.

TERCEIRA DIMENSÃO: é a dimensão na qual vive o homem atual. Todos os corpos tridimensionais compreendem altura, largura e espessura e o tempo nesta dimensão também é tridimensional: presente-passado-futuro. É considerada a mais harmoniosa das dimensões, sendo também a pior de todas as prisões, pois mantém presos nela infinitos tipos de seres e inteligências. Pode ser comparada a um buraco negro, pois atrai todas as dimensões ao seu redor, ou seja, até a décima segunda dimensão, forçando os seres que vivem até nesta última dimensão a possuir um corpo tridimensionalmente material. Por isso vários seres evoluídos dodedimensionalmente podem ser arrastados de volta, gradativamente, para o centro da terceira dimensão. Veja o tópico níveis do universo.

TRADUÇÃO INTERDIMENSIONAL: a tradução interdimensional foi muito bem explicada na obra pelo próprio Djiroto. É como um mesmo fato é visto em várias dimensões ao mesmo tempo. Por exemplo, quando o Entreiro sofreu a lavagem da alma. Para a terceira dimensão, os anjos realmente lavaram a alma para a dodedimensão, foi apenas um trabalho tecnológico de reparo de energias realizado por seres, dessa vez enxergados como ultradesgenetizados e não anjos. Para a terceira dimensão, a tradução interdimensional ocorre somente quando os atos (ou aparelhos postos em pessoas- o exemplo da obra foi o aparelho de proteção posto no Entreiro pelos Ultras, que foi traduzido como uma fosseta) praticados são a partir da décima segunda dimensão, posto ser desnecessária quando tudo se dá dentro da dodedimensão, já que esta tem suporte na própria terceira dimensão (o exemplo prático está descrito no tópico abdução consentida: um implante na perna direita).

TRANSCARNADO: caso muito raro de acontecer aqui, no nível inferior do universo. É a encarnação natural (sem ser por experiência) de um alienígena em forma humana. Tal prática só é permitida entre humanos e seres extraterrestres do mesmo nível inferior do universo. Nascer de tal forma no primeiro nível do universo é proibido para os demais seres extraterrestres do segundo, a não ser em caso de condenação, em que suas faculdades telepáticas são retiradas, ou de uma lenta queda gradual. Também é uma forma do eu intermediário se tornar um Eu-Presente. Veja terceira dimensão, natimorto e híbrido.

TRANSMIGRADO: prática ilegal, na qual os extraterrestres fazem com que o humano tente o suicídio. Após tal tentativa, muito ferido, o espírito humano é retirado do corpo e um espírito alienígena assume o comando do corpo. É um jeito de driblar o Magnetismo Terrestre, fazendo com que um adulto ET viva entre os homens sem ser reconhecido. Tal prática é arriscada para o ET que pode ficar preso às leis cármicas terrestres. É ato ilegal que deve ser punido pelos paranormais intergalácticos antes que o abduzido tente o suicídio e a transmigração se consuma. Se já ocorreu a transmigração, melhor não tentar trazer de volta ao corpo o espírito humano. É uma forma ilegal de abdução, geralmente praticada por seres muito avançados com corpos de massa etérea. Veja o tópico abdução ilegal.

ULTRADESGENETIZADO: é o estágio máximo alcançável pelo ser, no qual nada mais da matéria o prende, não havendo corpo material, somente energia pura e sutil. É o encontro com o Eu-Superior ou o Espírito Santo que todos possuem. Depois de alcançado tal estágio, o ser somente nascerá, voluntariamente, em missões nas demais partes do universo. Veja os tópicos Espírito Santo e autoparanormal.

ULTRATERRESTRE: o mesmo que ultradesgenetizado.

UMBANDA: religião espiritualista que trabalha com espíritos de mortos humanos e, também, com os orixás, que são emanações em estado semielemental de seres do alto poder das galáxias. Alguns centros dessa religião praticam tanto o bem quanto o mal, posto não os diferenciar.

VIAGEM ASTRAL: a capacidade que alguns seres humanos possuem de sair com o espírito fora do corpo, permite-lhes que façam viagens astrais por dentro do terceiro nível do universo. Consiste basicamente em fazer observações. Pode ser perigosa para as pessoas, pois, durante tal viagem, podem ser atacadas por entidades diversas ou pelo próprio Magnetismo Terrestre. Pode ser feita em conjunto, mas jamais há a sensação energética de proteção como na projeção dodedimensional. Grosseiramente, pode ser entendida como uma emanação ao contrário, pois é a parte inferior do ser (Eu-Presente) que se desloca, podendo ver seu Eu-Intermediário, o que gera um grande choque, posto, na maioria das vezes, a pessoa não estar preparada para tanto. Não confundir com expansão *quadriens* ou projeção tetradimensional – veja tais tópicos e, também, os seguintes:

emanação, Eu-Presente e Eu-Intermediário.

ZURQUIANOS: habitantes do segundo planeta que gira em torno de Antares. Pertencem à raça verde e são de pequena estatura. Na verdade, são uma das incontáveis subdivisões políticas dentro da espécie verde, a mais popular do universo. Alguns deles não acatam com muito grado as leis que lhes são impostas pelos seres ultradesgenetizados e, constantemente, são punidos.

ENTREVISTA DO ENTREIRO

Assista à entrevista do Entreiro! Acesse o vídeo pelo QR Code a seguir. Aponte a câmera do seu celular para ele, ou visite o endereço: https://youtu.be/ua3Um5k9RkY

LIVRO 2

TYENNE, UM ANJO CAÍDO E O NATIMORTO

PREFÁCIO DE DJIROTO
(EXTRATERRESTRE ANTARIANO, DIRIGENTE DA BASE E DA ORDEM SECRETA DE ANTARES NA TERRA)

Os estrapeanos há milênios estudam os seres humanos. Sempre foram discretos e, antes desta presente obra, nenhum relato desses nossos aliados, havia entre os humanos. E só existe tal registro devido a uma gravíssima quebra de protocolo das leis que os regem. A experiência protagonizada por Tyenne de Estrape abalou seriamente as estruturas de três mundos, criou um verdadeiro embaraço intergaláctico até mesmo maior que a guerra estelar existente entre nós, antarianos e orianos, às margens desse sistema. E, pela primeira vez, nós antarianos encontramos aqui na Terra uma pesquisa mais interessante do que os efeitos causados pelas diferentes espécies alienígenas nas abduções humanas. Foi e ainda é fonte de nossa pesquisa a filha de Tyenne de Estrape: "Ithe da Terra", pois problema semelhante um dia poderá ocorrer em nossa própria espécie antariana. Estamos pesquisando como ela encontrará a sua paz se já não consegue viver plenamente no mundo em que foi gerada, no mundo de sua mãe ou no mundo de seu pai. O grande problema é que a força magnética desses três mundos só permite sua estada e, consequentemente sua vida, por curto período, pois a força de um mundo é excludente da força do outro. E nela, no mesmo ser, há as três forças antagônicas. Por isso que nós, antarianos, estamos pesquisando a vida de Ithe, estamos auxiliando na medida do possível. Porém ainda teremos a pesquisa maior. Será que o 7º Imperador Magnético, agora encarnado, poderá resolver tal problema alterando leis magnéticas da Terra para tanto? Esse caso também é inédito na história do Império Magnético, pois envolve dois planetas que vivem no futuro com um planeta que vive no passado. Como resolver essa discrepância temporal? Essa questão enviaremos daqui da Ordem Secreta de Antares para a Ordem Secreta Magnética, por meio do Centro Cultural das Ordens Secretas, já que uma Ordem Secreta não pode ter acesso direto a outra sem ser por intermédio desse núcleo.

PREFÁCIO DE PEDRO MAURICIO

Santos, 20/03/2015

Meu muito querido irmão,
Sr. Pedro Mauricio.
Tudo bem? Família? Ótimo!

Não sei se ainda existe tempo para acrescentar duas histórias com relação a Tyenne, mesmo assim vou contá-las.

Foi dessa maneira que escrevemos esta obra para nossos estudos internos. Melquises me mandava seus relatos via e-mail, eu contatava aos extraterrestres antarianos para ajudar nas análises. Porém ainda não tínhamos autorização do Mundo Magnético para publicar tais estudos. Tentamos publicar antes (livro considerado vermelho pela Ordem Magnética), mas não teve jeito, nossa editora teve todos seus computadores e impressoras queimadas pelas forças do Mundo Magnético Contrário. Então ficamos esperando pela autorização. Agora que o livro foi considerado verde para publicação interna, podemos publicar sem problemas. Observação: o livro ainda é considerado vermelho, pela Ordem Secreta Magnética para publicação externa. Dessa forma, vamos fazer o que pode ser feito. Como nossa editora está destruída e a data prevista para reabertura era ano que vem, devido ao evento "Ten Years Later" (2007-2017), no final deste ano, com a abertura da cápsula do tempo em Alto do Paraíso, podemos terceirizar a impressão desta obra sem nenhum problema e já o fizemos. E no dia 08/08/17, assinamos o compromisso de em três dias entregar todo o material. De início ia ser simples, apenas uma narrativa sem comentários. Porém Melquises me cobrou: "— Dr. Pedro, eu quero as respostas para as questões que deixei no livro". Dessa forma, surgiu mais um desafio. Por todos os comentários em dois dias e meio. Vamos lá. Este livro é interno, de estudos, não comercial, apresentando análises técnicas de interesse apenas de "buscadores da verdade" e de abduzidos que frequentam nossos cursos ufológicos. Portanto não há problema algum quanto à questão comercial do mesmo, pois é encomendado e direcionado a um público seleto e específico.

PREFÁCIO DE TYENNE DE ESTRAPE

F ico feliz por poder contar para os humanos esta história e por ter encontrado extraterrestres antarianos que podem colaborar com minha saga aqui na Terra. Com Djiroto e Pedro Mauricio, vamos comentar esta obra.

MEU NASCIMENTO

Em pleno apogeu da Segunda Grande Guerra, eu nascia na então quase desconhecida Vila Bela, hoje Ilha Bela, maravilhosa, município de São Sebastião, Litoral Norte do Estado de São Paulo.

Era dia cinco de junho de 1942. Vinha ao mundo Melquises, nome dado por meu avô materno, nome esse extraído da Bíblia Sagrada. Melquisedeque que era um profeta bíblico, sem árvore genealógica. "Surgiu sem ter nascido e morreu sem ter morrido" fala a Bíblia Sagrada, talvez em outros termos.

Durante meu batismo na Igreja Católica, o padre não permitiu o nome em toda sua extensão, argumentando ser um sacrilégio. Permitiu a título de batismo o nome Melquises José.

Meu pai, homem completamente inculto, trabalhava como foguista em uma pedreira, cortando pedras na própria Ilha.

A vida era difícil, quase precária. A escassez de alimentos era enorme em função do conflito mundial. Os habitantes da Ilha sobreviviam da pesca e do alimento adquirido nas plantações das roças, como denominavam quando os insetos e as chuvas torrenciais do verão não as destruíam.

Então, com alguns meses de idade, passei pela minha primeira grande prova, por meio do Magnético, que quase me levou a óbito* (meu primeiro pedágio).

Naquela época, assolava os povos mais humildes de situações mais que difíceis uma doença chamada "varíola da preta". Comumente levava o portador à morte de forma horrível.

O corpo era tomado por ulcerações horríveis, seguidas de secreções que escorriam das mesmas, aliadas a um cheiro pútrido. Contraí a mesma.

Segundo minha mãe, Dona Rosa, em função das feridas, para não sangrar muito, eu era envolvido em lençóis.

Desesperados, meus pais atravessaram de canoa o canal de São Sebastião, e já nesse município, pedindo caronas (carroças, caminhões), levaram-me ao hospital de Caraguatatuba, cidade próxima de São José, quase divisa com o Rio de Janeiro.

Lá chegando, após os exames, o médico disse aos meus pais que me levassem para casa, para eu morrer nos braços deles. A doença estava muito adiantada. A medicina nada poderia fazer.

Assim foi, porém minha mãe não desistiu. Tratando-me com banho de ervas, as mais diversas e orações de mulheres benzedeiras conseguiu-me salvar. Milagre para a época!

*Breve observação de Djiroto: esta narração corresponde à técnica do Natimorto. A criança morre, mas um espírito de um alienígena assume seu corpo. Melquises, você, tecnicamente, é um Natimorto para nós, antarianos. Uma criança morreu e você assumiu o corpo físico dela. Não vou me alongar na parte técnica para não desviar o foco da narrativa principal. No final, faremos uma grande análise, sendo apenas pontuais em algumas passagens.

MEU PAI

Meu pai, Sr. Waldemar, foi para a cidade de Santos trabalhar na antiga Companhia de Docas de Santos, como trabalhador de carga e descarga no porto. Lá se aposentou diversos anos depois.

Aos três anos, aproximadamente, fomos eu e minha mãe ao seu encontro. Passamos a morar em dois porões de casas altas em bairros diferentes. Em ambas, quase sempre tínhamos as visitas indesejáveis dos ratos, sem falar nas baratas que infestavam tais moradias.

Por fim, após muitas andanças e sofrimentos, mudamos para a antiga Rua Particular Rinaldi, hoje Monsenhor Primo Vieira nº 152, no bairro do Macuco, também na cidade de Santos.

Foi então que naquele novo endereço tudo começou.

*Muitos anos depois, aos 70 anos, por meio do nosso amado irmão Pedro Mauricio, tive conhecimento de toda a verdade.

MEUS PRIMEIROS AVISTAMENTOS

Na época, os céus noturnos das noites juninas eram infestados de balões multicores. Eram diversos os formatos. Seus criadores sempre queriam se superar. Eram tantos, tantos no céu, que até se confundiam com as próprias estrelas. Espetáculo de beleza indescritível. Quem não viu jamais verá! Na época, não havia perigo de incêndios devastadores. Nos anos 40, tudo era ermo, isolado, sem problemas dessa natureza.

Em uma linda noite dessas, em plena época de São João, comecei a avistar luzes sobre o monte de Santa Teresinha.

O céu, como habitualmente, estava repleto de balões, porém os mesmos, à mercê do vento, moviam-se para meu lado direito, da posição em que me encontrava, mas algumas luzes de brilhos intensos moviam-se para o lado contrário, ou seja, para a esquerda.

E mais, moviam-se de forma desordenada, uniam-se, separavam-se, em movimentos de pura graça e beleza.

Tinha eu apenas dez anos de idade. Sabia que havia algo estranho naquelas luzes. Sessenta anos depois, pelo nosso amado irmão Pedro Mauricio, tudo me foi descortinado e explicado de forma a não mais deixar dúvidas quanto às perguntas que eu fazia sobre minha vida neste planeta.

Tais luzes, após minutos de coreografias, sumiam a exemplo dos corpos celestes que avistamos no momento da entrada deles em nossa atmosfera (chamam alguns de estrelas cadentes).

A partir dessa noite, sobre o mesmo monte, passei a avistar tais luzes, não mais necessariamente na época junina. Sempre as via.

Eu chamava meus amiguinhos, apontava para elas:

— Estão vendo as estrelas movendo-se? Ali, olhe, sobre o monte, eu perguntava.

Zombavam de mim! Ninguém via "minhas estrelinhas".

— Zizo (meu apelido quando garoto), você está lendo gibis demais, não estamos vendo nada. Tá maluco?!

*Observação de Djiroto: só ele avistava porque ele era Natimorto e os balões eram naves dos da sua espécie, Cão Maior, os canienses. Estavam fazendo testes com ele.

TACITURNO

Os meses passavam. Comecei a ficar meio que taciturno [triste]. Não tinha ninguém para compartilhar meu segredo. Como ninguém via; ninguém acreditava.

Meu pai em tal época contraiu uma úlcera no estômago (duodeno). Sofria de dores abdominais absurdas.

Neto de portugueses, com uma educação medieval que não era permitido aos filhos, durante uma repreensão, olhar nos olhos dos pais. Meu pai, com seu sofrimento, sem poder parar de trabalhar, sem remédios adequados, ficava cada vez mais e mais nervoso e violento com seus filhos, que já eram quatro nesse período.

Eu então, o mais velho, com dez anos, era o que mais apanhava, com ou sem motivos. Açoitava-me com o fio do ferro de passar roupa. Se minha mãe interviesse, apanharia também. Após a sessão de tortura, Dona Rosa, passava salmoura, sobre meu corpo marcado por vergões.

Eu confesso que era menino inquieto. Adorava jogar bola. Não havia trânsito de veículos. Muito pouco. As ruas todas de areia eram um convite para brincarmos, todos descalços, de pés no chão.

Meu pai chegava do cais, perguntava dos filhos, perguntava das lições de casa, perguntava do Zizo. Não estava em casa, não havia feito o trabalho escolar, estava na rua ao lado (antiga Rua Particular Galvão), jogando peladas. Nova surra. Ora com seus imensos tamancos de madeira, ora com o famoso fio de ferro, ora só com bofetadas no rosto.

Dona Rosa sofria. E muito! Nada podia fazer.

*Comentário de Djiroto: por que seu pai ficou nervoso e violento? Aos canienses, fizeram a experiência da aparição. A toda ação alienígena na Terra corresponde uma reação do Magnético Contrário. E este atuou no pai, dando enfermidade e, ao mesmo tempo, fazendo-o surrar o filho. O Magnético Contrário aparece registrado na Bíblia. Veja I Samuel 18,10: no dia seguinte, um mau espírito da parte de Deus assaltou Saul, que começou a delirar no meio da casa. Davi tangia a lira como nos outros dias, e Saul estava com a lança na mão. Saul atirou a lança e disse: "Cravarei Davi na parede!". Mas Davi escapou duas vezes. E tem muitos mais registros na Bíblia conforme estudado internamente, ainda em livros vermelhos. Agora, para entendimento do homem, sou obrigado a fazer a "Literatura Reversa", como os engenheiros que fazem a "Engenharia Reversa", ou seja, tentam descobrir os segredos tecnológicos dos aparelhos das naves espaciais que conseguem encontrar destroços: Literatura Reversa da Bíblia: o Magnético Contrário (ou mau espírito da parte de Deus) é também chamado "Força do Planeta". Da mesma forma que Saul se irou contra Davi após o Magnético Contrário assaltá-lo, os pais se iram contra os filhos Natimortos, bem como nas diversas outras formas de alienígenas se passarem por humanos: entreiros, transmigrados etc., conforme sabemos – até a Editora Aquantarium sofreu os efeitos do Magnético Contrário *"in natura"* (quando não usa o corpo e a mente de ninguém). Por isso que as experiências têm que ser leves, apenas visões com balões distantes. Se os canienses fizessem contato maior, certamente Melquises seria eliminado pelo Magnético Contrário *"in natura"*, ainda mais naqueles dias que estávamos mergulhados na Era de Peixes, conforme se estuda no Aquantarium.

ANOS CINQUENTA

Rolavam os anos cinquenta. A recessão econômica assolava o país, aliada à dificuldade de alimentos e remédios em virtude da recente guerra.

Continuava vendo com frequência minhas "irmãzinhas estrelas" como eu as chamava. Continuava meu calvário de surras "por dá cá aquela palha."

Nas madrugadas, eu "saia de fininho" para o quintal dos fundos da minha casa e ficava horas olhando as estrelas, falando para elas do meu sofrimento, pedindo para elas se moverem. Meus olhos marejavam de lágrimas. Não raras vezes, elas se moviam. Então eu voltava para a cama e dormia profundamente.

MEU PRIMEIRO ENCONTRO COM TYENNE

Eu era viciado em ler gibis. Colecionava-os com capa, ou sem capas, edições novas, velhas etc.

Andava com uma pequena maleta repleta dos mesmos, buscando trocá-los com outros meninos das ruas circunvizinhas.

Ao chegar à rua Particular Galvão (hoje Antônio Maia), avistei uma menina magérrima, debruçada sobre uma cerca de madeira carcomida pelo tempo, sendo ela alvo das grosserias e xingamentos de alguns meninos, meus amigos. Tinha ela quatorze anos.

Eu tinha quase 11 anos. Menino criado particularmente com os pés no chão na rua, praticamente assíduo de peladas, forte, andava muito a cavalo (eram muitos soltos nas ruas, fugiam de seus pastos). Eu fazia os cabrestos com as próprias cordas que eles rompiam para soltar-se e traziam consigo e, para o "gaudio" das menininhas da época, eu desfilava pelas ruas de terra, minha travessura.

Em casa, o velho fio de ferro me esperava para mais uma sessão.

Voltemos à menina debruçada na cerca de madeira. Chamava-se Elza.

Dialoguei com os meninos, eu tinha o respeito deles, foram-se embora.

A Elza então me convidou para entrar em sua casa. Iniciou-se ali uma sólida e duradoura amizade.

Afinal, eu tinha alguém para confidenciar sobre os meus avistamentos, e desabafar sobre o meu truculento pai.

Elza, apesar dos seus quatorze anos, tinha uma inteligência brilhante. Fazia-me compreender aos poucos a grandeza do Universo de DEUS, a existência do Próprio e a compreensível verdade e necessidade de um Universo pleno de outras formas de vidas inteligentes, diferentes dos seres humanos.

Fez-me entender que o que eu via não eram estrelas se movendo, eram, sim, naves interplanetárias, discos voadores (palavra muito usada na época) que, por algum motivo, deixavam-se ser avistados por mim e não serem vistos por meus amiguinhos.

Nessa primeira lição sobre óvnis, disse já ter visto muito deles.

Eu fiquei maravilhado com tal empatia.

***Comentário de Djiroto:** Elza, modelo estrapeano, havia reconhecido o natimorto e já estava fazendo experiência com o mesmo sem que este percebesse. Nós alienígenas somos assim: nunca perdemos uma oportunidade para pesquisas. Os meninos a maltratavam também por causa do Magnetismo Contrário que influenciava a mente deles contra ela.

ELZA

Tinha Elza mais quatro irmãos.
Moravam em um humildíssimo chalé de madeira, dando fundos para uma chácara, e muito, muito verde em volta.

Um belo dia, decidi ir a sua casa como fazia com frequência. Era noite. Seu pai, operário braçal, bebia demasiado e, ao cair das noites, já estava deitado devido ao cansaço físico e excesso de álcool.

Era por volta das vinte e uma horas. Toda a família já estava dormindo. Não havia televisão. A Elza havia me ensinado como abrir as duas portas por fora até chegar à cozinha, onde conversávamos por horas.

Para fazer-lhe uma surpresa, nessa noite movimentei-me em completo silêncio.

De um ângulo que me permitia vê-la e ela não a mim, deparei-me com um quadro deveras assustador.

A Elza falava com alguém em sussurros. Sons inaudíveis, quase sibilando.

Eu com o olhar atônito, vasculhei todo o ambiente, a cozinha em que ela se encontrava e era espaçosa. Não havia ninguém!

Durante minutos, continuou aquela cena. Ela gesticulava, falava e falava para uma plateia invisível. Fugi numa corrida desenfreada para minha casa, que ficava na rua ao lado da rua em que ela morava.

Meus pais dormiam cedo também. Ficavam esgotados com o trabalho diário, de cuidar na época de cinco filhos. Eu, o mais levado.

Tinha um canivete que, com o mesmo, eu conseguia por fora, suspender o trinco da janela da sala e, assim, ir para meu quarto, sem levantar suspeitas.

Deitei em minha cama tipo beliche, parte superior. Eu tremia e suava frio, lembrando-me do que acabara de assistir.

Por falar em "arrombar" minha própria janela, lembro-me de alguns episódios, hoje engraçados.

Várias vezes, após vir da casa da minha amiguinha, quando subia no meu beliche, cobria-me e soltava aquele "haamm" de deleite, então, como num pesadelo, eu escutava a voz do meu pai escudado pelas sombras, aguardava-me com seu famoso fio de ferro: — Pensou que eu já estaria dormindo? Tenho uma surpresa para você! Surrava-me, e muito, mesmo deitado.

E mais, eu não podia gritar de dor nem chorar, para não acordar meus irmãos.

Depois que ele parava, e tudo se aquietava, eu ouvia do quarto contíguo onde dormiam os soluços da minha querida mãe.

QUANDO TYENNE
POR FIM SE FEZ CONHECER PARA MIM

No dia seguinte àquela noite estranha, fui à casa de Elza, que habitualmente sempre estava só; seus pais trabalhavam, os irmãos estavam sempre brincando na rua ou na casa dos amiguinhos, então tínhamos tempo de sobra para nossa insólita amizade.

Fui entrando e dizendo: — Oi Elza, tudo bem? – Olhou-me. Não respondeu ao meu cumprimento.

Continuei: — Irmãzinha, com quem você falava ontem à noite aqui na cozinha?

Então tudo aconteceu.

Elza adotou uma postura corporal que eu nunca havia visto antes. Parecia ter ficado mais alta. Com mais peso.

Disse-me com voz diferente e até uma soberba nas palavras: — Como ousa me espionar, garotinho? Quem lhe deu tal permissão?

Sabia que algo estava errado. Minha intuição dizia: "aquela que me dirigia a palavra, nada tinha a ver com minha amiguinha".

Sua altivez, forma de penteado, a própria silhueta, seus olhos, ah, seus olhos tinham um brilho e fulgor inacreditáveis.

Balbuciei algumas palavras e, gaguejando, dei tchau e saí correndo para a rua. Fiquei quase uma semana sem vê-la.

Já me batia a saudade da minha irmãzinha, mesmo que agora um tanto estranha.

Estava numa pelada, em um terreno baldio bem ao lado de sua casa, terreno esse que chamamos de "Velha Antonieta", nome da proprietária já falecida.

Era um terreno de enormes dimensões, sem cercas ou muros. Ali era nosso maior "*playground*". Nele jogávamos bola, brincávamos de jogar taco, "garrafão," "mocinho e bandido" (amarrávamos os 'bandidos" nas árvores próximas, quando perdiam para os "mocinhos").

Da janela do seu quarto, gritando por causa do alarido das crianças, durante o jogo, a Elza me chamou gesticulando com as mãos.

Por uns instantes, relutei lembrando "aquele episódio", porém minha amizade por ela falou mais forte e acabei por ir ao seu encontro.

— Sente-se! – falou em tom suave e carinhoso; estava normal, nada diferente — Binho (assim me chamava, não sei por que), desculpe-me se o assustei naquele dia. Desculpe-me mesmo! Eu não pretendia. Você tem 11 anos, idade terrena, mas tem "algo" que me permite, sabendo que de forma alguma irei prejudicá-lo, contar-lhe algo inenarrável para esses dias em que vive.

Eu, sentado, ouvia quase em transe. Algo na sua voz me entorpecia e ao mesmo tempo dava-me coragem e a devida compreensão, como se eu tivesse ali, naquele instante, não 11 anos apenas e, sim, a idade de um homem amadurecido e muito estudado, dada a interação que se fazia fluir e nos unir naquele momento de plena magia espiritual.

*Comentário de Pedro Mauricio:** estamos diante do primeiro diálogo entre um natimorto (caniense em corpo humano – inconsciente) e uma "modelo transfigurada" alienígena estrapeana consciente. E ela vai iniciar uma série de experimentos com ele, a fim de estudos para sua raça. Como consequência, a modelo estrapeana vai aumentar para além humana a consciência do natimorto.

DE OUTRO PLANETA

— Não sou deste planeta! Não sou nesse momento a menina Elza; sou Tyenne de Estrape!

Curiosamente, absorvi tal declaração, não vou dizer sorridente, mas como se fosse a coisa mais normal do mundo. Peço aos leitores, por favor, não esquecerem uma época bem distante da nossa atual.

Portanto: início dos anos cinquenta; minha idade, 11 anos; raramente ou nunca se falava em óvnis; a liberdade que nos oferecia a época era somente para brincarmos livremente pelas ruas, horas seguidas.

O índice de criminalidade era insignificante. Não havia o trânsito selvagem dos nossos dias atuais. Assemelhava-se a localidade onde tais fatos aconteceram a um povoado.

Continuando com Elza, digo Tyenne: — Vim de um planeta muito longe do sistema solar de vocês. Um lugar no Universo onde duas estrelas orbitam juntas (sistema binário). Os vários seres inteligentes desse sistema sentiram-se atraídos pela Terra.

Ela continuou sua narrativa: — Eu e meu amigo "Pingo (ou Pangô)" não fomos exceção; também tínhamos imensa curiosidade de aqui chegar e realizarmos experiências diversas nos campos científicos, da genética, da vida animal, plantas; enfim, fazer uma verdadeira varredura em vosso planeta, do ponto de vista da ciência. Pangô (vamos assim chamá-lo), era de outro planeta próximo ao meu, Estrape. Podíamos tudo, alicerçados pela sólida amizade entre nossos mundos; troca de experiência tecnológicas, viagens no tempo, construção de naves interplanetárias; enfim, tudo que levassem nossos mundos ao limite da busca pelo aperfeiçoamento, não só no campo da ciência, mas também no campo espiritual.

Ela se alongava: — Só não podíamos, sob a possibilidade de uma severa punição, infligir uma lei que era responsável pela harmonização e disciplina dos dois mundos: misturar os genes dos habitantes desses dois mundos. Isso nunca acontecera. Desde a formação dos mesmos. Tal fato poderia desencadear uma hecatombe genética sem precedentes, colocando em risco toda a vida nos dois planetas.

Eu e meu amigo construímos então uma nave espacial, que vocês chamam de disco voador, para viajarmos à Terra e iniciarmos nossos experimentos.

Observação: vale lembrar aos leitores que, quando me era impossível assimilar seu relato, ela fazia uma pausa e falava no "meu linguajar" para o meu entendimento. Hoje escrevo ao leitor num misto do diálogo da época, com o entendimento que tenho agora.

Exemplo: duas estrelas circulando uma em volta da outra (diálogo da época). Hoje um sistema binário em uma constelação a milhares de anos-luz da Terra.

Tyenne disse: — Vossa raça encantou-nos! Suas emoções, nós não as temos, suas formas de amar, odiar, a beleza dos corpos físicos, muito lapidado pelas constantes experiências genéticas que há milhões de anos fomos desenvolvendo em vocês, o sentimento, esse sentimento que agiganta o ser humano ou o penitencia para as formas horríveis da maldade, tudo isso deslumbrou-nos. Aqui passamos vários e vários anos pelo seu tempo estudando seu planeta, sem percebermos que o mesmo já começava a nos afetar.

Ela acrescentou: — Com a permissão do DEUS maior (assim ela se referia ao DEUS ÚNICO), raças alienígenas ao longo dos milhões de anos fizeram experiências genéticas com vocês humanos buscando livrá-los do processo animal da qual se originaram. Encantava-nos a evolução de sua espécie, desde quando desceram das árvores para caminharem eretos e, consequentemente, se tornarem a espécie dominante em todo o planeta.

— Mas fomos longe demais! Apaixonados por vocês, fomos "baixando" nossa guarda espiritual/mental e, como um dependente químico sempre ávido para experimentar algo novo, caímos na tela magnética que tramou ardilosamente contra nós.

— Apaixonamo-nos! Como vocês falam! Extasiados, esquecemos toda nossa origem e missão e, inebriados como num transe, nos permitimos o que nunca, nunca poderia acontecer: Fiquei grávida!

— A dor, o sentimento de culpa, o horror por ter desrespeitado leis imutáveis em nossos planetas, a expectativa de dias incertos e angustiantes deixou-nos arrasados. Usávamos a partir de então nossa capacidade mental muito desenvolvida com relação a vocês para confundir, o quanto mais possível, forças que nos vigiavam constantemente.

Nota: hoje sabemos o Magnético Terrestre (Vide Curso do Magnetismo).

Não adiantou! O bebê em minhas entranhas já começava a manifestar-se. Estávamos os três em perigos iminentes. Então a tragédia se consumou: a nave de Pangô "explodiu" pela ação do Magnético Terrestre.

*Comentário de Djiroto: a isso chamamos de Execução Magnética. Quando "Força do Planeta" *in natura* causa um acidente fatalizando um alienígena que caiu em suas malhas. Esse é o nosso maior objeto de estudos em cada planeta: "Magnetismo e suas atuações", para analisarmos o que ele faz para defender a inteligência dominante de cada planeta contra possíveis inteligências alienígenas superiores.

A DOR

— A dor me consumiu! Eu fora a culpada! Eu o trouxe para seu mundo e contribui para que ele por mim se apaixonasse e vice-versa. Não era eu alienígena? Milhões de anos estávamos à frente de vocês? Como me permiti tal desgraça, traindo tudo e todos em nossos mundos?

— Por fim, usando de toda sabedoria de nossa espécie e alguns truques telepáticos para confundir sempre o guardião de vocês humanos (magnético) vim dar à luz a minha muito querida filha, a quem dei o nome de Ithe.

— Ithe crescia rápido para os padrões terrestres.

— Era um tormento minha vida. Quando Ithe ficava longe do planeta de vocês, ela se sentia mal em função das forças naturais do planeta que "invocavam" a sua presença, pois nascera aqui.

— Quando ficava muito tempo aqui, sua metade alienígena reclamava a necessidade de estar no mundo de seus pais, pelo Magnético desses mundos. Assim eu vivia. Enlouquecida!

— Resolvi então voltar a Estrape, meu planeta, para junto das autoridades governamentais, (se assim posso dizer), buscar uma solução para meu pesadelo e alimentar a esperança de obter delas o meu perdão, tão necessário à vida de minha filha.

— Deixando Ithe, temporariamente a salvo, parti.

— Já me esperavam! Após intermináveis reuniões do Conselho de Estrape, independentemente da minha versão dos fatos, todos me declararam culpada!

— Também; nada podiam fazer por minha filha.

— Para servir como exemplo, estamparam em minha face uma marca. Essa marca mostraria a todos que a vissem minha deslealdade e meu desrespeito às leis que equilibravam e harmonizavam os dois mundos.

— Fui expulsa de Estrape. Marcada, sem meu mundo, com minha filha em perigo constante, passei a vagar pela Terra, às vezes com Ithe, na maioria das vezes só, deixando-a em segurança em lugares específicos.

— Os "apelos" dos mundos (Terra/Estrape) minavam a saúde de minha filha. Era frágil e debilitada.

— Os anos passavam e, com eles, minha odisseia cada vez mais se agigantava.

— Certo dia, ao passar por um rio (canal que separava a cidade de Santos à cidade de Vicente de Carvalho), vi uma jovem tentando suicidar-se afogando-se.

— De pronto, a salvei! Após reanimar-se, falou-me da vida difícil que vivia; sofria de asma em estado avançado, as condições precárias em que vivia com a família, enfim, todo um quadro lastimável e de muita pobreza que a levaram a cometer tal ação. Enquanto ouvia, algo começou a se delinear em minha mente.

— Sabedora que tinha eu capacidade para assimilar traços fisionômicos e corpóreos de vocês humanos como o fazem alguns de nossos animais com o seu mimetismo característico, atributos esses extraídos do magnetismo do meu planeta, tomei de imediato toda a forma de Elza. Pronto! Como um passe de mágica, tudo ficou resolvido!

*Comentário de Djiroto: esta descrição retrata perfeitamente como um estrapeano faz a cópia mimética da forma do corpo humano. Por isso são os mais discretos. Outras espécies esperariam pela morte da pessoa e depois assumiriam seu corpo (transmigrados). Transmigrado é assumir corpo adulto, cujos resultados são complicadíssimos e Natimorto é assumir corpo de criança de colo que morreu de forma natural. Nós, antarianos, não usamos de nenhuma dessas técnicas, como se sabe dentro do Aquantarium pelo livro *O Entreiro*.

***

Quando eu precisasse estar aqui, tomaria o lugar de Elza. Quando Ithe necessitasse, também. Até Carianã (eu mesmo a vi poucas vezes, uma governante de alto escalão de Estrape, quando viajava à Terra, tomava o lugar de Elza).

Embora nunca visse as três juntas, eu sabia "quem era quem". Tyenne, Ithe e Carianã, cada qual a seu tempo e de acordo com suas necessidades usavam o corpo físico da Elza.

Não era incorporação aos moldes do espiritismo. Afastavam a menina para algum lugar seguro e, transmutando-se, tomavam sua forma corpórea.

Eu sabia distingui-las sem enganar-me, como um parente próximo distingue gêmeos idênticos, do mesmo sexo: Tyenne era arrojada em todas as suas atitudes; embora tranquila e suave de expressões, emanava de seus olhos um brilho sem igual. Quando zangada, aterrorizava! Carianã possuía um porte nobre, andar sutil, tronco ereto, nariz em pé, sempre olhando a linha do horizonte. Ithe todo o comportamento de uma adolescente, sorriso fácil, traços meigos, muito carinhosa. Estabanada!

Todas as três usavam curiosamente penteados diferentes em seus cabelos longos e muito negros.

Eu achava muito divertido toda a família de Elza não notar que quase sempre tinha "uma estranha no ninho".

O tempo ia passando. Eu, um menino pobre com apenas 11 anos de idade, sabia da existência de três alienígenas em um tempo que sequer havia televisão a cores aqui no Brasil. Cada encontro com Tyenne era para mim um manancial das mais diversas informações e experiências.

Lembro um dia em que perguntei: — Tyenne, onde é seu mundo?

Ela apontou para um quadrante no céu estrelado e disse: —Logo ali, naquele aglomerado de estrelas.

Perguntei: — É longe, Tyenne?

Respondeu: —Um pouquinho só!

Continuei: — Demora muito para chegar aqui?

Ela, com um carinho muito grande, falou sorrindo: — O tempo que você dorme à noite e acorda pela manhã, sem sentir esse tempo!

Encorajado, perguntei: — Tyenne, onde você deixa seu disco voador?

— Está um pouco acima de nós, aguardando-me.

— E como você faz para ele descer e pegá-la?

— Eu o chamo tão simplesmente como você chama seu cãozinho e é imediatamente obedecido por ele. Em seguida, deu-me um abraço tão carinhoso que até hoje, ao me lembrar, guardo a profusão do mesmo e a emoção daquele momento.

Certo dia, me pediu para levá-la ao cinema (?!).

O cinema chamava-se Cine Macuco e ficava situado onde hoje existe um supermercado, nas esquinas das Av. Dr. Pedro Lessa com o canal 5, em Santos.

O filme "Sissi - A imperatriz" era um sucesso na época, por volta de 1955.

Fomos ao tal cinema e sentamos à frente de quatro meninos. O cinema estava lotado.

Logo que o filme começou, os meninos começaram a falar impropérios e a bater com os pés no encosto de nossas poltronas. Olhei para trás e pedi que parassem com aquele palavreado e atitudes (afinal, eu estava com Tyenne de Estrape ao meu lado).

Foi quando vi que, além de serem em quatro, também eram bem maiores que eu.

Aliás, aos 13 anos, não era difícil alguém ser maior que eu (hoje tenho 1,62).

Responderam com sarcasmo: — O "tampinha" virou macho! Na saída, vamos quebrar a tua cara! Queremos ver a tua coragem lá fora!

Pensei: Estou frito! O que eu vou fazer?!

Embora eu quisesse que o filme nunca acabasse, o mesmo terminou mais rápido que eu gostaria.

— Valentão, – disse um deles – "tamos" te esperando lá fora!

Olhei para Tyenne. Parecia não ter ouvido nada.

Quando saímos, já na rua, na ponte do canal 5 que cruza a Av. Pedro Lessa, lá estavam os quatro meninos a minha espera.

Disse a Tyenne: — Irmãzinha, vá para casa só porque aqueles meninos querem brigar comigo, não quero que você veja isso!

Ela respondeu: — Não temas, Binho, nada vai acontecer. Dê-me a mão! Confie em mim!

De mãos dadas, passamos na frente do grupo para atravessar a ponte e eles não nos viram.

Diziam: — Não é possível! Saímos na frente de todos! Eles não saíram! Só tem essa porta! A emergência está fechada! Como?!

Curioso e muito, passamos na frente deles ouvindo-os tagarelar soltando impropérios e não nos viam.

O calor da mão de Tyenne incorporou-se a todo meu corpo, deixando-me em estado de torpor absoluto.

Já bem à frente, largou minha mão dizendo: — Viu como foi fácil, irmãozinho?!

Eu que o diga! Que sufoco! Pensei.

*Comentário de Pedro Mauricio: a estrapeana consciente dando a mão para um caniense inconsciente. O resultado foi ótimo. Eles simplesmente não viam o que era para ver... Ela pode ter transmutado o corpo dele sem que tenha percebido ou simplesmente criando uma confusão mental nos demais meninos.

***

Tyenne fazia-me desenhos vários de óvnis. Alguns de formas completamente diferentes do desenho de prato emborcado conhecido naquela época. Até naves em forma de charutos, que ela chamava de nave-mãe.

Desenhava seus iguais extraterrestres, seus animais muito inteligentes que cuidavam e zelavam pelas crianças, chamados "ghuntes".

Eu tinha um grande acervo de desenhos e até pertences de minha irmã, mas os anos e constantes mudanças em minha vida, já adulto, fizeram com que se perdessem. Por mais que tentasse, não conseguiria encontrá-los.

Tyenne dizia-me sempre: — Quando vires um gato, e estiveres fazendo algo errado, cuidado! Pode não ser um gato. (!?) Também, que ninguém pense em te fazer mal algum. Sempre estarei contigo.

Nota: Por isso o nome do livro: *"Tyenne, um anjo caído"*.

MEUS ACOMPANHANTES ANÔNIMOS

Estava eu com aproximadamente treze anos, quando minha mãe com o intuito de tirar-me da rua, dos meus folguedos diários, conseguiu para mim um emprego junto a um advogado, no centro comercial de Santos.

Trabalho simples: cartórios, entrega de documentos no fórum, comprar selos etc.

Eu "voava" pelas ruas buscando ganhar tempo, para poder ler, ainda que furtivamente as revistas de histórias em quadrinhos, de uma determinada banca de jornais.

Curiosamente, do nada aparecia alguém, homem ou mulher, que sorriam de uma forma muito afável, como se a me cumprimentar.

Até aí tudo bem!

Só que quase que correndo entre um percurso e outro para ganhar "meu tempo" o que eu avistava? Isso mesmo, aquela pessoa que minutos atrás sorria para mim.

Às vezes até três "avistamentos" seguidos.

Essas pessoas teriam que correr mais do que eu, para me esperar, e se fazerem ver em outro itinerário, centenas e centenas de metros de distância, entre ambos.

Ainda hoje, mesmo que raramente, ainda tenho essa experiência.

Não os vejo em diversos pontos, quase que instantaneamente, porém eles vão se aproximando lentamente. Parece que andamos devagar, bem mais que o normal e me dão um largo sorriso, fixando em mim seus olhos intensos.

Ouço em meu interior: — Tudo bem?

Eu respondo mentalmente sem saber como: — Tudo! Tenha um ótimo dia.

Lembro-me quando Tyenne repetidas vezes me dizia: — Irmãozinho, preste atenção: quando vires um gato, cuidado porque pode não ser um gato! Isso com um propósito de policiar minhas atitudes.

Foram tantas as peripécias com ela (dos 10 aos 23 anos) que tudo não caberia nas páginas deste livro, nem que o mesmo tivesse mil folhas.

Já adolescente, minha vida com Tyenne e Ithe continuava nesse emaranhado de situações, que à luz da razão, na época, não dava para explicar. Contar como? Para quem? Sozinho, menino, eu carregava tal enigma. Carianã eu via muito pouco. Também pouco sabia dela.

Procurarei os "tópicos" mais importantes para levar à apreciação dos leitores.

MANIFESTAÇÃO (QUASE) ESPONTÂNEA DE TYENNE

Fazia algum tempo que eu não via Tyenne. A saudade invadia meu pequenino coração. Eu estava com Elza na cozinha de sua casa. Perguntei a ela por Tyenne e por que a mesma estava tanto tempo ausente.

Ela disse não saber os motivos. Lembrem-se de que a menina Elza tinha sua mente de alguma forma embotada, não podendo, assim, atinar com tudo que a cercava.

Apesar disso, ter sido de certa forma usada (seu corpo físico), ela foi salva de um trágico afogamento e sua asma crônica curada por Tyenne.

Comecei a ficar muito triste e caí em prantos convulsivos. Com ambas as mãos sob o rosto, debruçado na mesa tosca de madeira da cozinha, eu chamava por Tyenne sem parar.

Elza tentava me consolar. Não adiantava.

De repente, para minha surpresa, ouvi a voz de Tyenne (!?): — Irmãozinho, pare de chorar!

Levantei os olhos repletos de lágrimas e vi minha querida irmã. Não sei como isso aconteceu! Só lembro e, muito bem, que ela costumava me dizer: — Binho, não tente comparar o seu tempo ao meu. A diferença é tão grande que a sua mente não comportaria imaginar.

Não sei quanto tempo fiquei naquele estado de profunda emoção, e o lapso de tempo que existiu entre minha conversa com Elza e a aparição de Tyenne.

Seria impossível para a menina Elza assumir de pronto a postura de Tyenne, seu penteado, a mudança no seu timbre de voz. Seria impossível, deveras! Abracei-a com todo o amor existente no meu infantil coração. Ela beijava meu rosto, afagava-o com carinho e, em sua voz, eu percebia do fundo de minha alma um grande, grande amor.

Esse quadro, de pura sublimação espiritual, marcou-me para sempre!

Nota: nada a ver com as manifestações espontâneas relatadas no livro dos espíritos.

O ÓVNI SOBRE MIM

Amigo leitor, à medida que eu for me lembrando e as imagens forem surgindo em minha mente, escreverei: indo... voltando... recapitulando...

Em uma noite junina, estávamos à volta de uma enorme fogueira na "velha Antonieta".

Na época, a molecada fazia quentão, batata-doce, pinhão, pipoca e, madrugada afora, contávamos histórias de vampiros, lobisomem, bruxas más, enfim, todo um imenso repertório digno dos filmes do "Zé do Caixão".

À medida que passavam as horas e os contos de terror ficavam mais "sugestivos", os meninos mais medrosos iam se retirando um a um.

Ficamos apenas eu e um rapaz de aproximadamente trinta anos, que já fora preso, cumprindo pena de cinco anos por roubar carros (ele só roubava para zoar; depois que o combustível acabava, deixava o veículo em algum lugar, intacto). Havia se regenerado! Estávamos sós diante da fogueira e a poucos metros de onde ficava a casa de Elza.

— Psiu (era o apelido dele), você acredita em discos voadores?

Sorriu. Quando o fazia, balançava o corpo todo. Muito engraçado: — Tá louco, Zizo! Tú já viu por acaso?

De repente, uma sequência de luzes fez o chão iluminar-se, inibindo o clarão da fogueira. Luzes azuis, vermelhas, amarelas; roxas, enfim, uma profusão de múltiplas cores. Olhamos para o céu. Um enorme óvni em forma de disco pairava sobre nós.

Não emitia som algum. Levantei-me de onde estava sentado e me vi todo envolvido pelas luzes que bruxuleavam sobre mim. Fiquei imóvel. Não podia me mover.

Psiu se escondera sob uma frondosa mangueira que lá existia. Pude observar que estava todo encolhido tomado pelo pavor.

Não sei qual foi o tempo que durou tal fenômeno.

De repente, sem emitir som ou vibração alguma, o óvni sumiu numa trajetória curva (em função da rotação da Terra, acredito, numa velocidade inimaginável).

Psiu, quando conseguiu deixar "a posição fetal", saiu numa desenfreada corrida pela rua Particular Galvão e sumiu em direção ao canal 5.

Eu, entorpecido, mas tranquilo, pensava: "Quando eu vir Tyenne, vou perguntar se era ela que estava naquele disco".

Leitores, dá para vocês atinarem com o inusitado da minha vida na época? Com toda a magia que eu era envolvido? Eu vivia praticamente uma vida de sonhos, um mundo irreal. Dividido entre sonhos e realidade.

Lembrem-se: sem poder contar com a ajuda de ninguém. Só podia, sempre, com pura emoção, me dirigir as minhas irmãzinhas estrelas.

Quando dias depois consegui falar com Tyenne e perguntar-lhe o porquê do acontecido, ela simplesmente "deu de ombros" ignorando minha ansiedade(!?).

Curioso. Após esse episódio, só vi o Psiu uma vez. Não falei com ele; me evitou. Após três anos aproximadamente, soube que morrera.

*Comentário de Tyenne de Estrape: atendendo ao pedido de Djiroto e Pedro Mauricio, eu mesma vou lhe responder, daqui da base antariana. Essas naves que apareceram não têm nada a ver comigo. São as naves do seu povo, naves dos canienses. Foi uma experiência um pouco arriscada a deles. Qual a consequência? O Magnético Contrário acabou executando Psiu. Como vocês dizem: *"in natura"*.

Vamos lhe dar várias respostas, Binho. Você tem que prestar atenção quando as experiências eram dos estrapeanos e quando eram do seu próprio povo. Mas também não posso negar que essa morte deu sobrevida maior a Ithe, pois driblou o Magnético.

MEU GESTO DESATINADO E O PERDÃO DE TYENNE

Em nossas conversas, eu sempre pedia para Tyenne me levar para seu mundo. Sentia-me diferente, deslocado em meu tempo e planeta, com relação às pessoas, inclusive da minha casa, minha família, só me distraía nas velhas peladas. Fora isso, eu vivia pelos cantos do meu lar, sempre imerso em meus pensamentos.

Talvez, de tanto pedir, ela enfim prometeu que um dia me levaria para Estrape.

Passava-se o tempo... ela não me levava.

Um dia, furioso com as suas constantes desculpas, em uma discussão, colérico, esbofeteei o seu rosto.

Lembro-me como se fosse hoje: dos olhos de Tyenne pareceram sair faíscas que me fulminavam e, como mastigando as próprias palavras, disse: — Menino terráqueo, se eu quisesse, a mão que me atingiu nunca mais atingiria ninguém.

Enquanto ela proferia essas palavras, uma dor insuportável tomou todo o meu braço.

Ela continuou: — Porém você não atingiu a dignidade de Tyenne de Estrape. Agora, para seu castigo, da forma que você sempre desejou viajar ao meu mundo, não mais o conseguirás.

Com o braço dependurado, agora meio entorpecido, horrorizado com o que fizera, fui embora.

Ficamos meses sem nos vermos novamente.

A partir daquele horrível dia, em sonhos eu entrava em uma nave e, pelas aberturas laterais da mesma, tipo escotilhas, observava nosso planeta desaparecendo em segundos. Podia, ainda assim, distinguir o azul dos mares, o marrom dos continentes, uma visão fantástica!

Em seguida, ainda em sonhos, eu me via em outro mundo tomado de uma luz tão brilhante amarela dourada que quase me cegava.

No céu, podia distinguir dois sóis que brilhavam sobre pedras tão polidas quanto cristais que, refletidas pelos dois sóis, causavam um efeito mágico, inenarrável! Jamais vou esquecer tais sonhos. Eles muito se repetiram.

A pergunta que me faço: foi esse o castigo de Tyenne?

***Comentário de Djiroto:** explicar de forma sucinta vai ser difícil. Tal experiência é importante para nós, antarianos. Chamamos isso de "efeito aliens no corpo sutil humano". Os seres humanos não possuem esse corpo ativo, por isso não dominam a telepatia. Nesse caso, o corpo era humano, mas com o espírito de caniense. Por isso, além do corpo físico, o caniense conseguiu desenvolver o corpo etéreo (sutil) e com esse corpo ser levado para fora do planeta. Mais explicações ao final. O jeito que ele queria ir era com o corpo material, mas Tyenne o levou apenas com o corpo sutil.

MINHA LUTA HERCÚLEA — PARTICIPAÇÃO DE TYENNE?

Estava com aproximadamente quinze anos.

Na rua Particular Galvão, morava um homem forte, negro de físico atlético, lutador de boxe quando jovem. Na época, ele deveria ter uns quarenta anos. Usava nos dedos de ambas as mãos anéis de metal que ele fabricava na firma em que trabalhava. Verdadeiro soco-inglês. Chamava-se Dicão, apelido, acredito. Consumia muita maconha e bebida alcoólica.

Em uma noite, o Dicão, drogado, queria invadir a casa de uma senhora que acabara de, no dia anterior, se tornar viúva. O alvo era sua filha de doze anos, linda menina morena, de cabelos negros, que ele já vinha importunando algum tempo. Agora que o pai da mesma morrera, acreditava ser o momento propício.

Meus amigos correram assustados, ao presenciar o fato, em minha direção dizendo: — Zizo, o Dicão está tentando arrombar o portão da casa de D. Lúcia para "pegar" a Rosana.

Para vocês terem uma ideia de como esse homem era mau, por vezes, quando estávamos conversando em um grupo, ele chegava sorrindo, tirava o revólver de sob a camisa e atirava para o chão, próximo de nossos pés, só para ver a molecada pulando e gritando. Ninguém se atrevia a sair e correr.

Não sei como me atrevi a fazer o que vou relatar.

Falei para a turma: — Pessoal, já está na hora de dar um basta nesse f.d.p. e a hora é agora! Ele deve estar muito doido de "fumo" (maconha). Vamos fazer o seguinte: nos aproximamos e, como se estivéssemos passando ali por acaso, de pronto, quando ele menos esperar, dou um chute nas bolas dele. Assim que ele for atingido, todo mundo "cai de pau nele" para evitar que ele puxe o revólver, se com ele estiver.

— Feito, Zizo! Vamos nessa! Pode contar com a gente! Hoje vamos acabar com o Dicão.

Como combinado, nos aproximamos. Ele, aos berros, gritava para abrirem a porta, que só queria conversar, levar seus pêsames à família.

— Oi, Dicão, tudo bem? – falei.

— Que que é, Branco? Sai fora, moleque!

Então, com uma agilidade que eu não sabia possuir, "enchi" o pé nas bolas do Dicão.

Gritei: — Agora, pessoal! Não permitam que ele puxe a arma!

Olhei a minha volta. Enquanto o malfeitor se refazia do meu golpe, pude ver minha turma em desabalada carreira, deixando-me só com aquele marginal.

Dicão disse: — Branco, você vai me pagar por isso! Perdeu o respeito? Nem tua mãe vai te reconhecer quando eu terminar o serviço.

Queridos leitores, não sei e até hoje não entendo a transformação que sofreu todo o meu corpo e mente.

Ele pulava como se estivesse boxeando e me golpeava com aquelas enormes mãos dotadas de verdadeiros socos-ingleses.

Eu me abaixava, pulava para os lados, vendo por meio da luz tosca do poste que iluminava o brilho dos metais em seus dedos e o contragolpeava.

Impressionante! Não perdi um golpe tanto de pés quanto de mãos. Ele não conseguia me acertar um sequer.

— Branco, vou te ensinar a lutar! Pena que você não vai viver para aprender.

Aquela criatura negra enorme. Eu um franzino menino de apenas quinze anos, boxeando como se tivesse nascido em um ringue.(!?)

As pessoas afastavam-se voltando sobre os próprios passos para presenciar tal espetáculo.

Perdi a noção do tempo/espaço. Só sentia o contato de minhas mãos em todo seu corpo, macerando o mesmo. Minhas pernas golpeavam como se fossem treinadas para tal. Quanto tempo durou? Não sei. Apenas lembro, pasmem, que do lugar que o golpeei na porta da casa de D. Lúcia para o lugar onde a luta acabou a distância era de aproximadamente cinquenta metros.

"Cinquenta metros", lutando contra um quase profissional de boxe, sem ser atingido uma única vez.

Hoje, sou faixa preta em karatê graduado 6º grau; ainda assim, de forma ilesa dificilmente conseguiria realizar tal proeza, e com tamanha facilidade.

Quando, por fim, aquele gigante desabou, eu "voltei a mim". Seu rosto era uma máscara retorcida e ensanguentada, não se distinguiam seus traços fisionômicos.

Eu ileso. Intacto. Ele gemendo e pedindo socorro. Ninguém o atendia.

Para ainda mais acabar com sua maldade e vilania, fui chamar a menina Rosana.

Ela, da janela de sua casa junto de sua mãe, tudo assistira.

Quando ela se aproximou, falei: — Rosana, mete a mão na cara desse canalha! Ele já estava de joelhos, como um moribundo mortalmente ferido em batalha. Ela o fez. Ele caiu de costas no chão.

Em seguida, corri quase um quilômetro e fui relatar o ocorrido para os policiais que ficavam de plantão na antiga "bacia do Macuco", ambiente infestado sempre por marginais.

Contei que o machucara muito por temer que ele puxasse a sua arma.

Os policiais responderam que ele era "figurinha carimbada". Conheciam bem.

Disseram-me, caso eu fosse prestar depoimento na delegacia, deveria dizer que o Dicão teria sido linchado pelos moradores daquela rua, em função da agressão à família da viúva Dona Lúcia.

Ele ficou internado na Santa Casa de Misericórdia de Santos por um mês. Segundo amigos de seus familiares, eu soube que o Dicão sofrera até cirurgia em seu maxilar inferior, reparo no palato da boca e fraturas no nariz e costelas.

Eu andava "esperto". Sabia com quem mexera. Ele era mau. Muito mau.

Dois anos após o ocorrido, estava eu andando em direção ao cais do porto quando ouvi atrás de mim o barulho característico de freios de bicicleta.

Era ele. Então me falou: — E aí, Branco? Pensou que eu ia esquecer? Quero ver a tua valentia agora, Branco!

Respondi com firmeza: — Dicão, faz o que você acha o que tem de fazer! Eu não vou correr! (nem adiantaria).

Continuei andando a passos largos e ele atrás de mim soltando impropérios. Parecia sentir os projéteis entrarem em minhas costas. Absurda sensação!

Por fim, passou por mim dizendo: — Branco, não terminei com você, a gente ainda se vê.

Muitos anos depois, já na minha vida como chefe de família, fui a um bar e, ao entrar, dei de cara com o mesmo em uma cadeira de rodas sendo auxiliado por alguém. Paralítico! Nossos olhos se encontraram, por segundos, ainda assim pude sentir o ódio que o mesmo nutria pelo "Branco".

Quando me encontrei com Tyenne após a luta (luta, porque não fora uma simples "briga de rua"), ela disse: — Soube que você ajudou uma família daqui e deu uma lição no homem mau. Parabéns, Binho!

Já há algum tempo, Tyenne havia me perdoado pela bofetada.

*Comentário de Pedro Mauricio: durante essa luta, Melquises teve acesso ao corpo sutil. Por isso, a agilidade e rapidez. A participação de Tyenne foi na ativação do corpo sutil pelo simples convívio.

***

Caros leitores, seria impossível descrever e escrever tudo que vivi com Tyenne. Foram treze anos de experiências incríveis, mágicas! Dois mundos! Dir-se-ia que bastava eu dar um passo para cruzar a linha de um mundo irreal, fantástico, para conhecer toda uma grandeza, majestosidade, a infinita glória do DEUS ÚNICO CRIADOR. Como foi lindo! Como me fizeram especial! Por quê? Talvez em breve, com os ensinamentos do nosso querido irmão Pedro Mauricio, eu tenha minhas respostas finais, embora, desses 3/4 já estão desvendadas, graças ao nosso irmão muito amado.

PROFECIA DE TYENNE:
O HOMEM NA LUA

Lembram-se de que eu disse que escrevo à medida que vou recordando da minha amizade com Tyenne, por isso "vou e volto" em meus relatos.

Era década de cinquenta. Tyenne em uma de suas viagens à Terra, ao encontrar-se comigo, disse-me que o homem logo chegaria à Lua.

Logo em seguida (em outubro de 1957), os russos enviaram ao espaço um artefato chamado "SPUTNIK"; uma sonda que ficaria em órbita da Terra, pesando aproximadamente 83 quilos. Pela primeira vez, o homem conseguia colocar em órbita um satélite, se podemos chamá-lo de tal.

Empolgado, durante um almoço, toda a família à mesa, falei: — Pai, o homem logo vai à Lua!

Meu pai pigarreou, quase se engasgando com a comida e retrucou: — Meu filho, deixe de ser bobo, pare de ler histórias em quadrinhos, nem você nem seus filhos e netos verão um dia o homem pousar na Lua.

Continuou: — Isso são segredos de DEUS; homem nenhum pode ter tal poder!

Em 20 de julho de 1969, o homem pousou na Lua. Nunca "cobrei" isso de meu pai.

Tyenne "já sabia" (!?). Inclusive disse-me que as experiências espaciais desenvolvidas por nossos cientistas passavam pelo crivo da atenção de extraterrestres que supervisionam nosso planeta, permitindo ou não o êxito de tais experiências, se as mesmas fossem ao encontro do desenvolvimento da humanidade como um todo; caso contrário, eles "boicotariam" toda e qualquer viagem espacial.

EU E MEUS "FANTASMAS"

Voltemos aos meus dez anos quando conheci Tyenne.

A partir do dia em que Tyenne se fez conhecer para mim, toda minha frágil estrutura infantil sofreu um abalo muito grande, pondo em risco minha sanidade mental.

Nota: a partir deste relato, os leitores, com certeza, se perguntarão como isso não aconteceu, isto é, ficar completamente louco.

Passei a ver monstros diuturnamente, tudo a minha volta transformava-se aterrorizando-me.

A prefeitura de Santos semanalmente passava filmes do Walt Disney em uma ampla parede, em uma pracinha próxima dali.

Aquilo era uma festa! Um grande número de crianças e até adultos se aglomeravam sentados no chão para assistir aos desenhos animados.

De repente, as imagens se transformavam. Monstros aterrorizantes dominavam a tela! (parede) e ameaçavam investir contra mim. Eu saía em estado de terror, correndo esbaforido para minha casa, buscando a proteção de minha mãe. Tinha medo do escuro, medo de dormir, sabia que "estavam me esperando".

Quanto mais convivia com Tyenne, mais sofria com essas alucinações.

Tyenne me confortava dizendo: — Binho, seja forte! "Eles" se alimentam do seu medo! Os respeite sempre, porém os veja e os ignore.

Foi difícil! Muito! Porém, com certeza, minha irmãzinha contribuiu para que, aos poucos, esse pesadelo acabasse.

Nota: a Era de Peixes terminou por volta dos anos 60. O "encantamento" que vivi não era permitido em tal era. Ainda não sei como fui poupado.

*Comentário de Pedro Mauricio:** a atuação do Magnético Contrário é que provocava tais efeitos e, também, por que não, alguns espíritos que se aproveitavam da situação.

MEU PAI, SUA DOENÇA E MINHAS SURRAS

Curiosamente, a partir das constantes surras que meu pai me aplicava, coincidentemente (?!) surgiu em seu aparelho digestivo, (duodeno) uma úlcera já mencionada. As surras aumentavam. A úlcera progredia e se expandia em seu organismo.

Tyenne, quando me via em tal estado de tristeza, franzia o cenho, colocava nos olhos um brilho estranho e dizia: — Irmãozinho, seja forte! Vai passar!

Um belo dia, já quase aos quatorze anos, não sei por que não me lembro, "fui convidado" a mais um castigo, que ele chamava de "correção".

Hoje acho graça de tudo isso.

Existe um provérbio árabe que diz assim: "quando chegares em tua tenda, chicoteia tu mulher! Tu não sabes por que está batendo, porém ela sabe porque está apanhando."

Divertidamente, hoje, para mim, parece que meu pai assim pensava a meu respeito.

Quando seu Waldemar se aproximou, ameaçador, eu esbravejei: — Pai, não vou mais apanhar do senhor!

Partiu em minha direção aos socos e pontapés. Incrivelmente, a exemplo de minha luta com o Dicão, eu fluía lépido, esquivando-me dos seus golpes, porém sem contragolpeá-lo (é claro).

Cansado, sem conseguir atingir-me, foi aos fundos da casa, muniu-se de um caibro (pedaço de madeira dura com "quatro lados iguais") de aproximadamente um metro e meio, e novamente investiu sobre mim.

Ele batia no alto, eu me abaixava, ele batia em minhas pernas, eu pulava, ele batia em meu tórax, eu defendia com o antebraço.

Exausto, suando em bicas, perplexo com o que via, podia-se notar em seus olhos, ele finalmente falou: — Por hoje chega, mas você ainda me deve!

Para vocês terem ideia, a agressão começou na cozinha; passamos em luta pela sala, quarto das crianças e terminamos no quarto dele, sobre sua cama, em que eu pulava sobre a mesma, para evitar ser atingido pelo caibro de madeira.

A casa era um alvoroço só. A família toda gritando; os vizinhos espantados querendo saber o que estava acontecendo.

Meu relacionamento com meu pai mudou radicalmente a partir dali. Ficamos amigos.

Nesse ínterim, suas dores abdominais tornavam-se insuportáveis.

Após novos exames médicos, a sentença: — Sr. Waldemar– disse o médico — sua úlcera está se propagando em seu estômago! Ou operamos agora, com 50% de probabilidade de êxito na cirurgia, ou o senhor, com certeza, morrerá em alguns meses!

Meu pai reuniu-se com a família e contou que resolvera fazer a mesma.

Foi um sucesso! Curou-se completamente.

Coincidentemente ou não, quando não mais me bateu, livrou-se da tal úlcera que o levaria à morte.

Teria Tyenne algo a ver?

Lembro-me que dizia sempre: — A teu lado estou sempre! Que ninguém ouse te ferir!

Querida Tyenne, minha irmãzinha, "meu anjo caído".

*Comentário de Djiroto: a resposta é simples — o espírito mau da parte de Deus saiu dele, o Magnético Contrário parou de usá-lo contra você. A cirurgia foi um pedágio, digamos assim.

TYENNE NA PRAIA

Certo dia, já em minha adolescência, Tyenne pediu para levá-la à praia, pois ainda não conhecia o lazer como nós.

Entrou na água, pisando de forma como se estivesse em um campo minado. Pé ante pé. Virou-se para falar comigo.

Nisso, uma grande onda a atingiu nas costas, fazendo-a tombar.

Tyenne estava usando um maiô do tipo "tomara que caia.", (isto é, sem alças). Quando levantou, para minha estupefação, estava com seios à mostra.

Esbravejou: — Como ousas, água da Terra? Que falta de respeito? – falou em tom de brincadeira.

Eu olhando, mão no rosto, de soslaio, disse: — Tyenne, seus seios estão à mostra! Ela então percebeu; olhou para os mesmos, depois para mim, dizendo: — Qual é o problema, Binho? Por que você está tão vermelho? O que fiz de errado?

Eu, ainda sem olhá-la diretamente, balbuciava, gaguejando: — É...sabe irmãzinha...não é normal ficar assim aqui... eu...eu...por favor, se arrume! Esconda isso antes que chamem a polícia; falei convictamente por fim.

Foi hilário!

Hoje entendo. Ela estava usando um molde físico apenas. Nada demais (para ela).

MEU "CLONE" CIBERNÉTICO(?!) EM ESTRAPE

Tyenne, quando ainda em minha infância, por diversas vezes me falara que em Estrape fizera um desenho de mim. Quando ficava muito tempo sem me ver, ela analisava a minha imagem e a mesma mostrava como eu estava: físico/mental/espiritual.

Na época, por mais que tentasse, não conseguia compreender tal fato. Mas hoje, relatando o episódio, veio-me à mente o que poderia ser.

Um clone cibernético foi feito a minha imagem de tal forma a nos unir interdimensionalmente. Tyenne podia sentir-me, embora a milhares de anos-luz daqui.

Recentemente, em uma reportagem no canal Discovery Chanel, cientistas aventaram tal possibilidade, pela implantação de *chips* em duas pessoas embora separadas por milhares de quilômetros.

Imaginem o que pode então fazer nesse sentido uma civilização com milhares e milhares de anos a nossa frente em tecnologia.

***Comentário de Pedro Mauricio:** Melquises, a resposta você mesmo já deu.

O QUE SOU? QUEM SOU? QUAL ESSE PROPÓSITO?

Amigos leitores, foram passados treze anos até meu último contato com Tyenne.

Todos esses anos, todos os dias me perguntando: por que eu? O que desejam de mim? O que desejam de uma criança, depois adolescente?

Hoje só encontro uma resposta.

Fui submetido todos esses anos as mais diversas experiências por partes deles, de forma é claro, inconsciente.

Tenho setenta anos. Nunca tive sequer uma fratura em todo o meu corpo. Minha idade mental tem no máximo quarenta anos. Meu vigor físico é deveras formidável e causa estupefação.

Em minha atividade, em brincadeiras com amigos, sempre alvo de admiração, pela minha disposição e agilidade.

Por falar em agilidade, após a surra (com ajuda) que apliquei no Dicão, passaram a me chamar de Zizo Gato.

*Comentário de Pedro Mauricio: na verdade, Melquises, este livro é sobre sua história, um Natimorto. O que tem de inédito é que, além do seu próprio povo alienígena lhe fazer experiências, os estrapeanos assim o fizeram. Por quê? Para, ao seu lado, driblarem mais facilmente o Magnético Contrário e darem sobrevida a Ithe. E tudo que você descreveu e descreve é resultado de uma simbiose da espiritualidade humana (que você adquiriu por estar na Terra – por isso vê os espíritos humanos e interage com eles) –, pois tem o perispírito ativo. Porém há algo que os médiuns não possuem: o corpo sutil alienígena ativado – por isso esses contatos com outros mundos, ver discos voadores, portanto, apto para ser amigo de Tyenne de Estrape e companhia. Procuraremos elucidar quando é humana a espiritualidade e quando é alienígena.

O "OUTRO" MELQUISES EM SONHOS

Ainda não ouvi ninguém me falar que vive sonhos tão intensos como eu. Até em pé (quando necessário), posso cochilar e, em seguida, sonhar. Alguns sonhos se realizam., alguns "na íntegra".

Lembro-me de um muito curioso: estava em luta feroz com um inimigo. De repente, senti uma necessidade urgente de urinar.

Disse ao meu inimigo: — Aguarda-me! Volto logo!

Fui urinar, cambaleante; entre o sonho e a realidade, cheguei ao vaso sanitário resmungando:

— Você não perde por esperar!

Voltei para a cama. Instantaneamente, adormeci. Apliquei-lhe a maior surra.

De outra feita, fomos ao cinema na matinê e eu mais três amigos.

Ao chegar em um cruzamento, tirei o agasalho, procurei o maço de cigarro e acendi um.

Nesse instante, apareceu meu padrinho e disse: — Fumando hein, "Seu Zizo"; se teu pai te pega!

Comecei a tremer. Meus amigos me acudiram assustados: — Zizo! Calma! Ele não vai "te entregar".

Eu não tremia por essa possibilidade.

Uma noite antes, tudo eu sonhara de forma idêntica: o local do flagrante, os amigos, as roupas que eu usava, incluindo aquela que eu colocara nos ombros, e as mesmas palavras do meu padrinho.

Quando embora cedo o sono me ataca de forma voraz, eu digo para minha mulher: — Amor, estão me chamando!

E resmungo: — Já vou! Já vou...

Então, no "mundo de Morfeu", eu vivo outra vida: converso com amigos já falecidos; trocamos piadas, zoamos um com o outro, enfim, é outro Melquises, em outra dimensão.

Tenho "amigos lá" que por mim têm tanta amizade; alguns ferozes, que às vezes tenho receio que eles por mim intercedam no mundo real, castigando aqueles que querem de alguma forma me prejudicar.

Não vou me estender quanto a isso, porque deles não tive permissão.

Por vezes, visito o "umbral". É terrível! Certa vez, passei por um grupo de cor acinzentada: tão coesos, unidos, emaranhados uns sobre os outros e, ainda assim, pude observar que alguns faziam sexo consigo mesmos. Horripilante! Uns gritavam pedindo socorro em altos brados. Cena dantesca.

Desço aos subterrâneos da Terra, em grutas ou cavernas. Alguns me seguem logo atrás com o devido respeito.

Correm a minha frente, tagarelando, pequeninos seres, meio homens, meio animais.

Dou um basta: — Podem se retirar! Não me venham "encher" a paciência.

E eles, de pronto, me obedecem.

Por falar em sonhos, ao final deste livro, relatarei aos queridos leitores a revelação surpreendente que me fez nosso irmão Pedro Mauricio.

Nos dias atuais, com a morte de meus pais, fiquei incumbido de fazer o inventário de três imóveis que nos deixaram por herança.

Tenho seis irmãos. Pela situação dos mesmos, desquitados, "dissolvidos", "divorciados", o processo se arrasta, desgastando-me muito.

Então eu sonho. Uma nave está pousada no solo. À porta (!?) da mesma, um ser (não me deixa ver o rosto) chama-me: — Melquises! Suba, vamos! O tempo urge!

Eu respondo: — Ainda não posso! Tenho que dividir a herança que me cabe realizar aos meus irmãos, com a venda dos imóveis.

Ele retruca algo como: — Alguém pode fazer isso. Vamos! Eu não vou... por enquanto!

O ANJO AO MEU LADO (!?)

Como já mencionei, durmo facilmente e sonho em seguida com a mesma facilidade. Em cores.

Por exemplo: estou assistindo a um filme na televisão, durmo e, em seguida, desperto assustado, começo a ver "coisas".

São duendes, os objetos da casa que ganham vida, outros saem do meu peito e abdômen em forma esférica, lembrando "ouriços do mar", porém sem as pontas aguçadas, de cores diversas, com predominância da cor rosa.

São tão reais que, às vezes, embora naquele estado de torpor, tento tocá-los e eles se esvaem pelos meus dedos.

Mas... Vamos ao anjo...

Em uma dessas cochiladas, acordei assustado. Ao meu lado, próximo à árvore de Natal, completamente iluminada e ainda refletido pela luz da televisão, estava um ser me observando.

Ainda hoje, "formiga-me" todo o corpo ao lembrar daquele momento.

Tentando manter a calma, balbuciei com extremo respeito: — Em nome do DEUS ÚNICO, o que vos desejais?

Ele levantou os olhos para que eu seguisse os mesmos. Acima dos seus ombros, havia um par de asas!

Antes que eu pudesse falar algo mais, a imagem foi desaparecendo.

Enquanto vivo, acredito, não saberei o motivo de tão divina aparição.

Quem sabe um dia meu querido irmão Pedro Mauricio me dirá.

Por falar nos meus pais, lembrando do inventário, gostaria de falar em favor do meu progenitor, Sr. Waldemar.

Ele surrava-me muito, é verdade.

Mas eu era muito levado, é verdade.

Também ele não tinha ascensão sobre mim. Quem tinha era Tyenne.

Trabalhador braçal, trabalhava até 14 horas por dia para ganhar um dinheiro a mais, por meio do "extraordinário" que fazia. Às vezes, saía do trabalho às 17 h e retornava às 19 h, ficava até às 4 h para aumentar seu salário. Trabalhava corroído pelas dores que o consumiam.

Quando um amigo o mandava sentar-se, pois era nítido seu sofrimento, ele dizia: — Eu vim para trabalhar! Não para sentar!

Ainda assim, inculto, foi um homem muito digno.

Do tempo em que um "fio de barba" valia por uma assinatura, ele foi, sem sombras de dúvida, o seu maior intérprete. Enquanto viveu, ajudou até o fim seus filhos mais necessitados.

Ainda nos legou três imóveis.

Que ele se encontre com as graças do DEUS ÚNICO nas escolas espirituais.

Morreu para mim como um amigo e ídolo.

Quero deixar claro aos leitores que não pretendo fazer uma autobiografia.

Apenas e tão somente desejo mostrar que quando relato fatos ocorridos comigo, acredito que pelas graças primeiro do DEUS ÚNICO, proteção dos meus anjos KABIN E RABIN, também Tyenne sempre intercedia de alguma forma por mim.

*Comentário de Pedro Mauricio: a seguir, teremos três narrativas, Melquises. O que ocorre? Primeiro, o lado do Magnético Contrário o ataca para tirar sua vida *in natura*, porém, de certa forma, o lado favorável do Magnético não permite tal execução. Mas na última é que está o momento-chave: você negociou com o Mundo Magnético o salvar de uma vida. E isso foi no puro instinto. Como você conseguiu tal proteção é de interesse dos antarianos e os estrapeanos. Só o Imperador Magnético saberá explicar no tempo devido.

* * *

Então vejamos alguns fatos em que eu vi a morte a minha frente.

Ainda adolescente, fui pescar camarões na margem oposta do rio que divide a cidade de Santos com a cidade de Vicente de Carvalho (canal do porto de Santos). Imerso aos meus pensamentos, eu remava em uma pequenina embarcação de madeira.

Ao chegar à metade do rio, escutei um apito longo. Olhei e vi um pequeno navio de carga se aproximando.

Na água, a distância fica confusa, não temos a ideia exata da mesma. Enquanto eu pensava o que eu ia fazer, era tarde demais. O navio estava tão próximo que era impossível ultrapassá-lo.

Aturdido e desesperado, joguei-me a água.

Enquanto nadava com todas as forças que possuía, sentia meu corpo ser levado inexoravelmente para o costado do navio e em direção à hélice do mesmo.

Curioso. Dizem os espiritualistas de Kardec que, quando estamos próximos da morte, nossa mente nos prega peças no sentido de, em alguns segundos, nos mostrar como num filme imagens de forma vida pregressa. Mas ao contrário disso, essas imagens vou relatar a seguir no meu acidente com avião.

Via meu corpo cortado em diversos pedaços, boiando na superfície da água.

De repente, ouvi gritos no convés do navio e, já próximo uns três a quatro metros da lateral do mesmo, consegui nadando me afastar da embarcação. Acredito que tenham desligado o motor do navio e assim a sucção do movimento provocado pela hélice tenha parado, permitindo minha salvação.

Nadei de volta a meu barquinho e voltei para casa, graças a DEUS são e salvo.

Vou enumerar apenas mais dois casos.

Estava estudando para piloto de avião. Nessa época, Tyenne já tinha desaparecido de minha vida.

Com pouquíssimas horas de voo, na ausência do meu professor, quando fui voar, me foi indicado um outro, que eu não sabia ser o mesmo inabilitado e sem credencial para ensinar.

Aula: pousos e decolagens simultâneos.

Estressante essa aula. O maior perigo em toda aviação está na aterrissagem e decolagem de aeronaves.

Foram várias as subidas e descidas.

Numa dessas, ao fazermos a aproximação do eixo da pista para aterrissarmos mais uma vez, percebi que a aeronave estava entrando em "stol" (perdendo sustentação e maneabilidade), pois a velocidade estava abaixo do permitido para o pouso.

O avião começou a vibrar. Um aparelho, que existe para mostrar que a aeronave vai cair, começou a sibilar.

Com a mão no manche, olhei para trás onde estava o "pseudo" instrutor e gritei:
— Saturnino– o avião vai cair!

Para meu espanto, Saturnino, um senhor de quase setenta anos, estava agarrado às ferragens do "citabria" modelo da aeronave dos anos 50, com os olhos esbugalhados.

Ele não percebera o quão perto estava a cabeceira da pista. Não executou os procedimentos rotineiros para aproximação e entrou em pane.

"Sozinho", com o mínimo de instrução que ali recebera, consegui elevar o "nariz" da aeronave para não colidir a mesma com uma casa que a base aérea de Santos interditara por estar próxima à pista, e o avião caiu em um terreno baldio, repleto de mamona (planta que serve para fabricação de óleo).

"Suavemente", o pequeno citabria tocou o chão; primeiro com a asa esquerda, depois a direita e, por fim, seu "nariz".

Não sofri um arranhão. O senhor Saturnino teve um corte em um dos braços, bastante grande para levar dez pontos.

Dia seguinte, voltei à escola de pilotagem e pedi ao meu verdadeiro instrutor a mesma aula. Pouso e decolagem.

Conversando com o mecânico das aeronaves, ele disse-me que a gasolina azul que alimentava o motor do avião passa por tubos de cobre de aproximadamente 1/2 polegada. Disse ainda que se, porventura, na queda, um desses canos se rompesse, a aeronave transformar-se-ia. (?!) Ufa!

A NEGOCIAÇÃO DO PEIXE

Só mais um relato.

Fui trabalhar na serra do mar. Tinha 22 anos.

Não queria ir. Tyenne insistiu para que eu fosse e assim ganhar experiência e forjar-me homem realmente.

Nessa idade, eu percebia que Tyenne aos poucos estava se desligando de mim. Insistia para que eu desse atenção as meninas que me cercavam constantemente e incentivava meus namoros.

Por esta serra, passavam os cabos de alta-tensão de 44 mil volts que alimentavam o cais do porto e, na época, parte da cidade de Vicente de Carvalho.

O lugar chamava-se Caetê. Vivíamos em uma casa tipo "república".

Nosso trabalho era o mais árduo possível. Com ferramentas rudimentares tipo, machado, ferro de roçar, enxada, foice etc., cortávamos os galhos de árvores ou as próprias que estavam quase alcançando os cabos elétricos.

Vamos ao fato.

Certo dia, após minha folga junto a Tyenne, voltei para atravessar o rio, passar a outra margem e caminhar três quilômetros por plantações de banana para chegar ao pé da serra. Do sopé da mesma até nosso barracão, eram onze voltas circulando o morro.

Quando de botas de borrachas pesadas subi na pequenina canoa, ouvi o pescador de nome Pedro dizer: — Menino, você não deveria atravessar o rio agora, vai cair uma "tribuzana" (tempestade no mar).

Argumentei que, com o vento a favor, eu conseguiria chegar a outra margem em meia hora. Fui!

Ao chegar na metade de minha travessia, caiu a "tribuzana".

Meu DEUS! Que desespero. Chovia granizo. O vento açoitava e ameaçava soçobrar a frágil embarcação.

De botas pesadas e com a turbulência do temporal, eu não conseguiria nadar o suficiente para sobreviver. Eu remava, esgotava a água da canoa e rezava. Eu rezava, remava, esgotava água da canoa. Nada eu via! A visibilidade era zero. Estava nas mãos de DEUS.

De repente, quando não parecia ver mais esperanças, a canoa tocou a outra margem no mangue.

Quando acontece esse tipo de temporal, existe um peixe, se não me falha a memória, é o parati, que começa a saltar fora da água desordenadamente.

Pulavam a minha volta as dezenas.

Pensei. "Meu Senhor DEUS, se um peixe cair na canoa eu o soltarei em gratidão por salvares a minha vida".

Não deu outra! De súbito, um "parati" caiu dentro da minha pequenina embarcação.

Peguei-o com jeito para não o machucar e falei de viva voz: — Vá com DEUS, peixinho; vá com DEUS!

Em seguida, a vau, levei a canoa pelo riachinho de fundo arenoso, até o pequeno atracadouro de nossas embarcações.

Olhei para cima. Pela copa das árvores, podíamos avistar nosso alojamento.

Eram aproximadamente dezoito horas. Como, por encanto, o dia voltou a ficar lindo. Avistei, então, uma enorme luz vermelha que brilhava sobre a torre que ficava ao lado do nosso alojamento.

Pensei: como a luz daquela torre está intensa!

Estremeci. Aquelas torres não tinham luz ou sinalização.

Por alguns segundos, lá ficou. Depois, com sua peculiar velocidade, sumiu.

Estou citando só esses três casos para lembrar que Tyenne sempre, de uma forma ou outra, me amparava em meus momentos mais difíceis com as graças do DEUS ÚNICO e a intercessão de meus queridos anjos KABIN E RABIN.

*Comentário de Pedro Mauricio: tudo o que aconteceu nas três narrativas citadas foi provocado pelo Magnético Contrário. O Magnético Favorável ajudou nos finais felizes. Talvez seja o instinto que Tyenne lhe passou que tenha ensinado o salvar do peixe, que agrada ao Magnético Favorável que poderá ajudá-lo na próxima vez.

UM "PUXÃO DE ORELHA" DO 5º CÉU(?!)

Tudo que Tyenne pedia ou me mandava fazer, parece-me hoje que tinha propósitos mais que definidos para isso.

Filho de "doqueiro", trabalhador das Docas de Santos, eu tinha preferência para trabalhar na companhia.

Quando me apresentei após os exames físico e psicológico (aquelas coisas), o funcionário responsável pela seleção dos futuros empregados disse-me que só havia vaga em um posto na Serra do Mar, chamado Caetê.

Questionei com ele sobre esse posto isolado dentro da mata virgem, perguntando por que meus amigos, também filhos de funcionários da empresa, seriam lotados todos no cais do porto de Santos.

Nada adiantou. Deu-me vinte e quatro horas para pensar a respeito.

Fui, claro, procurar "ajuda" com Tyenne.

Nessa ocasião, repito, eu tinha 22 anos e nenhuma experiência da espiritualidade como um todo.

Tyenne cada vez mais se mostrava taciturna e triste. Suas visitas à casa de Elza estavam diminuindo, embora me tratasse sempre com o mesmo carinho e afeição.

— Binho, meu irmãozinho terreno, você deve ir trabalhar naquele local! Vai lhe fazer muito bem em todos os sentidos.

— Tyenne – eu disse — você está me afastando?

Ela retrucou: — Oh querida criatura, você não pode imaginar pelo que Tyenne está passando!

Continuou: — Ithe já está mocinha, vivemos entre dois mundos, sentindo os efeitos de ambos magnéticos, (na época, ela dizia forças de ambos os mundos), hoje sabemos que eram os magnéticos da Terra e de Estrape. Até para mim está difícil, minha permanência continua em seu mundo e com você. Em breve, vou deixá-lo, porém deixo-o forte e com proteção suficiente para resguardá-lo de todo e qualquer perigo.

Tyenne acrescentou: — Em nível mental, sempre, sempre, estarei contigo. Você é parte de minha vida, também.

Mas voltemos ao meu trabalho na Serra do Mar.

Dia seguinte, embarquei em um antigo rebocador de navios, que me levaria àquele local.

Naquele ermo lugar, eu vivia dias e dias abatido e triste.

Sentia saudades de Tyenne, dos meus amigos de infância, das minhas peladas. Para amenizar minha melancolia, comprei de um caçador da região uma espingarda para aventurar-me a caçar, pois a fauna naquela época e lugar era abundante.

Certo dia, "fantasiei-me" de caçador e entrei mata adentro por "picada" (caminhos ou trilhas quase invisíveis feitas pelos caçadores), buscando encontrar algo para testar minha pontaria que, diga-se de passagem, era muito boa, já que treinávamos diariamente tiro ao alvo.

Ao chegar ao topo de um morro, avistei um pássaro de beleza ímpar. Jamais em minha vida tinha visto algo igual. Ele possuía cores que ao Sol brilhavam como neon. Amarelo, azul profundo, verde, vermelho. Incrível!

Possuía sobre a cabeça uma espécie de coroa feita de penas de cor púrpura, que lhe emprestavam um porte majestoso.

Pensei (quanta estupidez): "Vou atirar nesse pássaro, levar para o pessoal ver para saber que espécie é (tinha o tamanho aproximado de um louro)".

Atirei. Como nossos cartuchos eram carregados manualmente, a pólvora que usávamos nos tolhia a visão, como uma cortina preta de fumaça, ao atirarmos. Abanei a fumaça com as mãos. Para minha surpresa, lá estava aquele pássaro, incólume, movendo as asas, porém no mesmo lugar.

Da distância de uns oito metros que nos separavam era difícil eu errar, muito difícil, já que os cartuchos eram carregados com dezenas de pequeninas esferas que se espalhavam após o disparo.

Carreguei de novo a espingarda. Outro tiro.

Após a fumaça dissipar-se, olhei incrédulo: o pássaro estava no mesmo lugar e se movendo graciosamente.

Percebi, então, de imediato, que "alguma coisa" estava errada. Assustado, comecei a retroceder, buscando a "picada" para sair dali.

De repente, um ruído semelhante a mil árvores tombando uma sobre as outras se ouviu num estrondo formidável. Comecei a correr morro abaixo. O barulho como se fosse de uma avalanche me seguia metros atrás. Não ousava me virar e olhar, com medo do que eu poderia ver.

Tropecei. Caí!

Apavorado, cara no chão, coloquei ambas as mãos na nuca esperando o pior: nada! Como por encanto, o barulho, as ondas de choque nas minhas costas desapareceram. A natureza quedou-se calada. Não se ouvia sequer o farfalhar das folhas das árvores ao vento.

Ali fiquei deitado naquela posição por alguns segundos: pernas trêmulas, passos incertos, suando em bicas, retornei para nosso alojamento.

Nada contei aos meus colegas de trabalho porque não me dariam crédito. Tampouco a Tyenne; me "mataria" se soubesse que tentei abater uma criatura tão linda.

Faltavam-me à época maturidade e discernimento para não cometer tais desatinos.

Com certeza, os "elementares" aliados a outros "guardiões" da mãe natureza, me deram um "lindo" puxão de orelha.

Após esse incidente, mudei completamente meu comportamento com o "todo" que me cercava ali.

Para despistar meus colegas, nas minhas folgas munia-me dos apetrechos de caça e ficava horas e horas apreciando, agora, sim, a beleza que a natureza me proporcionava.

Subia as cachoeiras e, centenas e centenas de metros acima, eu via como se formavam. Centenas de "olhos d'água" brotando do chão para, em seguida, logo abaixo, transformar-se em cachoeira.

As experiências adquiridas nos quatro anos que lá trabalhei me acompanham até nos dias de hoje. Graças a Tyenne!

Aos vinte e três anos, minha muito querida Tyenne de Estrape, meu "anjo caído", não mais a vi.

* Comentário de Tyenne: aquele pássaro era eu. Como não me reconheceu? Você não se lembra de quando eu te disse que, quando vires um gato, cuidado que pode não ser um gato? E tudo o mais que aconteceu fui eu quem o provocou.

O CANTO DAS SEREIAS (?!)

Ainda falando sobre o 5º céu, certo dia, ainda adolescente, fui remar no canal do cais do porto.

O trecho em que me encontrava, estava em construção, (o cais). Era domingo. Não existia alma alguma à vista.

Cansado, parei em frente a uma tubulação feita para descarregar o excesso de água do canal, no mar.

Nessa tubulação, eu podia ficar em pé, o que fiz para descontrair e relaxar a minha coluna.

Nisso, eu ouvi (parece que ainda ouço enquanto escrevo), um canto inebriante, dotado de um timbre de voz inenarrável.

O canto, dezenas de vozes juntas, envolveu-me completamente. Olhei à volta, procurei debalde, não havia ninguém. Por alguns minutos, continuou. Eu, maravilhado, sem receio algum, apreciei-o com toda minha alma.

No canal Discovery Chanel (procurem na Internet), passou uma reportagem sobre sereias.

O título do programa é: "Sereias".

Nele, autoridades ambientais ao saberem que experiências norte-americanas estavam sendo feitas nos mares com explosivos não permitiam sondas inimigas de espionagem nas águas dos Estados Unidos.

Tais explosões estavam causando grandes danos à fauna marinha fazendo, inclusive, que centenas de baleias, atordoadas com explosões, viessem a encalhar e morrer nas praias costeiras.

Certo dia, um garoto, ao ver algumas baleias encalhadas, com um celular tirou uma foto. Ao se aproximar ainda mais, viu algo que o deixou muito assustado.

Entre as baleias encontrava-se um ser meio homem, com os dedos das mãos unidos por membranas e nadadeiras.

Resumindo: cientistas de uma ONG ambientalista internacional acreditam que, no alvorecer da humanidade, quando desceu das árvores para andar ereto, um grupo de nossos ancestrais continuou nas florestas, onde o alimento era farto, porém, à mercê das feras predadoras.

Outro grupo se encaminhou para o mar, onde também o alimento era abundante como ostras, mariscos, peixes, mas sem o perigo constante das grandes feras. Esse segundo grupo cada vez mais foi se familiarizando com o mar, cada vez mais se sentindo à vontade dentro dele.

Mutações foram acontecendo. Milhares e milhares de anos de transformações no novo ambiente acabaram por transformá-los em "sereias".

Até então, eu acreditava que sereias eram um ser em nível de 5º céu. Não da nossa dimensão.

Agora, após tais fatos (comprovados), não sei mais o que pensar.

Vale a pena procurar no Google. A reportagem é fantástica.

Em tempo: o serviço secreto norte-americano boicotou e apreendeu todo o material pertinente às investigações dessas criaturas.

Apenas a algo eles não tiveram acesso para tal.

Uma gravação da mais sofisticada tecnologia marinha para ouvir o canto das baleias e golfinhos.

Em uma dessas gravações, escutaram o canto das sereias.

* **Comentário de Tyenne:** agora, sim, era o efeito da força do seu planeta, as sereias. Elas encantam e matam. Pedro Mauricio chama de 5º inferno os efeitos do Magnético Contrário e 5º céu os efeitos do Magnético Favorável para deixar mais claro aos aquantaristas.

SOBRE A VERDADEIRA IMAGEM DE TYENNE

Durante os treze anos que vivi com Tyenne (dos dez aos vinte e três anos), sempre perguntei para ela qual sua verdadeira imagem, pois sabemos que minha irmã extraterrestre, quando aqui precisava estar, assumia a forma da Elza, assim como sua filha Ithe e Carianã, embora eu soubesse distingui-las individualmente, mesmo utilizando o igual "formato" do corpo de Elza.

Ela desenhava criaturas alienígenas de pescoços longos, rostos de formas ovaladas, braços compridos e finos, olhos semelhantes aos das abelhas, da mesma forma que hoje descrevem aqueles que, porventura, tiveram contatos com seres oriundos de outros planetas.

— Tyenne, qual sua verdadeira forma? Você não pode se mostrar para mim como é realmente? Por que não o faz? Não confia em mim?

Eu usava, de alguma forma, chantagem sentimental para persuadi-la a se mostrar como realmente era.

Binho ela dizia: — Não posso! Você se surpreenderia! Muito! Ficaria deveras assustado!

— Por quê? – eu argumentava: — Você não é bonita?

Ela dizia: — Eu sou linda! Porém não para seus olhos humanos (?!).

Eu, brincando, caçoava: — Eu acho que você é muito feia, na sua essência.

Ela respondia: — Garotinho terreno que está me aborrecendo, você não teria sensibilidade para apreciar minha beleza! Não vamos mais falar sobre isso.

Ríamos muito abordando tal assunto.

Enquanto escrevo, a saudade de minha irmã invade meu coração. Tive o privilégio de viver um sonho. Um sonho mágico, e morredouro.

Da mesma forma que Tyenne surgiu em minha vida, também assim sumiu da mesma.

MINHAS ANDANÇAS EM BUSCA DA VERDADE

Assim que Tyenne desapareceu, começou para mim a procura dos reais e verdadeiros motivos que levaram a nos conhecermos.

Por que eu fui escolhido com apenas dez anos? O que existia em mim que pudesse despertar o interesse de seres tão milenarmente desenvolvidos? Quem era realmente Tyenne?

Ela sempre respondeu dessa forma ante as mesmas perguntas que eu sempre fazia: — Binho, um dia você terá respostas para todas as suas indagações.

Eu retrucava: — Quando?

Ela, com carinho, respondia: — Irmãozinho, lembre-se, você não pode medir o seu tempo pelo meu tempo.

Tudo tem sua hora. Acredite em mim.

Então saía à procura das minhas respostas.

Havia, na cidade de Santos, um grupo de estudo a nível mental, priorizando o exercício da autossugestão consciente.

O lema era: "o que você realmente quer sua mente proporcionará".

Desfilavam nas aulas exemplos das possibilidades infinitas das realizações que a mente treinada e disciplinada poderia realizar.

Não duvido.

Porém, neste curso, não consegui meus objetivos.

Parti para umbanda, sem participar como membro efetivo das ritualísticas, buscando em consultas meu repertório de perguntas.

Nada feito.

Comecei a procurar, e por mais de trinta e cinco anos, o espiritismo de Kardec.

Algumas vezes, convidavam-me para participar da mesa de trabalhos mediúnicos, para sessões de incorporações e estudos.

Eu sentia vontade de me pronunciar, mas duvidava da minha capacidade como "médium" e acreditava ser isso apenas efeito de uma sugestão psicológica sugerida pelo ambiente e meio em que me encontrava. Calava-me.

Em Santos (acredito também em muitos estados brasileiros), havia um grupo seleto de estudo que prima pelo poder da palavra da mesma forma daqueles que participei de poder mental, porém adicionando forças de "mantras" que verbalizávamos durante as sessões.

Para ser admitido nesse grupo, passávamos por verdadeiros "inquisidores". Se um deles nos reprovasse nas entrevistas de seleção, estaríamos fora.

Além disso, era necessário que um membro do referido grupo nos indicasse e apadrinhasse. Diziam nas aulas os professores que, no nível sete, conseguiam, alguns, até levitar (?!).

Após quase dois anos, nada. Fui.

Tornei-me maçom.

Diziam os mestres de maçom que, em nível do grau trinta e três, o conhecimento era vasto sobre os segredos da vida e do universo como um todo.

A instituição é deveras alicerçada pelos valores humanos que desenvolve, os valores humanos tendo sempre, antes de tudo, a veneração e amor ao DEUS ÚNICO, que eles chamam de grande arquiteto do universo.

Após alguns anos, nada.

Ainda assim, em uma cerimônia de iniciação, um ancião maçom me disse, após trocarmos conversas sobre vidas em outros planetas.

— Meu filho, Salomão foi o primeiro maçom! Ele trouxe as leis maçônicas que deveriam governar e sustentar os princípios humanos e espiritualistas de nossa civilização! Nada fizemos para merecer isso! Hoje pagamos tal tributo (?!).

Então, por volta de 2004, por meio de amigos de longos anos, fui convidado para conhecer a escola que estuda não espiritismo e, sim, a espiritualidade como um todo, com base inclusiva na existência e participação de alienígenas em nossas vidas e em nosso planeta. Essa escola se chama "AQUANTARIUM".

Relutante, mas fui.

A partir dali, uma nova vida surgiu para mim.

Aos poucos, descortinou-se um mundo novo, maravilhoso, intrínseco e minhas respostas começaram a surgir, graças a DEUS!

Conheci meu hoje irmão Pedro Mauricio que, com sua esposa, foram nos visitar em nossa casa de oração situada na cidade de São Vicente.

Após as apresentações de praxe, o responsável presidente do núcleo pediu para que eu contasse ao senhor Pedro Mauricio toda a minha história com os seres alienígenas.

Quando o senhor Pedro apertou minha mão, olhando-me diretamente nos olhos, algo estranho aconteceu. Seus olhos moviam-se como se fosse um limpador de para-brisa de carros, com velocidade anormal. Por alguns segundos, fiquei preso a esse olhar de aspecto metálico, oriundo da cor dos mesmos.

O senhor Pedro é um megaparanormal, responsável por todos os núcleos de estudos, espalhados pelo Brasil. Ele é um extraterrestre enviado do sétimo céu em missão de resgatar aqueles que realmente desejam aceitar o "alimento" que DEUS nos oferece em sua graça divina, para que possamos um dia participar do seu reino: a vida eterna.

Ele é um anjo encarnado que, por sua opção buscando a sabedoria infinita, logra criar também, com as graças do DEUS ÚNICO, o seu próprio universo.

E assim será.

Alguns anos depois, já amigos, perguntei-lhe: — Senhor Pedro, por que quando nos apresentaram seus olhos moveram-se de forma tão estranha?

Ele respondeu sorrindo: — Ainda bem que não estou sozinho (!?).

Não entendi na época.

SEM TYENNE...

Quando, por fim, Tyenne deixou de me ver, uma súbita angústia tomou conta do meu ser.

Debalde, buscava estar sempre na casa de Elza, na esperança de vê-la mais de uma vez.

Perguntava por ela. A Elza, meio que alienada gaguejava, articulava palavras sem nexo algum, enfim, nada que pudesse ser útil na minha tentativa de ainda "alcançar" Tyenne.

Aos poucos, ela foi ficando cada vez mais ausente das lembranças de minha irmã extraterrena, a ponto de eu não ter mais condições de questioná-la.

Somando-se a isso, também minha vida sofreu a natural transformação de menino para homem. Paqueras, namoros, "saídas" à noite, "baladas" (na época, eram "noitadas"), todo um novo de inusitado comportamento, pleno de adrenalina e testosterona que sobravam pelos poros.

Tyenne tudo previra. Ela me deixou no momento adequado em minha transformação física e mental.

Agora era por minha conta e risco.

Deixei por anos de avistar óvnis.

Parecia que Tyenne tinha levado com ela todo o "encantamento" que nos cercava.

MEU ÚLTIMO CONTATO: ELZA OU TYENNE?

Estive pensando: "o público que ler nosso livro vai se perguntar sobre o destino da personagem Elza, de Tyenne, Ithe e Carianã e como usavam de sua imagem (?!), para poderem estar comigo".

Esse artifício de assumir a imagem de alguém, lhes permitia, principalmente a Tyenne, percorrer todo nosso planeta, nos diversos segmentos da ciência, cultura, meios artísticos, etc.; enfim, onde necessitasse estudar e pesquisar nossa raça e nosso mundo.

A Elza, quando a conheci, era aproximadamente quatro anos mais velha. Hoje, está com quase 76.

Como relatei, foram raras as vezes em que a vi, depois que Tyenne desapareceu.

Há cerca de dois anos, nos encontramos na rua.

Fiquei um tanto consternado. Aquela menina linda da minha meninice nada mais era que uma senhora de aparência quase secular, andando com dificuldade, abatida e envelhecida.

— Oi, Binho! Tudo bem?

Assenti com a cabeça.

— Tudo!

Seu semblante era muito, muito mais triste.

Conversamos alguns minutos de pura trivialidade.

Minha cabeça me pregava peças.

"Falo sobre Tyenne, sobre nosso passado. Devo?"

Ela, se despedindo, disse-me:

— Binho, estou aguardando você desencarnar desse mundo, para eu poder, enfim, descansar em paz!

Enquanto pronunciava tais palavras, senti que seus ombros se curvavam ainda mais, como sob o peso de uma "carga" muito grande, enquanto repito: toda a sua fisionomia era de grande pesar e dor.

Beijou-me na face, abençoou-me com proteções diversas e se afastou lentamente.

Pergunto-me: "por que essas palavras? Por que aguardar meu desenlace dessa prisão terrena, para, enfim, descansar?".

Será que por alguns segundos Tyenne dela serviu-se para isso me dizer?

Que emaranhado de carmas, de vidas anteriores e sob que causas estou sujeito e por que não me é dado o direito, ainda, de saber?

Às vezes, meditando, num *flash*, parece que chego lá (!?). De novo, tudo se funde e desaparece.

ANÁLISE DE DJIROTO

Melquises, "encontre a verdade e a verdade te libertará", já disse Cristo. Este livro não é sobre os estrapeanos, seu sistema binário, amor entre espécimes diferentes alienígenas. Toda essa trama ainda vai ser contada.

Aqui ficou contada a sua história. Vamos responder a seus questionamentos: "Por que eu fui escolhido com apenas dez anos? O que existia em mim que pudesse despertar o interesse de seres tão milenarmente desenvolvidos? Quem era realmente Tyenne?".

Você foi escolhido ainda bebê, foi escolhido ainda criancinha enferma. Por meio da técnica do Natimorto, foi colocado dentro daquele corpo infantil. Seu espírito é de um caniense cuja nave foi derrubada em Terra pelo Magnético Contrário e, devido às Leis espirituais da época, ficou preso a este mundo e não pôde voltar a reencarnar entre os seus. Também não podia nascer humano. Então entrou no processo de Natimorto. Seus semelhantes viram a criancinha que estava desencarnando e te deram a ordem: — Assume esse corpo!

E você assumiu. Simples assim. Você sempre perguntou a Tyenne: como você é? Feia? Bonita?

Porém se esqueceu da maior pergunta: — Como que eu sou? (ou melhor, como você mesmo é).

A sua forma alienígena natural seria a de um louva-a-deus de dois metros de altura. Um terror aos padrões humanos. Por isso seus ETs, quando aparecem aos humanos, se fazem passar por homenzinhos verdes de 40 cm. Essa é sua verdadeira imagem. Esse é você.

Porém você mesmo acabou perdendo a consciência de tudo isso ao adentrar o corpo humano.

Isso despertou o interesse de Tyenne. Por que esse menino vê as naves do seu povo, mas não se lembra de nada? Então ela queria te fazer lembrar de outros mundos, embora o mundo dela e o seu sejam tão diferentes quanto a água e o vinho.

Ao mesmo tempo, ela sentia em você um aliado inconsciente para ir driblando o Magnético da Terra que queria matá-la e sua filha. Ela também quebrou leis intergalácticas ao se aproximar dessa forma de você. Mas para quem já tinha feito o errado (ter uma filha interespécies), fazer o meio-errado (contatar um natimorto caniense) cuja relação ajudaria a driblar o Magnético Terrestre foi um ato de desespero de mãe (mãe Terra). Tyenne foi muito contaminada pelo que Pedro Mauricio denominou de "sal da Terra" (a força que entra dentro de cada ser, mudando seu tempero, a exemplo de Saul que quis matar Davi depois desse evento). Esse "sal da Terra" é o tempero da Terra (bíblico). Por isso os estrapeanos estão revisando todo o protocolo de tempo de permanência deles aqui, agora levando em conta o "sal da Terra", que nós, antarianos, já levamos há muito tempo – por isso que da nossa espécie só mandamos idosos para cá.

Portanto, Melquises, você forneceu para o Aquantarium o livro do Natimorto, embora sendo intitulado como *Tyenne, um anjo caído*. Toda essa confusão é saudável e ajuda a driblar o Magnético local que até já atacou a Editora Aquantarium após o livro *O Entreiro*. Dessa forma, não haverá perigo algum de esse fato se repetir.

O livro dos Estrapeanos ainda será escrito, e não será Tyenne a personagem principal, claro. Mas este é outro assunto.

Fique claro que este livro é sobre o Natimorto, grande Melquises, escrito em estilo quase de literatura humana, porém deve ser sigiloso.

E qual o seu objetivo final, Melquises? Libertar-se deste mundo e voltar ao seu, ou direcionar seu espírito a outro superior, até chegar ao maior de todos os mundos: o Reino dos Céus. As leis espirituais estão sendo modificadas pelo Sétimo Imperador Magnético encarnado na Terra, história que talvez nunca seja contada em livro de fato.

OBSERVAÇÃO DE PEDRO MAURICIO

A partir de agora, teremos trechos soltos de narrativas nos quais serão respondidas as questões que afligem a alma de Melquises.

MINHA VIDA ATUALMENTE

Após a separação do meu primeiro casamento, conheci minha atual mulher. Ela "só" é trinta e quatro anos mais nova em relação a minha idade.

Foi difícil, muito difícil, na época, convencer seus pais sobre a nossa união. Namorávamos "mais" que escondido. Vivíamos no "fio da navalha", buscando sempre mil artifícios para estarmos juntos.

Estávamos um dia na Praia Grande, frente ao mar, local naquele momento sem movimento, quando, para minha surpresa, observei uma estrela "mais" que brilhante.

Chamou-me a atenção.

De repente, a "estrela" começou a mover-se de forma desordenada.

— Querida, olhe, um óvni!

Minha mulher gritou: — Meu DEUS, um disco voador!

Dia seguinte (se não me falha a memória), o jornal Diário de São Paulo estampava na sua primeira página: "Óvni observado na Praia Grande, litoral de São Paulo".

Após o desaparecimento de Tyenne, esse óvni fora o primeiro que eu avistava após tantos anos.

MEU DEUS ÚNICO SEMPRE ME OUVIU

Minha esposa já comigo estava. Todas as "discrepâncias" com relação a mim e sua família estavam sendo gradativamente superadas.

Um dia, madrugada, como fazia sempre, estava eu na janela, olhando e conversando com minhas irmãs estrelas.

Pensei: "Senhor meu DEUS, deste-me a mulher que eu amo, apesar de todas as dificuldades encontradas, porque sois meu DEUS, meu criador! Agora, atrevo-me a te pedir mais: — Permita-me termos um filho! O filho dessa união que nos proporcionaste".

Continuei: "Se vós estais me ouvindo, dai-me um sinal; por favor, maravilhoso DEUS!"

Antes mesmo que eu terminasse tal frase, um corpo celeste brilhou nos céus riscando o firmamento (é claro sabemos, milhares de pequeninos fragmentos de rochas congeladas adentram nossa atmosfera, produzindo tais fenômenos).

Fui tomado de intensa emoção!

Um mês depois, minha mulher anunciava-me que estava grávida.

Tinha eu na época 58 anos.

Para honrar nosso Deus Único, chamamos nosso filho de Nathan. Em hebraico, significa "um presente de DEUS".

PARTICIPAÇÃO DO 5º E 6º CÉUS EM UMA FAZENDA

Existe, no estado de Goiás, uma fazenda tombada, reserva ambiental, patrimônio da humanidade, que é palco de inúmeros avistamentos de óvnis como também outros fenômenos oriundos do 5º céu.

Eu e seus proprietários, um casal maravilhoso de pessoas muito espiritualizadas, fizemos uma estreita amizade. Os proprietários fizeram-me quase uma pessoa da família. Visito-os quase duas vezes por ano.

O Sr. Pedro Mauricio também lá esteve e disse tratar-se o lugar de um centro inimaginável de energias, que sustentam dois a três portais dimensionais; daí os avistamentos até comuns. A fazenda fica na cidade de Alto Paraíso, no mesmo estado.

Estava eu um dia em vigília em um dos morros de madrugada, meio que adormecido, quando de repente vi surgir a minha frente dois vultos de cor branca que se projetavam muito acima de mim, já que eu estava sentado sobre uma pedra.

Da posição que estava, eu tentava olhar para cima para distingui-los melhor e não conseguia. Minha coluna cervical estava "travada", não me permitindo a ação de levantar a cabeça.

Desesperado, gritei a plenos pulmões: — Por que eu não posso vê-los?

Meu grito ecoou em vão, solitário por entre aqueles morros.

Em seguida, os vultos desapareceram e eu voltei a ficar normal.

Dia seguinte, me senti exaurido.

Tinha dificuldades até para andar com desembaraço. Estava combalido.

Disse-me um paranormal de um núcleo aquantarista, após ouvir meu relato, que parecia que "haviam tirado algo do meu corpo". Daí a sensação de fraqueza que eu sentira (!?).

Também, nessa fazenda pousada, ao caminhar por uma cachoeira muito longe dos alojamentos, em um lugar chamado de "Vale Encantado", eu e meu filho Phillip, hoje com 31 anos, avistamos uma grande borboleta azul que nos acompanhava graciosamente, sem temor algum da nossa presença.

Após alguns metros nos "ciceroneando", ela pousou.

Cheguei perto dela, inclinei-me e falei: — Bichinho de DEUS, posso sentar-me com você?

Como ela "não retrucou", sentei-me ao seu lado, e ela como se eu ali não estivesse continuou a mover suas lindas asas azuis.

Encorajado, ainda perguntei: — Irmãzinha, posso tocá-la?

Diante do "seu silêncio," o fiz.

Acariciei suas asas, sentindo nos meus dedos um toque de "suave veludo" por alguns segundos.

Em seguida, preguiçosamente levantou voo.

Tudo isso foi registrado pela câmera do meu filho Phillip, inclusive com áudio.

Esse vídeo, segundo eu soube, foi entregue ao Sr. Pedro Mauricio pelo presidente do nosso Aquantarium em Santos na época, para posteriores estudos.

Também em vigília, em um dos morros, altas horas de uma noite de luar estonteante, avistei por alguns segundos passando de uma nuvem a outra, uma imensa nave espacial, que, presumo pela distância que se encontrava, o volume que a mesma demonstrava, era do tamanho de dois a três campos de futebol (!?).

Também nessa fazenda, pelo menos para mim e minha família, quando lá estamos, muitos animais silvestres se deixam ver e até quase tocar por nós, tamanha a magia energética que cerca o lugar, de uma fauna e flora deveras incrível.

Costumo dizer a quem me pergunta sobre o lugar que "DEUS, com certeza, ali tem um propósito".

A fazenda em suas dimensões se perde de vista. É linda!

AS REVELAÇÕES INCRÍVEIS DO SR. PEDRO MAURICIO COM RELAÇÃO A MINHA PESSOA

Por mais curioso que possa parecer, após oito anos estudando no Aquantarium, ora em nosso núcleo em Santos, ora no núcleo de São Paulo, convivendo com o Sr. Pedro, não amiúde, porém volta e meia em contato com o mesmo, consegui uma consulta.

Senti-me em estado de júbilo. Afinal, eu estaria à frente daquele que eu considero um anjo encarnado, enviado do 7º céu, por quase uma hora.

Se eu não tive contato com Reis dos Reis, se eu não toquei sua túnica, se não o vi, não o senti, poderia realizar tudo isso agora, pelo enviado do mesmo, o poderoso Senhor dos Exércitos, DEUS DE ISRAEL, nosso senhor JESUS CRISTO, DEUS VIVO.

Após ouvir todo meu relato com relação às três mulheres extraterrenas, o Sr. Pedro levantou-se de sua cadeira, aproximou-se de mim, e falou simplesmente.

— Melquises, você é um extraterrestre da constelação de Cão Maior, encarnado aqui na Terra por algum problema carmático.

Ela se encontra a uma distância de 4.500 anos-luz da Terra e tem um diâmetro cerca de 2000 vezes maior do que o diâmetro do Sol.

Continuou: — O Magnético do planeta o matou, e você não tem permissão das lembranças desse evento. Estudarei mais a fundo seu caso e, no momento adequado, conversaremos a respeito.

Continuou: — Também a respeito de suas aventuras, sonhos e visões, percebe-se que você às vezes tem "trânsito" entre o 5º e o 6º céu. Sua conhecida proteção é proveniente dos seus "familiares" de Cão Maior, que o acompanham aqui.

À medida que o Sr. Pedro Mauricio fazia o "levantamento" do meu "eu interior", era impossível conter minhas lágrimas, tal minha emoção e, porque não dizer, comoção, estupefato que eu estava ante tal revelação.

Sempre ouvia lá no âmago do meu ser uma vozinha que tentava sempre me dizer isso, mas eu desdenhava de tal pensamento.

Não queria ouvir meu "Grilo Falante" e não lhe dava crédito.

AQUANTARIUM
SÃO VICENTE

Curiosamente, certa vez, no núcleo aquantarista da cidade de São Vicente, quando adentrei o "rodão" para ser energizado, uma amiga de nome Vandréia, ao "medir" minha aura, estampou no rosto uma a expressão de pura surpresa, deu um passo para trás e exclamou: — Melquises, o que é isso?

Em seguida, saiu do recinto, deixando-me deveras encabulado.

Após os trabalhos, o chefe da roda, dirigindo-se a mim, disse:

— Melquises, Melquises, você está assustando nossos trabalhadores?

Vandréia, após todos esses anos em que nos vemos, nunca falou adequadamente sobre o que vira ou sentira naquela oportunidade.

Dir-se-ia que foi a primeira pessoa a pressentir o que Sr. Pedro Mauricio descobrira sobre minha descendência alienígena.

Quanto a Tyenne, Ithe e Carianã, o Sr. Pedro ficou de estudar mais profundamente o assunto para poder, à luz da paranormalidade de cunho aquantarista, me esclarecer, por fim, devidamente, todo meu envolvimento e o porquê, nesse episódio surreal em minha vida.

Minha filha mais velha, ainda criança, quando esbocei o 1º livro sobre as três personagens, o qual foi perdido há alguns anos (!?) (esse é mais completo, acredito), disse um dia para mim:

— Papai, onde está agora Tyenne de Estrape?

Minha filha ganhou o nome da minha irmã espacial: Kathelin Tyenne.

CONSIDERAÇÕES

Se com ambas as mãos em formato de conchas juntássemos um punhado de areia, ainda assim, o número de estrelas na nossa Via Láctea seria maior que o número de grãos de areia em nossas mãos.

Ainda, se juntássemos toda a areia da Terra, mesmo assim, o número de estrelas em todo o universo superaria todos os grãos de toda a areia em nosso planeta.

Mas...

Nosso sol está localizado em uma humilde periferia da nossa constelação. Circundando-o, nosso mundo.

Em todo o "centro de tudo", localiza-se a magnitude do poder, das realizações, da cultura, do saber.

As periferias, em contrapartida, demonstram a pobreza de tudo que possa alavancar nossa evolução como um todo.

Falo isso para demonstrar no "quadro celestial," em que nós fomos instalados por méritos (?!), que não possuímos, via de regra, o pensamento "macro", para aceitarmos as grandezas e infinitas "moradas do nosso pai".

Olhamos para o céu estrelado e abraçados, enamorados, suspiramos junto à pessoa amada, agradecendo ao Criador por nos proporcionar a visão maravilhosa que vai emoldurar nossa noite de amor.

Nos esquecemos sempre da nossa pequenez.

Nos esquecemos que a "Casa do Pai" tem muitas moradas (!?).

FIM

AGRADECIMENTOS
(MELQUISES DE CAMPOS LOPES)

Agradeço, do fundo da minha alma, a participação do Sr. Pedro Mauricio neste livro.

Sem a iluminada ajuda, talvez eu esperasse mais uma encarnação para saber os mistérios da minha vida.

Ele, com certeza, com as graças de DEUS, abreviou e deu luz a minha passagem, por enquanto agora terrena.

Que o DEUS ÚNICO o preencha de luz e bênçãos eternas, com sua maravilhosa família.

Que Tyenne, Ithe e Carianã estejam em paz onde quer que se encontrem.

Que assim que eu possa me libertar desse invólucro pesado de 3ª dimensão, eu consiga livremente "fluir" para compreendê-las e a minha real participação no contexto e voltar a minha verdadeira essência.

Que meu aprendizado neste planeta escola tenha sido profícuo. Espero!

Agradeço a minha amada esposa que, acredito, sabe mais a meu respeito que eu mesmo.

Sempre me acompanhou solidária em todas as "minhas maluquices", incentivando-me a estudar e a "procurar-me".

Graças a ela, inclusive, "me achei".

Amo-a!

Mas, acima de tudo, amo a MEU DEUS ÚNICO, que me proporcionou a "vida" em suas múltiplas facetas, levando-me ao constante aprendizado e consequente evolução para que um dia eu possa chegar à inefável ventura de galgar o reino dos céus.

Quando fui a primeira vez na Fazenda de Alto Paraíso, em fevereiro de 2007, com um grupo de aquantaristas do núcleo de São Vicente, em determinada noite, do nada, sem planejamento algum, pedi a minha esposa uma lanterna dizendo para a mesma que eu ia entrar na mata e que não era para ninguém me acompanhar.

Sem pestanejar, ela me entregou o que eu pedi.

Fui em direção ao "Caminho do Silêncio", que ficava a aproximadamente uns quinhentos metros do alojamento em que nos encontrávamos.

Por respeito, sem saber o verdadeiro motivo, não acendi a lanterna para me locomover naquele caminho estreito.

Quando me encontrava a alguns metros da entrada do referido caminho, avistei por entre a copa das árvores, que embora escuro como breu, eu descortinava pelo contraste das mesmas com o céu, uma luz branca azulada.

A luz intensa desdobrava-se em duas, até quatro, com uma luminescência que clareava a minha jaqueta de couro preto e me cegava os olhos pelos óculos.

Ali fiquei perdido quanto ao tempo e espaço completamente estático. Dir-se-ia que eu estava passando por uma verdadeira "varredura," como se estivesse me escaneando.

Senti um contato de toque aveludado no dorso da minha mão direita. Não poderia ser um inseto, tamanha diferença de contato.

Em seguida, senti uma necessidade urgente de sair dali.

Quando comecei a caminhar de volta, escutei os gritos da turma que já me procurava, incluindo o meu filho Phillip.

Ao se depararem comigo, abraçaram-me emocionados, e eu em prantos não conseguia falar o que me acontecera.

Um deles falou: — Deixem-no! Ele está sob forte emoção; levem-no para o alojamento, amanhã conversaremos a respeito com ele.

Segundo a minha esposa, fiquei ausente por aproximadamente quarenta e cinco minutos.

"Melquises não queira medir o seu tempo pelo meu tempo."

Assim, chegando em um morro denominado "quatro horizontes", a quase mil metros com relação ao nível ao mar, abri os "portais" por volta das 20 h.

De súbito, um sono impressionante tomou conta de mim. Pensei: "Caramba," eu não vim aqui para dormir."

Lutei o quanto pude para não cair nos braços de "Morfeu."

Não adiantou. Minhas pernas dobravam-se, em estado de torpor.

Entrei no carro e imediatamente dormi, já sonhando assim: "Uma luz intensa de cor branca azulada envolveu meu carro. Com uma suave oscilação, quase imperceptível, o mesmo elevou-se do chão."

Olhei pela janela do veículo e constatei que ele subia verticalmente, sempre envolvido pela luz, que me embaraçava a visão.

Fui transportado para um enorme ambiente repleto de aparelhos de tecnologia desconhecida por nós. Um imenso emaranhado de fibras e espécie de fios, lembrando os nossos elétricos, inundavam o recinto.

No centro do mesmo, girava com espantosa velocidade uma espécie de cone, que sibilava muito.

Próximo a esse cone, avistei uma mulher. Eu disse: — Ah! Eu sabia que era você (!?).

Portanto eu a conhecia, e todo fenômeno para mim era muito normal.

Como já mencionei, existem sonhos em que fica a dúvida.

"É sonho ou realidade?"

"Sonhei ou vivi intensamente o fato?"

"Será que fui realmente transladado com o carro?" A necessidade urgente de dormir era para que tal fato acontecesse?

Mas passaram-se apenas alguns minutos (pelo meu relógio).

Lembrei outra vez: "Melquises não queira medir o seu tempo pelo meu tempo!".

Para termos uma pálida ideia da magnitude da Constelação de Cão Maior, uma de suas estrelas, "Canis Majoris", é aproximadamente 2000 vezes (pasmem) maior que o nosso Sol e está distante 25000 anos-luz de nós.

Lembrando que a velocidade da luz é de 298 mil quilômetros por segundo.

Fácil: multiplica-se 60 x 60 x 24 x 30 x 365 x 25000. Essa é a distância real do lugar no espaço, da minha ascendência alienígena.

Eu morava bem longe.

Não poucas vezes, acordo de madrugada sentindo a cama vibrar.

Do interior do meu corpo, principalmente no meu tórax, parece formar-se uma espécie de borbulhas que se movimenta agitando minha pele.

Então digo para minha mulher, com gozação: — Querida, "estão me usando!"

Nota: digo essa frase de forma divertida, lembrando uma piada nordestina de muito bom gosto.

Permitam-me, prezados leitores.

"Em uma época que o êxodo de nordestinos era comum para grandes centros das capitais como São Paulo, o transporte utilizado pelos mesmos era em grandes caminhões, popularmente conhecidos como 'pau-de-arara' (!?)."

Quando chovia, os "retirantes" se cobriam com uma lona.

Em um desses temporais, à noite, todos cobertos, em plena escuridão, uma voz de mulher se fez ouvir: — Tião, tú tá me 'usano'?

O homem responde: — Não!
Resposta da mulher: — Então "tão"!
Daí as palavras que uso quando acontece comigo o que relatei anteriormente.

TYENNE NAS ALTAS RODAS SOCIAIS INTERNACIONAIS!

Não consigo lembrar (embora tente muito) o episódio relevante de Tyenne. Porém existe um fato a respeito dela que agora recordo.

Em suas "andanças" pelo nosso planeta, segundo ela, precisava de amizades proeminentes nos vários segmentos da sociedade como um todo seja nos meios científicos, políticos, artísticos, militares; enfim, buscava ajuda com "terráqueos" que, de alguma forma, lhes "emprestavam" poderes (!?).

Havia na década de 60 uma jovem atriz de rara beleza do cinema italiano de nome Claudia Cardinale.

Eram muito amigas, segundo Tyenne.

Também um ator do cinema norte-americano, fisiculturista, de nome Steves Reeves, que recebera o título de Mister Universo, também na mesma década, muito famoso por seu corpo perfeito.

Tyenne citava os dois amigos contando-me histórias de ambos.

Quanto ao "emprestar" poderes, nos vários segmentos da sociedade em nosso planeta, em todos os campos, não sei ao que realmente ela se referia.

Seria o "mimetismo" a que ela dizia ter facilidade de manipular?

Essas pessoas proeminentes que ela citava Tyenne vivia suas "cópias"?

Por meio das aparências "emprestadas", poderia ela "transitar" nos meios de que necessitava para suas pesquisas e experiências?

TYENNE, EU E O EXÉRCITO

Lembro também que Tyenne me pediu para servir no exército. Insistia nisso.
No exame de seleção, fui barrado.
Não só pela minha altura (1,63m) como também por ter pés chatos.
Implorei ao capitão médico que ignorasse esses fatores.
Para minha surpresa, não insisti muito. Ele mandou-me para a fila dos aprovados.
Tyenne queria "ver" por meio dos meus olhos?
Também assim usava tais artifícios com suas amizades?

INTERFERÊNCIA MAGNÉTICA CONTRÁRIA

Sonhei que estava sendo submetido a uma grande prova. (não sei para qual motivo).

Em uma grande mesa de madeira, na parte de trás estava o DEUS ÚNICO e, no banco da frente, o demônio.

Para realizar a empreitada, eu tinha em mãos uma espécie de artefato de onde saía luz e calor, parecido com um maçarico.

A prova se fazia difícil. Eu estava usando todos os meus recursos e não conseguia concluí-la.

Olhei para a mesa atrás de mim e falei: — Senhor DEUS, não permita que "ele" use de "artimanhas" contra mim!

No que o senhor DEUS respondeu: — Não se preocupe, meu filho! Não se preocupe! Continue.

Manipulando meu chacra esplênico, retirei do interior do mesmo uma energia maior de luz e calor e consegui, enfim, concluir minha obra.

De novo olhando-os, exclamei: — Consegui. Terminei!

O demônio levantou-se da mesa, foi em minha direção e me disse: — Terminou, hein?

De repente, tudo desapareceu. Saí do recinto e algumas pessoas me felicitaram.

* **Comentário de Pedro Mauricio:** por vezes, a força da Terra, Magnético Contrário, cria tais sonhos com o objetivo de confundir as mentes dos contatados.

CAÇADOR

Antes do episódio em que tentei por duas vezes atingir o maravilhoso pássaro e o "fenômeno" por que passei em seguida, relatarei outro também significante. Muito.

Armado a caráter, como um caçador de verdade, adentrei a mata. Quase no topo da serra, deparei-me com um bando de macacos.

Curiosos, não fugiram. Ficaram pulando de galho em galho, observando-me. Mirei no macaco maior e atirei.

Agarrado ao galho, embora ferido, emitia um som agonizante. Atirei pela segunda vez. Caiu por fim.

Como eu não comia carne de caça, deixei a limpeza do animal por conta de um colega que comigo trabalhava. Foi uma festa. Todos diziam que era deliciosa a carne de macaco.

Porém, ao abri-lo, a surpresa! Era uma fêmea prenha e estava no final de sua gestação.

Eu não acreditava no que via. Sem cauda, sem pelos, com mamilos, parecia um ser humano em miniatura. Fiquei tão chocado e horrorizado com meu ato "criminoso" para a época que prometi a mim mesmo não mais comer carne.

E o fiz, por quarenta longos anos.

Ao conhecer o Aquantarium e os ensinamentos do Sr. Pedro Mauricio, "derrubei" esse procedimento de vez.

*** Comentário de Pedro Mauricio:** foi um erro matar aquele macaco, porém o arrependimento o redimiu. Estudamos nos cursos específicos as leis espirituais e magnéticas que envolvem o comer ou não carne, o que não cabe agora acrescentar para não desviar o foco da obra.

O DIA A DIA COM TYENNE: DA RIQUEZA À POBREZA

Ficará aos leitores um sentindo de vazio, em meu relacionamento e amizade profunda com Tyenne, por não falar mais amiúde do nosso dia a dia, afinal foram 13 anos de convivência com ela.

Mas eram tantas as trivialidades, digamos assim, que não é necessário descrever.

Todos os fatos relevantes e os quais eu podia saber e entender expus à apreciação dos nossos futuros leitores.

Tyenne era voraz com o seu próprio tempo.

"Não queira medir o seu tempo pelo meu tempo" — parece que ouço isso sempre.

Hoje acredito que, com os seus ensinamentos, ela usava suas diversas projeções, uma faculdade dos alienígenas, para estar em lugares diferentes ao mesmo tempo, executando diversas tarefas simultaneamente.

Uma extraterrestre que percorria nosso planeta em meio à fama, *glamour*, ostentação e à riqueza utilizando rostos e formas corpóreas diversas, comigo era de uma simplicidade e humildade comoventes.

Junto a mim, ela fazia questão de tornar-se o mais humana e terráquea possível, tanto que, às vezes, enquanto caminhávamos em passeios, eu por vezes esquecia completamente a sua essência como viajante espacial.

Gostava muito que a levasse para passear de bicicleta. Sentada no bagageiro da mesma, no mais das vezes pela praia, seu trajeto preferido, lá íamos nós, observando a vida noturna praiana, em uma época que não eram tantos os carros e veículos nas ruas como também o populacho era bem menor.

Ela dizia: — Curiosa e admirável é a sua raça, falava sempre, aprendi a amá-la, mais ainda, após te conhecer, maninho terráqueo!

Cheguei à conclusão, recentemente, que toda noite sonho com Tyenne!!!

Apenas e tão somente, não me é dada permissão para lembrar os sonhos. Acordo, vejo lampejos. Apagam-se e, em seguida, não mais me lembro de nada.

Apenas lampejos.

Dir-se-ia, que um mundo paralelo e real eu vivo, atuo, me completo como ser, a exemplo de como sou na Terra.

Em qual mundo estou realmente? A qual pertenço?

Disse-me um paranormal aquantarista que um dia é possível que me prendam nesse universo paralelo e eu não volte mais ao planeta Terra pela manhã.

Parece-me que lá eu sou um personagem importante e necessário.

Digo isso porque "em minhas viagens astrais", no mundo em que me encontro naquele momento, olho o céu noturno o vejo repleto de óvnis das mais diversas formas e cores.

De repente, um clamor.

"Eles chegaram", gritam todos, desesperados.

Todos procuram se esconder e fugir das possíveis abduções.

"Eles" soltam uma espécie de bolhas transparentes, como as nossas bolhas de sabão, que saem à procura dos mais selecionáveis, quando tocam os que "preenchem seus requisitos", "apagam" suas mentes, tornando-os incapazes de se defenderem.

Eu os combato. Não me deixo pegar. Sinto, na minha mente e coração, que fizeram da minha possível abdução, ponto de honra.

Como diz meu querido irmão: — É louco, não é?

CANÇÃO DE TYENNE

Quando criança, em momentos de inefável ternura, Tyenne me abraçava e, como que me embalando, cantava uma música. A letra e a melodia eram muito tristes, ecoavam quase como um lamento.
Não lembro toda a canção, vou descrever o que ainda consigo.

... No alto de uma montanha,
toda inundada de amor,
onde não havia maldade,
onde não havia rancor,
no palácio do rei Incar,
só alegria entrava,
e todos ali sorriam,
com sua rainha amada.

outros versos

Chérie, Chérie, Chérie,
o que foi que aconteceu,
por causa de um louco amor,
tudo isso se sucedeu...

outros versos

Incar o rei dos astros,
querendo então se vingar,
dirigiu-se a Orlá,
a rainha dos Incar ...

outro versos

No alto lá da montanha,
uma rainha a chorar,
pedindo para o rei Incar,
pra Chérie perdoar...

Foram muitos os versos que contavam uma história de amor e sofrimento. Só me lembro desses.

Antes eu não achava importante citá-los, agora me veio um forte desejo de escrevê-los.

Meu irmão, permita-me fazer-lhe uma pergunta.

Poderia Tyenne, com a longevidade característica dos extraterrestres, estar me "acompanhando" desde a minha última vida até esta que estou vivendo?

Por quê? Com qual propósito?

Por que Elza (?!) assim me disse.

— Espero você desencarnar para enfim poder descansar.

Em uma dessas últimas noites, acordei gritando.

Minha esposa, pela manhã, disse-me que eu falava de uma forma nervosa.

— Karina, Karina, quase me pegaram, quase me levaram!

... Quem?

*Comentário de Djiroto: "Espero você desencarnar para enfim poder descansar".

Melquises e Tyenne estão presos por uma lei magnética terrestre: "A Lei de uma só carne".

Ao alcance dos seres humanos, embora escrita com vendas que impossibilitam ao homem a correta interpretação, assim está transcrito na Bíblia: Mateus 19.5: "Por isso o homem deixará pai e mãe e se unirá à mulher e os dois serão uma só carne".

Fazendo a análise pelo processo da literatura reversa para tornar ao alcance dos aquantaristas, o Magnético Contrário aplicou essa lei neste caso de aproximação de ambos (Melquises e Tyenne) e os declarou uma só carne, pois, embora tivessem uma relação de amizade simples e pura, a força da Terra os declarou uma só carne (a viúva e seu namorado espiritual). Sabemos que nenhum namoro ou relação ocorreu em nível carnal ou espiritual entre ambos. Mas o Mundo Magnético com seus seres poderosos é ardiloso e cheio de artimanhas, conforme estudamos no Curso dos Sete Céus. Dessa forma, a "Força da Terra" os uniu e prendeu carmicamente. Mas não me alongarei mais neste tema. Pesquisem nesta fonte, nos três cursos de carmas, nas diversas análises do salmo 91 etc., que já existem dentro Aquantarium.

TYENNE E OS INCAS

Tyenne muito me falava sobre a civilização Inca no Peru.

Percebia-se que ela tinha, pelos mesmos, grande empatia.

Na época, criança, eu nada sabia sobre os rituais de sacrifícios humanos que eles cometiam, para aplacar a ira dos seus deuses e para implorar ajuda divina para fertilidade, abundância nas colheitas ou vitória sobre os seus inimigos.

Hoje, com mais entendimento pelo que o Sr. Pedro Mauricio nos ensina e meu envolvimento (graças a DEUS) com o Aquantarium, posso compreender.

Assim penso: enquanto eles, incas, trilhavam o caminho do bem, voltados apenas para a paz, felicidade e o envolvimento do seu povo com o mundo espiritual, nossa amiga extraterrestre e seus iguais conviviam plenamente com essa raça indígena.

Tanto que, não sei ao certo se eu li em algum lugar ou fora Tyenne que me falou, enquanto os índios caminhavam pelas vertentes dos Alpes para trabalhar ou caçar, suas crianças corriam céleres a sua frente, sorrindo, brincando com os seres elementares que as acompanhavam em seus folguedos, tal era a pureza da elevação espiritual dessa raça naquela época.

Depois os seus sacerdotes tomaram o poder, a exemplo de eminências pardas e seus desatinos macabros, volto a repetir, presumo, jogaram todo o reino no caos até sua total desintegração em um fulminante castigo. (?!)

Assim os seres extraterrestres, como também Tyenne, os abandonaram à própria sorte, sendo dessa forma quase que aniquilados totalmente pelos invasores espanhóis e esquecidos por Tyenne.

*Comentário de Djiroto: foram os sacerdotes, influenciados pelo Magnético Contrário, que passaram a ouvir mais o "espírito mau da parte do pai" e todos se tornaram igual a Saul. É o que posso lhe responder, Melquises.

QUESTIONAMENTOS DE MELQUISES

Em uma das suas aulas do curso atual, o senhor solicita que eu fale sobre a força dos planetas. Depois, conversando com alguns aquantaristas, acontecimentos do passado me vieram à mente.

Alguns...

A minha luta com o Dicão, ainda menino, que eu já citei anteriormente, a fúria em mim contida, a minha força, velocidade e agilidade foram deveras sobrenaturais. Naturalmente, eu não seria capaz de vencer aquele brutamonte.

Jamais eu seria capaz de vencê-lo sem ajuda.

Anos depois, eu o vi em uma cadeira de rodas acabado, com aspecto de indigente sendo empurrado por alguém. Triste fim!

Em outra oportunidade, já adulto formado faixa preta de karatê, fui ameaçado por um homem drogado, que sempre estava armado de um revólver.

Sem poder recuar, lutei com ele, desarmando-o e aplicando uma terrível surra que o deixou com cicatrizes por vários meses. Sua arma foi "surrupiada" pelos que presenciaram a contenda.

Morreu um ano depois (!?). Era um nordestino muito forte, forte mesmo.

Também, na minha infância, não tínhamos como fugir do convívio com os marginais, pois obrigavam a jogar conosco as peladas.

Em uma dessas oportunidades, eu fugi do jogo.

Corri para uma chácara próxima dali e me escondi. Eles saíram todos correndo atrás de mim por tê-los desafiado, querendo me castigar.

Estava eu protegido por um "carramanchão" quando alguém gritou: — Olha o Zizo, está ali! Era um dos meninos descobrindo onde eu me escondera.

Os marmanjos me bateram muito, me chutaram, deram diversos socos por todo o meu corpo.

Quando me deixaram, eu mal podia andar de tanta dor, sorte não terem quebrado nenhum osso.

Disfarçadamente fui para casa, me tranquei no banheiro e, com a água quase fervendo, lavei-me para prevenir qualquer infecção e aliviar as minhas dores.

Dias depois, encontrei meu amiguinho dedo-duro. Chamava-se Adenor. Tinha a minha idade, aproximadamente 11 anos.

Quando me viu, procurou fugir. Alcancei-o.

Bati muito nele.

Naquela época, as ruas todas de terra, em sua maioria, eram ladeadas por valas de esgoto a céu aberto. O mau cheiro, quando o dia esquentava muito, era terrível.

Depois de imobilizar Adenor com as pernas sobre suas costas, enfiei a cabeça dele na vala, sem piedade, apesar de seus gritos pedindo para que eu parasse aquele castigo.

O Adenor, em sua juventude, tornou-se um dependente alcoólico e químico.

Morreu de cirrose. Como indigente (!?).

Que ele possa se encontrar nas escolas espirituais, elevando-se espiritualmente.

Outro caso muito curioso.

No meu trabalho, havia um chefe de turno que fazia de tudo para atrapalhar a minha carreira profissional.

Era ardiloso, sutil em suas maldades, não me deixando provas para questionar a sua conduta e mau-caráter.

Eu trabalhava arduamente. Adorava a minha profissão de mecânico de guindastes.

A empresa em que eu trabalhava no cais do porto comprou um lote de guindastes para operar na retirada de adubos diversos dos porões dos navios.

Tais adubos são terrivelmente insalubres e altamente corrosivos.

Os guindastes adquiridos de uma forma meio que estranha foram projetados e desenhados para trabalhar com cereais e derivados. Em apenas um ano, todos travaram seus mecanismos.

Para fazê-los operarem, tinha que mover os navios, já que eles não andavam mais sobre os trilhos, enferrujados que estavam, fora os outros sistemas de rotação, esteiras transportadoras, etc.

Com a ajuda dos meus auxiliares, modificamos os sistemas com pontos de lubrificação permanente em todos os seus conjuntos mecânicos.

Resumindo: num só dia, 24 horas, desembarcaram de um só navio onze mil toneladas de fertilizantes. Até hoje, sei, não foi quebrado esse recorde.

O jornal do porto em sua manchete principal falava sobre tal desempenho e consequente recorde de desembarque.

Nenhuma menção foi feita a mim ou a meu grupo. Todos os louros foram atribuídos ao engenheiro-chefe do nosso setor de trabalho.

Estou me estendendo, caros leitores, para poderem apreciar o desenrolar desta história quase cômica.

Esse engenheiro-chefe, de conluio com o chefe ardiloso de nossa oficina, agia assim para não me permitir crescer profissionalmente.

Afinal de contas, eu não frequentava botecos para beber cachaça com ambos. Gostavam muito.

Eu me aposentei aos 51 anos de idade por trabalhar em serviços periculosos, após 32 anos de empresa.

Agora vem a curiosidade.

Esse chefe também se aposentou e morreu de câncer em seguida.

Quanto ao engenheiro, foi algo até hilário.

Sempre desejei encontrá-lo para dizer umas verdades.

Dez anos após, encontrei-o saindo de um supermercado.

Chamei-o: — Delmar!

Ele parou, surpreso.

Tranquilamente descobri todo o mal que me fizera; e eu, para não ser punido, enquanto ao seu comando, me calara.

Durante aproximadamente 20 minutos, destilei tudo o que sentia: humilhações, constrangimentos; enfim, todo o mal que me causara.

Ele tudo ouvia sem dizer uma só palavra, completamente mudo, com os olhos meio que esbugalhados, absorvia todas as minhas imprecauções.

Por fim, como se saindo de um transe, disse: — Melquises, se te fiz tanto mal como você está me cobrando, já paguei caro, muito caro!

Continuou: — Fui elevado ao cargo de diretor da empresa em Brasília. Fiquei louco de emoção. Engenheiro jovem, promissor, o sonho de qualquer um da minha classe.

Levaram-me a minha sala, meu gabinete. Meu nome na porta e, em minha mesa, davam-me um porquê de arrogância e até prepotência.

Melquises continuou: — Vinte e quatro horas depois, sem explicação alguma, sem nada, nada do nada, notificaram-me que eu fora substituído do meu cargo, que podia voltar a minha empresa em Santos.

Acrescentou: — Acredita? Já paguei todo o mal que fiz a você.

Fitei-o com o rosto (senti), sem a menor expressão. Nenhuma.

Retirei-me sem o cumprimentar.

A coisa é louca, não é Sr. Pedro.

*Comentário e resposta de Djiroto e Pedro Mauricio: Melquises, preste atenção: Mateus 10.28: "Não temais os que matam o corpo, mas não podem matar a alma. Temei antes aquele que pode destruir a alma e o corpo na geena".

Grande Melquises, lembre-se da análise pela literatura reversa. Você é um Natimorto. Você pode atingir a frágil alma dos humanos quando luta ou se desentende com eles. Os efeitos não são imediatos. E você presenciou tais efeitos. Reflita. É o que podemos lhe responder sem causar danos magnéticos à obra até o tempo presente.

TYENNE, O (MEU) ANJO CAÍDO

Durante algum tempo, anos atrás, um sonho (ou visão) povoava minhas noites sempre maldormidas.

Deitado em uma espécie de maca de metal polido e muito brilhante, eu era observado por um grupo de seres também muito brancos, alvíssimos, que examinavam meu corpo.

Eu estava supertranquilo; diria até familiarizado com tais procedimentos.

O grande recinto possuía uma luz alva tão intensa que feria meus olhos.

De paredes completamente lisas, aberturas apareciam à guisa de portas, dando passagem para outros seres, entrando e saindo da câmara em que me encontrava.

Em dado momento eu falei, fixando-os: — Hei! Eu conheço você e você – e apontei-os com meu dedo indicador. Acabou o sonho.

*Comentário e resposta de Pedro Mauricio: Grande Melquises, esses são nossos irmãos de Alpha Centauri, os seres alienígenas mais simpáticos que existem. Estavam o analisando.

* * *

Perseguido por seres que estavam matando "meus iguais"(!?), fui escoltado por outros que comigo adentraram uma nave. Levaram-me a uma câmara e me deitaram numa espécie de líquido tão espesso que me permitia flutuar.

Estava a salvo! Porém, na minha mente, eu "ouvia" os gritos de terror dos meus "iguais," sucumbindo aos seus algozes do lado de fora da nave.

Logo a nave partiu e eu podia ver a silhueta do planeta sumindo no negrume do espaço exterior.

*Comentário de Djiroto: Melquises, até aqui se trata de seu corpo sutil alienígena liberto do corpo humano presenciando cenas da guerra estelar.

O descrito a seguir é a interferência do Magnético Contrário (Demônio) em luta com o Magnético Favorável (imagem de Deus).

DEUS E O DIABO

Estavam em uma ampla sala O SENHOR DEUS e o demônio. O SENHOR DEUS estava sentado em um banco de madeira atrás de uma enorme mesa, também de madeira.

Não pude visualizar bem seus traços fisionômicos, porém vi possuir longa barba branca.

O demônio estava sentado no banco da frente da mesa. Sua fisionomia era comum, vestido em trajes comuns. Mas eu sabia de quem se tratava. Observavam-me com muita atenção.

Eu estava passando por um teste ou prova, sob o crivo da análise de ambos.

Havia a minha disposição uma fonte de calor e luz, como um pequeno maçarico, para que eu pudesse desenvolver um trabalho específico (Não lembro qual).

Comecei a encontrar dificuldades no tocante à manipulação daquela energia.

Voltei-me para a mesa e falei: — SENHOR MEU DEUS, não permita que "ele" use de artimanhas para me confundir!

Respondeu o SENHOR: — Não se preocupe, meu filho, continue!

Sabendo que não ia concluir a tempo esse meu teste ou prova, materializei minha própria fonte de calor e luz e concluí meu trabalho.

Voltei-me para ambos e exclamei: — Está pronto! Consegui!

O demônio veio em minha direção e muito sério esbravejou: — Conseguiu, hein?

Olhou-me então com a fisionomia de quem quer dizer: "Me engana que eu gosto!" (dito popular).

Querido Irmão Pedro Mauricio, as perguntas que me faço há quase dois anos são:

1. Enganei o demônio?

2. Ele percebeu? Se percebeu, por que deu o seu aval?

3. É lícito, para alguém que quer ser convidado um dia para a Ceia do SENHOR, trapacear?

4. Fui inteligente?

5. Usei o momento para, com sabedoria, buscar alternativa para ter sucesso?
6. Fui aprovado pela "bancada" dos céus superiores?

Assim termino meu sonho, repleto de indagações.

*Comentário e resposta de Pedro Mauricio: faço minhas as escritas de Djiroto. Você lutou bravamente contra o Magnético Contrário que queria enlouquecê-lo (como fez com Saul), porém ouviu o lado bom (Deus). Você está de parabéns. É o que posso escrever até o momento.

COMBATES

Os sonhos eu vivo intensamente. Durmo em pé e sonho, depois de alguns minutos.

Quando os sonhos serão de combates, lutas, defesas dos fracos etc. (nunca perco uma luta), um cansaço e sono profundo tomam conta de mim a partir das 18 h.

Ainda: quando as batalhas são árduas e numerosos são os inimigos, aparece um ser muito grande, às vezes de armadura, outras não, munido sempre de lança ou espada, que me ajuda a derrotar as falanges. E o faz sempre de bom humor.

Minha mulher acha graça, porque quase como um sonâmbulo eu digo resmungando:

— Estou indo... estou indo...

Aí, tudo começa em minutos.

Sofri anos com problemas de cálculos renais.

As crises eram constantes.

Corria ao pronto-socorro. Tomava uma injeção de Buscopan e a dor sumia em poucos minutos.

Nos últimos três anos, não tive uma só crise. Estranho!

A partir, porém, desse espaço de tempo, vez em quando eu urinava sangue.

Não sentia, entretanto, dor alguma.

Nos últimos quatro meses, passei a sofrer constantemente de dores, que eu acreditava ser canal da uretra, em função de algum cálculo que lá tinha se alojado.

Fui ao médico. Pediu uma ultrassonografia.

Conclusão: duas pequenas "pedras" migraram de ambos os rins para minha bexiga, um com 1,5 cm de diâmetro e, a outra, com 4 cm.

Após todos os exames preliminares, foi marcada a cirurgia para a retirada das pedras.

Porém, na semana agendada para minha internação, peguei um resfriado muito forte e a operação não pôde ser realizada.

Alonguei-me um pouco para ter subsídios para relatar o que se segue.

Sempre tive problemas para procurar profissionais da saúde para tratar-me (!?). Fugia deles sempre que possível ainda que tendo o conhecimento do que ensina o Aquantarium quanto a procurar mais os médicos da Terra em maior porcentagem em relação aos médicos espirituais.

Passei a me resignar com todo esse processo, preparando-me para a cirurgia.

Mas volta e meia, quando sozinho, sai um foco de minha visão mostrando um círculo, (desaparecem imagens da televisão, leituras, tudo enfim) e me vejo deitado em uma mesa de cirurgia, três médicos, todos de jaleco branco, com bisturis nas mãos, abrindo, cortando minhas carnes (como estou vendo agora, enquanto escrevo) e isso me incomoda muito.

Dir-se-ia que o meu "eu do futuro" não gosta da forma primitiva a que vão submeter-me durante essa remoção dos cálculos em minha bexiga (?!).

Muito curioso. Muito!

Escrevo isso em 08/08/2013. Até o final desse mês, estará consumado.

*Comentário e resposta de Pedro Mauricio: as pedras nos rins são até comuns nos Natimortos. O que significam no Mundo Magnético? Significam a libertação do carma da família na Terra. Vejamos a primeira lição de Cristo, a qual manda que rompamos carmicamente com nossa família terrena para nos ligarmos com nossa verdadeira família espiritual.

Literatura Reversa: Mateus 10.34-35: "Não penseis que vim trazer paz à Terra. Não vim trazer paz, mas espada. Com efeito, vim contrapor o homem ao seu pai, a filha a sua mãe e nora a sua sogra".

Em suma: os inimigos do homem serão seus próprios familiares.

Os efeitos dessa lei divina para os Natimortos são essas pedras nos rins (órgãos que nos ligam a nossos parentes da Terra, não do espírito). Cada pedra é a libertação de uma série de carma deles. Daí fica fácil entender Lucas 12.35-36: "Tende os rins cingidos e as lâmpadas acesas. Sede semelhantes a homens que esperam seu senhor voltar das núpcias, a fim de lhe abrir, logo que ele vier e bater".

E seus rins (materiais e espirituais), Melquises, estão cingidos! Com sua família Terra todos os carmas estão quebrados. Só com Tyenne que o Contra Magnético o prendeu, mas é fácil libertar-se, pois ambos não são deste sistema. É o que posso falar até o momento.

CIDADE DE SÃO PEDRO

Em uma das vezes que, sozinho, fui viajar à fazenda, falaram-me muito sobre a cachoeira belíssima que ficava próxima à cidade de São Pedro.

Fui. Realmente o lugar é lindo!

Piscina natural; corredeiras, um verde luxuriante que inebria as vistas.

Acomodei-me próximo a uma corredeira que fazia espumas no confronto com as pedras. Levantei-me e decidi atravessá-la, para ganhar a outra margem.

"Cuidado, as pedras são muito escorregadias" (senti, ouvi, imaginei, sei lá).

Não deu outra! Escorreguei e caí na corredeira.

Uma dezena de metros separava-me do final da mesma, uma pequena e natural piscina.

Aí aconteceu um fenômeno.

Eu, na margem direita, via um Melquises na margem esquerda procurando desesperadamente impedir o outro Melquises, em tamanho menor, de escorregar correnteza abaixo.

Lembro-me até do rosto aflito do segundo Melquises, debalde, procurando auxiliar o "Melquises em escala menor".

Só o susto! Consegui segurar-me nas pedras, ganhei só alguns arranhões superficiais.

Curiosamente, enquanto tudo ocorria, pareceu-me que o tempo "congelou".

Os movimentos dos "meus eus" eram em câmera lenta. A espuma das águas parava no ar, as pessoas ao meu redor pareciam em transe, não havia som algum. Impressionante!

Assisti de camarote a um "*pool* de Melquises".

*Comentário e resposta de Pedro Mauricio: Melquises, o que aconteceu nessa hora? Seu corpo sutil alienígena desprendeu-se da sua carne e ficou ativo. E o ajudou na queda, o amparou. Esse é o mesmo corpo que atinge e fere a alma dos homens que se desentendem com você. É até aqui que posso responder.

MELQUISES, VOCÊ NÃO SE LEMBRA QUE EXISTE MENTOR MÓVEL?

Frequentava minha casa, quando eu tinha por volta dos meus trinta e cinco anos, uma amiga da família, jovem, de dezessete a dezoito anos de idade.

Na época, eu a achava linda. Percebia também o visível interesse dela comigo.

Mas amizade, diferença de idades etc. eram um entrave para que "algo" mais pudesse acontecer.

Certa noite (estávamos assistindo à televisão), me despedi dela e fui dormir, já que levantaria cedo para trabalhar.

Deitei. Não conseguia deixar de pensar nela.

Aos poucos, adormeci.

Então algo aconteceu:

Uma energia, irradiando um tépido calor, começou nos meus pés, circulando meu corpo até completar-se em minha cabeça.

Então levantei em corpo astral. Vi meu corpo físico (deitado; observei-o por alguns segundos) em seguida, fui à sala onde só se encontrava Márcia.

Ela dormia profundamente no sofá. Voltei para meu quarto. "Adentrei" ao meu corpo físico. Acordei.

Assustado pela experiência inusitada, porém ainda sob o efeito a milhão da testosterona, me perguntei: "Sonhei? Posso reproduzir outra vez conscientemente tal fenômeno?".

Voltei a deitar. Concentrei-me na Márcia.

Em seguida, veio a onda de calor circundando-me.

Outra vez deixei meu corpo físico. Fui à sala. Márcia estava me esperando (!?).

Namoramos muito. Muito!

Não me lembro como voltei ao meu corpo físico.

Dia seguinte, ao vê-la, cumprimentei-a e disse: — Márcia, dormiu bem?

Ela assentiu com a cabeça e murmurou sem me olhar: — Hum...hum...

Insisti: — Teve bons sonhos?

De novo (sem me olhar): —Hum... hum...

Nunca mais falamos sobre isso. Não a vejo há dezenas de anos.

Curiosamente, quando em sonhos eu volto ao passado, (estou me esforçando para ir ao futuro), também o processo é o mesmo. A onda de calor me envolve e, enquanto estou vivenciando as imagens, fico impregnado dessa energia. Por mais que eu tentasse, nunca consegui reproduzir tal fenômeno de forma consciente.

Passo a falar com as pessoas sobre as mudanças do seu atual habitat (eu sou do futuro naquele instante), começo a descrever para elas como será aquele local, região em que vivem, alguns anos mais tarde.

Quando a energia ao meu redor vai se consumindo e termina, eu volto ao meu tempo atual.

Não é louco?

*Comentário de Pedro Mauricio: Melquises, o que está relatado aqui nessa passagem sobre seu "namoro" com Márcia não tem nada a ver com experiência extraterrestre. O grande problema é que você está em um corpo humano e também está sujeito às leis dos humanos em muitas questões. Esse caso é um exemplo clássico. Estudamos isso no carma do Amor. O que ocorre? Seu corpo humano ganhou um mentor móvel do 2º inferno que pôde praticar sexo em sonho com algumas mulheres. Outras conseguem fazê-lo acordadas. Mas esse tema não é objeto deste livro. Dois por cento dos homens e dois por cento das mulheres possuem mentores móveis, enquanto noventa e oito por cento, não. Por que você achou que era você mesmo que praticou tal ato? Na verdade, quem praticou tal ato sexual foi o mentor móvel que está preso a você pela Lei de uma só carne. Como tal ser tem acesso à sua mente humana, acredita que seja você mesmo que viveu tal experiência. A vontade não foi sua, mas sim do espírito. Ele também pode ser entendido como "o espírito mau de parte de Deus que entrou em Saul". Em literatura bíblica reversa, foi esse mesmo espírito que Cristo expulsou de Pedro, em Mateus 16.22-23: "Pedro, tomando-o à parte, começou a repreendê-lo, dizendo: "Deus não o permita, Senhor! Isso jamais te acontecerá!". Ele, porém, voltando-se para Pedro disse: "Afasta-te de mim, Satanás! Tu me serves de pedra de tropeço porque não pensas as coisas de Deus, mas dos homens!".

Não é vergonha ser usado pelo Magnético Contrário. Poderíamos citar muitos exemplos de como Cristo lidou com tais problemas. Finalmente foi nessa parte da sexualidade que o Magnético Contrário o usou e, por azar da menina, esse espírito mau (seu sócio mental na época) roubou a sorte da mesma. O resto você mesmo pode conferir no Curso do Karma do Amor. Lembrou? Mas depois você se redimiu e passou a escolher mais as experiências com o corpo sutil do que com o Mentor Móvel.

CONSIDERAÇÕES FINAIS

Prezado leitor, como já narrei em capítulos anteriores, sonho continuadamente com naves extraterrestres, em busca da minha captura.

São essas naves de formas incríveis, algumas (para nós) tão bizarras que impossível seria voar se fossem construídas por nós para a gravidade de nosso planeta. Quando desejam abduzir algum ser humano, não necessitam de contato visual ou físico. Deslocam uma espécie de sondas que parece bolhas de sabão de tão translúcidas, às dezenas, que ao tocar o ser terrestre o deixa inerte, sem vontade própria, a exemplo de zumbis, que devidamente "escaneados" e avaliados cientificamente podem fornecer toda a informação que buscam para experiência: nossa formação, genética etc. Reitero que já mencionei isso anteriormente.

O curioso é que parece "ponto de honra", para "eles", minha abdução. Por vezes, desdenho deles (?!), deixando-me ver na certeza de que eu conseguiria escapar.

Vejo dezenas de humanos serem capturados. Eu não! Não consigo ver os rostos dos meus perseguidores. Talvez as naves sejam teleguiadas.

Nunca sonhei com Tyenne no período da tarde. Agora está acontecendo.

Então, por duas vezes seguidas, assim sonhei. O primeiro.

"Avistei no céu algumas naves alienígenas, sabia que estavam me procurando: deixei-me avistar!"

Em seguida, emitindo luzes diversas após meu reconhecimento, vieram em minha direção.

Sem muito esforço ou preocupação (!?), fugi e corri para a casa onde morava o "clone" de Tyenne. Ela lá se encontrava.

Conversava com alguém que estava de costas para mim, (não vi seu rosto).

Após ela me olhar e me permitir falar com movimentos faciais imperceptíveis, apelei:

— Tyenne, eles estão novamente atrás de mim...

Antes que eu concluísse, ela me interrompeu e disse: — Não tema! Eles sabem que estou aqui, eles sabem onde me encontrar!

Terminou o sonho (?!).

O outro.

Estava Tyenne reunida com algumas pessoas, passei por eles sem me fazer ver, só minha amiga alienígena percebeu. Ela me fitou com carinho extremo, dir-se-ia que seu rosto se iluminou de bondade e amor naquele instante. Parece que falou comigo por telepatia. Acabou o sonho.

Comparei os dois sonhos.

No primeiro, quando da minha fuga dos extraterrestres, ela me olhou com seu rosto frio, impassível como mármore sem o mínimo de emoção, bem alienígena.

No segundo, contudo, com um rosto muito vibrante, maravilhosamente angelical.

*Comentário final de Pedro Mauricio: Melquises, agora sim, nesses dois últimos relatos as experiências são de cunho alienígena, com o corpo sutil, que também constam muitos relatos na Bíblia como o sonho da escada de Jacó (Gênese 28.12, etc.), muito diferente da experiência com o Mentor Móvel, que é inteiramente humana.

Portanto, Djiroto, Tyenne e eu o agradecemos, Melquises, por ter nos presenteado com essa tão bela história sobre Natimorto envolvendo os Estrapeanos. Este livro de estudos ajudará a abrir caminho de muitos outros que vivem tais experiências e que buscam explicações dentro do nosso campo de estudos. Inicialmente, a obra seria publicada sem comentários. Mas como você me pediu, busquei Djiroto e lhe disse: — Temos três dias para fazer os comentários. E deu certo da nossa maneira. Muito obrigado, Melquises! Que a Paz de Deus esteja convosco!

ENTREVISTA DO NATIMORTO

Assista à entrevista do Natimorto! Acesse o vídeo pelo QR Code a seguir. Aponte a câmera do seu celular para ele, ou visite o endereço: https://youtu.be/CG2EhJvVA-Y

CARTOONS

Julgamento da Federação Extraterrestre de casal alienígena de dois cosmos diferentes.

Crime: gerar um feto considerado uma hecatombe.
É proibido misturar raças de cosmos diferentes.

Sentença: o casal será exilado.

Não poderá jamais voltar aos seus planetas de origem enquanto o feto viver.

Os dois fogem para a Terra.

A nave alienígena deles cai, atingida pelas forças magnéticas da Terra.

O primeiro nome da ordem dos guardiões do paralelo 14 foi este.
Lá, Hecatombe vive por três meses, até ser expulso pelas forças magnéticas da Terra e ir para o cosmos do pai, até ser expulso para o planeta da mãe; a história se repetir e voltar para o paralelo 14.

Obs.: fato real.

Um mago do paralelo 14 do Brasil diz que pode ajudar o feto Hecatombe.

CONHEÇA OS ALIENS EM CORPOS HUMANOS

ENTREIRO   **TRANSMIGRADA**   **NATIMORTO**

HOSPEDEIRA   **HECATOMBE**

EXILADOS DA FEDERAÇÃO

LIVRO 3

SEGREDOS DE UMA TRANSMIGRADA

INTRODUÇÃO

Marisonia Rodrigues de Morais, nome de seu atual estado civil, Marisonia Feller de Morais, mais conhecida como Mari Feller, nasceu em uma pequena cidade chamada Marau.

Bisneta de italianos imigrantes do norte de Veneza.

Em 20 de março de 1963, nasceu Marisonia Rodrigues de Morais, filha de Santino Rodrigues de Morais e Libera Foiato Sabaris.

Registrada pelo seu pai com um atraso de dois dias, sendo que a data oficial seria 22 de março de 1963.

Sua mãe conta que, em seu parto e ao nascer, aquela menina fraca e magrela não chorou e aguardou, pacientemente, pela parteira.

Como Marisonia, ficaram muitas lembranças em meu cérebro. Lembro-me de datas muito remotas como quando tinha três meses e minha mãe (terráquea futuramente) me levou para tomar vacinas e fazer a verificação de peso exigida à época.

Depois vêm lembranças dos quatro anos, um dia nevoso e a queda de um brinquedo na pequena praça que lá existia, quebrando o braço esquerdo.

Aos seis anos, em 1969, quando ingressei na escola, tive contato com os poucos livros que tinham na época. Desde então eles foram companheiros da infância e juventude, abrindo em minha mente ainda humana um universo que desconhecia.

Aos 12 anos de idade, devorava em média três livros diários a ponto de deixar a bibliotecária atônita. Gostava de ler sobre todos os assuntos, desde histórias comuns a livros científicos mesmo que, na maioria das vezes, não entendia absolutamente nada. E foram os livros que me levaram a um mundo próprio. Aos 12 anos, tive a segunda queda e quebrei meu braço direito.

Tinha um perfil de liderança muito forte e comandava grupos com meninos e meninas em um piscar de olhos, mesmo sendo magrela e conhecida como "gafanhoto", por ser magra e ter pernas finas. Nunca deixava ninguém me dominar e, assim, foi até os 17 anos, quando tudo aconteceu.

COMO CONHECI O AQUANTARIUM?

Saí com minha amiga Solange, no ano de 2012, para um bar no bairro da Vila Madalena, em São Paulo capital. Estávamos sentadas sozinhas quando vi três rapazes conversando em uma mesa e aquilo chamou minha atenção a ponto de eu comentar com minha amiga que eu gostaria de sentar com eles na mesa.

Minha amiga não concordou. Então, aguardei ela ir ao banheiro, fui até a mesa dos rapazes e perguntei se podia juntar-me ao grupo para conversarmos. Eles aceitaram e quando minha amiga estava voltando do banheiro verifiquei pelo rosto dela que não tinha gostado de minha decisão, mas não tinha o que fazer senão sentar com a gente.

Ficamos horas a fio conversando sobre muitos assuntos e um deles comentou sobre um lugar "muito louco", mas muito interessante. Eu li a vida inteira sobre tudo e todas as religiões, fiquei muito curiosa.

Passaram duas semanas e não encontrei nada parecido, liguei para minha amiga que lembrou o nome Aquantarium, encontrei o endereço no Google e resolvi visitar o local.

Antes de chegar, um forte temporal caiu. Entrei no local e achei muito estranho. Até então conhecia muito bem o catolicismo e outras religiões, mas ver todos aqueles santos no local e figuras alienígenas me deixou confusa achando aquilo tudo muito estranho.

Fui embora sem querer voltar. Mas passou um mês e veio uma grande vontade de voltar ao local.

Ao voltar, novamente caiu uma forte chuva, tentando me impedir de chegar. Como sempre fui muito decidida, não era uma chuva que me impediria de novamente entender o que era tudo aquilo.

Devo ter sido a pessoa mais chata que chegou ao local.

Ao assistir às palestras, eu levantava a mão praticamente a cada parágrafo ou frase dita para questionar. E, assim, começou minha jornada.

O resto da história contaremos em outro livro. O Aquantarium foi um grande divisor de tempo em minha vida.

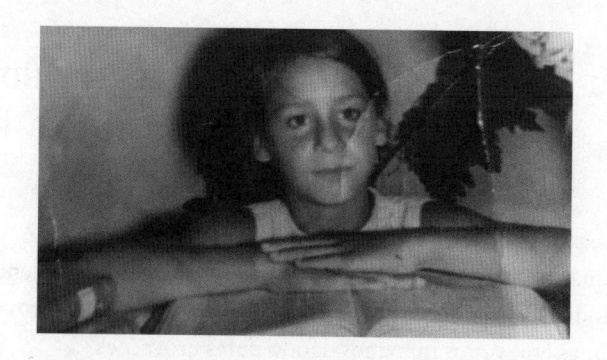

Marisonia Rodrigues de Morais.
Marisonia Feller de Morais.
Mari Feller.
Com seis anos de idade.

ALIENS, ABDUZIDOS E EU
(07/07/2020)

PARTE 1 - ALMAS ALIENÍGENAS EM CORPOS HUMANOS

Como seria a vida de uma alma alienígena em corpo humano?

No Aquantarium, lidamos diretamente com pessoas que são encarnadas nessas condições. Já vimos que a espiritualidade terrestre costuma complicar a vida dessas almas em corpos humanos dando duras provações.

PRIMEIRO RELATO DA TRANSMIGRADA MARI FELLER - PARTE 1

Estamos na quinta aula e eu não assisti às três primeiras.

Semana passada, na quarta aula, tentei me concentrar, mas não consegui, a única coisa de que me lembro foi o exercício final que fizemos com as bolinhas.

Hoje estava diferente, fiquei aguardando pela aula e estava mais receptiva para assistir e mais atenta.

Pedro Mauricio: a gente já viu essas coisas. Quando a pessoa não consegue assistir à aula é porque o Magnético não está deixando. Dá sono, desvia, tem coisa que não pode saber, então eles não deixam você ter acesso. É assim mesmo que acontece.

Mari Feller: Durante a leitura da quinta aula, começou passar um filme em minha cabeça, conforme gostaria de relatar.

Quando era jovem entre 14 a 17 anos (não consigo lembrar a data certa), gostávamos de acampar com amigos. Como sou do Norte do Rio Grande do Sul (Centro-Oeste), não tínhamos praias, então acampávamos próximos aos rios.

Em uma noite após jantarmos, ficamos tocando violão, batendo papo, até todos irem dormir.

Lembro que era dia de lua cheia porque a via claramente na noite.

Eu fiquei sozinha, era meia-noite, e quase como que hipnotizada comecei a caminhar para a beira do rio.

Era uma sensação estranha. O acampamento ficava mais de 300 metros do rio.

Eu fui me aproximando, sentei na beira do rio onde fica a parte mais funda. Alguma coisa falava em minha mente que era para eu entrar no rio.

Detalhe. Eu não sabia nadar. E não arriscaria entrar nesse local porque era muito perigoso.

Sentei na beira do rio, fui colocando os pés devagarinho. Quando percebi, estava dentro do rio e meus pés não alcançavam o fundo. Nesse momento, algo me puxou para o meio do rio, na parte mais funda, onde havia um redemoinho.

Eu comecei a me debater com as mãos, mas fui perdendo as forças.

Tentei gritar por socorro para as pessoas que estavam dormindo, mas não conseguia, minha voz havia sumido. Meu corpo começou a paralisar e ficar pesado. Naquele momento, percebi que ia morrer.

Era para eu ficar em pânico, mas, pelo contrário, meu corpo começou a relaxar e foi afundando.

Enquanto afundava, nenhuma gota de água entrou em minha boca e eu podia ver tudo o que estava acontecendo. Meus olhos estavam abertos, era como se tivesse algo me protegendo como uma bolha invisível.

Eu estava com a cabeça virada para baixo olhando para o chão. Era estranho porque, dentro da água, os olhos ficam embaçados, mas havia uma luz branca forte que iluminava o espaço.

A sensação era boa e eu fiquei relaxada e tranquila.

Não sei dizer o que aconteceu nem em quanto tempo isso aconteceu, mas, de repente, duas mãos brancas, suaves, pareciam flocos de neve enormes surgiram me pegaram embaixo de meus dois braços e me colocaram na beira do rio.

Lembro que, quando senti a terra, eu respirei como se aquele fosse meu primeiro respiro de ar e eu estivesse acordando. Agarrei a terra e a grama com muita força e subi o barranco assustada, olhei para trás sem entender o que havia acontecido. Voltei ao acampamento, sequei meu corpo, fui dormir, estava exausta.

Pela manhã, contei para minha melhor amiga. Ela riu muito e disse para eu não inventar histórias, que eu deveria ter sonhado ou estava louca.

Andrea: É sempre assim.

Mari Feller: Desde esse dia, nunca mais contei para alguém, achando que as pessoas pensariam que eu estava ou inventando essa história ou estivesse louca. A única vez que contei foi para o Pedro em um dos atendimentos.

Lembro-me que perguntei se era um anjo que tinha me salvado daquela situação. Ele não me respondeu, sorriu mudando de assunto.

Talvez eu não estivesse pronta para a resposta.

Pedro, só agora estou percebendo que pode ter sido uma história muito parecida com a do Melquises? Eu morri e alguém assumiu meu corpo naquele momento?

Foi alguma espécie alienígena? O que aconteceu?

Andrea: E agora, Pedro Mauricio? Legal a história dela.

Pedro Mauricio: Teóricos dos natimortos. Na verdade, é uma história, sim, de natimorto.

Aqui houve um engano e, em vez de usar a palavra "transmigrado", foi usada a palavra "natimorto". Vou corrigir para transmigrado, provavelmente o ocorrido teve interferência do Magnético.

Pedro Mauricio: Na verdade, não foi você que morreu, foi a outra. E aí, o que acontece?

Nessa situação de (natimorto) transmigração, eles precisavam. Depois eu queria ver as linhas de suas mãos para ver se tem o (natimorto) transmigrado ali.

Tem aquela situação de que alguém precisava de um corpo humano ali e você estava dando "sopa", e é um encantamento mental que vem e você sai meio que hipnotizada não e sabe por que, sozinha de noite, lua cheia, e você vai para a beira do rio fundo sem saber nadar, põe os pés na água e, quando vê, está dentro da água. Na hora que vê, está afundando e, lá no fundo, não entrou água no seu nariz, enxergou tudo como dia lá no fundo. Lembro quando você me contou.

— Pedro, eu enxergava tudo como dia lá no fundo, estava de noite e o olho não embaçava.

Pedro Mauricio: Foi uma troca legal.

Mas o que acontece? Igual o que a gente estudou naquele caso da pessoa que desencarnou e que vive aquela experiência quase-morte.

Andrea: É que você ia desencarnar, aí eles aproveitaram a experiência, né, Pedro.

Pedro Mauricio: Já estava marcada sua hora mesmo, você ali; então, a alma alienígena que assume teu corpo, faz um *download* da tua mente, que nem um *download* de um computador, assume tua personalidade. Isso acontece com pessoas já adultas, com médicos, faz um *download* e tudo o que você sabe. Na verdade, é assim.

É uma adaptação, tua alma foi embora, outra alma alienígena assumiu e tudo o que você sabe, como tem um *download*, aquela identidade é tua mente sozinha que vai comandando teu corpo, até aquela alma assumir teu corpo.

Então quando outra alma assume um corpo que morreu, vai mudar as características, os gostos.

Como você já estava na adolescência, 14 a 17 anos, um período de mudança mesmo, então já pegou carona no seu estado natural de mudar.

Geralmente, eles fazem assim: crianças recém-nascidas, eles gostam, criança, natimorto infantil.

Andrea: Diferente a história dela, né.

Pedro Mauricio: Diferente, é um natimorta (transmigrada).

Tem histórias de transmigrados, de pessoa que se joga na frente do metrô, na frente do trem, sai do corpo, depois volta.

Andrea: Parece um filme de terror, mas é isso mesmo. Eles têm tecnologia além da nossa.

Tem outro natimorto que eu conheço, que fala:

"— Pedro, tinha um corpo morto ali de uma criança, aí falaram pra mim.

— Agora você vai assumir este corpo, você vai entrar nele." Ele lembra até quando entrou no corpo, este natimorto.

O teu caso foi legal. Você deu um mergulho, foi pro fundo do rio, as mãos que te tiraram, na verdade, foram daquela parte alienígena que fez a troca de alma. A gente sabe conhecer um (natimorto) transmigrado. Tem uma coisa que eu olho na pessoa que fica um pouco desconectada que fica na aura da pessoa que dá para saber que é um (natimorto) transmigrado.

Andrea: Fica desencaixado.

Pedro Mauricio: Um pouco, levemente desencaixado.

Mas aí que tá. Você herda tudo com o *download* da mente da pessoa. Herda o carma familiar, o carma do amor e todos os outros.

Andrea: Bom que você teve uma segunda chance, né, Pedro, e está aí.

Pedro: E os (natimortos) transmigrados, eles são buscadores, igual ao próprio Melquises, que é o natimorto mais famoso do Aquantarium, sempre é um buscador, sempre vem parar atrás do Aquantarium. Eles aparentemente pensam que não têm paranormalidade, mas eles têm. As outras espécies alienígenas estudam os natimortos.

O Melquises é um natimorto de Cão Maior, seria aquela forma de louva-a-deus a alma dele.

Tua alma a gente precisaria olhar direito pra ver se é do mesmo time, porque ele também teve contato com alguns da água. Água salgada.

Eu sei que o pessoal está ficando com medo de nadar, mas não é em todo o lugar.

Andrea: É o carma da pessoa.

Pedro Mauricio: Metade das praias e dos rios tem alguma coisinha embaixo.

Andrea: Fica esperto, não é para ficar dando sopa, nadando solto.

Pedro Mauricio: Depois eles te devolvem, se te levarem, eles tiram a tua alma e põem outra.

Onde que alguém pode contar uma história dessas e ter resposta? E as histórias batem, são iguais.

E qual que é o problema se você for um natimorto. Natimorto e humano não têm discriminação.

Andrea: Só pulou o processo de nascer.

Pedro Mauricio: Mas foi bonita tua história do fundo do rio, gostei, um dia isso vai ser recontado.

E o que a Andrea está me soprando aqui é que ela vê no Supino teu processo de natimorto (transmigração) é diferente do Melquises, o teu é mais Alpha Centauriano. Gostei natimorta (transmigrada de Alpha Centauri).

Então está explicado. Agora estou entendendo algumas coisas.

ALIENS, ABDUZIDOS E EU
(28/07/2020)

PARTE 2

SEGUNDO RELATO DA TRANSMIGRADA MARI FELLER - REENCARNAÇÕES OU TRANSMIGRAÇÕES SUCESSIVAS?

Pedro Mauricio: Este caso é complemento do primeiro, um *e-mail* que a gente recebeu daquela mulher que descreveu sua morte no rio e o retorno, a transmigração.

A melhor maneira que algumas espécies alienígenas têm de cumprir seu carma aqui na Terra, já que são espíritos aprisionados aqui, é a prática da transmigração.

A transmigração é assim: existe uma pessoa que está encarnada, esta pessoa geralmente está na hora dela morrer. Eles (alienígenas) acabam praticando a transmigração daquela pessoa que vai morrer mudando o destino dela e assumindo o destino dela.

Natimorto é quando é bebezinho. Vamos falar assim. Existe uma data-limite de natimorto para a transmigração? Geralmente, os dois anos de idade, até o período pré-fala, porque a transmigração é diferente do natimorto, a pessoa e o bebê não têm uma história ainda.

Andrea: O bebê está zerado.

Pedro Mauricio: O problema da transmigração é que o espírito tem que fazer um *download* da mente.

Existe o corpo mental e o corpo espiritual. O espírito faz um *download* da mente e assume dali pra frente; durante certo período, só a mente que comanda. São conhecimentos da área alienígena, são da área magnética, são da área espiritual.

É possível você viver sem alma?

Claro que é. É possível você viver só com o corpo mental.

Quando a pessoa se apaixona, a alma dela sai dela e se apega a outra pessoa. Isso tá na Bíblia.

— E a alma de Jonatas se apegou a Davi. Jonatas se apaixonou por Davi, a alma dele se apegou a Davi.

Quando você se apaixona por alguém, a tua alma sai de teu corpo e vai para o corpo daquela outra pessoa e você vira um ser desalmado, é possível viver desalmado.

Estou dando ensinamento de outras áreas pra gente entender.

Então a pessoa fica só com o corpo mental, aí leva três meses para aquele espírito alienígena pôr as características dele para a pessoa que vai mudando.

Às vezes, a gente tem que mergulhar em outra área para entender melhor a nossa área.

Mari Feller: Segue a sequência de meu relato após revelarem que sou uma Alpha Centauriana e o que aconteceu esta semana, 17 e 18 de julho de 2020.

Pedro e Andrea, muito obrigada por tudo.

Agradeço imensamente tudo o que vocês fazem por nós e nos ajudam a decifrar enigmas que jamais saberíamos resolver.

Pedro Mauricio: A minha missão quando encarnei aqui é justamente resolver esses problemas, por isso que eu atendo essa parte alienígena, tenho memória milenar que dá para a gente esclarecer muito do que se passa por aqui e para dar uma luz para o pessoal alienígena que está encarnado aqui, porque não existe manual de instrução pra isso até hoje.

PARTE 2

Mari Feller: Eu nunca me interessei por ETs, não era um assunto que me atraía, nem em livros ou comentários em grupos, mas também nunca desprezei ou desacreditava.

Filmes de ETs, destes, sim, eu gostava, procurava por filmes com assuntos científicos e alienígenas com frequência.

Há oito anos, conheci o Aquantarium e me direcionaram para o curso Escolinha dos ETs, fiz uma única aula e nunca mais voltei.

Pedro Mauricio: Pode ver que é uma transmigrada que não gosta de ET, não liga pra ET, porque justamente é isso mesmo, é para fazê-la se desinteressar do assunto.

Mari Feller: Preferi escolher cursos como carma empresarial, Sete Céus e Sete Infernos e Jó. Mas com o tempo, anos depois, resolvi fazer a escola dos ETs.

E foi lá que tive o primeiro contato com este assunto mais profundamente e, mesmo assim, não lembro o que aprendi nem do nome de nenhuma raça ou cor. O único que me lembro é dos Antarianos, que são verdes por causa do Djiroto, e o fato de eu ter controlado e manipulado uma energia de um dos chacras em minhas mãos.

Até que, em uma das aulas no curso dos Aliens e Abduzidos, contei minha história sobre o episódio do rio no Rio Grande do Sul: "A menina que morreu no rio e teve o processo de transmigração".

Pedro Mauricio: Bonito isso.

Mari Feller: Mas o que aconteceu depois disso vou relatar aqui, mesmo porque estou confusa e cheia de dúvidas por não entender o que está acontecendo.

Dia 16 de julho de 2020 foi um dia atípico, eu acordei diferente, parecia um certo estresse ou acúmulo de energia. Eu queria "chutar o balde" que, popularmente, quer dizer desistir de uma situação, como reação a um sentimento de raiva, decepção ou cansaço.

Nesse dia, à noite, conversando com uma amiga, comentei que estava com essa sensação o dia todo e também sentia uma enorme vontade de me jogar de uma ponte em um grande rio, não para morrer, mas, sim, para ir até o fundo e voltar, respirar novamente, flutuar e deixar o rio me levar para algo novo.

Pedro Mauricio: A gente recomenda a não fazer isso, que não é toda a vez que vai ter ET lá embaixo.

Andrea: Pedro... não é isso.

Pedro Mauricio: Eu sei, é uma figura de linguagem que ela está usando aqui. Bonito.

Mari Feller: Enquanto conversávamos no telefone, com câmera aberta, tomei uma taça de vinho e comecei a repetir as taças. Não lembro muito bem quanto tomei nem sei por que fiz isso.

Pedro Mauricio: Tá certo; ela, em vez de mergulhar no rio, mergulhou na taça de vinho.

Mari Feller: Em certo momento, senti um mal-estar e vomitei muito, não sou acostumada a bebidas de álcool em excesso.

No meio da conversa com minha amiga, apaguei.

Acordei quatro horas, olhei meu celular e tinha várias mensagens de minha amiga. Uma delas era "X, por favor o que aconteceu? Atende o telefone".

Como eram quatro horas, resolvi não responder e voltei a dormir. Minha cabeça doía. No acontecimento que relatarei, foi como uma explosão de sequências. Entrei em estado muito próximo à loucura.

Quando fechei os olhos, um buraco no chacra frontal, região do terceiro olho, abriu-se em minha frente e foi se formando uma imagem do universo.

Pedro Mauricio: Então ali que tá. Beira à loucura mesmo, porque o corpo sutil dela está saindo e ela agora vai passar por um processo que vai ser liberada memória pra ela.

Mari Feller: Abria e fechava os olhos e isso se repetia. Algo estranho estava acontecendo.

Em um piscar de olhos, surgiram vários ETs verdes, eles tinham uma feição mais velha "anciões". Então comecei a ser transportada para algum lugar, não sei descrever que lugar era este, e já não sabia se estava dormindo ou acordada. Senti medo, mas telepaticamente me disseram que eu tinha "medo humano" e que, em breve, eu aprenderia, a vencer esse medo.

Pedro Mauricio: Justamente esta é uma das chaves. O medo humano que veta que edite as memórias. Se você vencer o medo humano, eles vão te liberar mais memórias.

Andrea: Eles vão te liberando aos poucos para você não surtar.

Pedro Mauricio: É assim. Não ter sentimentos pessoais, segurar as emoções, todo aquele ensinamento que o Bhagavad Gita traz pra gente que é muito bom sobre isso aí.

O dominar os cavalos de Krishna. Dominar todas as emoções, dominar toda a razão e você passar a viver pela intuição. Aí eles vão te liberar muita coisa.

Mari Feller: Eu não conseguia reagir. Em um momento, pedi ajuda mentalmente. Apareceram outros ETs que me colocaram em uma cadeira, esses ETs eram mais jovens e de cor branca. Eu tentei reagir, mas eles me seguravam com força.

Eu assistia, eu vi "eu" na cadeira de outro ângulo.

Pedro Mauricio: Aí que tá, tem essa coisa de você se ver.

Andrea: A gente vê atrás da gente, a gente se vê do lado, a gente se vê na lateral, é normal.

Pedro Mauricio: Quando você está no Tempo Supino, você consegue. Daqui você vê lá e de lá você vê aqui. É comum.

Andrea: Foi legal como ela viu.

Pedro Mauricio: Então ela estava ocupando dois corpos. Por quê? Os alienígenas mais evoluídos conseguem ter dois corpos ao mesmo tempo.

Andrea: Mas como ela é ET do bem, não é problema.

Pedro Mauricio: Este corpo-matéria nós temos aqui, mas eles conseguem ter um corpo expansão, às vezes, vários. Por experiência própria, eu consigo ter seis corpos expandidos.
  Consigo estar em seis lugares ao mesmo tempo.
  E você vai conseguir se ultrapassar esse medo humano, se você vencer as emoções, vencer a razão, viver por intuição, eles vão te liberar isso aí. Se liberar também, você fica louca se não vencer este medo.

Andrea: Também precisa vencer o medo.

Mari Feller: Lembro nitidamente que "eu" sentava na cadeira e pedia ajuda para resolver um problema aqui na Terra e que este problema é uma "TORTURA" nas leis terráqueas.
  Então eles começaram a mexer em meu cérebro, depois colocaram lentes em meus olhos, essas lentes tinham cor verde, aumentaram minha visão em milhares de vezes e colocaram uma armadura em meu corpo.

Andrea: É que ela é um ET de guerra que está aqui.

Pedro Mauricio: E também do corpo de engrenagem, teria que ter uma aula só disso.

Andrea: É que estão a equipando.

Pedro Mauricio: O que é o famoso corpo de engrenagem? Vamos ver o que eu consigo falar agora em pouco tempo.

Nós temos vários corpos. Temos o corpo mental que eu acabei de falar, que vive até sem alma, temos o corpo sutil; temos vários corpos. E existe também na visão alienígena, igual quando entrou a Era de Peixes para a Era de Aquário, eles trocaram uma lente que a gente tem na vidência. Então, na maioria das pessoas, foi trocada uma lente verde por uma lente azul, que fica aqui (olhos). E existe uma visão robótica que a gente tem, é que nós temos um corpo que é inteiro de engrenagem.

Todo mundo tem. O bebezinho tem, você tem, eu tenho, ela tem. Chama-se corpo de engrenagem. Por quê?

Existe essa lenda que as máquinas vão vencer o homem. Isso aí existiu, sim, mas depois transcendeu.

E existe máquina reproduzindo máquina? Existe também. Existem estes ETs máquinas engrenagens. E em um universo paralelo, você tem um corpo de engrenagem também. E essas engrenagens precisam ser trocadas de vez em quando, estou explicando de maneira bem grosseira pra você entender.

Eu tenho *chips* que são de universos paralelos de engrenagem, eu tenho uma marca aqui que seria um terceiro ouvido. Se você enxergar no universo paralelo dos metais, do universo paralelo, eu tenho como se fosse uma antena parabólica.

Eu tenho no universo paralelo do mundo das engrenagens uma antena parabólica aqui. Mas você não enxerga e passa a mão e não vê nada porque está em outra dimensão.

Andrea: Mas foi legal que ela está descobrindo, né, Pedro.

Pedro Mauricio: Esta engrenagem que me colocaram a mais, no nosso universo, aqui soa como uma marca na orelha, como uma fosseta, mas, na verdade, é uma parabólica.

E muita gente tem esta parte de engrenagem também, é que não dá para ter consciência disso, precisa de uma aula só de corpo de engrenagem, mas estou dando um pouco desta noção.

Mari Feller: A partir disso, comecei a ver tudo nitidamente e ampliado.

Vi como foi a morte da menina no rio, eu revivi toda a cena exatamente como lembrava.

Vi lugares neste planeta em tempos diferentes e, quando olhava o passado, o via como um livro antigo de cor mais amarelada.

Pedro Mauricio: Ela tá vendo o Tempo Supino andando pelos véus.

Andrea: Ela está dando uma voltinha, ela está começando a descobrir.

Mari Feller: Vi a nave em que eu estava caindo em uma floresta no Rio Grande do Sul.

Andrea: Eu sabia desde o começo.

Pedro Mauricio: Aí que tá, na verdade, o que aconteceu foi que você desencarnou a primeira vez, tua nave caiu aqui no Rio Grande do Sul, tempo antigo e pelo que parece você ficou presa na malha magnética local aqui do Sul do Brasil e você teve várias transmigrações em corpos diferentes.

Mari Feller: Por que vi que era o Rio Grande do Sul? No meio da floresta, tinha muitas araucárias, árvore típica do Sul.
Este tempo era num passado muito distante. Estranho é que se a nave caiu no Sul em um tempo quando ainda eram florestas, por que fui transmigrada em um tempo futuro?

Pedro Mauricio: A sua última transmigração foi nesta vida aqui, mas você teve outras. Acredito que deve ter tido uma encarnação que levou um pau danado do Magnético, deve ter desencarnado muito penosamente e depois os socorristas espirituais de tua espécie vieram, te socorreram e fizeram a transmigração.

Mari Feller: A sensação é que minha alma de ET tem mudado de um corpo de humano para outro para sobreviver aos tempos.

Pedro Mauricio: Ela está sabendo. É igual aquela coisa né, a pessoa desconfia que é alienígena ou não, só estou confirmando aqui, e você sabe que tua alma mudou de um corpo pra outro.
E é possível ter ocupado até um corpo não humano, um corpo animal? Claro que é. Têm ETs que até preferem ocupar corpos animais pra terem menos carma.

Mari Feller: Logo que voltei ao meu normal, foi como se tivesse acordado de um sonho ou algo assim, relógio, eram 8h20 da manhã.

Liguei para a minha amiga que estava preocupada. Ela me relatou que eu ainda tentei ligar pra ela e, ao atender, não via minha imagem e eu não falava nada, até que o telefone apagou.

Eu não me recordo disso. Ao acordar disso tudo, o meu celular estava ao meu lado carregando.

O que é tudo isso que aconteceu? Estou tendo alucinações?

Pedro Mauricio: Tudo isso que aconteceu a desculpa foi o vinho, mas não foi, porque você tem que ter uma desculpa magnética.

Você foi levada lá por essa parte de consciência maior.

Se você for no psiquiatra, ele vai falar que é alucinação e vai te dar um tarja-preta pra você tomar e se você vem no Aquantarium, você é normal.

Na verdade, a gente atende muito psiquiatra dentro do Aquantarium, muitos orientadores e doutorandos da psiquiatria a gente atende aqui.

Mari Feller: Foi uma experiência alienígena?

Pedro Mauricio: Claro que foi. Gostei. Uma das bem cabeludas esta.

Andrea: Com certeza, e das boas, muito legal o depoimento dela, foi levada, foi equipada, eles estão te preparando pra uma próxima, para o Aquantarium, para a parte paranormal dos ETs.

Pedro Mauricio: Gostei, tá bem, tá bom o teu relato. E tua memória está editada ainda e você vai lembrar muita coisa.

Depois eu vou arrumar uns vídeos de algumas pessoas que tiveram problemas que não editaram a memória. A pessoa surta.

Andrea: Tem gente que não volta ao normal também.

UFOLOGIA ANTOLÓGICA AQUANTARISTA
(08/SET/2020)

PARTE 3

TERCEIRO RELATO DA TRANSMIGRADA MARI FELLER - CONHECIMENTOS FRONTEIRIÇOS E A MENINA GAÚCHA QUE MORREU NO RIO E FOI TRANSMIGRADA? A HISTÓRIA CONTINUA

Pelos relatos a seguir, podemos perceber que são muitas as dúvidas de conhecimentos que envolvem as fronteiras do Mundo Magnético (5º céu), universo alienígena (6º céu) e mundo dos espíritos humanos (1º a 3º céus). Mais esclarecimentos são necessários sobre "Eu do Futuro", "Eu do Sonho", Corpo Sutil (Eu-Sextavado), Corpo Astral (Eu-Astral) e Corpo Magnético (Eu-Magnético) etc.

Andrea: Para você que é do Aquantarium já sabe disso, mas para você que está entrando agora, a gente vai dar uma explanadinha pra vocês.

Pedro Mauricio: Gera uma certa confusão, são muitos "eus" que a gente tem, são muitas camadas de "eus" que compõem o nosso "eu". E os alienígenas se interessam pelo nosso corpo sutil. Eu falo sextavado, porque pode ficar em até seis lugares ao mesmo tempo aqui na Terra. E esse corpo sutil que é aquele segundo corpo independente, a gente tem até exercícios de ativação desse corpo independente que tanto interessa a essa parte alienígena.

Andrea: Bem legal a história dela.

Pedro Mauricio: Vamos ver como é que ela trabalhou com esse corpo sutil dela. Os depoimentos vão deixando tudo mais claro.
  Vamos dar esclarecimentos de acordo com as narrativas.

PARTE 3

Mari Feller: Bom dia, Pedro e Andrea! Segue mais um relato, dando continuidade aos meus dois relatos anteriores.

Achei interessante relatar que continuei com a sensação de me jogar em um rio profundo. Mesmo que o senhor Pedro me comunicou que seria perigoso.

Essa sensação permanecia. Mas eu evitava ou tentava esquecê-la (deixando claro que não é para cometer algum ato ilícito, como procurar a morte ou coisas do gênero). Essa sensação acarretou um novo sonho, era como se eu necessitasse testar este "ato" para recomeçar algo.

E assim foi. Eu me observava de outro ângulo fora do rio e o meu outro "eu" se jogou. Fui ao fundo, muito fundo, olhei o chão do rio, então voltei. Ao voltar, o caminho era longo, não tinha percebido que tinha ido tão profundamente. Tive uma leve dificuldade para voltar para a superfície, mas tinha muita energia, força e esforço para voltar. Ao emergir, respirei longamente. Era como se tivesse renascido, revivido e a sensação era boa. Nisso, vieram imagens em minha memória de novos caminhos, novos tempos.

No dia seguinte, recebi uma mensagem de um grande empresário do ramo da moda me comunicando que ele tinha sonhado comigo.

Obs.: dois dias antes, eu tinha fechado com a empresa um projeto. E assim me foi relatado por ele.

Empresário X: – Mari, eu via você saindo do sol, seu tamanho era enorme e você emanava raios de sol e raios de energias. Era impressionante.

Pedro e Andrea, o que isso significa sair do sol, emanar raios?
Na sequência de dias, tive uma consulta com a Andrea para ajustes de problemas terrestres. Ela finalizou a consulta me avisando que colocou três ETs em minha aura, para minha surpresa.

Então, dois dias depois, eu acordei no meio da noite e fui ao banheiro. Deixei a porta aberta. Ao olhar para fora, lá estavam os três ETs bem na minha frente, um metro de distância mais ou menos.

Eles não eram de matéria, mas, sim, eram circundados por energias douradas. Eu podia ver por meio deles. Meus olhos ficaram em outra frequência e formaram ondas nas laterais.

Senti-me muito tranquila e não os perturbei com questionamentos, mas agradeci a presença. O que seria isso, Pedro e Andrea?

Pedro e Andrea. Obrigada por tudo e pelas informações riquíssimas que estamos tendo neste tempo de aulas virtuais. Um abraço forte. Este material pode ser usado pelo Aquantarium.

ANÁLISE SEMIÓTICA AQUANTARISTA:

Andrea: Legal a história dela.

A gente colocou mesmo e pediu ajuda espiritual, porque ela está neste processo de aprender a lidar com este lado novo que ela descobriu.

E este grande sol aí que ela viu, Pedro?

Pedro Mauricio: Então aí a gente lembra que ela passou por aquela experiência, depoimentos das aulas atrás em que ela foi transmigrada, que com 14 a 17 anos (datas previstas por causa do esquecimento gerado nela), entrou no rio, mas não se afogou, voltou.

Andrea: A gente a coloca em contato com as nossas espécies.

Pedro Mauricio: E ela queria se aprofundar nisso aí. Ela conseguiu com o corpo sutil dela voltar lá pro fundo deste rio e reativou algumas memórias dela, ativou bastantes coisas, e aí o que acontece?

Ela ganhou esforço Magnético, ganhou Métron com isso tudo, por isso que em nossa dimensão aqui de mundo de negócios, mundo de César, tudo o que a gente faz dá efeito nos outros mundos em que a gente vive também.

Andrea: Ela teve um reajuste na parte ufológica, porque ela não entendia isso, não sabia.

Pedro Mauricio: Ela ganhou Métron na parte material.

Andrea: Muito legal isso.

Pedro Mauricio: E estes ETs que também agora são mentores dela, também têm poderes aqui nesta parte magnética, por isso que aquilo que o empresário viu vai juntar com depoimentos lá na frente. A gente está tendo um ponto aqui, outro ali.

Ele viu o Corpo Magnético dela e fala que sonhou com ela, fala que a viu saindo do sol. Quando nosso Corpo Magnético, que é outro corpo que a gente tem, cresce e ele fica com essa imagem resplandecente. No sonho, ele não viu apenas o "eu" do sonho dela, foi retratado o "eu" magnético dela.

Todo mundo tem o "eu" magnético, mas na maioria das pessoas o Magnético fica dormindo, a gente não ativa muito o "eu" magnético", não vence as forças magnéticas desse planeta. Foi bom e aumentou o Métron dela e isso vai ser vantagem para ela aqui neste mundo e no mundo espiritual, e no mundo do corpo sutil e no mundo alienígena também. Está indo bem, sim. Muito crescimento.

Andrea: Teve bastante ajuste espiritual em sua aura, você está uma mulher mais forte agora que sabe o que aconteceu no seu contato, então acredito que agora é para melhor.

Pedro Mauricio: E a gente sabe é uma alma alienígena num corpo humano, e a gente tem que viver dentro das regras aqui na Terra.

UFOLOGIA ANTOLÓGICA AQUANTARISTA
(20/OUT/2020)

PARTE 4

QUARTO RELATO DA TRANSMIGRADA MARI FELLER. AJUSTES NO CORPO DE ENGRENAGEM OU ABDUÇÃO REVERSA DOS ALIENS ROBÓTICOS? AJUSTES NO CORPO FÍSICO E CONTATOS COM MINHA FAMÍLIA ALIENÍGENA? PARTE 4

Mari Feller: Recebi a notícia como humana, tranquilamente, por meio de Pedro e Andrea, que eu tinha uma alma alienígena, pelos três depoimentos anteriores. E assim permaneci.

Nenhuma ansiedade, mas, sim, uma tranquilidade.

Mesmo porque posso ter alma alienígena, mas em um corpo de humana e os testes são humanos.

Pedro Mauricio: Claro, você está encarnada em forma humana, as leis cármicas humanas em cima de você.

Mari Feller: Assim, vou relatar os novos acontecimentos desta jornada por este planeta.

Desde os últimos relatos, os fatos a seguir começaram a acontecer na segunda semana de setembro, foram três dias de algo que não sei o que é, mas estou tentando deduzir ou intuir.

Final de um dos dias, começou com pequenas dores em meu corpo e foi se intensificando em um grau muito elevado de dor, intenso, principalmente a parte direita.

Neste dia, eu estava inquieta durante todo o dia.

Pensei que talvez fosse troca de mentoras, mas meu pensamento me direcionava para outra coisa. Ajustes que os extraterrestres fariam em meu corpo.

Aconteceu da seguinte forma.

Estava acordada deitada em minha cama no final do dia, quando senti alguém mexendo em meu corpo e isso acontecia por partes.

Primeiro, eles mexeram na parte de cima do braço do ombro até o cotovelo e, depois, do cotovelo até as mãos e, assim sucessivamente, em todas as outras partes do meu corpo.

Eu fiquei quietinha, a dor era intensa, fiquei ali imobilizada e deixei que se alguém estivesse trabalhando, concluir.

Algumas vezes mudei de posição, até terminarem.

Depois foram alguns dias de dor até que tudo se ajustou e passou. Pedro, o que seria isso? Estou certa em minha dedução?

Pedro Mauricio: Claro que eles mexeram em você, eles fizeram ajustes.

Andrea: Eles foram fazendo devagarinho que era para você não assustar. Quando eles vão fazer alguns ajustes, às vezes dói.

Tem objetos alienígenas que eles colocam na gente que dói. São aparelhagens. Às vezes até entrar na carne, têm coisas que doem mesmo.

Pedro Mauricio: Que são ferros do universo paralelo, metais do universo paralelo, instrumentos do universo paralelo.

Andrea: Mas são dores suportáveis, coisa suportável, nada tipo, vou morrer, não nada disso.

Tem uma luva que eles colocam pra gente trabalhar na roda que é uma luva alienígena e têm pessoas que sentem muita dor e pessoas que não sentem a dor e é a mesma luva.

Pedro Mauricio: A gente vai atualizar os cursos, vai também de acordo com o desenvolvimento extrassensorial alienígena. E nós vamos fazer essas atividades todas.

Mari Feller: Outro fato é que têm muitos fenômenos acontecendo em minha casa, desde que me foi revelado que sou uma alma alienígena.

Primeiro, meu *laptop* pifou a parte do fone e audição.

Andrea: É estas coisas eles mexem mesmo.

Mari Feller: E na semana com a consulta da Andrea, ela me perguntou se eu tinha algum problema com minha audição esquerda.

Andrea: É você estava um pouco diferente naquele dia.

Mari Feller: Sim, eu tenho, muitas vezes ouço vários zumbidos.
Ela me revelou que estou com *chip* energético próximo ao meu ouvido.
Muitas vezes duas bolas se formam e incham bem próximas aos meus ouvidos, elas não me perturbam, mas eu sinto algo diferente nestes dias e isso vem acontecendo frequentemente.

Andrea: É eles chipam a gente e às vezes próximo ao ouvido, às vezes atrás.
Eu estou vendo um monte de *chip* ali e um monte de *chip* perto do pescoço, as vezes dá uma dorzinha. Tranquilo, né Pedro?

Pedro Mauricio: Está tudo em casa.

Mari Feller: A sequência de eletrônicos que começaram a queimar ou pifar, continuou.

Pedro Mauricio: Nós já temos depoimentos antigos também que não vai dar para passar nesta atividade de hoje, mas nós vamos passar nas atividades mais lá pra frente, de pessoas que começam a ter contatos com ETs e que acaba queimando muita coisa.
Queima liquidificador, queima outras aparelhagens eletrônicas que você tem em casa. Até no começo do curso de Antologia, quando mostrei aquele *chip* que era do universo paralelo, que eram uns pontos ligados, lembram?
Em uma entrevista, a pessoa queimou todos os aparelhos eletrônicos da casa dela. É reação magnética também.

Mari Feller: Minha máquina de lavar deixou de funcionar e a placa-mãe de controle pifou.
Das minhas três TVs, duas estão com problemas na imagem e irão para conserto.
Minha cafeteira estragou.
Minha torradeira parou de funcionar e não tem conserto. Meu *tablet* tem caído constantemente.

O fio do carregador de meu *laptop* começou a quebrar.
Três fones de ouvido deixaram de funcionar, os fios quebraram.
Meus óculos estão caindo constantemente, já levei duas vezes para consertar.
Meu roteador tem apresentado problemas constantemente.
A bateria de meu carro pifou.
Meu fogão é um dos mais atuais, tem pouco tempo e tudo funciona por meio de placa-mãe. Mas se vou cozinhar algo antes rotineiro, não tem uma única vez que não queimo tudo.
É incrível a sequência de comida e outros alimentos queimados. Fiz uma doação para acalmar algo que eu não sei o que é.
O que seria isso, Pedro e Andrea? A adoção ajuda?

Pedro Mauricio: É tudo o que a gente falou.
E além do Magnético, tem a ver com aquela pergunta daquela estátua que quebrou também.
Eles estão mexendo em você. E também naquela hora de mudar de dimensão para as dores passarem e não passarem para o sétimo corpo. Teu próprio Corpo Magnético tá jogando para o décimo corpo.

Andrea: Eu pensei a mesma coisa. Ela está negociando o décimo corpo.

Pedro Mauricio: Então você tem que aprender a jogar para as estatuetas para coisas que não têm muita dor de cabeça para consertar. Estatueta você compra outra e resolve.
Tem que ter uma estátua do Djiroto para jogar para ela.
Você tem que ter uma espécie de uma gaveta com alguns objetos, como, rolha, pedra, giz, umas coisas assim que vai tudo pra eles e eles vão quebrando.

Andrea: Você tem que concentrar e deixar a energia ali, você está com bastante energia ali e fez esse meio *poltergeist* ali na sua casa. Planta segura.

Pedro Mauricio: Põe bastante planta medicinal.

Andrea: Planta segura.

Pedro Mauricio: Mas está bom, pegando no décimo corpo tá bom. Tudo o que você escreveu é que foi jogando para o décimo corpo.

Mari Feller: Depois foram alguns dias de dor até que tudo se ajustou e passou. Pedro, o que seria isso? Estou certa em minha dedução?

E seguindo a sequência, novos fatos apareceram.

Na noite de 23 de setembro de 2020, na quarta-feira, enquanto a Andrea o Pedro e seu Armindo faziam os rituais, eu, em alguns momentos, fecho os olhos para acompanhar os mantras.

Ao fechar os olhos, desta vez, apareceram meus três mentores ETs, conforme relatado em outros depoimentos.

E em uma terceira vez que eu fechei os olhos, apareceu um ET mais velho, bem em minha frente, face a face, tentando me comunicar algo que parecia ser muito importante.

Foi quando eles me mostraram uma imagem de uma pessoa deitada, caída, e que eu deveria ir ajudar. Neste momento senti que era meu pai.

Mas meu pai terráqueo hoje com 91 anos está com uma saúde de ferro. São e lúcido. Achei estranho. E assim me questionei.

O que seria? Assim foi.

Fui dormir e as imagens de que lembro nitidamente seguem no relato a seguir.

Uma nave não muito grande, mas muito bonita e moderna, comandada por mim, eu tinha uma visão geral das janelas as quais ampliavam a minha visão para as paisagens do local ao qual sobrevoávamos.

Lembro-me de ter olhado para o piloto e garantir que tudo estava ok. Quem pilotava a nave era um ser concentrado, era como se fosse alguém de longas vidas, as quais estávamos em missões juntos, isso me deixava ainda mais tranquila.

Sobrevoávamos certo local e eu comandava as diretrizes para que o Magnético não detectasse a altura e velocidade da nave, lembro claramente das paisagens, muitas árvores e de um grande rio, parecia o Amazonas.

Lá estavam dois seres da minha espécie cansados e abatidos na areia escura.

Desci da nave, caminhei até onde eles estavam, observando todos os movimentos aos arredores. Ao me aproximar, levantei um a um e os levei para a nave carregando pelos ombros.

Algo me dizia que eles eram meus pais.

Eram meus pais, Pedro? Meus pais alienígenas?

Pedro Mauricio: É aquela coisa, você lembra estas passagens alienígenas, que a gente falou que, se você fosse fazer os exercícios, ia se lembrar.

E esses resgates você traduziu energeticamente para esta dimensão aqui como se fosse teu pai atual de 91 anos e você enxergando lá, você em outro corpo, você em outra dimensão, você em uma nave, você resgatando lá, a gente pode afirmar assim: que você está com uma intuição correta.

Andrea: Está fazendo tudo certinho, está com uma intuição correta, está conseguindo ver tudo certo, por sonho ou na matéria, quando você tá em visão.

Pedro Mauricio: E como no depoimento anterior que tem aquela família que cada um vem de um lado alienígena. Tua família tem um outro lado assim também. Você tem que começar a prestar atenção e eu acredito que tem mais gente ali.

Mari Feller: Muitas imagens têm aparecido em minha memória de quando jovem. Onde eu voava muito, todas as noites eu esperava para ir dormir e sair voando.
Comecei a lembrar de todas. Montanhas, rios, planícies, entre outras. Sinto-me em casa.
Voltei para casa. Em contato com minha espécie alienígena, me sinto tranquila.
Mas minha alma continua presa aqui.
Até o dia que conseguir passar em todos os testes terráqueos e possa fazer a principal viagem. A viagem para o Reino do Filho, para um dia chegar ao Reino do Pai.
Agradeço imensamente a todos os ensinamentos que estamos tendo e recebendo de vocês.

Andrea: Muito bom, adoramos seu depoimento.

Pedro Mauricio: Seu depoimento está correto. Seu ver, pensar e agir estão corretos.
Depois você vai juntando mais pontos. E é aquela coisa, o negócio é não reencarnar aqui.

Andrea: Eles estão deixando você lembrar e, aos pouquinhos, estão te equipando, tão te chipando, é normal tá. E é tudo para te preparar para alguma coisa grande.

Pedro Mauricio: E buscar o Reino dos céus em primeiro lugar.
Está indo muito bem e a gente sabe que tem mais depoimentos teus que estão chegando e a gente vai lendo conforme vai chegando, acompanhando tua saga aí que é interessante. E vai vir mais material dela a gente sabe.

UFOLOGIA ANTOLÓGICA AQUANTARISTA
3ª TEMPORADA
TRANSMIGRAÇÃO E SEUS EFEITOS MAGNÉTICOS
(25/MAIO/2021)

MARAU, RIO GRANDE DO SUL
13 E 14 DE MAIO DE 2021
PARTE 5

VOLTA AO LOCAL DA MINHA TRANSMIGRAÇÃO

Pedro Mauricio: Hoje a gente vai ver assim, este local onde foi feita a transmigração.

A gente escreve que foi a morte mais bonita que a gente já viu e foi descrita aqui. A gente vai ver o que aconteceu no local, o que o Magnético fez, quais foram as reações.

Vamos procurar falar o possível. Que a gente sabe que, se aprofundar muito, cai a transmissão, existe uma censura alienígena que está assistindo agora e existe uma censura magnética que está assistindo agora. Tem muito mais não humanos assistindo esta transmissão agora do que muito humanos.

Andrea: Hoje veremos a sequência da saga de nossa amiga transmigrada. Boa noite, amiga, está aí com a gente, nós estamos ao vivo?

Como uma verdadeira pesquisadora Aquantarista, ela conta como ocorre a reação magnética no local e nos dá mais um documento que atesta como funciona este mecanismo.

Se não houvesse censura alienígena e até mesmo magnética quando eles derrubam a net local ou até mesmo continental, conseguiremos nos aprofundar muito mais nas explanações.

Reflexão: o que tem em comum este local no Rio Grande do Sul com a roça mineira?

Pedro Mauricio: Isso que nós temos que prestar a atenção. Foi muito difícil dar a atividade da roça mineira. Hoje nós vamos tentar.

Mari Feller: Pedro e Andrea, obrigada por todas as aulas semanais. Sem este conhecimento estaríamos perdidos no tempo.

Gostaria de relatar mais um estranho acontecimento no qual fiquei com algumas dúvidas e que só vocês poderiam me ajudar.

Marquei uma viagem para o Rio Grande do Sul (RS) para dia 20 de maio. Aconteceu uma sequência de fatos que me deixou intrigada.

Meu voo de São Paulo para o Rio Grande do Sul foi simplesmente uma jornada.

Minha viagem foi cancelada duas vezes, meu voo era para sair do aeroporto Guarulhos e foi cancelado. No aeroporto de Guarulhos, me direcionaram para Campinas/Viracopos, uma hora e meia de Guarulhos.

O aeroporto onde eu deveria descer estava fechado, me recolocaram para descer em outro aeroporto em Santa Catarina a 3 horas e meia do meu destino. Solicitei para me recolocarem em um aeroporto mais próximo 2 horas e meia de minha cidade no RS.

Pedro Mauricio: Pode ver que o Magnético já está atuando neste voo dela.

Andrea: Ela falou que ia passar por lá, né, Pedro.

Pedro Mauricio: O Magnético está dando um jeito de desviar o caminho dela. Porque tudo o que acontece em nossa vida tem uma regência magnética.

Mari Feller: Foi um transtorno de quase oito horas. Neste novo roteiro, adivinha o quê?

Eu passaria em frente ao local onde fui transmigrada. Percebi, então, que algo estava acontecendo.

E que todo o transtorno tinha algum motivo.

Minha sobrinha e seu namorado se dispuseram a me buscar no aeroporto. Durante a viagem, comentei com eles que eu gostaria de parar neste local.

Eles estranharam, mas não contrariaram.

Depois de quase duas horas de viagem, chegando perto do local, eu desci do carro sozinha, eles preferiram ficar no carro.

Era muito estranha a sensação e eu não sabia o que encontraria.

Eu me deparei com uma cerca muito alta, impossível de atravessar, cercando todo o local e um grande portão lacrado.

O local estava abandonado.

Caminhei junto à cerca e, muito próximo à ponte onde o rio passava por baixo, tinha uma abertura e foi por ali que entrei.

A sensação era estranha, filmei o local por partes, conforme os vídeos que estou encaminhado para o Aquantarium, que tem permissão para uso deste material.

Eu nunca mais tinha voltado a este local desde o acontecido há mais de 40 anos.

Pedro Mauricio: É uma volta no tempo. Ela foi lá, a gente viu o relato lá pra trás, em que ela sofreu esta transmigração, ela tinha 17 anos e aí nunca mais voltou pra lá. Ela falou para amiga que tinha afogado e voltado, a amiga falou para ela não falar para ninguém, e agora 40 anos depois, ela volta lá. Está tudo filmado e nós vamos mostrar.

Mari Feller: Fui andando pela beira do rio onde as águas são ralas até chegar próximo aonde fui transmigrada. Percebi que, com o tempo, aconteceram algumas erosões e o local na parte profunda do rio em que fui transmigrada quase que quadruplicou de tamanho.

Pedro Mauricio: As mudanças hoje ocorrem tão rapidamente que a cada quatro anos que volta no local não é mais já o mesmo. Se você voltar no mesmo local depois de quatro anos, já não é mais a mesma coisa, você não está repetindo viagem.

Mari Feller: Uma das coisas que observei foi a sensação que eu tive no momento. Eu estava em um local sem cor e tinha uma leitura sinistra.

Filmei para deixar relatado e saí com uma sensação estranha.

Sentia que mais pessoas tinham sido mortas ou transmigradas neste local.

Pedro Mauricio: A sensação dela, mais pessoas tinham sido transmigradas e uns que morreram de verdade lá. E nós vamos juntar os pontos ali. Por que uns foram transmigrados e por que uns morreram de verdade?

Mari Feller: Ao chegar ao carro, comentei por que um lugar que era tão lindo ficou naquele estado.

Então o namorado de minha sobrinha, que morou perto deste local a apenas alguns quilômetros, me contou algumas histórias.

Ele me disse que muitas pessoas morreram ali afogadas, inclusive o filho do dono.

Em uma única vez quatro jovens morreram em um acidente de carro bem em frente ao portão da entrada. O acidente foi tão horrível que eles ficaram irreconhecíveis.

Levando ao fechamento do local.

Chegando à casa de meu pai, a sensação estranha permanecia e a noite fui dormir cedo, cerca de oito horas da noite.

Acordei mais ou menos às três da madrugada, fui ao banheiro e voltei a dormir.

Andrea: Horários dos ETs.

Então sonhei com uma família que morou naquele local. Uma mãe e seus filhos.

Todos estavam muito perturbados e, ao me ver, ficaram muito agitados.

Pedro Mauricio: Já é o corpo sutil dela entrando em contato com as almas das pessoas que estavam presas lá.

Mari Feller: Em certo momento, esconderam minha bolsa quase que como me dizendo, "você precisa ficar e nos ouvir" e eu disse que não sairia de lá sem a minha bolsa e não os ajudaria se eles não me devolvessem.

Com a ajuda de uma das irmãs, recuperei minha bolsa.

Uma mulher linda, cabelos morenos, era a mãe, parecia calma, mas me pedia ajuda pelos olhos tristes.

Conversei com todos e fui embora. Não me lembro da conversa.

Acordei pela manhã, tomei café e fui ajudar meu pai em alguns afazeres; depois, fui limpar um canteiro de flores, na frente da casa.

Então me veio em mente colher algumas flores cor-de-rosa para esta família e, na sequência, uma sensação forte de que deveria mandar rezar uma missa para todos eles.

Pedro Mauricio: O procedimento certo, lidar com a terra, com as plantas, que vêm essas inspirações. Um dos passatempos espirituais é a gente lidar com plantas. Aprender a lidar com plantas medicinais, aprender a limpar a terra, isso faz com que a gente tenha mais inspiração, mais contato com o Magnético. Ao mesmo tempo em que a gente ocupa nossa mente ali, distrai nosso corpo material, o contato com as plantas ajuda a gente libertar os outros nossos corpos.

Mari Feller: Sequência de três flores e três missas.

Então percebi que essa era a ajuda que eles me pediram.

Pedro e Andrea, o que seria tudo isso? Meu roteiro foi mudado propositalmente? Estou certa em minha dedução?

Por que precisei voltar ao local?

Vamos ver o vídeo.

Pedro Mauricio: Bom, pessoal, local bonito, por isso que eu falo que dentro do Aquantarium a gente é obrigado a saber não só da parte da espiritualidade alienígena. A gente é obrigado a estudar tudo, porque ali tem vários problemas.

Andrea: Como a gente é clarividente nesta parte de quinto céu também, olhando o vídeo e sentindo a energia também local. Lá tem um dono na região, um homem meio magro.

Pedro Mauricio: A parte quinto céu, a parte magnética que toma a conta.

Andrea: E ele não deixa muitas coisas acontecerem ali, mas ele foi acionado por causa da base, uma base pequena.

Pedro Mauricio: Existe ali embaixo daquela água uma base que fica no universo paralelo.

Andrea: O que aconteceu com você e com outras pessoas, a dela foi a que deu certo.

Pedro Mauricio: teve transmigrações que não deram certo, por interferência do Quinto Céu Magnético e este homem. E tua transmigração deu certo.

E o que aconteceu? Várias pessoas foram anatemadas, tiveram suas vidas tiradas com pagamento dessa transmigração.

Porque o Magnético lá se revoltou.

E estão deixando a gente falar sem cortar hoje. Mas depois o bicho pega.

Por isso que o local acabou até sendo interditado, várias mortes esquisitas lá, porque foi a cobrança magnética. E tua abdução foi de Alpha Centauri. Foram os Alpha Centaurianos.

Andrea: Geralmente, quando tem transmigração assim existe ET vivo lá, tem base, tem ET encarnado lá, se ficar lá de tocaia, acaba vendo, mas é melhor não mexer com isso, porque lá tem outras energias.

Pedro Mauricio: E o Magnético se encarrega de fazer o terror.

Andrea: Ela queria saber por que eles a levaram até lá.

Pedro Mauricio: "Meu roteiro foi mudado propositalmente?"
Sim, existem vários níveis de magnético. Desde o Magnético municipal, estadual, federal, mundial, cósmico. Então, de certa forma, como teu caso está sendo exposto para o Magnético, o Magnético quis que você voltasse lá.

Andrea: Eles queriam que você olhasse com outros olhos o local.

Pedro Mauricio: E estas pessoas que apareceram foram as que pagaram com vida por você ter trocado de corpo, elas que foram anatemadas, como diz o próprio São Paulo nas epístolas sobre os anatemas que a gente estuda nos estudos profundos. Eles pediram missa. Por isso que eu falo. A gente tem que entender das outras espiritualidades não só da parte alienígena. Você fez certo, mandou rezar três missas, o Magnético recebeu o pagamento das missas e liberou estas almas pra ir lá para o primeiro céu. Estavam presos. Prisioneiros do Magnético.

Andrea: Você foi resgatar estas pessoas e encaminhar elas, porque isso faz parte do Aquantarium.

Pedro Mauricio: Quando morrem e viram uma assombração, viram prisioneiros do Magnético. A pessoa morre, fica assombrando uma casa, assombrando uma floresta, até que alguém paga o boleto lá com o Magnético e ele vai embora. Então você fez bem, tem a formação católica lá, mandou três missas, as flores lá que você pensou. Você libertou estas almas que pagaram por você. É assim que funciona de uma forma resumida. Sua dedução está certa.

E por que você voltou pro local? Para pagar o boleto deles, lá do pessoal que pagou o pato para o Magnético. É isso que acontece.

Lógico que quem é do Aquantarium aprende de uma forma mais profunda estes assuntos, quem é de fora já vai tendo uma noção.

E você, à noite, foi teu corpo sutil, teu corpo *alien*, que foi falar com eles lá, foi isso que aconteceu. Hoje nós vamos fazer um exercício com o corpo sutil.

Andrea: Uma história bem legal.

Pedro Mauricio: Bem legal tua história e nós vamos juntar todas tuas partes de história. Eu sei que você escreveu e nós vamos fazer um comentário completo da tua história. Ainda vai ter muitas coisas pela frente.

Local interessante, quem sabe a gente faz um dia um acampamento Aquantarista lá, vamos fazer uma visita para os aliens da região. A gente chama, eles vêm. Só não vale transmigrar. Se alguém for nadar, não vamos fazer este negócio.

Os ETs da água.

Agora, continua o depoimento dela.

Todo este material pode ser usado pelo Aquantarium.

Obrigada, Pedro e Andrea, por tudo e por todo o conhecimento que vocês têm nos proporcionado.

Andrea: A gente que agradece você.

UFOLOGIA ANTOLÓGICA AQUANTARISTA
3ª TEMPORADA
A MENINA GAÚCHA QUE MORREU NO RIO E FOI TRANSMIGRADA
UM NOVO CORPO, UMA NOVA EQUIPE
(25/MAIO/2021)

MARAU, RIO GRANDE DO SUL
13 E 14 DE MAIO DE 2021
PARTE 6

Mari Feller: Assisti à última aula de *Aliens Abduzidos e Eu* do dia 11 de maio de 2021.

Onde o tema era "Chips são Chips! Filtros de Sangue são Filtros de Sangue! Chips não são Filtros de Sangue! Mas ambos são implantes alienígenas!".

Depois de assistir à aula citada, e conforme me foi relatado anteriormente, eu tenho alguns *chips*, mas acredito também que eu tenha filtros de sangue.

Conforme meu relato descrito na aula "Atividade 10" 20/Out/2020 e os ajustes que foram feitos em meu corpo, relatados na aula "Atividade 10" 28/07/2020, gostaria de descrever como está meu corpo e minha saúde hoje.

Pedro Mauricio: A gente recebe várias perguntas de pessoas dizendo que os ETs mexem no corpo. Eles mexem mesmo, para fazer aprimoramentos, até para ajudar a gente. Eles trocam parte de nosso corpo com partes que eles têm clonado.

Mari Feller: Estou com 58 anos e sinto que, fisicamente, depois dos ajustes feitos em meu corpo pelos ETs, é como se eu estivesse em um novo corpo, um corpo de uma menina de 20 anos.

Tenho uma força descomunal e aguento trabalhar mais de 12 horas por dia. Minha saúde melhorou incrivelmente.

E várias mudanças aconteceram além de minha saúde.

Uma delas foram amizades com pessoas muito mais jovens.

Elas simplesmente se apegam a mim com uma intensidade incrível.

Um menino que treinei para assumir a presidência da empresa do pai, de apenas 17 anos de idade, toda a semana, tornou-se rotina, me convida para almoçarmos juntos, tomarmos café e fazermos passeios a pé. Ele sempre paga a conta não me deixando contribuir. Um lorde.

Nossas conversas são agradáveis e é como se fôssemos amigos de longas datas. Pessoas perguntam se é meu filho, quando digo que é meu amigo, as pessoas não entendem.

Uma criança de três anos que conhecia pouquíssimo tempo simplesmente decidiu que queria morar comigo e não mais com o pai ou com a mãe.

A comunidade coreana me faz convites semanais para almoçarmos em restaurantes exclusivos da comunidade. A família, as crianças e jovens casais coreanos se apegam tanto que me ligam para saber quando passarei para vê-los.

Pedro e Andrea, por que os jovens criam esta paixão comigo? Meus gostos mudaram muito, principalmente comidas.

Hoje dou preferência para comidas árabes, coreanas ou francesas, o gosto pelas bebidas ficou muito mais refinado com a ajuda de uma amiga.

Fiz um procedimento estético que em outra época faria.

Perfumes, joias, roupas, usaria as mais caras possíveis, mas não tem como, se fosse seguir este ritmo faliria.

Sim, percebo nisso tudo uma mudança de equipe de mentores.

Pedro Mauricio: O que acontece?

Quando a gente tem uma troca alienígena, quando eles trocam ou põem um filtro de sangue, um *chip* na gente ou fazem uma marca áurica, geralmente alguns mentores nossos acabam sendo trocados automaticamente, como falamos em nossos cursos, os gostos que a gente tem são mais nossas companhias espirituais do que nós. Por isso que não podemos falar só de alienígenas, temos que falar de santos também.

Quando a gente troca de santo, a gente troca de mentor, troca nosso gosto por roupa, por perfume, por alimentação, por carro, por bolsa, até o sapato muda o gosto. Muda de programas de televisão, gosto por filmes, mudam as festas, as companhias. Foi isso que aconteceu, e você está numa vibração que está atraindo jovens agora, a sua faixa de vibração mudou. E é bom porque os jovens estão precisando de direcionamentos. Procure dar bastante direcionamento para essa parte jovem.

Ah foi transmigrada, ah vai ter vantagem. Vai ter que trabalhar aqui na matéria. Ela trabalha 12 horas por dia, ela faz isso, ela faz aquilo e tal.

Andrea: Ela é profissional, mas ela vai ter algumas resistências.

Pedro Mauricio: E nós temos que aprender a levar nossa vida material em paralelo com nossa vida alienígena, com nossa vida espiritual, nossa vida magnética, são várias vidas que nós temos. Tem gente que tem que deixar todas elas harmoniosas; uma caminha em harmonia com a outra e não ficar uma querendo cortar a outra.

O que é uma pessoa transmigrada? É uma pessoa que foi enfiada em um corpo humano e que eles monitoram lá do outro lado lá para ver o que acontece aqui. Ao mesmo tempo que ela tem essa realidade com os alienígenas, ela tem que ter uma realidade aqui. Profissional, cuidar do corpo carne. De vez em quando, existe uma comunicação entre uma área e outra, mas nós somos seres que temos dentro de nós mesmos muitas partes em paralelo a nós mesmos. Nós somos uma camada.

É que o homem é condenado a ser de uma dimensão só, monodimensional. Agora, nesta Era de Aquário que está entrando no Tempo Supino nós vamos ser multidimensionais, a gente vai ter consciência do nosso outro eu. Vimos em um depoimento que outra pessoa está tendo problema com outro eu que não entra muito em sintonia com o eu aqui da matéria e acaba dando rolo. Uma sintonia que nós temos que ter. Muito boa a tua experiência, deve ser estudada à parte.

Andrea: A gente ficou muito feliz com teu depoimento. Foi muito bom ela ter ido lá conhecer o local, espero ter conseguido ajudar.

Pedro Mauricio: Tem mais um finalzinho dela.

Mari Feller: Ao descrever estes dois relatos, errei sucessivamente as palavras. Foi uma sequência de erros absurda.

O que seria isso? O Magnético?

Pedro Mauricio: Claro. Porque você não está escrevendo isso. Tem hora que a gente escreve com a mente e tem hora que a gente escreve além da mente.

Escreve com a intuição, a gente escreve com outro corpo.

Andrea: É que você escreve com eles (ETs) juntos. E aí às vezes dá uma embananada. Eu também erro quando estou lendo, porque estou com eles.

Pedro Mauricio: Eles nem falam nosso idioma, eles falam uma língua mental e aí dá rolo mesmo. Porque este negócio de escrever correto é uma coisa da mente e o processo telepático é algo além da mente.

Andrea: Normal para alguém que está com contato com ET.

AQUANTARIUM DO BRASIL
UFOLOGIA ANTOLÓGICA AQUANTARISTA
(7/JAN/2022)

Pedro Mauricio: Estamos no dia 7 de janeiro de 2022 e aqui na minha frente está Mari Feller, a conhecida transmigrada que deu a última entrevista para a gente lá em São José do Rio Preto e agora aqui em São Paulo.

A gente vai pegar a segunda parte, a continuação de tudo o que vem acontecendo e vai enriquecer muito este documento do Aquantarium que a gente está fazendo sobre transmigração.

Vai envolver muitas questões que envolvem sexto céu, quinto céu, o mundo nosso da terceira dimensão e a gente vai procurar por meio deste depoimento, que ela vai enriquecer pra gente, mostrar como se dá todo este entrelaçamento entre as dimensões, como uma dimensão interfere na outra e que pode chamar de tradução interdimensional efeito cascata de uma dimensão para outra. Então a gente convida vocês todos para participarem desta jornada de conhecimento que a gente vai ter agora com a Mari Feller. Vamos lá, Mari, seja bem-vinda.

Mari Feller: Depois que eu tive todas aquelas revelações, eu tive muitos problemas, até apresentei em uma das minhas entrevistas das queimas que aconteceram dentro de minha casa e aí começou a acontecer de um tempo para cá problemas com meu carro.

Toda semana, principalmente na sexta-feira ou eu batia no meu carro ou alguém batia no meu carro. Teve uma sexta-feira que eu estava vindo supertranquila para casa, umas cinco horas da tarde, e eu estava feliz porque eu não tinha batido no carro nem ninguém tinha batido no meu carro naquele dia.

Então, eu parei em um farol, veio um motoqueiro, foi desviar de algo e raspou todo o lado direito do meu carro, concretizando que toda a sexta-feira acontecia este tipo de coisa mais uma vez.

Eu fui fazendo uma série de orações e as batidas começaram a mudar de dias, mesmo assim continuava ou alguém batendo, ou eu que batia, ou quebrava alguma coisa no carro.

Eu estava sempre levando meu carro para o mecânico e tudo isso começou a me custar muito caro. Solicitei uma consulta com o Pedro e, nesta consulta, ele pediu para eu fazer mais algumas coisas, mas nada estava dando certo.

Um mês e meio depois, viajei para o Rio Grande do Sul com o carro e até então eu não tinha conversado de novo com o Pedro.

A viagem de ida foi supertranquila.

Uma das noites que eu estava lá foi muito estranha.

Eu tive muitos sonhos com a presença de ETs, mas eu não lembro de nada, praticamente foi apagado da minha memória.

Quando eu estava voltando do Rio Grande do Sul, eu estava no estado de Santa Catarina, tive a intuição que eu tinha que seguir em frente e o Waze me mandava à esquerda e eu resolvi seguir o Waze. Quando eu percebi que tinha pegado à esquerda e era uma cidade que eu já tinha passado e já tive problemas de ter postos de gasolina fechados, eu me arrependi de ter pegado a esquerda, mas eu já estava dirigindo mais ou menos uns cinco quilômetros mais ou menos 100 por hora em uma estrada de mão dupla e, do nada, eu ouvi *"pá pá"*, som de que tinha estourado o pneu.

Eu caí em um buraco extremamente profundo, perdi o controle do carro por um momento, mas rapidamente depois consegui controlar o carro.

Como no local não tinha acostamento, consegui chegar até uma entrada que parecia ser um sítio, mas era um espaço muito pequeno e eu corria o risco de acidente. Como a velocidade era muito alta nesta rodovia, eu corria o risco de algum caminhão vir de frente ou entrar no único lugar que tinha o acostamento e bater no meu carro.

Tentei puxar mais o carro para dentro, mas eu não consegui, fiquei muito preocupada.

Para minha segurança, eu deixei os faróis ligados. Era uma noite escura, estava chuviscando, não tinha sinal de celular... Peguei uma peça de roupa e comecei a fazer sinais para os motoristas que passavam, mas ninguém parava porque não tinha onde parar e eles vinham em uma velocidade alta, mais ou menos 100/hora. Eu fiquei neste estado mais ou menos uns 40 minutos.

Do nada, apareceu um carro muito velho, vi isso como se fosse uma mágica, porque eu já tinha desistido. Tinha, inclusive, pensado que teria que passar a noite ali. Resolvi deixar os faróis accesos e, do nada, apareceu um carro muito velho e um rapaz me perguntou.

— A senhora caiu no buraco?

— Caí, moço, me ajude. Acho que estourou alguma coisa no meu carro. Até então, eu não tinha nem pensado em olhar e achei que eram os pneus estourados.

Então, ele desceu do carro e, com ele, desceu outra pessoa, que pelo breu não dava para ver quem era.

Então eu pensei.

"Sem sinal, noite escura que nem breu, eu não conseguia ver o meu próprio carro na minha frente, dois homens no meio do nada".

Mas desceu uma mulher. Era um casal jovem e ele acabou me ajudando, e falou que iria trocar o pneu.

Ao olhar o estado do carro, o rapaz verificou que não eram os pneus, mas, sim, tinha amassado as duas rodas da lateral esquerda do carro, foi tão violento que a roda ficou entortada. Como o rapaz tinha um martelo, tentou desamassar, mas não estava dando certo. Então ele tomou a decisão de trocar pelo estepe. E usaria o estepe do carro dele para o segundo pneu. Para, assim, eles me ajudarem a chegar até um borracheiro 24 horas próximo, mas o estepe dele não era compatível.

Então ele falou.

— Vou ali até minha casa e vou tentar arrumar sua roda e daqui a pouco eu volto.

Eu concordei e foram os dois me deixando sozinha no meio do escuro e levando meus dois pneus. Nesse momento, eu não sabia exatamente o que fazer.

Então, resolvi desligar o carro e as luzes, já que estava muito tempo ligado.

Eu ligava os faróis quando via que algum caminhão ou algum carro estava vindo.

Num desses momentos que eu desliguei o carro, apareceu uma quantidade enorme de luzes brancas. No começo, achei que eram vaga-lumes, depois esferas, mas observando melhor verifiquei que eram luzes em formatos quadrados, portanto não poderiam ser esferas e, pelo tamanho, nem luzes de vaga-lumes.

O que seria isso, Pedro?

Demorou mais ou menos uns 40 minutos para o casal voltar.

O rapaz conseguiu arrumar os pneus, não peguei o nome nem telefone, eu apenas lembro que paguei eles, agradeci por eles terem me ajudado em um lugar totalmente deserto me despedi, passei em um borracheiro 24 horas para verificar se estava tudo ok. Ele arrumou e ajustou melhor os pneus, paguei, agradeci e fui embora. Assim, vim para São Paulo.

Algumas semanas depois, estive em um evento de uma empresa que presto serviços. Todos estavam muito animados e bebiam muito uísque *Green Label*. Eu não tinha jantado e estava de estômago vazio e acabei bebendo umas doses de uísque. Eu não posso beber nada de álcool que me faz muito mal, mas estava todo o pessoal da empresa superanimado então eu resolvi beber um gole aqui outro ali e foi o suficiente para eu perder a consciência.

Lembro que alguém me levou até o carro. Esta pessoa me deixou no carro e lembro de ter trancado o carro, que estava em um cruzamento. O Pedro ensina que existem dois tipos de cruzamento, o macho e a fêmea, eu estava em um cruzamento fêmea, embaixo de um poste; então, apaguei.

Acordei três vezes, mas não conseguia reagir ou pegar o celular para pedir ajuda.

Esse lugar é extremamente perigoso e estava muito próximo à Cracolândia, aqui em São Paulo.

Não via ninguém passando nos momentos que acordei, às vezes ouvia um barulho de helicóptero ou pessoas falando ao longe.

A única coisa que conseguia lembrar era que eu conseguia abrir o carro para vomitar.

Pedi muita ajuda mental e força para conseguir chegar em casa. Eram mais ou menos quatro horas quando consegui sair do local.

Cheguei em casa, não conseguia beber água ou qualquer líquido. Passei um dia inteiro mal, neste meio-tempo, eu acordada, apareceu uma imagem de um ET em minha frente na parede onde eu estava no quarto. Ele era acinzentado, dos olhos grandes, naquele momento achei que fosse um Gray, mas tinha dúvidas, ele tinha uma feição brava.

O único contato que eu tive com *Gray* foi em um sonho muitos anos atrás, que eu anotei em meu caderno dos sonhos. Naquela época, não sabia o que era um *Gray*.

No mesmo momento que vi a imagem, frente à parede, formou-se um espiral leitoso e apareceu a figura de dois ETs brancos, que apagaram a imagem daquele outro ET cinza. Neste momento começou a formar um túnel, era diferente do túnel que eu falei em um dos meus depoimentos anteriores, quando eu fui levada para o passado. Este túnel parecia um túnel tecnológico, ele era cheio de pontinhos.

Pedro Mauricio: A parte do carro a gente sabe que o Magnético sempre reage.

O Magnético vai principalmente com as pessoas que têm alma alienígena em corpo humano. Ele vai proporcionando uma série de acontecimentos pra desviar a pessoa do conhecimento e impossibilitar o crescimento dela. O que aconteceu? Em vez de atingir o próprio corpo, o sétimo corpo, ela desenvolveu um mecanismo para que as cobranças do Magnético acabem caindo no décimo corpo, que é o carro, muito melhor do que atingir ela, o sétimo corpo, a nossa carne. Lembra: oitavo corpo é nossa roupa; nono corpo, nossas plantas; décimo corpo, nossa parede, nosso carro.

Toda semana passou a ter um evento desagradável com o carro gerando prejuízo.

Ao mesmo tempo, existe um efeito Magnético contrário que faz isso e o carro passou a ser o alvo do Magnético, uma espécie de um anátema móvel.

Anátema é aquele ser que é sacrificado em nome de outra pessoa. E o que acontece, o carro ficou maldito. Todo mundo começou a bater nesse carro.

Nos anos setenta, tem até filmes que passam de carros malditos e o carro dela, por ter se tornado um décimo corpo dela muito maldito, tudo cai nele.

Qual é a única solução? Vender esse carro.

Vendendo o carro, ela se livra desse problema, e o novo corpo dela que chegar não vai ter esse problema.

Quem comprar esse carro pode ser que vai comprar um carro anatemado junto? Pode ser que sim.

Mari Feller: Como eu vou comprar o outro carro e vai ter a parte do Magnético, quem vai ter esses ataques?

Esses ataques eu tenho desviado do meu corpo, eu senti no primeiro acidente que eu tive com o carro, foi em frente ao Campo de Marte (local onde descem muitas aeronaves), eu tive uma batida na qual senti que ia quebrar minha coluna. Nesse acidente em que bati a frente do carro, eu estava a 30 por hora, destruiu toda a frente do carro e o carro que estava em minha frente não aconteceu nada. Senti naquele momento que os ETs me seguraram, porque na hora que aconteceu o acidente eu senti que teve uma proteção do meu corpo.

Aconteceu o que tinha que acontecer, mas aconteceu com meu carro.

A minha pergunta é, se eu vender o carro e comprar outro carro, quem que vai pagar essa conta, já que eu vou jogar conforme meu crescimento dentro dessa área, parece que existe essa cobrança do Magnético, quem que vai pagar por mim?

Pedro Mauricio: Ela vai vender o carro que hoje é o escudo dela, vai comprar outro carro, os problemas vão continuar com esse carro que ela vai vender, dependendo da natureza de quem comprou o carro, lógico que a gente sabe que existem dezenas de escolas espirituais de que as pessoas vêm.

Têm pessoas que podem comprar o carro e acabar por ali o problema, pelo carma da pessoa. Têm pessoas que podem comprar esse carro e o problema continuar com o carro. Meu pai, embora fosse ateu, ele sabia observar as coisas, ele tinha uma firma de distribuição de livros no final dos anos sessenta, tinha os distribuidores de enciclopédias e eles pegavam os carros da firma. E tinha um carro na época que ficou famoso. Toda semana aquele carro batia, quem pegasse em um determinado dia aquele carro batia, raspava, acontecia um imprevisto ali outro aqui, toda a semana aquele carro dava problema. Antes era comum as pessoas saberem que existia carro maldito. Meu pai conta que um parente que virou motorista de ônibus depois de trinta anos sem que o ônibus nunca tivesse nenhum arranhão, inclusive ganhou até um troféu por isso, bateu aquele carro. É o carro maldito igual ao dos anos sessenta. O carro foi vendido e quem comprou continuou batendo.

Esse carro dela, como às vezes o Magnético, estou falando a lei magnética era de 1970, Era de Peixes e nós estamos em 2022, 52 anos depois, e o que acontece, nós estamos agora na Era de Aquários e eu acredito que as leis neste campo já mudaram bastante. Mas aquela coisa, dependendo da natureza da pessoa que comprou, vai continuar batendo e ela vai continuar jogando para esse carro e não precisa ser o carro dela, mas se a pessoa for de uma escola espiritual que neutraliza, acaba ali.

Ela pode jogar isso de forma inconsciente para outro décimo corpo que não precisa ser necessariamente um décimo corpo dela. Pode ter perto dela pessoas anátemas, conhecimento de quinto céu, mas a parte dela vai continuar muito protegida, o corpo dela.

Então virou o carro assombrado, o carro maldito. A boa prática espiritual, o que ela recomenda? Ela vende este carro e faz caridade na base de 10% para não arrumar problemas maiores, doação para pessoas acidentadas, templo e para o Santo dela.

Quem que jogou isso. O próprio Santo dela.

Embora tenha a parte alienígena, tem a parte dos Santos aqui.

E aí o Santo negocia com o Magnético que vem cobrar. Pega no carro e quem desvia da gente é o Santo. E o Santo dela que vai continuar negociando.

Os 10% que ela vai doar divide para as pessoas acidentadas e outra parte para a casa espiritual do Aquantarium, para continuar dando poder de barganha para o Santo dela que o Magnético vem cobrar.

Enquanto o Santo dela tiver poder de barganha, não tem problema e quem desvia essas coisas são nossos Santos.

Salmo 16: "Que meu Santo não conheça a corrupção", que a gente passou nas aulas profundas de sábado. Mas quem negocia isso é seu Santo.

Então você está com o Santo forte, Santo é terceiro céu.

Mari Feller: Teve uma semana que não bateu, aí eu recebi quatro multas.

Pedro Mauricio: Sentiu no bolso.

Mari Feller: Eu perdi a carta, tive que fazer as 60 aulas, recebi a nova carteira e, quando recebi a nova carteira, comecei a receber multas. Eu tentava não mandar as cobranças para o carro, então recebia multas, muitas multas assim.

Tipo, multas de estar sem cinto de segurança. Eu saindo de um estacionamento, eu estava colocando o cinto dentro do estacionamento e os guardas de trânsito me multaram.

Começou a aparecer umas multas muito estranhas.

Pedro Mauricio: É o Magnético que providencia isso.

Na outra parte do depoimento, ela fala que bebeu um pouco, passou mal, depois chegou na casa dela e tinha uma espécie de um *Gray* lá. Em 1473, quando caiu a nave aqui e ela teve transmigração não só neste corpo transmigrado, ela teve transmigração em corpos de animais também. Agora que é a parte interessante.

Como foi a transmigração em corpo de animais. Agora ela tem memória.

A era que estamos agora Era de Aquários, e a volta do Tempo Supino, a gente pode ter consciência milenar.

E agora ela está tendo consciência que ela foi transmigrada em animais. Conta para nós como foi isso, Mari?

Mari Feller: Eu fiquei perguntando para os ETs que estão comigo para eles me mostrarem aos poucos, porque eu vejo que cada coisa que eu vou aprendendo acontece um monte de coisas estranhas por causa do Magnético, então eu peço que sempre venha aos poucos.

E uma das coisas que eu queria saber deles é: a quais animais que eu fui transmigrada.

Uma coisa bem interessante que gostaria de perguntar para o Pedro é: por que eu transmigrei em animais em continentes diferentes?

Então, quando apareceu para mim a resposta dessa pergunta, formou-se um túnel em minha frente, era mais tecnológico, diferente do primeiro túnel em que os ETs me levaram para o passado, eu pude ver o ano que minha nave caiu na Terra em 1473.

Pedro Mauricio: O que eu quero explicar para ela, é que as abduções estão mudando agora com o Tempo Supino, está mais liberado e controlado pelo adem do Aquantarium para todos os ETs.

O que acontece? Os ETs estão tendo mais facilidade, mais mobilidade, estão tendo acesso a um tempo paralelo e as abduções dos ETs bons que ajudam a gente estão sendo otimizadas, melhoradas.

Exemplo: antes do Tempo Supino começar a vigorar na Terra, os ETs tinham que abduzir a pessoa, e eles tinham segundos para ficar aqui, porque o Magnético vinha para destruir e matar eles.

Na abdução relâmpago, eles não tinham direito a esse túnel. Hoje, igual ao exemplo das últimas vezes que eles mexeram comigo, geralmente é dia 27 de dezembro que os ETs mexem comigo.

Dia 27 de dezembro, eu estava com minha esposa os ETs chegaram, examinaram meu sangue, eu tinha pegado COVID-19, estava sarando, então eles disseram:

— Teu sangue está pesado teu sangue está ruim.

Eu não sei o que quer dizer pesado aqui na Terra. Para mim, sangue pesado é contaminado por mercúrio, metal, alguma coisa assim em uma linguagem alienígena de Antares, traduzida aqui para nosso conhecimento. Aqui de tratamento sanguíneo eu não como sei como que é. E tudo isso eles fizeram pelo Tempo Supino.

Eles queriam colocar um aparelho no meu braço, e um aparelho na perna também, eles me examinaram, trouxeram uma baita de uma máquina de metal do universo paralelo e ajustaram em uma parte de meu braço, deram uma aplicada, uma agulha de injeção de cavalo gigante, vamos falar, uma agulha de injeção de dinossauro rex e soltou algo dentro que correu meu braço inteiro, formaram três glândulas.

O aparelho que colocaram em mim é biológico.

Três glândulas que ramificam com outras e você sente passando o dedo, e eles chamaram de "filtro de sangue".

É uma tecnologia no mínimo dez mil anos na frente de nosso tempo.

Meu sangue entrava pesado por estes filtros de sangue e saía um sangue de bebê. Isso que eles querem garantir. Que, pelo menos, eu fique mais 20 anos por aqui.

Fizeram tudo isso em um tempo paralelo.

O que ela está descrevendo o tempo paralelo está certo. Antes de um ano e meio dois anos pra cá, era impossível descrever o que ela está descrevendo, por isso está batendo com a Era de Aquários.

Eles conseguem entrar no Tempo Supino paralelo, vem e mexem rápido na nossa dimensão aqui, mas antes do Supino, eles não tinham este tempo paralelo para mexer, o Magnético que não permitia isso. E nesta proximidade que ela teve do Tempo Supino, ela conseguiu. Para nós, nesta dimensão, foi coisa de três, quatro segundos, mas foram horas que se passaram na dimensão paralela. Aqui hoje está fácil, e, com certeza, era muito difícil antes o que ela está descrevendo, o Tempo paralelo Supino, o quarto tempo que hoje estamos tendo acesso. E pelo quarto tempo, ela conseguiu ter acesso às encarnações passadas.

Ela está perguntando por que ela deu a volta ao mundo. Mas vamos deixar ela contar a história.

Qual dos animais você gostou mais de ser?

Mari Feller: Todos. Porque eram todos dominantes, todos eram sempre predadores, eu não era nunca a caça, sempre era eu que caçava.

Quando eles começaram a me mostrar e formatar os animais, foi muito interessante porque parecia uma névoa se formando e essa névoa foi criando o rosto do primeiro animal até que ficou nítido, bem em minha frente.

O primeiro animal que eu transmigrei era um gorila de cor preta, ele era muito robusto e forte e era um gorila dominante do local. Em sequência, formaram-se outras imagens. O segundo foi um leão. A imagem do leão era inteira, a do gorila eu consegui ver só a parte dos peitos para cima, o leão eu já o vi por inteiro sentado tranquilo em um lugar que parecia uma savana, África alguma coisa assim. O terceiro animal era um camelo e ele circulava por lugares desertos onde não tinham predadores. O quarto foi a imagem de uma águia americana, enorme, muito grande uma águia caçadora e eu senti uma certa leveza nela.

Pedro Mauricio: Você tinha sensação do corpo animal que seu espírito tinha ocupado?

Mari Feller: Sim, eu me sentia dentro do animal.

Era para eles me mostrarem um sexto animal, não sei se não teve tempo, mas não chegou formatar a imagem.

Quando apareceu a águia, eu senti que era nos Estados Unidos.

Depois da águia, apareceu um urso preto enorme, parecia ser no Canadá. Ele estava no meio de um rio e tinha muitas pedras, estava caçando alguma coisa, vi peixes.

Todos os animais eram muito grandes, muito dominantes.

Eu senti uma tranquilidade muito grande por estar dentro do corpo de animais, então eu não tinha medo.

Eu nunca senti medo de nada mesmo como ser humana.

A história de eu estar no meio da estrada que quebrou as duas rodas do meu carro, quando você conta para uma pessoa normal, ela pergunta:

— Você não estava com medo lá no meio do nada e se passasse alguém e te roubasse?

Mas eu lembro muito bem a sensação.

Quando eu vi o carro é que eu achei que fosse sair dele dois homens, eu pensei:

Se for a hora deles me matarem, eu vou falar para eles me matarem de uma forma boa. Dar um tiro bonito.

Então assim, eu nunca tive medo de nada nem de ser humano e senti que dentro dos animais eu não tinha medo, por isso que foram escolhidos esses animais dominantes para eu ser transmigrada.

Quando ia aparecer a sexta imagem, apagou tudo e eu apaguei também. Vi isso acordada, quando apaguei, já não vi mais nada.

Pedro Mauricio: Por que ela não tem medo de ser morta ou alguma coisa assim se aparecesse lá? Isso é uma questão de fé.

Uma das atividades que ela mais gostou foi a diferença entre "fé e dedicação".

É uma questão de fé, assim que era ensinado antigamente, no tempo de Krishna, como uma rendição ao senhor, e é um estado de fé que você adquire.

"Ah se descer dois homens agora e me matarem, tudo bem."

É uma condição de fé de rendição ao senhor, rendição a Deus, o que Deus decidir, decidiu, não tem revolta.

Mari Feller: Eu aprendi isso com o Aquantarium, eu nunca tive medo na vida, mas eu só fui entender isso com o Aquantarium, quando eu fiz a pergunta que eu não entendia que era:

— Qual a diferença entre fé e dedicação? Eu não sabia a diferença.

Pedro Mauricio: Tem um livro que ela escreveu que nós vamos publicar também.

Agora nós estamos tendo autorização do Magnético para soltar os livros e nós vamos soltar este livro também. Que é o livro principal que mexeu com ela.

Têm pessoas que se dedicam a uma religião, sem fé, e acham que vão lá cuidar e tudo bem, e têm pessoas que conseguem ter fé e transcendem a dedicação.

Tem uma parábola de Cristo que a gente já explicou.

Um sacerdote cobra de Cristo o bom comportamento dele.

Que não era para Cristo conversar com a prostituta Maria Madalena. E, no fim, Cristo salva a mulher.

Cristo conta essa parábola.

Mari Feller: Aqui eu decidi colocar toda a descrição da parábola para melhor ser entendida.

Um dos fariseus convidou-o para jantar com ele. Jesus, entrando na casa do fariseu, tomou lugar à mesa. Havia na cidade uma mulher que era pecadora; ela, sabendo que ele estava jantando na casa do fariseu, trouxe um vaso de alabastro com perfume e, pondo-se-lhe aos pés, chorando, começou a regá-los com lágrimas, e os enxugava com os cabelos da sua cabeça, e beijava-lhe os pés e ungia-os com o perfume. Ao ver isto, o fariseu que o convidara, dizia consigo: Se este homem fosse profeta, saberia quem é a que o toca e que sorte de mulher é, pois é uma pecadora. Disse Jesus ao fariseu: Simão, tenho uma coisa para te dizer.

Ele respondeu: Dize-a, Mestre. Certo credor tinha dois devedores: um lhe devia quinhentos denários, e o outro cinquenta. Não tendo nenhum dos dois com que pagar, perdoou a dívida a ambos.

Qual deles, portanto, o amará mais? Respondeu Simão: Suponho que aquele a quem mais perdoou.

Replicou-lhe: Julgaste bem. Virando-se para a mulher, disse a Simão: Vês esta mulher?

Entrei em tua casa, e não me deste água para os pés; mas esta mos regou com lágrimas e os enxugou com os seus cabelos.

Não me deste ósculo; ela, porém, desde que entrei, não cessou de me beijar os pés.

Não ungiste a minha cabeça com óleo, mas esta com perfume ungiu os meus pés. Por isso te digo: Perdoados lhe são os seus pecados, que são muitos, porque ela muito amou; mas aquele a quem pouco se perdoa, pouco ama.

Disse à mulher: Perdoados são os teus pecados. Os que estavam com ele à mesa, começaram a dizer consigo mesmos: Quem é este que até perdoa pecados? Mas Jesus disse à mulher: A tua fé te salvou; vai-te em paz.

E ele falou assim: Qual dos dois vai ficar mais feliz se ele perdoar?

Pedro Mauricio: O sacerdote acha que tem direito sobre Deus. Ninguém tem direito sobre Deus.

Só de você ter fé, entende a questão; se você não entende a questão, você não tem.

Pedro Mauricio: Tua nave caiu naquele rio onde você foi transmigrada?

Mari Feller: Sim, e o senhor me falou que teve uma guerra lá depois que eu estive lá e gravei o local. E os *Grays* atacaram a base, mas já está tudo certo e já foi recuperada.

E, inclusive, este final de semana eu não tinha revelado para o Pedro ainda e vou revelar.

Passo, na maioria das vezes, meu final de semana em São Roque, próximo a São Paulo, em uma casa de campo. A casa fica no alto de um monte e, na parte mais abaixo, tem um pequeno lago.

Eu fui conversando com a minha espécie e expliquei que eles poderiam criar uma base ali naquela área.

No domingo, após um tempo dessa conversa, o tempo começou a mudar, as nuvens escureceram e, no horizonte, se via um temporal grande chegando, o céu começou a formatar algo estranho.

Saí na varanda, vi uma nave enorme atrás das nuvens, eu acredito que era uma nave-mãe, não sei dizer, tinha relâmpagos e nuvens e não estava chovendo ainda.

Formou-se uma nuvem enorme redonda. Fiquei tão impressionada que eu não lembrei de pegar o celular e fazer uma foto ou gravar. Naquele momento, eu senti que a minha espécie tinha criado uma base naquele local.

Logo após esse fenômeno acontecer, um filhote de pássaro entrou na casa e não conseguia sair, ele estava bem no alto da janela tentando sair. Abrimos a casa, mas o pássaro não achava o caminho de saída, eu subi no mezanino e consegui pegar o pássaro. Na primeira vez que tentei tirá-lo, ele fugiu de minha mão, mas, na segunda vez, consegui pegá-lo e o soltar na varanda. Ele voou até a árvore em frente onde foi construída a base e eu senti quase como se tivesse sido um sinal.

Pedro foi construída uma base neste local?

— Por que eu transmigrei em outros continentes?

E se migrei em outros continentes, a alma tem essa possibilidade de ser levada de um lugar para outro?

Desde que eu frequento o Aquantarium, tenho o livro de meus sonhos onde eu anoto todos os meus sonhos relevantes ou que acho importantes.

Nesses sonhos, eu vi que vivo na época de Krishna, num desses sonhos eu vi, inclusive, a Andrea, um Deus azul "Rama", eu nem sabia o que era um Deus azul, fui pesquisar sobre.

Eu gostaria de saber: por que eu vejo de cima? Eu via cenas na época de Krishna, por quê?

Porque as minhas migrações foram feitas em animais?

Como foi feito esse tipo de transmigração em animais em continentes diferentes?

Pedro Mauricio: A nave dela caiu em 1473 e Krishna, a gente sabe que viveu há 5 mil anos.

Qual o significado disso?

A espécie dela, enquanto ela estava em um corpo alienígena, vinha estudar o homem aqui. Sempre quando desce o Krishna, é o supremo do Reino encarnado.

O Krishna supremo encarnado e ela estava aqui estudando.

Então se ela está desde o tempo de Krishna, depois veio Cristo, que é o filho do supremo encarnado, ela acompanha desde esse tempo. E ela conseguia acompanhar porque no tempo de Krishna existiu o Tempo Supino, por isso que é fácil pros ETs mil anos depois de Krishna, quando Krishna viveu estava no auge do Tempo Supino, por isso que ela viu tudo certinho no tempo.

Ela veio com liberdade.

Depois acaba o Tempo Supino, depois volta o Tempo Supino.

Quando Cristo encarnou, de Cristo pra cá acabou o Tempo Supino. Por isso que ficou difícil.

Agora o Tempo Supino está voltando, a média do Tempo Supino é mil oitocentos a mil e quinhentos anos, o Tempo Supino vem e depois ele desaparece.

Por isso que fica bem claras as memórias dela daquele tempo e nós conseguimos usar essa memória milenar, por causa do Tempo Supino e ela, no tempo que Krishna, estava aqui. Era o Tempo Supino e os ETs tinham liberdade total, tanto é que as descrições no Bagava Gita no Ramavata Rata nos livros de biografia de Krishna estão descritas guerras espirituais com naves espaciais, porque o Tempo Supino existia naquela época e os ETs podiam entrar e sair.

E num desses finais do Tempo Supino mesmo você conseguindo driblar ele, em 1473.

Quanto tempo que é depois de Krishna? 5 mil anos depois de Krishna. Krishna 5 mil anos antes de Cristo.

Cristo faz dois mil anos que esteve aqui.

Então o que acontece 4400 anos depois? A nave dela cai aqui na América do Sul. Como que eu vivi 4000 anos?

Porque com o deslocamento do Tempo Supino, você pode acessar épocas diferentes, por isso que ela tem essa consciência.

A nave foi abatida pelo Magnético em 1473 e ela caiu naquele local, onde confirmamos e onde ela foi transmigrada e por que ela transmigrou em animais encarnados e estava em cinco continentes?

A gente estudou a história do Magnético Terrestre e hoje tem uma união magnética. E quem fez esta união magnética foi o Leão Magno.

A gente estudou isso no curso do Magnético. E o que acontece?

Cada magnético tem a sua própria lei em seu próprio tempo.

Hoje ainda existem magnetismos regionais, mas não é tão forte como era antigamente.

Eu fico muito um lugar que eu quero ir sempre e quero ficar e terminar minha velhice que é o estado de Goiás, no alto de Paraíso, lá eu consigo mexer com o vento, com a natureza.

Por que lá é meu lugar? Porque eu faço acontecer, faço chover.

Aqui no Estado de São Paulo é mais difícil, lá o Magnético é favorável pra mim. Por que seres como ela e milhares têm que ocupar um corpo?

Porque o Magnético fica perseguindo, fica atacando mesmo na forma extracorporal. Coloca a alma dela dentro de um corpo de animal e ela vai ter uma folga.

O Magnético vai dar uma perturbadinha, mas de leve.

Depois que o animal desencarna, existe uma espécie de denúncia magnética e ela tem que ir para outro continente e encarnar em outro animal, até o Magnético descobrir ela lá.

Isso tudo é um trabalho que é monitorado pelos seres vivos que monitoram as almas dos parceiros deles que morreram aqui na Terra.

Os ETs que ela tem contato são vivos, são ETs que têm corpo de ETs e estes ETs cuidam dos encarnados deles aqui na Terra porque a lei que tem aqui na Terra é que extraterrestre que desencarnar na Terra a alma fica presa aqui. E dentro de um corpo, é o jeito mais adaptável que tem aqui.

A gente tem a descrição de quando ela ocupou este corpo humano, foi um processo lindo, foi a morte mais linda que eu já vi, que morte linda, tenho inveja de sua morte, minhas mortes são feias, vou reclamar para o povo lá de cima que precisa melhorar o nível de minhas mortes. Que morte bonita, tenho inveja, a única que eu tenho inveja é a dela.

E ela fica segura conforme entra no corpo de cada ser.

Por exemplo, entrou num corpo de um gorila, o que vai acontecer?

Dá uma adormecida no espírito alienígena e o que fica conduzindo é a alma. Faz um *download*, assume a forma de um gorila, a alma fica adormecida.

Todo mundo sabe, meu cachorro é um amigo que veio para me dar apoio, que está dentro de um corpo de cachorro. Odeio cachorro, mas um lado meu que aqui na Terra vira contrário.

As sacanagens que o Magnético faz.

Mas é um Filho do Reino dentro de um cachorro, é isso que acontece, a gente se divide. Cada animal deste que ela viveu, a águia, o urso, o camelo, o espírito fica ligeiramente adormecido, protegido e aquela consciência e instinto animal é que vão dando andamento.

O espírito alienígena dela que está no corpo humano, ele fica meio que inconsciente, também se faz um *download*, copia os arquivos todos da mente da outra que ocupava e continua a partir dali.

É uma proteção. Igual aqueles pacientes que se dá uma anestesia, um sossega-leão para o cara dormir. É igual para estas almas alienígenas que estão dentro de um corpo humano.

Mas o que a gente faz no Aquantarium? A gente cutuca para acordar.

Mari Feller: Eu acho que por isso que agora eu nasci humana, porque estar transmigrado em um animal é bem mais fácil que transmigrar para ser humano, as regras são diferentes, os seres humanos passam por testes.

Eu acho muito mais difícil os testes que eu estou passando dentro de corpo de ser humano que eu assumi.

O Carma é bem difícil, principalmente para você que não entende, eu consigo assimilar muita coisa e estou assimilando com ajuda do Aquantarium.

Pedro Mauricio: É que ficam limitadas as regras da mente humana e a gente ensina a transcender além da mente, não seguir os sentimentos, não seguir os sentidos, não seguir a emoção, não seguir a razão, que todos estes (sentimento, sentidos, emoção, razão) brigam pela sua mente. Vamos fazer a mente dormir e a intuição dominar a mente e silenciar as outras partes.

E ela está indo muito bem.

Porque se pensar com a razão não dá certo, tem que tudo ser intuído.

Ela é uma mulher que mexe com empresários, uma mulher do comércio, uma mulher que faz a coisa acontecer, ela sabe muito da dimensão terrestre aqui, mas sabe agora o jogo das outras dimensões, que é o jogo verdadeiro dela.

E esses sonhos antigos que você anotava nesses cadernos?

Mari Feller: Eu até trouxe um desses cadernos, eu tenho alguns cadernos desses. Sou acostumada a anotar os meus sonhos mais relevantes. Antes de vir, eu acabei pegando este caderno, às vezes dou uma olhada nele.

Quando eu fiz a revelação do processo da transmigração, eu não tinha interesse por ETs eu até participei da aula dos ETs, da escolinha dos ETs, mas não era uma coisa que me interessava, eu gostava mais de Sete Céus, Sete Infernos, as aulas do Pedro de sábado, eu era louca para chegar no sábado, mas ET mesmo eu não tinha muito interesse. Eu comecei a vasculhar o caderno e acabei descobrindo que inclusive eu cheguei a desenhar uma nave de um contato que eu tive com os *Grays*. Este desenho da nave é de 2012. Época que tinha acabado de entrar no Aquantarium.

E tem mais outro relato em meu livro de sonhos que seres brancos queriam falar comigo. (Hoje sei que eram da minha espécie, os Alpha Centaurianos).

Pedro Mauricio: Você consegue mostrar?

Mari Feller: Eu já tinha algum contato sem eu saber. O interessante de todas estas anotações que eu estou mostrando é que os homens que eu vou ficando como ser humano, eles (os ETs) vão tirando da minha vida, e está tudo anotado aqui no meus livros dos sonhos.

Eu só fui fazer este *link* depois que eu li que tal pessoa foi tirada de minha vida porque estava atrasando seu processo evolutivo.

Aqui tenho um desenho da nave que eu fiz, foi em 27 de setembro de 2013.

Também sonhei com a descida de uma nave que tinha cores neutras e metais de cores vermelha com pontas de pirâmides douradas onde apareceram três caras vestidos de preto com óculos pretos. Anos depois, em uma aula do Pedro, quando ele falou sobre os *Grays*, foi quando eu associei o formato dos *Grays*.

Pedro Mauricio: E ela não lembrava destes sonhos.

Ela relatou também da tal guerra que teve lá (Rio Grande do Sul), depois do depoimento dela, a base ficou exposta e os *Grays* foram lá para atrapalhar. Os Antarianos chegaram e teve, sim, uma confusão, mas agora os Antarianos estão ajudando a parte dela lá que são os Alpha Centaurianos e não teve mais problemas com *Grays*.

A gente sabe que uma espécie alienígena espiona as outras. São aqueles que não são parceiros entre si.

Um dia quem sabe a gente vai visitar *in loco* lá.

Alguma consideração final que você queira fazer, Mari? Ah, quem é ela?

Ela sempre fala de guerras, ela sempre viu as guerras porque, na verdade, ela é da parte médica.

Ela sempre esteve nas guerras, mas como médica e não como combatente, embora a vontade dela seja combater essas guerras.

Mari Feller: Como eu vivi em Israel, estourou uma guerra foi interessante, deve ter sido uma preparação dos ETs.

Comprei uma passagem uma semana antes de acontecer a guerra. Eu não sabia nem Israel sabia. Essa guerra foi aquela na qual Saddam Russein invadiu o Kuwait e atacou Israel. Nesse tempo, sem saber que ia estourar uma guerra, eu viajei para o Brasil uma semana antes e, no dia que voltei para Israel, eu cheguei de noite; no dia seguinte, a guerra terminou.

Interessante que eu não precisei participar de nenhum tipo de guerra aqui neste planeta com o corpo de uma humana.

Mas vejo em sonhos vários lugares que eu estive nessas guerras.

Pedro Mauricio: Ela sempre esteve presente nas guerras como a parte médica de socorros aos corpos feridos, aos corpos sutis que existem.

É lógico, a gente sabe que existem as guerras alienígenas e, ainda antes de ir embora, nós estamos preparando todo o pessoal.

Sabemos que nós estamos no passado aqui no mínimo dois milhões de anos no passado.

E por que nós estamos aqui no passado?

E por que nós estamos fazendo estes trabalhos também?

Porque lá no futuro existe uma necessidade de se mudar o resultado de uma guerra que ocorreu há dois milhões de anos; agora, nós estamos aqui.

Então nós vamos mudar o resultado de uma guerra, uma guerra alienígena, não tem nada a ver com humano, mas tudo a ver com humano.

Por isso nós estamos montando nosso exército, estamos acordando os extraterrestres e, antes de irmos embora daqui, nós vamos mudar o resultado de uma guerra.

Mari Feller: Só para finalizar, toda a vez que acontecem alguns episódios comigo, e eu já relatei anteriormente, sempre aparece algo pra ficar gravado sobre aquele momento que estou passando. Ou é uma música, um filme, uma peça teatral.

Neste período que eu estou relatando esta história, à noite, quando fui descansar, eu liguei a TV para assistir alguma série para me distrair.

Eu assisto a séries coreanas porque eu gosto muito da cultura asiática, principalmente dos costumes. Eu já me vi várias vezes na Ásia em sonhos como uma personagem, como uma pessoa que já viveu naqueles lugares. Hoje estou estudando a língua coreana.

Um dos filmes que aparecera na lista de filmes e brilhava mais chama "Rei Eterno".

A história relata sobre as dimensões, sobre a "teoria física quântica mais concretamente, em consonância com o princípio da "sobreposição", uma partícula pode ser descrita como se encontrando simultaneamente em dois estados diferentes.

E sobre dois mundos paralelos, um mundo onde as pessoas estão vivendo no Reino da Coreia e, no outro, em um mundo paralelo à República da Coreia. Os personagens são os mesmos em papéis diferentes.

Se estivesse no Reino da Coreia, eu seria um personagem X e, na República da Coreia, eu seria um personagem diferente, mas eu continuo sendo eu mesma.

Em um certo momento da série, algumas pessoas específicas conseguem passar para a outra dimensão e vice-versa.

Pedro Mauricio: O pessoal já está tendo uma consciência mais ampla sobre dimensões. Alguma coisa a mais?

Mari Feller: Queria agradecer ao Pedro e à Yolanda, que estão aqui nos bastidores. Agradeço a Deus e ao Pedro por me deixarem chegar no estágio que eu estou.

O dia em que cheguei ao Aquantarium, jamais imaginei que alcançaria o estágio em que hoje estou.

Eu lembro que eu perguntei para o Pedro logo que cheguei no Aquantarium em uma de suas palestras quem eu era, e ele me mostrou um homem dentro de uma caverna.

Eu estava mesmo dentro de uma caverna, apagada achando que eu sabia das coisas daqui. Eu agradeço todo esse conhecimento que eu tenho do Aquantarium.

Jamais imaginei que eu iria ver um ET na minha vida, era uma coisa que eu não acreditava, mas não desacreditava, tipo aquela coisa que só vendo mesmo.

E eu agradeço ao Pedro, principalmente, que me acolheu e teve muita paciência comigo. Fui uma pessoa extremamente questionadora, né, Pedro?

Pedro Mauricio: Deu trabalho, deu trabalho.

Mari Feller: Dei trabalho, eu queria saber, saber e saber, eu queria devorar tudo, eu precisava entender coisas que eu não entendia.

Pedro Mauricio: Era a parte alienígena acordando com a mente humana.

Mari Feller: Quero agradecer a Deus, agradeço também o lado de Shaday que me bate muito, ele me bateu demais, eu não estou me queixando, ele pode me bater, quanto mais me bate, mais eu consigo entender, mais eu consigo ficar alerta e agradeço ao lado direito de Deus, Cristo, e espero que um dia eu possa chegar lá.

Pedro Mauricio: Que bom e a gente fica alegre dessas revelações estarem acontecendo e desses resultados que a gente está colhendo. Então a gente agradece a todos que acompanharam esse documento e essa história vai longe.

Uma pergunta que sempre tive interesse de saber.

Quando conheci o Pedro no Aquantarium, estava com o Néri. Ele passou por nós e perguntou para o Néri.

Pedro: — Quem é esta menina? O Néri respondeu: Mari Feller. Pedro então disse:
— Cuida desta menina porque ela tem uma estrela na cabeça. Pedro, o que quer dizer ter uma estrela na cabeça?

UFOLOGIA
ALIENS, ABDUZIDOS E EU
ENTREVISTA COM A TRANSMIGRADA ALIENÍGENA
(31/08/2021)

Pedro Mauricio: É um documento, é um depoimento, um testemunho que a gente vai mostrar aqui. A gente gravou neste dia 13 logo após a aula que a gente dá no curso de *Construções amorosas, desconstruções amorosas*, ela estava aqui na nossa cidade, a transmigrada, e ela contou a história pra gente. Uma história muito legal.

Andrea: Hoje mostraremos entrevista realizada com nossa amiga, transmigrada, realizada em 13 de agosto de 2021, aqui em São José do Rio Preto-SP.

Conheceremos mais detalhes e saberemos um pouco mais de como foi a descoberta deste fator na vida dela.

Um dos fatos que merece destaque é como funciona a estratégia dos Aliens pra afastá-la dos conhecimentos alienígenas.

Ela sempre foi uma buscadora da verdade, já andou pelos quatro cantos do mundo em busca de respostas espirituais, mas nunca se interessou pela ufologia.

No fim, as respostas estavam aqui!

Vocês lembram a diferença entre Transmigração e Natimorto? Muitos ainda confundem.

Vamos hoje mostrar as grandes diferenças.

Pedro Mauricio: O primeiro depoimento que ela mandou, a própria transmigrada, a gente tem aquela confusão.

Qual é a fronteira entre o Natimorto e o transmigrado?

Enquanto é bebê, na verdade, seria o recém-nascido o Natimorto; a partir do recém-nascido, fica aquela fronteira, o período pré-fala você ainda é um Natimorto, agora Transmigração é quando você já tem consciência. Então a gente vai ver um documento, relato ao vivo que a gente gravou três semanas atrás aqui e vamos passar hoje.

Temos muitos depoimentos para mostrar, muita novidade, a gente está procurando selecionar por temas. Vamos lá, pessoal, pegue a pipoca.

UFOLOGIA
ALIENS, ABDUZIDOS E EU
ENTREVISTA COM A TRANSMIGRADA ALIENÍGENA
(31/08/2021)

Andrea: Olá, pessoal, bem-vindos ao nosso curso de ufologia. Hoje nós temos aqui uma convidada especial, a Mari Feller, que veio fazer um grande depoimento para vocês.

Pedro Mauricio: A aula de hoje é especial, temos aqui do nosso lado a depoente que conta a história de transmigração que mostrou aquele vídeo do Sul, Mari Feller, e hoje ela vai bater um papo aqui com a gente contando de suas experiências e vai ser muito interessante isso tudo o que a gente vai ouvir.
Seja bem-vinda, Mari Feller!

Mari Feller: Obrigada, Pedro, obrigada, Andrea, é uma surpresa eu vir trabalhar em São José e ser convidada para fazer meu depoimento sobre minha história.

Pedro: Então a gente vai aproveitar para conversar bastante com ela.
Mari, como você chegou ao Aquantarium? Como você foi descobrindo essa parte ufológica? Conta pra gente.

Mari Feller: Meu caso foi bem interessante. Eu estava em um barzinho na região da Vila Madalena, em São Paulo capital, com uma colega (Solange) e eu vi uma mesa com três rapazes sentados. Convidei minha amiga pra a gente sentar nesta mesa, mas minha amiga não queria porque ela tinha um pouco de vergonha. Quando ela se afastou, eu fui até a mesa, pedi para os rapazes se a gente podia sentar para conversar com eles e eles acabaram me contando sobre um lugar que eles falaram que era um lugar muito doido, muito louco e falaram o nome do Aquantarium. Eu lembro que eu gravei uma coisa parecida e uma semana depois, mais ou menos, eu comecei a procurar esse nome na Internet porque, de acordo com o depoimento deles, era uma coisa bem diferente e eu tinha uma ansiedade muito grande de conhecimento. E eu fui procurar na Internet o nome por Aquarius e eu não achava nada que tivesse relação com aquilo que eles tinham me contado. Então conversei com minha colega e ela me falou que o nome era Aquantarium e, claro, rapidinho eu encontrei o endereço na rua Jureia e resolvi ir conhecer. Achei bem estranho quando cheguei, mas eu fui muito persistente porque eu achei que tinha uma energia, tinham algumas coisas ali diferentes. Eu vi a primeira palestra do Néri e eu achei muito interessante; na verdade, eu fiz dezenas de perguntas pra ele e ele me respondeu a todas. Depois, eu estive em uma palestra do Pedro. Então eu achei mais intrigante e ele também me respondeu a tudo e, assim, eu comecei a frequentar. O meu objetivo, na verdade, quando eu comecei a frequentar, ir para os cursos que eles tinham, que eram os cursos mais profundos, então eu acabei fazendo os cursos sozinha à tarde, para poder fazer mais aulas possíveis e poder adiantar. E eu acabei fazendo Jó, Sete Céus e Sete Infernos, fiz o Carma Empresarial duas vezes para poder entender um pouco mais e, a partir dali, eu não gostava nem de falar sobre os ETs. Eles me convidaram.

O Néri uma vez me falou: "Olha, você tem que fazer lá o curso dos ETs".

E eu falei: "Ah não, Néri, por enquanto não". E também eu não tinha muito interesse em outros cursos porque, na verdade, meu interesse era chegar nas aulas de sábado que eu entendi que eram aulas mais profundas. Então eu me dediquei praticamente dois anos estudando para eles poderem me autorizar.

Pedro Mauricio: Só interrompendo um pouquinho. A gente sempre exigiu um pré-requisito para, pelo menos, ter assistido até Jó para assistir às aulas de sábado, que são as aulas mais profundas mesmo. E ela foi fazendo mesmo toda essa saga.

Mari Feller: E aí eu entrei no sábado e assisti, são oito anos que eu estou no Aquantarium e até o ano passado eu não sabia nada sobre minha situação de transmigrada.

Pedro Mauricio: Então engraçado que ela tem toda uma história de alienígena e ela odiava ufologia.

Andrea: Eles apagaram legal, né, Pedro, para poder viver aqui embaixo normal.

Pedro Mauricio: Serviço bem-feito, são profissionais mesmo.

Andrea: Quando teve seu despertar, Mari?

Mari: Foi quando assisti a uma aula, eu resistia a aulas de ETs *on-line*. Quando o Néri pediu para eu assistir, eu falei para ele que não. Depois de cinco anos, eu resolvi fazer a escolinha dos ETs e acabei descobrindo que eu podia manipular as energias com a mão, foi uma coisa muito interessante, não conseguia nem imaginar aquilo, mesmo assim eu deixei o assunto para trás. E quando o Aquantarium começou a fazer as aulas *on-line*, o Pedro e a Andrea começaram a fazer as aulas *on-line*, eu me interessei pelas aulas dos negócios e do amor, dos ETs eu não queria fazer. Aí, conversando com a Yolanda, a Yolanda falou: Ah, Mari faz depois você vê. Porque eu falei: Ah, não vou pagar três cursos, vou pagar só dois que eu acho que são mais interessantes. Quando ela me falou que eu podia fazer e depois ela ia ver se eu pagava ou não pagava, na época eu resolvi fazer. A primeira aula eu meio que dormi na aula, achei chata pra caramba; na segunda aula, eu ouvi um depoimento que era o depoimento de um colega nosso que já até escreveu um livro aqui para o Aquantarium e começou a surgir alguma relação dele a algo que tinha acontecido comigo quando eu tinha, hoje eu já sei que eram 17 anos e eu estava indecisa entre 14 e 17 anos, hoje eu já entendo que era quando eu tinha mais ou menos 17 anos e aí começou a surgir tudo aquilo na minha cabeça de volta. Foi como se fosse uma palavra-chave que despertou algo dentro de minha cabeça. Então, ouvindo aquela aula, eu sai daquela aula e fui escrever toda a minha história conhecida hoje por vocês ali como "A menina gaúcha que morreu no rio e foi transmigrada".

Andrea: Muito legal a história da Mari, muito ilustrativa também para o pessoal, né, Pedro?

Pedro: E hoje vou falar para a Andrea o que ela viu realmente que a Andrea é assessorada para falar as coisas e já vai poder falar para a Mari e, oh, esta mulher aqui teve a morte mais bonita que eu já vi. Tenho inveja da morte dela. Minhas mortes todas feias, vou reclamar para o povo lá em cima. Se tinha um troféu morte, ela que mereceu. Morte mais que de anjo, que morte linda. Então vamos escutar, aprofundar um pouquinho mais antes de a gente dar um *zoom* nesta morte que é muito interessante.

Mari Feller: Esta morte é bem interessante mesmo, porque eu tinha 17 anos e, eu do norte do Rio Grande do Sul, a gente está longe das praias, então a gente se diverte muito indo para acampamentos, lugares onde tem rios, e coisas assim e sempre com amigos, um violão, fazer um carreteiro.

Pedro Mauricio: Só interrompendo, a gente assistiu ao vídeo, aquele do rio em que morrem as pessoas no Sul. Ela que faz a narração. Vai, continua, Mari.

Mari Feller: E neste rio que vocês já viram, inclusive os vídeos, eu estava com um grupo de amigos e nós estávamos a mais ou menos uns 300 metros do rio, eram mais ou menos 11 horas (23 horas noite) quando todo mundo já tinha ido dormir e eu lembro que estava tudo muito claro, então tinha uma lua cheia e estava tudo muito claro aquela noite; depois que todo mundo foi dormir, eu não conseguia dormir, alguma coisa não me deixava dormir e eu estava sentada do lado de fora da barraca e algo meio que me induzia uma sensação eu não sei explicar direito se é uma indução ou o que é, eu fui me direcionado para a beira do rio, a parte mais funda do rio. Eu não sabia nadar nada praticamente, então eu jamais iria sentar ou entrar dentro desta parte do rio. E eu sentei na beira do rio e comecei a colocar o pé mais para dentro, é quase como uma hipnose, eu posso mais ou menos detalhar. E quando senti que eu não alcancei o fundo do rio, algo me puxou para dentro do rio e fui parar dentro de um redemoinho. E nesse redemoinho no rodar, rodar e rodar, quis gritar para o grupo que estava longe dormindo, só que eu não tinha mais voz, não tinha como gritar, eu queria, mas não conseguia. Então, aos poucos, me veio na memória que eu ia morrer, que ali era o final da minha linha mesmo e eu senti uma calma muito grande, não senti medo, eu não senti pavor, eu não senti nada, nada, nada. Não sei como é morrer, mas a minha morte ali foi bem tranquila e eu fui virando o corpo com a cabeça para baixo e meu corpo (olhos) foi enxergando tudo o que havia no fundo. Tinha um clarão como se fosse dia e não entrou uma gota de água nos olhos e nem em minha boca, porque se você está afundando num rio, deveria entrar água na sua boca, no seu nariz e não entrava nada na minha boca e no meu nariz. Eu fui até certa parte não lembro até quanto eu afundei, mas foi o suficiente e, aí, eu apaguei. Não sei por quanto tempo apaguei. E o próximo passo desse processo foi quando me colocaram duas mãos grandes me pegando e me levando para o barranco do rio. Quando eles me colocaram no barranco do rio, eu me agarrei com tanta força como se tivesse começando a ter um novo suspiro do corpo, aí eu me agarrei, subi o barranco, olhei para trás, não vi nada. Eu não entendia nada do que estava acontecendo e, para mim, foi muito estranho. Voltei para a barraca, me sequei e fui dormir. No outro dia, resolvi contar para meus amigos, principalmente para uma amiga. Ela está viva, mas faz muitos, muitos anos que não a encontro. Porém ela começou a rir, e os meninos que ouviram também. Senti como se estivesse mentindo, contando uma história. Aquilo me deixou bem "acanhada", que nem a gente fala lá no Sul, então isso me tirou dessa situação. "Se você falar, as pessoas vão rir de você." Então não falei mais para ninguém. Certa vez, comentei em Israel com uma amiga e ela achou que talvez fosse um sonho que tivesse tido ou alguma loucura que eu tinha passado. A única vez que comentei seriamente esse assunto foi com o Pedro, depois que conheci o Aquantarium. Era uma coisa que havia ficado a vida inteira na minha cabeça. Achava que havia sido um milagre, que tinha sido um anjo que tinha me tirado de dentro daquele rio. O Pedro olhou para mim, riu e mudou de assunto. Acho que, naquela época, não estava preparada para o que tinha para ouvir, né, Pedro?

Pedro Mauricio: Tinha que ser na hora certa, nos cursos né, porque é uma coisa muito doida, a doideira tem que ser por doses. Mas e aí, alguma coisa especial que você quer narrar sobre o fato?
Andrea, conte o que você viu na vidência de verdade, sem medo mesmo, pode falar.

Andrea: É que, quando eu estava lendo o relato dela e vieram os ETs aqui para dar a aula com a gente, está cheio de gente(ETs) aqui em volta, como eu vejo eles, abri a vidência na hora que ela falou.
Aí, eu estava afundando e veio um clarão, olhei pra cima e tinha uma baita de uma nave e teve a troca, né. Era a hora dela de partir, então o espírito dela saiu da água e entrou outro dentro, era alienígena, e na hora que puxa Pedro da água são dois ETs também, parece que é anjo, né.

Pedro Mauricio: Deixa eu ver tua mão, nunca vi tua mão, onde está marcada esta morte dá para ver a linha curta ali e, depois, emenda, vem outra vida e interfere. Deixa eu ver em outra mão se confirma, é, tem duas vidas em paralelo, sim.

Andrea: A gente assustou um pouco porque é um caso raro o dela.

Pedro Mauricio: O que acontece, na verdade, por que ela acha que é aquela menina? Tá no corpo dela, que fala, oh, tua canela, oh, cabelo da menina, pele da menina é a menina, mas o espírito foi embora da menina e a mente de menina continua.

Andrea: Subiu e desceu.

Pedro Mauricio: Por quê? Nós aqui na Terra, a gente é obrigado ter mente aqui, a mente que é nossa ponte com o outro mundo, a mente continuou porque, na verdade, o que rege nosso corpo aqui é a mente e o espírito vem se associa e deixa a mente tocar (levar em frente). Na verdade, ela morreu que era a hora dela mesmo, mas um espírito alienígena assumiu o corpo dela e o alienígena assume e faz o *download*, que nem ela tem alma alienígena, eu tenho alma alienígena, a Andrea tem alma alienígena, só que nós somos de tecnologias diferentes, agora ela é a transmigrada. Transmigrada é assim, você nasceu humano, tem espírito humano e você vai chegar numa fase que você vai morrer e eles te trocam. A transmigração dela foi legal, era a hora de ela morrer mesmo, e foi levada ali.

E o espírito alienígena faz o *download* na mente e continua tocando a vida da pessoa, só que o espírito alienígena, a mente bloqueia tanto que acaba. A consciência fica na fronteira entre espírito e a mente, aí acaba tendo uma lavagem nesta coisa que ela esquece que é alienígena, sob o aspecto humano, é muito louca esta história, e você não desconfia.

Por que ela tem a busca espiritual? É aquela coisa, ela vai buscar resposta em tudo o que é lugar, ela foi para o estrangeiro, foi para Israel buscar a verdade, ela foi para tudo quanto é lado. Fala um pouco sobre suas viagens e por que o interesse pelo mundo espiritual?

Mari Feller: Na verdade, eu sempre gostei muito de ler sobre tudo e sobre qualquer coisa, tudo o que caísse em minhas mãos, eu devorava bibliotecas. Com 20 anos mais ou menos, eu fui embora para os Estados Unidos, eu sempre procurava países que eu entendia que tivessem conhecimento maior do que aqui. E eu tive a sorte de conhecer uma pessoa e esta pessoa estava nos Estados Unidos e eu fui para lá e de lá eu fui para Israel, que também é um povo que tem um conhecimento muito amplo. Todo esse tempo buscava conhecimento, conhecimento, conhecimento, livros eu acho que eu cheguei a devorar umas duas ou três bibliotecas na minha cabeça e na minha mente, mas eu não sabia por quê. Caiu a ficha quando eu assisti à aula do ETs, começou vir tudo em minha mente, tanto que teve uma noite que eu relato que eu dei em meu segundo depoimento que eu acabei tomando umas taças de vinho e, quatro horas da manhã, eles me apagaram, só que eu vi tudo. Eles me apagaram, chegaram três ETs verdes bem anciões velhos, conversaram comigo mentalmente e eles me falaram que iriam me levar para um certo lugar. Este lugar que eles me levaram apareceram cinco ETs brancos, grandes altos, eles me colocaram em uma cadeira, ali eu senti um pouco de medo, daí eles me avisaram que não era para eu ter medo, que o medo que eu tinha era uma espécie de medo humano, então eu comecei a relaxar, mesmo assim eu tinha um pouco de medo, sim. Eles mexeram em minha cabeça e no meu cérebro, eles abriram meu cérebro, mudaram um monte de coisas, trocaram meus olhos, colocaram lentes verdes em meus olhos e mexeram em todo o meu corpo. Mas eles tiveram que me segurar, porque em certos momentos eu queria sair do local, então eles fizeram todo um trabalho e, depois, eles me apagaram e eu acordei quase oito horas da manhã. E foram outros processos. Depois, conversando com a Andrea, sob orientação da Andrea e orientação do Pedro, a Andrea me falou que tinha colocado três ETs para me ajudar a entender e seguir o processo. Eles apareceram em minha casa, eu os vi, acordada à noite. Acordei, fui até o banheiro, quando vi, eles estavam em minha frente. Naquele dia, eu achei que não tinha que fazer nenhum tipo de pergunta, depois eles apareceram para mim de outras maneiras. Eles aparecem muito para mim nas aulas dos ETs, eles aparecem mentalmente na minha frente, eles começaram a me apresentar algumas coisas como missões. Eu tive no dia que eles fizeram todas as mudanças no meu cérebro e no meu corpo, eles abriram o chacra frontal, eu acho que era o chacra frontal porque era um buraco muito grande e eu fiquei muito assustada porque eles me levaram para dentro de um universo e, dentro desse universo, eles me levaram para conhecer o passado. Foi quando eu vi que minha nave caiu aqui neste planeta em 1470 por volta de 1472 (depois em foi revelado que minha nave caiu no ano de 1473 D.C.) quando o Brasil nem tinha sido descoberto e daí que cai lá no Rio Grande do Sul, minha nave caiu lá neste lugar e ainda tem essa base lá. Então eles acabaram me mostrando tudo isso em uma espécie de sonho, eu dentro da nave, a nave caindo lá no Rio Grande do Sul, eles vão me mostrando em doses homeopáticas, porque assim eu tenho muita resistência, eu tenho muita força, mas é muita coisa para uma pessoa que está num corpo de um ser humano, então eu puxo tudo em sonho.

Andrea: Tem que ser aos pouquinhos para você ter uma vida normal, eles vão te passar aos poucos, mas são informações muito boas, né, Mari, eu sei que às vezes você conta aquela história de que sua casa queimou, tudo que ela colocava a mão, porque eles trocam, quando eles estão na nave, eles vão equipando você. Aquele dia, eles estavam equipando você, mostrando quem é, introduzindo isso aos poucos.

Mari Feller: É, eles me equiparam duas vezes, na primeira vez, eles equiparam toda a parte do cérebro, mudaram muita coisa dentro de minha cabeça, eu consigo enxergar muita coisa que eu não enxergava, depois, eles mudaram meus olhos e também eles mudaram todo meu corpo, então eu me via, com eles mudando toda uma estrutura de ferro do meu corpo. E essa estrutura que eles mudaram de ferro, umas três semanas depois, eu não lembro exatamente, comecei a sentir uma dor muito forte no corpo e eu cheguei em casa umas 4, 5 horas da tarde (equivalente às 16h ou 17h), eu fui deitar e, intuitivamente, me falava no cérebro que eu ia passar por um ajuste. Então eu deitei na cama e falei com eles que podiam fazer o que tinham que fazer em meu corpo. Doía muito, era uma dor intensa, terrível, mas era uma dor suportável e eu sentia que eles estavam mexendo em toda a estrutura de meu corpo. Então, arrumando a parte, eu não sei dizer, mas uma parte de ferro do meu corpo, e foram umas duas horas de ajuste; depois eu passei mais ou menos uma semana com dores e aí passaram.

Obs.: "Antes desse acontecimento, eu namorei um japonês por indicação direta do Pedro, e esse japonês limpou meu corpo todo. Um dia, quando fui dormir, vi saindo pela minha boca dezenas de animais, eram animais de pequeno porte. Em um segundo sonho, vi tirarem de meu corpo dezenas de metros de barras de ferro que também saíam pela boca."

E, depois disso, eles não fizeram mais ajustes em meu corpo.

Pedro Mauricio: Então é o famoso corpo de engrenagem.

Andrea: O corpo de engrenagem dela que eles mexeram, equiparam, colocaram luvas de proteção, capacete e dói um pouco a cabeça. As luvas têm gente que é paranormal da roda, quando eles colocam a luva, tem gente que sente muita dor na mão. Fica uns três quatro dias com dor. Eu acredito que eles fizeram muitas mudanças em você, sim, e agora você está na nova era total.

Pedro Mauricio: Então, Andrea, voltando àquele momento que fala da transmigração dela, como você enxerga a alma que saiu e a alma que entrou, como você enxerga para descrever?

Andrea: Um espírito normal, o espírito dela era jovem e saiu assim que nem uma luz, subiu.

Pedro Mauricio: E foi embora quem é a Mari Feller original.

Andrea: E tinha um anjo lá em cima que levou e, depois, desceu o espírito dela que acoplou neste corpo, né, Pedro. Eu confesso que assustei, porque vejo muita coisa e ainda não tinha visto isso, foi bem diferente, foi bonito de ver. Assim foi um fim de um ciclo e o começo de outro, mas teve o *download* que você falou.

Pedro Mauricio: Então como que isso aconteceu. Aquela história o pessoal que está fazendo o curso sabe as almas alienígenas que morrem no planeta Terra ficam presas aqui têm que reencarnar como humano.

A gente tem o natimorto que a gente viu o caso lá do Melquises e a parte de transmigração, que é com ela, tem a parte de Entreiro, que é comigo, a parte de transcarnado, que a Andrea, são várias formas que eles vão encontrando.

Geralmente, as pessoas que são transmigradas têm um embate maior com a mente mesmo, porque já entra em uma mente que já está desenvolvida, é diferente; já o Natimorto pega aquela mente em começo, aquela mente que não tem tanta coisa, é um bebê que nem falou ainda. A transmigração é diferente porque já existe uma cultura preestabelecida na mente e a parte alienígena acaba que fica meio neutralizada, mas está lá. A transmigração é muito mais interessante, é um desafio.

Andrea: São ETs que têm base lá, eles são vivos, eles estão lá ainda, se a gente for lá a gente vai ver coisas diferentes.

Pedro Mauricio: Então o local ela filmou. Quem sabe vamos fazer alguma visita, um evento lá, ninguém vai entrar no rio.

Andrea: Tem base lá.
Obs.: após eu ter ido ao local e filmado, apareceu em sonho uma mulher e mais oito pessoas, isso está detalhado em meu depoimento.

Mari Feller: Mas uma coisa interessante que aconteceu depois de todo esse conhecimento que eu adquiri, tudo queima em minha casa, eu não posso ficar falando muito sobre eles. Às vezes, eu pego o livro *O Entreiro*, já li umas oito vezes, acho que um dos primeiros livros que o Pedro escreveu.

Pedro Mauricio: O livro dela já está escrito e a gente vai publicar também essa arte ali da transmigrada.

Mari Feller: Começou a queimar tudo, TV, aparelhos, tudo cai no chão, quebra, toda a vez que eu me envolvo um pouco mais em querer entender, pelo menos sozinha, começa a dar uns *poltergeists* em minha casa.

Pedro Mauricio: É o Magnético reagindo também para atrapalhar, a gente tem que lembrar que o Magnético poda tudo.

Mari Feller: Há duas semanas, não sei que espécie veio, que fez o teste que tem aquele triângulo nas minhas costas, a perfuração foi bem forte e, logo depois, meu carro bateu, eu estava a 30, 40 por hora, meu carro ficou todo destruído na frente, o cinto de segurança me protegeu, não aconteceu nada comigo. Não aconteceu nada com o carro da frente e meu carro ficou totalmente destruído na frente. Naquele momento, eu lembro no que eu estava pensando nos alienígenas.

Pedro Mauricio: Sempre o Magnético interferindo.

Mari Feller: Então é bem perigoso a gente ficar comentando, eu sinto que não dá para comentar demais sobre o assunto, eu tenho que ter muita cautela, peço ajuda e proteção da própria espécie.

Andrea: Os Alfas são a primeira espécie que os seres humanos tiveram contato e foi a primeira vez que eu os vi fazendo uma transmigração perfeita, porque a gente nunca tinha visto, há 20 anos que estou no Aquantarium, eu já vi muita coisa, mas isso foi diferente.

Pedro Mauricio: Foi um serviço bem-feito, fazê-la não acreditar em ufologia. E olha que ela pesquisou o mundo, saiu daqui foi para os Estados Unidos, foi para Israel, ela sabia que tinha que achar alguma coisa, não sabia?

Mari Feller: Eu sabia, mas não sabia o quê. Então, mesmo quando eu estudei sete céus e sete infernos, quando eu estudei todo o Jó, procurava, procurava, na verdade, o Aquantarium me respondeu todas as perguntas que a vida inteira eu procurei saber. Eu fui uma pessoa que a vida inteira procurei por coisas e respostas e o Aquantarium me respondeu todas, todas, não ficou uma pergunta sem ser respondida.

Pedro Mauricio: Ela tinha lido bibliotecas inteiras e como que a gente sabia responder, essa era a intriga dela. Aquela coisa, né, que nós falamos, o Tempo Supino agora está voltando, existe uma Memória Supina; um centro. Uns chamam de memória akáshica e agora a gente consegue ter acesso a essa memória, e aí você sabe as respostas. Nunca estudei nada nesta vida, eu estudei nas outras e eu tenho acesso a essa caixa das respostas e é uma questão de tempo agora para as pessoas terem também, como se a gente, a gente não tem hoje o pessoal que digita lá nos aplicativos no Google e não acha as respostas? Existe isso espiritualmente também e agora vai ser permitido o acesso a esse conhecimento que é muito bom. Mas o Magnético, que nem no caso de almas alienígenas em corpos humanos, o Magnético interfere mesmo de medo que as almas alienígenas acabem dominando o mundo, o papel dele é este: ser fiscal.

Mari Feller: Agora tem uma coisa interessante que eu não tinha ainda comentado que é que toda a minha vida, todos aqueles momentos desde os 17 anos, eu nunca mais tive dificuldade de nada, eu sempre corri atrás, óbvio, eu sempre estudei muito, batalhei muito, mas eles nunca eles me deixaram correr perigo de nada. Então eu comecei a observar minha vida, olhar um pouco para trás, olhar e ver que eu sempre estava no lugar certo no momento certo. Eles me tiravam de situações e comecei a entender que estavam o tempo todo por perto tentando me proteger de alguma coisa. Uma das intuições que eu comecei a ter, uma das, eles não me mostraram todas, uma das transmigrações foi feita em uma espécie de um macaco.

Pedro Mauricio: É aquela coisa de ocupar os corpos. Isso é interessante, pois são os ETs vivos cujas almas são proibidas de sair da Terra. Ao mesmo tempo, uma espécie de proteção que dá para ela e elas ocuparem estes corpos. Como é que você lembra desta transmigração no macaco?

Mari Feller: Me veio na memória, provavelmente eles que me passaram e aí eu comecei a lembrar que eu era uma menina. Que eu subia em árvores muito altas, passava de um galho pro outro. Eu conhecia os galhos pela espessura, se o galho ia quebrar e não ia quebrar. Se minha nave caiu em 1470 por aí, eu tive que transmigrar várias vezes, mas a única transmigração que eles me passaram foi a da menina do rio e agora essa do macaco, não sei das outras ainda. Eu tenho algumas informações que provavelmente eu tenha ido em algum navio para a Europa e tido algumas transmigrações por lá. Então, eu ainda não sei, eles não me passaram todas essas informações.

Obs.: quanto às informações de proteção, quando eu morava em Israel, eu vinha para cá (Brasil) a cada três anos. Em uma das viagens, saí uma semana antes de estourar a Guerra do Iraque contra o Kuwait, onde eles atacaram Israel (Guerra do Golfo e se iniciou em 24 de fevereiro de 1991).

Eu cheguei ao Brasil e, duas semanas depois, começou a guerra. Quando voltei, cheguei à noite. Vieram me buscar com máscaras, que são bem diferentes dessas que a gente usa, são máscaras de oxigênio, elas ficam ao seu lado durante toda a viagem, e junto recebi duas injeções para aplicar nas pernas caso caísse uma bomba química ou uma bomba viral. E viajamos de Tel Aviv para Haifa em um uma hora e, de manhã, quando eu acordei, a guerra tinha acabado (foi anunciado pela manhã o término da guerra).

Então eu comecei a olhar e entender que em todos os problemas, tanto grandes como pequenos, eles me tiravam dos locais ou evitavam que eu estivesse em certos locais.

Andrea: Muito legal isso, o monitoramento dela, a nave que a acompanha.

Mari Feller: E depois que eu entendi tudo isso, eles vieram me buscar para uma missão, os mais idosos, então têm alguns ETs que são idosos, eles me mostram que são idosos pelas rugas na testa para eu entender que eles são anciões. Então vieram me avisar que eu tinha que fazer um resgate no Amazonas e, à noite, quando eu fui dormir, eles vieram me buscar e eu entrei numa nave, que esta nave era bem mais moderna daquela nave que caiu em 1473 D.C. Eu não conheço o Amazonas, eu nunca estive no Amazonas e eu vi o Amazonas direitinho de dentro da nave e aí a gente foi resgatar dois alienígenas que estavam abatidos no Amazonas, de uma nave que tinha caído de minha espécie.

Andrea: Bem legal.

Pedro Mauricio: Esta transmigração está valendo porque praticamente agora ela está trabalhando em conjunto. E fica aquela questão: como estes ETs encarnados conseguem pôr a alma de outro ET num corpo humano? É um trabalho que envolve um conhecimento espírito-material também. E eles não matam ninguém, pois sabem quando uma pessoa vai morrer. Existem transmigrações ilegais que eles matam forçadamente a pessoa, geralmente os *Grays* que fazem isso. Matam a pessoa, a transmigram, mas as transmigrações deles acabam dando problemas mentais na pessoa. A pessoa fica esquisita, fica meio esquizofrênica, tem transmigrações malfeita. Ela é perfeita. A transmigração da Mari foi legal e a pessoa estava na hora mesmo e foi perfeita.

Andrea: A gente trabalha no Aquantarium com os Alpha Centaurianos, ajudam muito aqui e ela tem uma nave de vivo.

Pedro Mauricio: Ela é monitorada pelos ETs vivos.

Andrea: Por isso que ela fala dos anciões. Eles são anciões mesmo.

Pedro Mauricio: Porque que morre muita gente, é o Magnético matando.

Andrea: Muito legal os resgates, eles estão conseguindo te mostrar os resgates que você faz à noite.

Mari Feller: E lembro, óbvio, a gente vai começando a voltar e eu escrevo todos os meus sonhos. Há anos eu tenho o livro dos sonhos, então a cada sonho que eu tenho, e acho que é relevante, coloco a data e anoto. Eu sonhava muito a partir dos 17 anos com viagens em que eu voava. Então eu voava por muitos lugares e sempre lutando para alguma coisa. Eu também já tive sonho com os *Grays* em uma cidade em Portugal onde eu desci com uma nave e tinha uma nave de *Grays*, mas eles não atacaram minha nave e não me atacaram porque mentalmente eles pensaram que eu vinha de uma espécie muito mais perigosa e era para manter a distância, eu mantive e foi uma distância bem amigável dos *Grays*. Eles não provocaram nenhum atrito comigo e com minha espécie e eu não provoquei atrito com a espécie deles, porque eu entendia que, naquele momento que eu estive frente aos *Grays*, a nave deles era muito bonita, eu senti uma calma muito grande, mas eu sentia que, se eles fizessem qualquer movimento, eu destruiria tudo ali pela mente e pela mente eu também conseguiria destruir a nave deles.

Pedro Mauricio: E a espécie de Alpha Centauri que ela tem, que ela é uma deles, enquanto humana são da mesma linhagem de guerra e não são tecnocentristas. Os ETs tecnocentristas acabam se robotizando, ela é da linhagem cosmocentrista. Porque tem aquela coisa de se manter vivo e não se manter robotizado. O problema dos *Grays* lá é que eles colocaram tantos *chips* e são robôs. E são ETs da linhagem dela que lutam pela preservação da alma, ao passo que os robotizados acabam perdendo a alma, viram pó, personificação, é diferente. Então é um dilema em que a humanidade está.

Ou o ser humano segue para o tecnocentrista, o Deus Google, que seria equivalente a hoje ou cosmocentrista, que é acreditar naquela essência espiritual além da tecnologia. A humanidade hoje está chegando nessa encruzilhada. Eu já dei entrevista até com o Melquises, hoje os jovens estão acreditando mais no Google do que nas pessoas. Hoje os jovens acreditam mais nos aplicativos, isso aí é o começo, a pré-história do tecnocentrismo, mas daqui a pouco só vão acreditar na tecnologia. A tecnologia tem que ser limitada, em especial o uso dela no corpo humano. Ah, vai pôr um *chip* aqui que você fala 100 idiomas. Vou pôr um *chip* aqui que é uma calculadora eletrônica.

Daqui a pouco você vê, você é um programa. Muitas raças alienígenas se perderam porque se tornaram programas. Tem que ter um limite. E a espécie dela por isso que pratica a transmigração para cultuar a espiritualidade para ser da parte dos cosmocentristas. A gente vê Natimorto, Transmigrado, Transcarnado, Entreiro, têm aqueles outros que são os outros hospedeiros que ficam um pouco em cada corpo. São da linhagem cosmocentrista. Os *Grays* também fazem transmigração, mas a deles não dá certo muito porque estão neste lado mais tecnocentristas. Então é um momento-chave para a humanidade tudo o que a gente está passando.

Alguma coisa para acrescentar, alguma coisa que queira falar?

Andrea: Acho bem interessante a transmigração dela, acho muito bom a Mari estar aqui falando ao vivo com a gente, fico meio assim de falar porque é muita informação, mas, para mim, foi uma baita descoberta e agradeço muito, Mari, por você ter vindo aqui ajudar a gente e o pessoal que está aí também precisando.

Mari Feller: Eu gostaria de fazer uma pergunta que eu acho que veio em minha cabeça. O Pedro falou sobre minha espécie, tinha uma espécie mais cósmica, porque, mesmo eu estando em um corpo humano, meu objetivo, óbvio, é sair deste planeta e seguir para algo bem mais elevado, não necessariamente para a própria espécie minha.

Pedro Mauricio: Chegar no Reino.

Mari Feller: Mesmo estando em corpo de ser humano, um dia chegar mais próximo, se não conseguir no Reino alguma coisa mais próxima. Não que eu não queira voltar pra o planeta ou para minha espécie, mas poder evoluir dentro da minha própria espécie.

Pedro Mauricio: Que é o que a gente está vendo. O Aquantarium vem justamente ao encontro disso, tirar esses espíritos alienígenas que estão na Terra, jogar mais lá para cima ou jogar para os mais altos dos céus, que é o Reino dos Céus ou do planeta deles pra cima.

É muito importante juntar o depoimento dela, o depoimento que temos gravado com o Melquises, outros depoimentos que a gente vai fazer, que aí vai fechar o quadro todo. A gente vai enxergar os pontos e como que vai ser o regresso lá.

Esta é a melhor das encarnações dela. Pense, teve que até fazer transmigração em corpos de animais, complicado também pra adaptação. Houve todo um cuidado, porque não pode deixar o espírito solto senão o Magnético acaba complicando. É bem interessante, é bem difícil e, ao mesmo tempo, curioso esse sistema. E agora para que a gente lute é o que ela está falando, poder sair da Terra. Porque encarnar aqui de novo não dá não.

Andrea: Para poder ir para um lugar melhor ainda. Também por meio dos eus intermediários que o pessoal tem. Quem está assistindo; todo mundo tem um, pessoal que trabalha na roda também muitos são alienígenas e não sabem.

Pedro Mauricio: Você tem consciência de seu lado alienígena faz um ano, um ano e meio?

Mari Feller: Mais ou menos isso. Foi a segunda aula da escolinha dos ETs quando começou o curso dos alienígenas, quando me deu o clique na cabeça.

Pedro Mauricio: Acho que foi até você que nós confundimos entre natimorto e transmigrado.

Mari Feller: sim, foi.

Pedro Mauricio: Natimorto é quando o cérebro não está nem desenvolvido, nem falando, a mente não está desenvolvida. Já o transmigrado já era uma menina de 17 anos.

Mari Feller: Pedro, gostaria de perguntar uma coisa que também me veio agora na mente eu não sei se são os ETs que estão me passando.
Às vezes, eu me vejo em certos lugares, como quando lançaram a bomba atômica no Japão eu estava lá, e eu vi toda a cena lá e eu não sei se estava com uma alma de alienígena ou com meu corpo sutil.

Pedro Mauricio: Aquelas bombas lá no Japão, Hiroshima e Nagasaki.

Mari Feller: Eu lembro que eu fui pra lá e eu tinha uma coisa ligada a isso, só que eles não me passaram todas as informações.

Pedro Mauricio: Eu acredito assim. Você viu de cima lá essas coisas.

Mari Feller: Não, eu vi lá mesmo, eu estava no local e vi quando explodiu, ela não me afetou e não me atingiu, mas eu estava como que numa espécie de não deixar aquilo acontecer tão forte quanto foi.

Pedro Mauricio: E você chegou a sentir a sensação, calor, frio, medo ou só assistiu?

Mari Feller: Não, eu só estava ali quase que como uma pacificadora.

Pedro Mauricio: Era teu corpo sutil que estava lá, você solta lá.
Era um período em que não estava ocupando algum corpo. E depois deste evento lá, você acabou voltando aqui para a América e, dali um tempo, ocupando este corpo. Acredito que você estava no corpo sutil mesmo puro. O corpo sutil ele atinge a matéria, mas a matéria não o atinge. Sempre o menos denso mexe no mais denso.

O mais denso não mexe no menos denso. O espírito movimenta o corpo e nosso corpo movimenta o carro. O carro não movimenta a gente. Sempre o menos denso pro mais denso, por isso você assistiu, a viu explodir e ela não pegou em você, porque não estava no corpo físico. Foi bom, uma bela experiência.

A gente vai conversar mais com a Mari, tem muito mais coisas que vai lembrando, vai falando. E a gente vai juntando as informações.

A gente agradece à Mari pelo depoimento.

Tem pouca gente que tem coragem de se expor assim, né, mas como ela é de outro mundo, ela não tem problema.

Mari Feller: Obrigada Pedro, obrigada Andrea, por tudo o que vocês fizeram todos estes anos, eu não tinha a mínima ideia que eu ia chegar nesse momento, desde o momento que eu entrei lá dentro do Aquantarium ao momento que eu cheguei. É óbvio que eu tenho mais dúvidas, mas essas dúvidas são bem mais avançadas, então vou fazer no particular.

Pedro Mauricio e Andrea: A gente agradece a atenção de todos.

Pedro Mauricio: A gente viu então este depoimento da transmigrada, tem mais coisas para se falar que ela vai lembrar, que ela vai falar. Espero que deu para ter uma ideia do que é uma transmigração.

Andrea: Muita coisa o ET dela respondeu em aula, não sei se alguém estava ligado nisso.

Pedro Mauricio: Tem hora que não era ela, era o próprio ET dela falando direto mesmo. Têm questões que estão mandando, então vamos responder umas questões.

Andrea: Os cometas que passaram pelo Brasil ontem duraram 12 minutos. Avistamento tem a ver com esta aula de hoje, já que a transmigrada caiu no rio lá no sul do Brasil.

Pedro Mauricio: Geralmente, o Magnético ele provoca coincidências, nada é de graça, este cometa que passou e ficou aparecendo lá tem a ver, é um Fator Magnético, uma coincidência magnética, nós estamos mostrando um segredo nunca antes revelado, então a gente está mostrando coisa antiga mas desconhecida "Transmigração".

Ela transmigra desde antes do descobrimento do Brasil, até transmigrou em corpo de macaco, tem outros corpos que ela vai lembrar ainda, tem muita história para ser contada e esse cometa que passou tem a ver com o Magnético, ele mostrando, ele dando sinais dele. A gente chama de parábola magnética. É uma parábola o que aconteceu.

A segunda parte da pergunta.

Andrea: Onde este espírito fica entre as transmigrações e é sujeito a condenações e julgamentos com cada vida que teve, mas fica em algum lugar especial, digamos assim, por ser alienígena?

Pedro Mauricio: Ela é transmigração não é transcarnação que nem da Andrea ou que nem a minha.
Onde fica o espírito?

Andrea: Quando ela foi transmigrada, o espírito dela foi levado para onde vão os espíritos. No caso dela, acredito que foi primeiro céu, isso foi em fração de segundo porque lá o tempo corre diferente, foi muito rápido pra ninguém perceber, mas abrindo a vidência e eles fazendo em *slowmotion* em câmera lenta, eles me mostraram assim, ela subindo com clarão e, depois, desceu o ET no lugar.

Pedro Mauricio: Este espírito estava aqui na Terra e estava sendo cuidado na base, porque são ETs vivos e o que acontece é que o Magnético fica pronto para cacetar. O Magnético está ali para punir os espíritos alienígenas aqui presentes, se deixam soltos, eles dominam o planeta. E o jeito que eles têm para ter um pouco de paz faz mal até para a própria base, o Magnético fica atrás. A gente já estudou, já viu no meu livro *O Entreiro* que os ETs só podem vir mais de cem anos aqui pra Terra senão faz mal para a mente deles, a mente alienígena. Como alma fica presa aqui e não pode ir embora, este pessoal é como missionário espiritual alienígena entre vivos que cuida do processo de transmigração para proteger essa alma alienígena dentro de um corpo de um macaco, de uma pessoa e fica monitorando para ajudar a pessoa, só que eles têm a sabedoria para não desencarnar aqui na Terra. O alienígena pode vir na Terra, pode fazer pesquisa aqui, volta para o mundo dele, descarna e ele fica livre. Mas se desencarnar aqui, a alma fica presa e são os cosmocentristas os ETs que têm alma, que têm ETs que não têm alma, quem não tem alma a gente estuda nos cursos profundos, tem personificação, morre, vira pó mesmo.

A MENINA GAÚCHA QUE MORREU NO RIO E FOI TRANSMIGRADA. O CARRO ASSUMIU O B.O.
(26/ABR/2022)

Chegou o momento de eu trocar o carro que carregou tantos "B.O.s" para mim. A saga deste carro hoje considerado o "carro maldito" está nos depoimentos anteriores.

O Sr. Pedro me orientou trocar o mais rápido possível o carro, mas eu não conseguia encontrar algo que me agradasse e eu sentisse que pudesse substituir.

Nesse meio-tempo, eu acendia velas toda a semana para Santa Rita para quebrar meu carma com o carro e segurar as pontas até eu trocar ele. Ajudou muito, desde que comecei acender as velas para ela, nunca mais bati ou alguém bateu no carro, mas as multas não deixavam de chegar, então resolvi baixar drasticamente a velocidade e prestar muito mais atenção.

Resolvi usar de minha intuição.

Fiz várias buscas em concessionárias e, em um certo dia, por engano, entrei em uma concessionária "Caoa" achando que era da Hyundai. Uma estava ao lado da outra.

Foi amor à primeira vista, o acabamento do carro Tiggo 5x.

Cheguei a fazer o teste e fiquei encantada com a tecnologia e o que o carro proporcionava. Solicitei um carro ano 2020/2021 usado por causa do preço de um novo ser muito acima do que eu estava disposta a pagar. O vendedor procurava um com baixa quilometragem, por exemplo 12 mil quilômetros ou nessa faixa. Muitas pessoas criticaram minha escolha por ser um carro asiático e com pouco tempo no Brasil.

Comecei a ficar em dúvida.

Ressaltando aqui, nestes últimos três anos tenho uma ligação muito grande com a Ásia. Ainda não sei explicar o porquê.

Minhas séries preferidas são asiáticas.

A maioria de meus clientes é asiática.

Estou aprendendo a língua coreana e adoro o mandarim (língua chinesa), é como se as conhecesse de longa data.

Meus olhos ficaram afinados e consigo distinguir um chinês de um coreano de um japonês.

Mas algumas pessoas próximas me orientavam comprar um carro da Toyota/ Corolla que também é de uma empresa asiática, tentando me convencer que com esse carro eu não teria problemas e teria muito conforto.

Eu não entendo de carro e, se fosse comprar, compraria um barato e econômico e que me agradasse.

Lembrando que neste meio-tempo estávamos na quaresma.

No dia 18 de abril, pós-quaresma, uma segunda-feira, estava indo para minha filha, um pouco desanimada, porque o vendedor me avisou que podia demorar até um mês para a compra do Tiggo, a demora era devido ao meu perfil de quilometragem, mas minha mente ficava focada no carro Tiggo 5x.

Estava dirigindo e, nesse mesmo momento, apareceu em minha frente um ET Branco Alpha Centauriano ancião e me olhou com firmeza nos olhos.

Senti que eles iriam me ajudar a decidir.

Bem ao meu lado direito, resolvi parar em uma concessionária da McLarty na rua Eusébio Matoso, próximo à Marginal Pinheiros.

Uma moça muito simpática me atendeu com muito carinho e me disse que tinham acabado de receber um Corolla com apenas 16 mil km.

O carro ficava no segundo andar.

Subi as escadas e não cheguei a entrar no carro. De longe, olhei e disse:

— É este o carro que vou comprar.

A decisão foi em segundos.

Mal olhei o carro por dentro.

Fiz os trâmites da compra, só depois descobri que ele não tinha metade da tecnologia que o outro me proporcionaria. Mas a decisão estava tomada. Comprei o carro em menos de 15 minutos.

Por que conto tudo isso? Porque que quem seguiu a saga vai acompanhar agora a "finalização" com este veículo.

Claro que tinha que ficar um resquício para eu entender que ele estava levando com ele todos os problemas possíveis.

O "carro maldito" que segurou a barra para mim.

Negociei o meu carro na troca da compra do outro e, ao fazer o laudo, descobriram que a Longarina (esqueleto ou estrutura do carro tinha sido afetada).

Longarina nada mais é do que uma base de aço responsável pela resistência estrutural de um carro. Ela serve para proteger o carro de batidas e colisões e, consequentemente, motorista e passageiros.

Quando isso aconteceu?

Na queda que eu tive em um buraco detalhado em um depoimento anterior em Santa Catarina, vindo do Rio Grande do Sul para São Paulo.

Eu fiquei meses com a sensação que minha coluna seria destruída.

Era assustador.

Nesse acidente, meu carro carregou esse B.O.

Obs.: nos dias que fiquei no Rio Grande do Sul, houve uma invasão na base Alpha Centauriana pelos *Grays*. Milhares de anos não houve nenhuma invasão no local.

Com a ajuda do Antarianos, a base hoje se encontra segura.

E assim foi o meu carro antigo, deu seu último recado conforme vou explicar.

Ao fazer os trâmites da substituição do carro, até os papéis ficarem prontos, isso duraria uns cinco dias. Por orientação da concessionária, fiquei neste meio-tempo com o carro antigo, que continuou no seguro.

Na segunda feira, dia 25 de abril, às 8h30 da manhã, recebo uma ligação da sede da concessionária localizada na Av. Berrini e não da concessionária onde comprei o carro.

Um rapaz ligou para me comunicar que meu carro (antigo) estava envolvido em um grande B.O. Com três pessoas presas e envolvidas, e um policial gostaria de conversar comigo.

Eu achei que era algum preso de algum lugar tentando dar um golpe e desliguei o telefone.

Eles me ligaram novamente e o rapaz disse que era da concessionária e que, para confirmar que os policiais estavam no local, eu poderia abrir a câmara e o policial gostaria de falar comigo.

Eu avisei que não abriria a câmera e não atenderia ninguém que não fosse da concessionária que eu comprei o carro.

Imediatamente, liguei para a concessionária e eles confirmaram que esses policiais estavam na sede e eu tinha que provar que meu carro estava em minha garagem porque poderia ser uma clonagem de carro.

De pijama mesmo, desci para a garagem e filmei o carro, com o zelador do prédio, que confirmou que meu carro (antigo) estava na garagem e não estava envolvido em nenhum ato ilícito.

Então avisei que iria levar o carro antigo para a concessionária e não queria mais ele na minha garagem, já que eu tinha feito a transferência para a concessionária. Eles rejeitaram.

E esse assunto me tomou a manhã inteira. Até que uma amiga me lembrou que tenho uma amiga policial.

Liguei para ela e ela me comunicou que algo estava errado nisso tudo. Esse não seria o procedimento correto. Nenhum policial tem autorização para ligar ou entrar em contato com as pessoas. Solicitei, então, uma explicação da concessionária.

Esses meus amigos puxaram documentos que comprovavam que o carro não foi roubado ou assaltado ou clonado e me repassaram, também puxaram toda a capivara de roteiro por onde meu carro tinha circulado. E não encontraram nada que desabonasse.

Quando avisei a concessionária que iria com um advogado e um policial, e que tinha todo o roteiro do carro, tudo mudou. A gerente me ligou imediatamente e deixou claro que resolveria tudo. Às 15h20, me ligaram que estava tudo resolvido e eu não precisava mais me preocupar.

Então eu disse que entregaria meu carro antigo que já pertencia a eles, entregaria a chave e que, daquele momento em diante, eu não teria mais nenhuma responsabilidade com ele a não ser se alguma multa aparecesse antes dessa data.

E assim foi.

Despedi-me do carro sem sentimento nenhum.

A concessionária não conseguiu me dar nenhum tipo de explicação plausível para o caso.

ENTREVISTA DA TRANSMIGRADA

Assista à entrevista da Transmigrada! Acesse o vídeo pelo QR Code a seguir. Aponte a câmera do seu celular para ele, ou visite o endereço: https://youtu.be/wQybQmbH15Y

CONCLUSÃO

Agora já temos uma noção de como é a vida entre nós dos *Aliens em corpos humanos*.

A história *O Entreiro* terá continuação, será narrada desde o ano de 1997, até os dias de hoje.

Da mesma forma, como o ser intercósmico, *Hecatombe*, hoje interage em parceria com o *O Entreiro*, em busca de uma solução para seu problema com três Mundos Magnéticos distintos. E como ambos pleiteiam frente à Ordem Secreta Magnética, uma audiência com o "Imperador Magnético", que está encarnado na Terra, nos dias de hoje, que poderá ajudar na solução desse problema – como é a saga para obterem o direito de chegarem diante de tal ser que representa o Magnético encarnado em forma de humano.

A história da *Hospedeira* e dos *Estrapeanos* também continua, bem como a da *Exilada da Federação*.

O terceiro livro, *Memórias de uma Transmigrada*, como dissemos, está se desenvolvendo com revelações surpreendentes.

Mas essa é apenas a primeira das trilogias. Faltam muitas histórias a serem contadas: ainda falta contar as histórias dos *Transcarnados*, dos *Híbridos*, dos "*Geneticamente Modificados*, dos *Clones*, dos *Prisioneiros das Bases*, dos *Robóticos* e do *Corpo Metálico de Engrenagens* que todos nós temos (será que os robôs venceram os humanos e outras civilizações? – uma pequena e velha história, já contada há dois milhões de anos para quem vive no Pluriverso, mas grande e inédita para quem vive neste nosso pequeno Universo – que será lançada atualmente em forma de ficção, óbvio), entre outras mais.

Aguardem.